SUITE ÉCOSSAISE

LE BRUIT DU DÉGEL

DU MÊME AUTEUR
CHEZ LE MÊME ÉDITEUR

La Maison muette, 2004

Une vie nulle part, 2005

Les Empreintes du diable, 2008

Un mensonge sur mon père, 2009

Scintillation, 2011

L'Été des noyés, 2014

Le Bruit du dégel, 2018

John BURNSIDE

LE BRUIT DU DÉGEL

Traduit de l'anglais (Écosse)
par Catherine Richard-Mas

Éditions Métailié
20, rue des Grands Augustins, 75006 Paris
www.editions-metailie.com
2021

Retrouvez-nous sur les réseaux sociaux :

Titre original : *Ashland and Vine*

ISBN : 979-10-226-1121-3
ISSN : 1281-5667

John BURNSIDE *est né en 1955 dans le Fife, en Écosse, où il vit actuellement. Il a étudié au collège des Arts et Technologies de Cambridge. Poète reconnu, il enseigne aujourd'hui à l'université de Saint Andrews. Il est l'auteur, entre autres, des romans* La Maison muette, Un mensonge sur mon père *et* Scintillation.

Pour Claudia Vidoni

Le mal se fait sans effort, naturellement, par fatalité ; le bien est toujours le produit d'un art.

Charles Baudelaire

Une méthode, en tant que méthode, n'est ni moralement bonne, ni moralement mauvaise. Nous pouvons juger les résultats, non la méthode. L'individu moralement mauvais est susceptible de commettre une action qui est bonne. L'individu moralement bon est susceptible de commettre une action qui est mauvaise. Il se peut qu'un homme doive vendre son âme pour acquérir le pouvoir de faire le bien.

Robert Penn Warren

Et il me dit : Fils de l'homme, vois-tu ce que font dans les ténèbres les anciens de la maison d'Israël, chacun dans sa chambre pleine de figures ? Car ils disent : L'Éternel ne nous voit pas, l'Éternel a abandonné le pays.

Ézéchiel, 8-12

Mais c'est en partie que, oui, il est facile en effet de se perdre en Amérique.

Bill Ayers

Faire des beignets, fendre du bois

Le jour où je fis la connaissance de Jean Culver fut aussi celui où j'arrêtai de boire.

Longtemps, je me suis efforcée de croire qu'il s'agissait avant tout d'une coïncidence. Il est vrai que ce fut Jean Culver qui suggéra l'expérience, mais incidemment et sans insister. Je pouvais faire comme bon me plaisait, ce fut toujours clair. Il n'y avait ni jugement ni espoir d'un arrêt définitif ni volonté de me voir rejoindre un quelconque groupe de soutien. J'avais juste à décider de rester sobre quelque temps, histoire de montrer que j'en étais capable. Ce fut ainsi qu'elle m'embobina, au départ. Elle m'amena à penser que m'arrêter était une chose dont j'avais déjà envie. Ou, sinon envie, besoin. En vérité, j'avais besoin de faire une pause. Besoin de mettre un peu de distance entre Laurits et moi, de revenir à un état pas vraiment défini mais secret, évolutif, comme ce lieu où l'on retourne dans les chansons pop d'autrefois. Par-dessus tout, j'avais besoin d'arrêter de dissoudre chaque fin de journée dans n'importe quel néant de raccroc, et de me mettre à vivre avec ce qui se présentait : les souvenirs, les réflexions après-coup, le retour des sempiternelles questions. J'avais besoin de m'arracher à la fastidieuse grisaille de mon existence routinière. Me soûler, dessoûler, faire une crise de parano, me soûler de nouveau. Peut-être qu'à ce moment-là, c'était ça le pire. Cette grisaille de l'être. Pas de *mon* être, mais de *l'*être en tant que fardeau accidentel imposé par le caprice d'un visiteur malveillant sorti d'un vieux conte de fées. Ou, disons, d'un mythe de ces forêts d'Estonie dont Laurits affirma toujours être véritablement originaire.

Quoi qu'il en soit, je ne pensais à rien de tout ça en ce premier matin. De fait, je ne pensais pas ; je me contentais d'exécuter les gestes habituels. En ouvrant le portillon de sa cour, j'étais loin d'imaginer que Jean Culver existe seulement, et ce que je souhaitais par-dessus tout c'était retourner m'allonger dans ma petite chambre aux murs blancs, en attendant que survienne je ne sais quel miracle. Il y avait alors trois heures que je travaillais, si tant est qu'on puisse appeler *travail* le fait d'errer en pleine chaleur avec les onze mêmes questions à poser à tous ceux qui ouvraient leur porte et acceptaient de m'octroyer quelques minutes de leur temps. En général, les portes restaient closes et les questions sans réponses, ce qui n'avait rien de surprenant, même dans un agréable quartier petit-bourgeois comme celui-là. Toutefois, après avoir baladé ma gueule de bois d'un bout à l'autre d'une bonne dizaine d'allées menant à des maisons vides, ou qui semblaient l'être en tout cas, j'étais à deux doigts de déclarer forfait pour le reste de la journée, et je ne sais pas ce qui me poussa à tenter cette dernière visite avant de regagner ce qui me tenait lieu de chez-moi. Peut-être pensais-je à ce que Laurits allait dire si, comme d'habitude, je revenais les mains vides, ou peut-être fut-ce pure curiosité : la maison de Jean Culver ne figurait même pas sur ma liste, chose curieuse car Laurits était toujours affreusement pointilleux sur ce genre de détails.

Laurits. C'était à cause de lui que j'étais là, dehors, en nage, avec la gueule de bois, la bouche en papier de verre et des crampes dans les jambes. Laurits… sans plus, pas de prénom, juste Laurits, un nom qu'il disait estonien. Mon petit ami, colocataire et, pour l'heure, supposé collaborateur – bien que je n'arrive toujours pas à voir en quoi ce projet constituait une collaboration, puisque c'était moi qui déambulais en pleine chaleur, moi à qui on claquait la porte au nez, moi qu'on prenait en dérision, en pitié, ou les deux. Je ne comprenais pas ce que je faisais ni pourquoi, mais quand je lui demandai de m'expliquer, il répondit que je n'avais rien de plus à faire que suivre les instructions qu'il avait fournies : choisir un quartier de la ville, plus ou moins résidentiel, où les gens étaient susceptibles de se trouver chez eux en journée – les vieux étaient toujours les sujets les plus gratifiants –, et leur poser les onze questions qu'il avait préparées. Des questions du genre : Quel est votre plus beau souvenir d'enfance ? Quel fut votre moment le plus heureux ? Si vous deviez renaître sous une autre forme, laquelle choisiriez-vous ?

– Et ensuite ? demandai-je. Enfin bon, à supposer qu'ils acceptent seulement de me parler, il faut que je leur fasse signer quelque chose, ou je me contente d'attaquer le questionnaire et je les enregistre ?

– Pas d'enregistrements, dit-il. Tout ce qu'on veut, c'est les histoires.

– Alors je les écris ?

– Non. Tu prends juste des notes. Pas de mot à mot, rien de ce genre. Juste de quoi, une fois rentrée ici, te rappeler ce qu'ils ont dit, à peu près.

– À peu près ?

– Oui.

Il me dévisagea pour voir si je comprenais ce qu'il demandait. Il m'avait expliqué, à plusieurs reprises, que ce dont il avait besoin était toujours très clair dans son esprit mais difficile à expliquer aux autres.

– Je veux que tu entendes l'anecdote, puis que tu reviennes et que tu me la racontes avec tes mots à toi. Du mieux que tu t'en souviens. Ça n'a pas besoin d'être parfait. Juste ce dont tu te souviens... et, peut-être, espérons-le, ce que tu ajoutes de ton propre chef.

– Ce que j'ajoute ?

– Oui. – Il sourit. – Les petits... embellissements.

– Et alors quoi ? Tu me filmeras en train de raconter l'histoire de quelqu'un d'autre ?

– Peut-être.

– Mais c'est toi qui choisis les questions.

– Absolument. – Son sourire s'élargit. – C'est ma partie de la collaboration.

C'était tout lui. Il se plaignait de trouver les choses difficiles à expliquer, puis rendait ses explications délibérément vagues et y ajoutait un zeste d'absurdité. Typique de Laurits qui était... ma foi, quoi au juste ? Artiste ? Cinéaste ? Non... plus personne ne se cassait la tête à faire des films, à l'en croire. En tout cas, pas comme avant. De nos jours, tout le monde était anthropologue. Lui, pourtant, faisait bel et bien des films, ou plutôt il faisait des collages à partir de bobines de récupération mêlées à des scènes qu'il tournait lui-même et, bien qu'il n'y ait pas d'histoire et que la majeure partie du contenu se compose de morceaux pris ailleurs et raboutés hors de tout contexte, ça n'en était pas moins des films. Laurits était rattaché au département de création artistique de l'université de Scarsville ; il percevait des subventions et une bourse de recherche destinée à financer ses travaux ; il avait un doctorat d'études cinématographiques et donnait des cours de littérature et cinéma aux étudiants de première année. Il affirmait pourtant n'être pas cinéaste mais anthropologue. Les cinéastes racontent des histoires, même s'ils tentent de s'en abstenir, or les histoires ne l'intéressaient pas. Pour Laurits, une histoire n'était que le ruban sur lequel on enfilait les perles fines. Ce qu'il lui fallait, à lui, c'était l'atmosphère, la texture, le climat. Quand les gens racontent des histoires, disait-il, ils mentent sur les événements, alors qu'ils ne mentent pas sur ces aspects-là... du moins pas sciemment.

Tel était l'évangile de la narratologie selon Laurits. J'étais donc dehors sous le soleil de juin en train d'errer de porte en porte pour prendre part à une étude anthropologique sur toutes les manières dont les gens mentent quand ils racontent le passé. Du moins je croyais être là pour cette raison. Dans la plupart des projets, Laurits ne faisait rien. Il se contentait de remettre un script sommaire à ses prétendus collaborateurs – il en avait plusieurs, tous aussi désorientés et incertains que moi – et les laissait se débrouiller avec les détails. La seule différence entre les autres et moi, c'était que je vivais avec lui. Nous partagions un appartement.

Nous nous soûlions ensemble presque tous les soirs. Parfois nous faisions l'amour, bien que je ne sois pas sûre que faire l'amour soit le bon terme.

J'avais rencontré Laurits au Sidetracks, qui était la meilleure approximation à Scarsville d'un bar étudiant bohème. À ce moment-là, je venais d'entamer depuis quelques semaines mon deuxième cursus universitaire. J'avais abandonné le premier à la mort de papa ; puis, après avoir vainement attendu que son fantôme me retrouve, je sollicitai une inscription à Scarsville où, à ma surprise, on m'accepta. La maison de Stonybrook était alors partie et je n'avais guère d'argent, alors pour économiser sur le loyer, je pris une chambre pas chère dans le quartier le moins chic de la ville et ne mangeai plus que du riz et des fruits. Papa était mort depuis des mois mais je continuais à me réveiller chaque matin en proie à la panique, avec l'impression qu'il n'avait jamais réellement existé. Que je l'avais rêvé – ou plutôt, qu'il avait été quelqu'un de complètement différent de l'homme que je connaissais, et que je l'avais tout bonnement imaginé tel que je voulais qu'il soit. Qu'en fait, s'il pouvait revenir et lire dans mes pensées, il ne s'y reconnaîtrait pas. L'aube était différente dans cette partie de la ville, lueur lente et taciturne s'insinuant par les ruelles, trouvant de petits îlots de temps révolu çà et là entre les maisons : pots de fleurs cassés, clôtures éventrées, cours ayant abrité des chiens mais ne renfermant plus désormais que de la terre morte et des tessons de verre. Rien qui ressemble à chez moi. Chez moi c'était si… net. Propre. Soleil sur les dalles que j'avais aidé papa à disposer, le regardant travailler avec tout le soin d'un homme conscient qu'en matière d'aménagement paysager à tout le moins, il n'avait rien d'un expert. Naturellement, perturbée comme je l'étais alors, je ne mis pas une semaine à m'acoquiner avec ce que les vieux films appelaient *des mauvais sujets*. Je n'envisageais pas les choses dans ces termes, bien sûr ; d'ailleurs je ne les envisageais pas du tout, je me contentais de dériver au gré de soirées d'ivresse, sobriété, amertume ou mélancolie à côté du poste de radio où j'écoutais les chansons que papa avait aimées et, en dépit de tout ce mélo apparent, je n'avais pas vraiment de sentiments ni de pensées. On ne peut même pas dire que Laurits m'ait beaucoup attirée ce premier soir. Au contraire, il me parut fou, je lui trouvai l'air d'un homme qui s'ennuie et perd son temps avec des gens qu'il n'apprécie guère. D'ailleurs, nos regards ne se croisèrent pas au travers d'une foule ni je ne sais quelle bêtise du genre. Au contraire, on fit connaissance par hasard, à mesure que les gens arrivaient et s'en allaient ou passaient d'une place à l'autre pour se rapprocher de ceux dont ils avaient, *eux*, croisé le regard à travers la foule. On pourrait donc dire que tout arriva faute de mieux. Mais en fait, c'était comme ça que les choses se passaient dans ces années-là pour les gens comme Laurits et moi. Nous n'étions pas de ceux qui étaient sortis ce soir-là en quête d'*une relation*. Pour nous, le mot dénotait une malhonnêteté affective que nous ne pouvions que refuser – or il n'existait vraiment pas d'alternative. Tout ce que nous pouvions ressentir, penser ou dire en pareille situation avait déjà été scénarisé et diffusé à la télévision. Il n'y avait plus rien à dire. Tout ce qu'il nous restait, c'était la qualité de nos refus.

Je suivais un cours de cinéma américain avec une fille du Minnesota, une beauté aux yeux sombres nommée Ruth qui, en plus d'être d'une intelligence phénoménale, était une vraie poétesse. Authentique, j'entends. J'avais lu deux ou trois choses d'elle dans des revues étudiantes après avoir fait sa connaissance et, indiscutablement, elle était douée. L'ennui, c'est qu'en plus elle était belle et appréciée, qu'elle semblait connaître tout le monde, et ce fut ainsi qu'on se retrouva plus ou moins intégrées au groupe de gens un peu plus âgés avec qui était Laurits, une bande mixte d'une dizaine d'étudiants de troisième cycle et de théâtreux underground allant sur la trentaine, installés autour de deux grandes tables, tous à moitié bourrés, tous en train d'écouter Laurits se disputer avec un des types attablés dans le groupe mais n'en faisant pas partie – un compagnon de passage, plus toléré qu'accepté. Le type en question s'appelait Eric, je le compris vite car Laurits était de ces gens qui nomment sans arrêt leur opposant, serinant son prénom tout au long de la discussion, sans la moindre nécessité. Eric venait d'émettre un argument à la décharge d'un certain type de fortune, le discours habituel sur l'atout qu'étaient en réalité les super-riches pour l'économie, sur les emplois qu'ils créaient, les fondations qu'ils instauraient toujours pour distribuer de l'argent aux gens méritants, et aussi aux artistes, en particulier les comédiens de théâtre et les réalisateurs de cinéma, comme Laurits du reste, et donc, en gardant tout ça à l'esprit, il valait sans doute mieux tirer les leçons de leurs succès et tenter de les imiter que les dénigrer à longueur de temps comme s'ils étaient des criminels ou Dieu sait quoi. D'ailleurs, est-ce que ce n'était pas ça qui faisait des États-Unis une nation si prospère, et qui expliquait sans doute aussi pourquoi *nous* étions à ce point différents de l'Estonie (ces derniers mots prononcés par Eric d'un ton légèrement goguenard, bien que sur l'instant je n'aie pas compris pourquoi), est-ce que ce n'était pas cette capacité à travailler dur, à croître, à nourrir des aspirations, qui faisait la grandeur de l'Amérique ?

Laurits écouta poliment. Il était clair qu'à ses yeux Eric n'avait aucun crédit et que ses arguments ne méritaient même pas une réponse. Mais il était tout aussi clair qu'il avait envie de jouer – et qu'il aimait avoir un auditoire. De fait, Laurits était un acteur-né, mais il ne se produisait que par ennui. Je ne le savais pas, à ce moment-là, mais c'était la raison qui le poussait à tout. Par ennui, il faisait des films et publiait des articles dans d'obscurs journaux. Par ennui, il se disputait dans des bars et des pizzerias avec des gens qui lui étaient intellectuellement inférieurs. Par ennui, il buvait. Je me dis aujourd'hui que l'arrangement entre nous était d'une autre nature, qu'il avait du sens, mais je n'en suis pas certaine. D'un autre côté, je ne suis pas non plus certaine de savoir ce qui me poussa vers lui. Il était grand, beau, puissamment intelligent, imaginatif ; c'était un artiste, avec un CV qui en faisait foi et l'attrait supplémentaire d'un côté obscur, ce qui lui valut deux ou trois fois des ennuis. Je trouvai ces histoires exagérées jusqu'à ce que je le voie pour la première fois se battre. Non, ces histoires n'étaient pas exagérées. Il avait un côté obscur, et ce n'était pas beau à voir. Cela dit, quand je pense à lui aujourd'hui, ce n'est pas comme à quelqu'un que j'ai aimé. Je le disais à l'époque et je le dis encore aujourd'hui, nous avions un arrangement, en grande partie tacite, mais un arrangement tout de même. Le mot en soi dit tout ce qu'il y a à dire sur ma relation avec Laurits.

– Bien sûr, Eric, dit-il. Tu as entièrement raison. Il vaut bien mieux aspirer à la fortune que la posséder véritablement. Parce que c'est le cheminement qui compte, n'est-ce pas ? Le fait de gravir les échelons, de travailler dur, d'être aussi bon qu'on peut l'être et d'utiliser le talent qui nous a été donné, n'est-ce pas Eric ? C'est tellement la barbe de se retrouver avec tout ce fric, tellement la barbe d'être au sommet et de contempler tous les gens à qui on a baisé la gueule en chemin, Eric, tellement la barbe de regarder la télé et de voir tous ces gosses affamés dans des camps de réfugiés, nus, abandonnés, leurs familles dispersées, leur ethnie en voie d'extinction – *d'extinction*, Eric – juste pour qu'un quelconque peigne-cul d'un soi-disant pays développé puisse s'offrir un yacht encore plus gros. Des milliers d'oiseaux marins échoués sur une plage à l'autre bout du monde parce que notre compagnie a rogné sur les dépenses. Il vaut mieux être en pleine ascension qu'être le peigne-cul en question, parce que s'il s'avère qu'on a *bel et bien* une étincelle d'humanité dans le corps, s'il s'avère qu'on n'est pas psychopathe au point de prendre le monde pour notre jouet rien qu'à nous, alors on va connaître l'échec, et l'échec c'est douloureux, Eric. Même honorable, l'échec est douloureux. Hollywood nous raconte sans arrêt que le type bien, le type qui a un cœur, est plus heureux que le milliardaire tout seul dans son manoir sans personne qui l'aime, mais ce n'est pas vrai, Eric. Ce n'est pas vrai. Ça devrait l'être, mais tout le monde sait qu'en Amérique, quand on n'a pas de fric on n'est rien. Et c'est tout le dilemme, n'est-ce pas Eric ? On a envie de dire, je laisse ça à l'autre, au psychopathe, mais en Amérique, si on n'arrive pas à être cet autre-là, on est un raté. On sait depuis toujours que le type en question est un peigne-cul, et il peut bien faire tous les efforts qu'il peut pour prouver le contraire, tout le monde le sait, et pour lui c'est vraiment la barbe – presque autant que ça l'est d'être un raté. C'est vraiment la barbe de devoir s'arrêter de collectionner les yachts, les tableaux de maîtres, les châteaux en Écosse, et de se consacrer à sa fondation. C'est la barbe, Eric, mais bon ça l'a toujours été. Regarde John Rockefeller. Regarde Henry Clay Frick. Ils avaient tous leurs fondations et leurs bonnes causes, mais ce n'étaient que de vastes écrans de fumée masquant ce qui se passait réellement. Enfin bon, tu as forcément entendu parler du massacre de Matewan, Eric ? De Homestead ? Ou peut-être de Ludlow, dans le Colorado, le 20 avril 1914 ? Un autre point culminant de l'histoire de la philanthropie américaine, ça, Eric. Tu devrais te renseigner là-dessus.

Personne ne disait rien. Eric regardait fixement Laurits en cillant derrière ses lunettes, son demi-sourire éteint à présent. Puis tout le monde se mit à rire et recommença à boire. Un type portant un T-shirt noir délavé à l'effigie de Huey Lewis, assis à trois places de Laurits avec une très jolie blonde endimanchée, leva son verre.

– Bon sang, Laurits, dit-il, tu avais répété ou quoi ? Allez. Avoue. Tes références, tu viens de les inventer ?

Laurits secoua la tête.

– Renseignez-vous, dit-il. C'est dans les livres d'histoire.

Il feignit le plus grand sérieux en enfourchant ce qui était manifestement un vieux cheval de bataille, un sujet qui allait agacer Huey, il le savait.

– Les Américains ne connaissent pas leur propre histoire…

Son numéro reposait largement là-dessus, l'Histoire oubliée de l'Amérique – du reste les rares fois où je me suis dit qu'il devait y avoir une bonne raison pour que j'arpente des rues que personne ne fréquentait, c'était parce que Laurits croyait que, dans ces parages, quelqu'un se rappelait *quelque chose* de cette Amérique-là. Peu importait quoi. Tout faisait l'affaire. Il y avait donc plus d'une semaine que je persévérais, passant d'une porte à l'autre, en nage, fatiguée, avec la gueule de bois, et je n'avais pas encore récolté une seule anecdote. Toutes sortes de gens m'avaient chassée, depuis la ménagère hargneuse jusqu'au Coréen tout en muscles retenant un pitbull à collier dans chaque poing ; j'étais allée jusque sur le seuil d'une maison tout à fait avenante dans une rue tout à fait ordinaire pour y sentir… quoi ? Une étrange sensation de menace ou de cauchemar naissant qui m'empêcha de sonner ou de frapper, en dépit de tous mes efforts. À moins que j'aie tout simplement paniqué parce que je savais qu'il y avait quelque chose à l'intérieur, par-delà le soleil et le calme, par-delà la moustiquaire fermée, une chose terrible, qui attendait dans le vestibule ? Deux jours plus tôt, alors que je me traînais péniblement dans un quartier verdoyant avec *Quiet City* de Copland dans mes écouteurs – la version live dirigée par Bernstein en 1990, que je n'aurais pas dû écouter parce qu'elle faisait partie des préférées de papa –, je me heurtai à un mur dans mon esprit et m'arrêtai, ridicule, désarmée, le regard perdu dans le feuillage d'un saule, sanglotant comme une gamine, le visage ruisselant de larmes et de morve, mon T-shirt trempé de sueur. J'étais restée là un long moment, incapable de poursuivre, et ce fut seulement au bout de plusieurs minutes que je revins à moi, avec l'impression d'être observée, et regardai alentour. Il n'y avait personne en vue. Personne dans la rue, ni dans aucune des cours des habitations. Peut-être quelqu'un me guettait-il d'une fenêtre, quelque part, mais si tel était le cas, je ne le voyais pas. Je retirai mes écouteurs et tentai de m'essuyer le visage, mais ce fut peine perdue. J'étais dans un état pitoyable.

Pour l'heure, debout devant le portillon d'une maison qui ne figurait pas sur la liste, peut-être pensais-je être enfin arrivée au bon endroit. Sauf que, la liste n'en faisant pas mention, je n'étais pas sûre de devoir tenter ma chance – non que je ne sois pas intéressée, mais parce que je ne savais pas ce que ferait Laurits quand il s'apercevrait que j'avais déniché une maison qui ne figurait pas sur la liste. Si j'y trouvais bel et bien quelqu'un, peut-être l'histoire que me raconterait la personne en question ne serait-elle pas recevable pour une quelconque raison. Origine imprécise, documentation insuffisante, ce genre de chose. Peut-être que cette maison n'existait pas et que, quand j'essaierais d'y revenir pour un complément d'information, elle ne serait plus là. Elle ne figurait pas sur la liste ni sur le plan qu'il m'avait donné et, dans l'état où j'étais à cette heure, je ne demandais qu'à croire aux fantômes.

Il aurait pourtant été facile de ne pas la remarquer, nichée derrière un bosquet d'arbres tout au bout d'Audubon Road, et j'aurais sans doute pu passer sans m'arrêter devant cet étroit portillon si le bruit de quelqu'un en train de fendre du bois n'avait attiré mon attention, un bruit que j'avais connu dans une existence précédente, quand papa était encore en vie. Un bruit que j'adorais : régulier, sombre, vigoureux, qui faisait resurgir des images frappantes et douloureuses de notre ancienne maison de Stonybrook, mon père avec sa chemise bleue délavée, la hache étincelant sous le soleil tandis qu'il travaillait, fendait chaque bûche d'un seul coup net puis passait à la suivante, ne s'arrêtant que de loin en loin pour écouter le calme des bois. Enfant, je me persuadai que les bois qui entouraient notre maison dataient d'une époque antérieure à l'arrivée des pionniers ; anciens territoires iroquois, peuplés de geais bleus, de cardinals et de familles de cerfs délicats au doux museau. Ces bois étaient mon royaume intime, hanté, quand j'étais enfant, ma petite promesse de paradis en même temps que la preuve du passé historique que mon père revendiquait, car n'était-il pas au moins en partie amérindien et, de ce fait, habilité à les voir d'un autre œil que ses voisins ? Aujourd'hui, comme la maison, ces bois ont disparu, et mon père aussi, tué par une maladie qu'il me cacha à moi, mais pas à sa compagne Louise, jusqu'au jour où il fut trop tard même pour se dire adieu.

Après l'enterrement, je continuai à penser qu'il allait revenir. Non pas vivant, comme Lazare, mais en tant que fantôme, venant la nuit dans la maison, au sortir de l'obscurité des bois où il avait rejoint les nombreux fantômes de son peuple. Je ne m'étais encore jamais trouvée seule, je n'avais jamais vécu dans une telle vacuité et je pensai que le moins qu'il ferait – la seule chose qu'il *saurait* devoir faire – serait de revenir me hanter. Mon fantôme intime à moi ; ma hantise secrète. Je n'aurais pas besoin de le voir. Il n'aurait pas à se rendre visible, comme les fantômes des vieux films. Je n'étais pas en quête d'une forme floue traversant la cour au petit matin ; je ne comptais pas trouver son image m'attendant dans la cuisine à la tombée de la nuit. J'avais seulement besoin de sentir qu'il était là. Une présence et, de temps à autre, une voix. Ou peut-être rien de plus qu'une irrégularité infime, discutable même, dans l'étoffe naturelle des choses. La sensation que quelqu'un se déplaçait dans une pièce de l'étage pendant qu'assise dans la cuisine, je contemplerais la neige, dehors. Un mug ou un verre trouvant mystérieusement le chemin de l'évier alors que j'étais *convaincue* de l'avoir laissé dans le vestibule. Je ne demandais pas grand-chose. Je n'avais pas besoin de preuve de vie, juste du miroitement d'un après, quand il se serait retourné pour regarder, rien qu'un instant, avant de s'engager dans ce qui allait venir.

Papa avait coutume de dire, à sa manière mi-brouillonne, mi-blagueuse, que la meilleure maison est celle dont on ignore où elle se trouve à moins de déjà le savoir. Ça valait pour notre vieille maison et ça valait pour celle-ci, et c'était là un premier point de ressemblance, mais ce qui me poussa vers la maison de cette inconnue – ou plutôt la cour de cette inconnue, puisque, pour le moment, je ne voyais pas encore la maison –, ce qui *m'attira*, comme l'enfant attiré, malgré lui, jusqu'à la maison de la sorcière dans un conte de fées, ce fut aussi le souvenir tentant qu'elle suscitait, un souvenir disant qu'un jour j'avais vraiment été heureuse et que, par conséquent, je pouvais l'être à nouveau. Les arbres n'étaient pas les mêmes – ici, surtout des peupliers de Virginie, là où chez moi c'étaient des bouleaux et des pins – mais tout le reste présentait le même désordre naturel, un désordre que je n'avais vu dans aucune des autres maisons de la rue, aux pelouses impeccables et clôtures en bois ponctuées d'ornements vaguement ridicules. Boîtes à lettres en forme de nichoirs et nichoirs ressemblant à des boîtes à lettres. Drapeaux américains flottant sur les vérandas, au sommet de mâts miniatures. En bordure de l'étonnamment longue allée qui menait jusqu'à la maison proprement dite, des fleurs des champs poussaient en fouillis sous des cornouillers et des seringas, et il y avait là l'ombre et le couvert nécessaires aux autres formes de vie – les ombres prestes qui traversent à toutes pattes les pelouses nocturnes, petits charognards, bestioles, vermines – que les cours voisines étaient conçues pour effrayer. Cette cour-là n'était pas l'œuvre d'un jardinier. Il n'y avait pas d'ordre, ni rien qui provienne d'un livre ou des plans d'un paysagiste. Elle était *sauvage*, autant qu'elle pouvait l'être… et ça aussi me rappelait notre maison. Je remontai l'allée et passai le léger coude qu'elle décrivait parmi les arbres, attirée par le bruit des bûches que quelqu'un fendait, un rythme régulier dénotant l'individu qui sait ce qu'il fait. Comme mon père. Alors peut-être, quand la maison m'apparut, m'attendais-je à voir un fantôme muni d'une hache, un fantôme du quotidien, tangible, travaillant en chemise bleue délavée dans la chaleur de l'après-midi.

Mais la scène qui m'accueillit n'avait rien de fantomatique. Si la chemise bleue délavée était à peu près la même, tout le reste était différent. Je suppose que je m'attendais à trouver là un homme, la hache à la main, en train de s'échiner dans la large clairière ensoleillée qui s'étendait entre les arbres et la maison, et sans doute quelqu'un de plus jeune. Ce que je découvris, en fait, ce fut une femme qui, pour l'heure, de dos, semblait avoir une bonne cinquantaine ou une petite soixantaine d'années. Elle était grande et mince ; pas du tout décharnée, mais assez mince pour donner l'impression que la besogne devait être trop rude pour quelqu'un de son âge et sa stature : une femme âgée vêtue d'une vieille chemise, d'un jean beige et d'une paire de chaussures montantes râpées. Tandis qu'immobile, je la regardais, la détaillais, elle semblait complètement absorbée par sa tâche, si bien que, pensant qu'elle ne s'était pas aperçue de ma présence, moi l'inconnue dans sa cour, qui l'observais, je ne sus que faire. Un long moment s'écoula puis, quand j'eus décidé de repartir pendant que je le pouvais encore et de regagner la rue, elle se retourna, la hache toujours à la main, comme prête à m'étendre si d'aventure je tentais de lui jouer un tour.

– Eh bien ? lança-t-elle. – Le ton était brusque, mais elle n'avait pas l'air hostile, simplement directe. Ou plutôt que de la brusquerie, peut-être était-ce une politesse conventionnelle. Sa diction était soignée, avec une pointe d'accent, mais je n'aurais su en situer l'origine. – Qu'est-ce qui vous amène chez moi, au juste ? La poste américaine n'a pas eu à mettre les pieds ici depuis un certain temps et je n'encourage pas les visites.

Je ne sus que dire. La façon dont elle me regardait et la curiosité qui transparaissait sous le formalisme de façade me déconcertaient, si bien que je me trouvai incapable d'articuler un mot, stupide, intruse idiote et injustifiée surgissant dans la journée parfaitement agencée de la propriétaire des lieux sans pouvoir fournir la moindre explication. J'avais préalablement mis au point un scénario élémentaire, mais à présent, confrontée à cette femme à la hache, je me rendis compte que c'était complètement artificiel.

– Je mène une étude, dis-je.

C'était exactement ce que Laurits m'avait sommée de ne jamais dire. Ce que je proposais à ces gens n'était pas une étude mais une occasion de raconter une histoire. Une chance d'être entendu, de voir évoquée la trame secrète de vérité et de mensonges que tout un chacun dissimule dans son cœur, peut-être à peine dévoilée mais exposée à la lumière bienveillante de l'attention d'un autre être humain. Tout ne serait pas, ne pouvait pas être, divulgué, disait-il. Ce qu'il recherchait, c'était les allusions, les indices, les divergences entre la narration personnelle du monde et la version officielle. Le récit de l'âme. Mais ensuite, une fois la chose divulguée, la part qui en survivrait était censément livrée au hasard. Est-ce que ce fut seulement alors, face à Jean Culver, que je compris à quel point ç'aurait été insultant si ç'avait seulement été possible ?

– Une étude ? – Un sourire imperceptible, sans rien d'inamical mais teinté de quelque chose qui s'apparentait à du mépris, passa sur son visage, bien qu'elle ne semble pas méprisante envers moi et que quelque chose dans son expression, je n'aurais su dire comment, me le signifie. – Quel genre d'étude ?

Je secouai la tête.

– Eh bien, fis-je, il ne s'agit pas *exactement* d'une étude. Plutôt d'un genre de... – Je cherchai une description acceptable. – Disons plutôt que... je recueille les histoires des gens. Des histoires sur leurs vies. De l'histoire... orale.

– Je vois. – Elle s'essuya le front sur la manche de sa chemise. – Vous n'êtes pas très douée pour ça, hein ?

– C'est une recherche universitaire, dis-je, avec l'impression soudaine qu'il était important de ne pas me laisser congédier. Sans savoir pourquoi, je me sentis tout à coup accablée de chagrin, seule au monde comme un enfant perdu dans une fête foraine et je crus, sur le moment, que j'allais fondre en larmes. Je tentai de nouveau : C'est différent de l'approche habituelle de l'histoire orale, où...

– Ça a quelque chose à voir avec le passage au nouveau millénaire ?

La question me prit au dépourvu. L'an 2000 n'était plus qu'à quelques mois, mais je n'y pensais jamais. Pour moi, c'était un sujet relevant de la télévision et des périodiques à grand tirage.

– Non, dis-je. C'est un projet narratif qui…

Elle grimaça alors en agitant la main – et sans pouvoir dire ce qui semblait différent chez elle, je m'aperçus soudain qu'elle était largement plus âgée que je l'avais cru. Ce ne fut pas tant son visage, en fait, qui me le révéla, mais ses mouvements. Une économie qu'elle avait développée au fil des années, qui réduisait tout effort au minimum, sans pour autant lui donner l'air infirme.

– Oubliez tout ça, dit-elle. Il fait chaud aujourd'hui et ça m'a fatiguée de fendre tout ce bois que je n'utiliserai sans doute même pas. – Elle sourit, comme si elle venait de plaisanter, puis me regarda à nouveau et lâcha un rire âpre, mais pas désagréable. – Je ne peux pas m'en empêcher, dit-elle. Il faut que je fende un peu de bois tous les jours. C'est ma façon à moi de chasser le cafard et de me purger le sang. – Elle me regarda pour voir si je reconnaissais la citation, puis s'esclaffa de nouveau. – Venez jusqu'à la maison, dit-elle. Je vais vous faire une tisane. – Elle me toisa de haut en bas et secoua la tête. – Je vous offrirais volontiers quelque chose de plus costaud mais je constate que ce serait malvenu. – Elle sourit. – Allez, venez, reprit-elle, d'un ton plus doux cette fois, bien que la douceur semble être une sorte de courtoisie qui lui revenait seulement en mémoire et dont elle ne s'embarrassait pas d'habitude.

Je perçus l'ironie, mais je ne sus que faire. Je n'avais aucune envie d'entrer dans la maison de cette inconnue – ce qui était curieux puisque, officiellement du moins, m'introduire chez les gens était le but même de mes déambulations par cette chaleur accablante –, mais j'étais incapable de trouver l'énergie de faire quoi que ce soit d'autre. La femme se détourna et se dirigea vers la véranda bordant le côté de la maison, où une porte ouverte laissait entrer le calme des bois et le regard de tout ce qui pouvait s'y trouver, et ce détail me rappela que papa faisait la même chose, ouvrait la porte de la cuisine en grand les matins d'été puis la laissait entrebâillée toute la journée, comme en signe de bienvenue. Même en hiver, même quand il neigeait sur l'étendue bleu pâle qui se déployait entre notre maison et les bois de bouleaux, il laissait parfois cette porte entrouverte, et on sentait l'odeur du froid piquant en passant pour aller préparer du café.

Jean Culver ne se retourna pas pour voir si je la suivais ou pas. Je suppose que, dans un cas comme dans l'autre, ça lui était égal. C'était l'heure de faire une pause, elle était fatiguée, elle l'avait dit, et je viendrais si j'avais envie de venir. Je la suivis néanmoins, sans doute en raison de l'impression que je commençais à éprouver – une intuition, je suppose, puisque rien ne l'étayait – que cette femme était différente de tous les gens que j'avais pu connaître jusqu'alors. C'était quelqu'un qui avait fait la paix avec le monde selon ses propres termes, quelqu'un qui avait cessé de se préoccuper des détails accessoires pour se concentrer sur l'essentiel. Je n'avais pas pour autant la moindre idée de ce que pouvait être l'essentiel pour une vieille femme vivant seule dans les bois. Car en montant les marches de la véranda et en entrant dans le calme absolu de la maison, j'eus la certitude qu'elle était parfaitement seule au monde, et qu'elle se plaisait ainsi. La véranda était propre et bien rangée, avec de petits arbustes en pots disposés tout autour et quelques chaises adossées au mur ; à l'intérieur, un étroit vestibule menait directement à la cuisine, où la femme était déjà en train de remplir une bouilloire à l'ancienne, qui ne fonctionnait pas à l'électricité.

– J'ai camomille, pomme-cannelle, et menthe poivrée, annonça-t-elle en inspectant l'étagère à côté du fourneau. Voyons quoi d'autre. Rooibos. Je n'ai jamais réussi à aimer. Arbousier, Honeybush, celle-là quelqu'un me l'a donnée mais je ne l'ai pas encore testée. – Elle tourna la tête pour voir si j'écoutais. – Lapsang souchong. Orange pekoe. Darjeeling. À moins que vous préfériez une tasse de café ?

Elle attendit patiemment que je réponde, tout en comprenant probablement que je ne savais pas ce que je voulais. J'avais juste besoin de m'asseoir, de ne plus bouger. Elle souriait pourtant.

– Alors, essayons l'arbousier, dit-elle. On m'a dit que c'était très désaltérant.

J'acquiesçai. La cuisine était une pièce vaste et haute de plafond qui, toutes fenêtres ouvertes, ne semblait pas faire complètement partie de la maison, comme si sa véritable allégeance s'adressait au jardin. Au centre se dressait une immense table carrée, en pitchpin semblait-il, si ancienne qu'on l'imaginait sans peine fabriquée à partir des madriers imbibés de sel du *Pequod*, au grain long et grossier noirci par l'âge. Des plantes vertes étaient posées çà et là sur la table et les plans de travail, et une longue rangée de géraniums et saintpaulias courait sur le rebord de la fenêtre depuis l'évier, au fond de la pièce, jusqu'à la porte. Aucun désordre, par ailleurs, n'encombrait la pièce, fonctionnelle sans être dépouillée. On aurait dit que rien n'y avait changé depuis cinquante ans, mais elle était propre, fraîche, et tout y était bien rangé, ce qui me fit penser je ne sais pourquoi à un poème de Marianne Moore, quelque chose à propos de colonnes cannelées qu'un badigeon de chaux rend plus modestes.

La bouilloire siffla et Jean Culver entreprit de préparer la tisane sans guère de hâte. Bien que je sois tout à fait sûre, à présent, qu'elle vivait seule dans cette maison, elle n'avait pas l'air d'une vieille dame solitaire sautant sur l'occasion d'avoir un peu de compagnie chaque fois que possible. Au contraire, il était clair à mes yeux qu'elle se satisfaisait de sa propre compagnie. Il n'y avait pas trace d'animaux domestiques, pas de chats tournant et virant sur le sol inondé de soleil, la queue toute droite, guettant chez moi des signes de malveillance ou de faiblesse, pas de petit chien frénétique, jappant et grattant le bas d'une porte quelque part dans les profondeurs de la maison. La conversation de mon hôtesse était attentionnée, pas du tout pressante ; elle semblait moins curieuse que consciente d'une bienséance requérant certaines questions, sur le domicile, ou en tout cas l'origine géographique, sur la famille, la profession, ce genre de choses. Je remarquai qu'elle ne posa pas d'autre question sur l'étude que j'étais censée mener. Quand la tisane fut prête, elle disposa tout ce qu'il fallait sur la table : tasses et soucoupes, une théière en faïence blanche toute simple, un pot plus ornementé plein d'un miel épais, foncé, et une assiette de biscuits maison. On prit place. Il y eut un long silence, pendant lequel, visiblement, elle attendait que je dise quelque chose. Je retrouvai mes bonnes manières et lui posai une question sur sa famille, pour comprendre aussitôt que ce n'était pas ce qu'elle attendait, ou voulait entendre, de ma part.

– J'ai été élevée par des proches après la mort de mes parents, dit-elle sur un ton détaché, voire un peu dur. Et jusqu'à récemment, j'avais un frère.

Elle me regarda droit dans les yeux, comme si elle s'efforçait de comprendre quelque chose.

– Il est mort l'automne dernier, dit-elle.

– Je suis navrée de…

– Inutile, coupa-t-elle d'une voix plus tranchante. Il était vieux. Encore plus vieux que moi. Je vois à votre mine que vous avez peine à croire la chose possible.

– Pas du tout.

Elle sourit.

– La vieillesse a ses avantages, dit-elle. Dont celui qui consiste à savoir que la mort n'est plus très loin. Notre propre mort, celle des autres, tout ça c'est pareil. Un jour le téléphone sonne. On est en train de préparer des beignets aux pommes, mais on pose son rouleau à pâtisserie et on va répondre… Puis on revient et on réussit les meilleurs beignets qu'on ait jamais faits. Il se trouve que c'était son dessert préféré, mais ce n'est pas pour ça que j'en faisais.

Elle sourit à nouveau, d'un air triste me sembla-t-il, comme si elle venait de se remémorer sans le vouloir une chose que, d'ordinaire, elle tenait à distance. Quelque ancien bonheur auquel il lui était trop pénible de penser longuement.

– Plus tard viendrait le temps de prendre des vêtements noirs et de réserver un vol à destination de la Virginie pour l'enterrement qui se révélerait une cérémonie tout ce qu'il y a de clairsemée, rien que moi et deux de ses collègues de travail. Que *moi* je ne connaissais pas, et qui ne dirent pas grand-chose, après. Un court extrait de l'Ecclésiaste – ni lui ni moi n'avons jamais été croyants, mais ça paraissait de mise.

Elle redressa légèrement la tête comme si elle s'apprêtait à réciter les versets en question, puis se ravisa.

– Quand on arrive à l'âge que j'ai, nos amis sont des morts, pour la plupart. Mais ce n'est pas dans ces termes qu'on pense à eux. On se rappelle les vies, pas les décès. Je n'ai jamais été très portée sur les enterrements, mais on fait son devoir. Et, pendant ce temps-là, il y a des beignets à préparer et du bois à fendre. Une vie qui semble plutôt agréable, à présent.

Elle me servit de la tisane ; l'odeur en était estivale, verte, un peu amère.

– Je ne parle pas de bonheur. Quand j'entends les gens en parler, je me demande ce qu'ils veulent dire par là, mais bon, ce n'est pas une chose à débattre, c'est une chose à pratiquer. Faire des beignets, fendre du bois. À un certain stade, la simple sensation de vivre est une joie en soi. – Elle lâcha son rire âpre, bref. – Bon sang, écoutez-moi dire, s'écria-t-elle, et son accent, d'où qu'il provienne, sembla plus prononcé. Elle avait parlé de la Virginie, mais je ne savais pas si c'était ça. Il faut toute une vie, à certains d'entre nous en tout cas, pour comprendre que les meilleures choses sont les petites choses quotidiennes, ennuyeuses. – Elle prit un peu de miel. – Qui ne sont pas vraiment ennuyeuses, bien sûr. C'est juste qu'on n'a pas assez d'imagination, quand on est jeune, pour voir ces tâches et ces rituels quotidiens sous leur vrai jour. Et toutes les grandes aventures – elle fit tournoyer la cuillère dans sa tasse en souriant, pour elle-même principalement, mais je ne me sentis pas exclue –, eh bien, elles ne sont pas si fantastiques à vivre sur le moment. – Elle me dévisagea attentivement. – Ça, vous ne le savez pas encore, dit-elle. Mais vous avez le temps. Et ensuite, je vous l'assure, les choses deviennent bien plus claires qu'on l'avait jamais espéré.

Je ne savais absolument pas de quoi elle parlait, bien entendu. En fait, je ne compris pas grand-chose à ce qu'elle dit cet après-midi-là. Pourtant, je dois avouer qu'elle m'intriguait. Non pas parce que ce qu'elle disait semblait parfaitement s'appliquer à ma vie – après tout, que savait-elle de ma vie en dehors du fait que j'avais la gueule de bois ? Non : c'était sa façon d'être, de bouger, sa curieuse économie, cette sensation de totale autonomie qu'elle dégageait sans pourtant faire le moindre effort pour dégager quoi que ce soit… c'était ça qui m'intriguait. La tisane était amère et les biscuits un peu durs, mais ça n'avait pas d'importance. Et ça n'avait pas non plus d'importance que, par moments, je trouve sa conversation déroutante, surtout quand elle parlait de ma vie comme si elle en savait tout. L'important, c'était que je l'enviais. J'enviais cette économie. J'enviais cette autonomie. Je voulais lui ressembler, ce qui était inepte car, tandis que l'après-midi avançait, j'eus amplement l'occasion d'examiner son visage en détail… or il était clair qu'elle était vraiment très âgée. Trop âgée pour fendre du bois, assurément. Trop âgée, même, pour vivre seule. J'eus envie de lui demander en quelle année elle était née, juste pour confirmer mon estimation de… de quoi ? Je n'en savais rien. Je pensais seulement à elle, seule dans cette maison, en hiver. Comment s'organisait-elle ? Faisait-elle venir quelqu'un ? Avait-elle une voiture ? Je commençais à formuler une question dans ma tête, me préparais à la poser, et voilà qu'elle faisait volte-face comme s'il s'agissait d'un jeu, comme si elle savait ce que je voulais savoir mais n'était pas disposée à se laisser interroger par des moyens détournés. Elle ne voulait pas que j'aborde la chose de façon polie. Si je devais poser des questions, elle voulait que je les pose. Directement. Franchement.

Je finis par trouver un blanc dans la conversation. Elle parlait de cuisine, de la recette des beignets aux pommes que lui avait apprise sa tutrice. Elle promit de m'en faire un jour – et cela me procura une ouverture.

– C'est donc une spécialité de Virginie ? demandai-je. Les beignets aux pommes ?

Elle sourit et s'autorisa un léger hochement de tête.

– Pas seulement aux pommes, dit-elle. On peut faire des beignets aux pêches. Aux abricots. Avec les pommes, je mettrais un petit peu plus de cannelle.

– Donc vous êtes originaire de Virginie, dis-je. J'entends un accent mais je n'arrive pas vraiment…

– Je ne suis originaire d'aucun endroit que vous puissiez connaître, dit-elle. Mais j'ai vécu dans plusieurs régions, dont la Virginie.

Ses yeux se mirent à pétiller. Certes, c'est le bon vieux cliché… mais elle était vraiment plus rayonnante et plus vive que la plupart des jeunes de ma connaissance.

– Ça fait partie de l'étude ?

– Non.

– Ça ne me dérange pas, dit-elle.

Je secouai la tête mais, tout à coup, je ne savais plus. Si ma curiosité ne faisait pas partie de l'étude, d'une certaine façon, alors d'où sortait-elle ?

– Je pensais seulement, repris-je. Vous avez dit que votre frère était en Virginie et je crois me rappeler…

Elle lâcha son rire bref et hocha la tête.

– Eh bien, dit-elle, je dois partir en voyage dans quelque temps, mais je vous raconterai mon histoire, si vous voulez. Pas aujourd'hui, mais bientôt. Je pense que ça pourrait vous intéresser. – Elle se pencha vers moi et me fixa du regard. – La seule chose que je vous demande, c'est de me faire une promesse.

Cette annonce me déconcerta, bien sûr.

– Laquelle ? demandai-je.

– Vous devez promettre d'arrêter de boire pendant cinq jours.

Et ce fut alors, à cet instant-là. La requête était incongrue, mais ce fut alors que ma vie changea. Pas à cause de ce qu'elle demandait, mais parce que je ne me vexai pas et ne quittai pas la cuisine pour retourner à ma routine quotidienne d'alcool et de coucheries embrumées avec Laurits en attendant un fantôme qui, je le savais, ne viendrait jamais. Je ne protestai même pas que ce que je faisais ou ne faisais pas ne regardait que moi. J'éprouvai juste une sensation curieuse, aérienne, au creux de la poitrine, une sensation que je peux seulement comparer au vent qui entre par une fenêtre ouverte, gonfle les rideaux puis les laisse retomber, vides. Quand je finis par répondre, ce fut d'une voix ténue, distante et si hésitante qu'elle aurait aussi bien pu être un aveu de culpabilité.

– Pardon ?

Elle secoua la tête et m'adressa ce qui aurait pu être un sourire triste, comme si elle regrettait déjà ce qu'elle s'apprêtait à dire :

– Si vous arrivez à rester sobre jusqu'à mardi prochain, revenez me voir. Je vous emmènerai peut-être au Territoire sacré. Disons que ce sera une excursion. Vous connaissez ?

J'acquiesçai. Le Territoire sacré était un café. Sans y être jamais allée, j'en avais entendu parler. Un an plus tôt, une grande chaîne était venue s'établir en ville et avait ouvert à quelques portes du café en question, guettant, tapie, prête à lui damer le pion. C'était une tactique courante, et d'ordinaire elle fonctionnait. En l'occurrence, toutefois, les gens s'allièrent. Ils organisèrent un boycott. Ils distribuèrent des tracts. Contrairement aux attentes, le Territoire sacré fit des affaires encore plus florissantes qu'à l'accoutumée. La chaîne se retira.

– C'est un café, notez bien, dit-elle. On n'y sert pas d'alcool.

– Je sais.

Elle se mit à rire.

– C’est bon, dit-elle. Juste une taquinerie. Il faut s’accommoder de ça quand on fréquente des gens âgés.

Et ce fut tout. Elle ne me demanda pas de réponse, et je savais qu’elle n’avait aucun moyen de savoir si j’allais rester sobre pendant les cinq jours suivants, mais une entente semblait conclue, alors, une fois la tisane bue et le contrat tacite passé entre nous, elle se tut et on resta là, comme deux vieilles connaissances n’ayant guère de choses à se dire, dans cette cuisine qui fut jadis, je le sentais, le cœur de la maison, un lieu presque public où les gens allaient et venaient librement, famille et amis, disons, peut-être même un voisin ou deux, avant que le quartier ne soit devenu une succession de rues de banlieue tirées au cordeau au milieu desquelles une maison comme la sienne semblait si insolite. Mais enfin, ce n’était sûrement pas comme ça à l’époque où elle s’y installa. Peut-être qu’alors, il y avait des peupliers de Virginie et des fleurs sauvages tout le long de la rue, des animaux visitant sans entraves les jardins, des chouettes hululant dans la nuit. Je ne sais pas pourquoi cette idée me vint, mais il me sembla qu’il y avait là des histoires à raconter et, quand elle me raccompagna dans le vestibule – au détour d’une porte entrouverte, je vis une grande pièce contenant des rangées de livres et perçus un parfum que je ne pus identifier –, j’eus le sentiment d’emporter plus que la promesse d’un récit.

Gregory Peck

En arrivant à l'appartement, je trouvai Laurits vautré dans un fauteuil, en train de regarder la télévision, une série de bouteilles provenant de sa microbrasserie préférée alignée par terre devant lui. Sur l'écran, Gregory Peck, indéchiffrable, contemplait le lointain, classique regard à la Peck, et bien que je connaisse le film je n'arrivai pas à m'en rappeler le titre. Ce qui n'avait pas grande importance. Je n'étais pas d'humeur à discuter cinéma et, même sans avoir explicitement conclu l'étrange contrat de sobriété de Jean Culver, je n'avais pas envie de boire, pas même une bière. Je voulais prendre une douche, puis aller m'allonger sur mon propre lit. Laurits louait l'appartement à un ami, or, techniquement, je n'y vivais pas en tant que locataire, juste comme petite amie, mais nous avions chacun une chambre où, la plupart du temps, nous dormions seuls. La mienne était petite, étroite, très blanche, presque parfaite. Le genre de pièce qu'habiterait une religieuse, peut-être pas chrétienne mais d'une autre confession. Une nonne bouddhiste, disons, s'il en existe. Comme il existait des moines bouddhistes, je supposais qu'il se trouvait aussi des nonnes bouddhistes. Non que la confession ait eu la moindre importance. Simplement, je ne voulais ni croix, ni bible, ni rien de tel. Juste les murs blancs et une confortable étroitesse, comme si je n'occupais que l'espace précis qu'il me fallait pour dormir, me réveiller et m'habiller. Laurits, lui, avait l'unique grande pièce de l'appartement, mais elle était plus sombre, plus sophistiquée, avec de vieux meubles, peut-être même anciens et d'une rusticité indéniablement chargée de sens, provenant en majeure partie du magasin de son ami, les Antiquités de la Grange bleue, tout en patine, provenance locale et caractère. Quand nous faisions l'amour, c'était dans la chambre de Laurits. C'était une sorte de convention tacite, qui visait en ce qui me concernait à préserver l'intégrité de ma cellule de nonne, mais je n'ai aucune idée de ce qu'elle signifiait pour Laurits. Je pense qu'il trouvait l'atmosphère plus propice. Sa chambre avait un côté *narratif*. C'était un de ses mots, narratif – qui signifiait non pas qu'une histoire se rattachait à quelque chose mais plutôt que la chose en question, lieu, personne ou situation, se prêtait à la possibilité d'une histoire. D'histoire proprement dite, ce qui était plus qu'une simple succession d'événements. Laurits avait tout un tas de théories sur le narratif. Un jour, il expliqua longuement à un groupe d'étudiants de l'Université du Sud de l'Illinois rencontrés dans une pizzeria de Scarsville que la véritable tragédie de l'Amérique, dans les années 1960, n'avait pas été que le président soit abattu, mais qu'il le soit au Texas, à Dallas, lieu qui, pour Laurits, ne présentait quasiment aucune valeur narrative. Si l'assassinat s'était produit à Washington, ou à New York – ou même à Saint-Louis, du reste –, tout aurait été différent. Mais *Dallas* ? C'était quoi, Dallas ? Une butte herbeuse. Un entrepôt de livres. Aucune histoire, aucun précédent, aucune… provenance. Laurits était obsédé par ce genre de trucs. Les récits américains. L'histoire américaine, qui n'était jamais tout à fait aussi historique que l'entendaient les vrais historiens, au contraire, disons, de l'histoire européenne ou japonaise. Ce qui expliquait que les Américains confondent si facilement histoire et films, disait-il, parce que le passé historique dont ils écopaient était infiniment moins intéressant que les histoires concoctées au bureau par n'importe quelle équipe de scénaristes en un seul après-midi. Laurits prétendait avoir connu des gens qui ne savaient pas que l'assassinat de Kennedy s'était passé dans la vie réelle. Ils pensaient que ça faisait partie d'un film. Il avait rencontré un type qui lui avait même demandé qui jouait JFK dans le film, le film original, pas le remake.

Bien entendu, Laurits était un menteur. Tout, chez lui, n'était que mensonge. Il se prétendait estonien – et il est vrai qu'il portait un nom estonien, mais il n'était allé qu'une fois en Estonie, pour y passer un long week-end alors qu'il faisait un tour d'Europe, et sa famille habitait le New Jersey. La nationalité estonienne avait un potentiel narratif, et il s'en servait à peu près à sa guise étant donné qu'à Scarsville, personne n'avait la moindre idée de l'endroit où se trouvait l'Estonie. Oh, bien sûr, quelques lecteurs de *Political Studies* étaient capables de situer le pays sur une carte et de dire qu'il s'agissait d'un ancien satellite soviétique, mais c'était bien tout et à l'époque, dans un monde qui ne connaissait pas encore Wikipédia, notre savoir présupposé était bien plus modeste qu'il ne l'est aujourd'hui. Mais Laurits savait tout ; du moins nous le pensions, car il n'y avait aucun moyen de vérifier les faits qu'il avançait, avec une stupéfiante précision apparente, à propos de ce pays qu'il tenait pour sacré et gorgé de sens, une terre aux chants populaires uniques, insurpassables de beauté et de grâce tragique, dont les forêts étaient encore relativement intactes, pas encore livrées aux compagnies forestières ou minières assez riches pour verser les pots-de-vin nécessaires. Pourtant, alors même qu'il dispensait tout ce savoir à propos de son prétendu pays d'origine tout juste affranchi du joug soviétique et cependant, en même temps, fort d'une des cultures les plus anciennes et complexes d'Europe, ses propos ne semblaient jamais critiquer l'Amérique. Ou pas l'Amérique réelle, désignation en laquelle il supposait que tout le monde entendait la même chose que lui : *le peuple*, ceux qui travaillaient et ceux privés d'emploi, les pauvres qui luttaient pour joindre les deux bouts et les braves gens des campagnes qui se battaient pour conserver les forêts de séquoias et les grandes prairies de graminées.

Je ne savais rien de tout ça. L'Estonie, l'assassinat de Kennedy, le joug soviétique : pour moi ce n'étaient que des mots. Ce que j'appréciais chez Laurits, quand on était ensemble – ou plutôt, ce qui me permettait de me sentir calme en sa présence, c'était le fait que je savais qu'il ne mentait pas pour une raison précise, il s'amusait seulement, inventait tout à mesure qu'il cheminait, comme papa quand il parlait de ses racines amérindiennes et de ses souvenirs du pays qu'il avait connu jeune homme. Un pays qui disparaissait rapidement, qui aurait dû être territoire indien, et non chrétien. Un pays qui, après cinq siècles d'occupation blanche, n'était plus guère, aujourd'hui, que fantômes et fumée. Ce qui était étrange car, par ailleurs, Laurits ne ressemblait absolument pas à mon père. En fait, à beaucoup d'égards, c'était même son exact contraire. Là où papa était doux, plein d'humour, faisait toujours de la place autour de lui pour les autres, Laurits, lui, était curieux, moqueur, provoc et, lorsqu'il appliquait rigoureusement les règles qu'il avait fixées en matière de narration, il pouvait être dépourvu de considération, voire méchant. Mais ça m'était égal. Je n'y pensais pas, à ce moment-là, et ça n'a pas vraiment d'importance aujourd'hui, mais l'unique raison pour laquelle je vivais avec Laurits c'était parce qu'il parlait beaucoup. Ça, et la chambre blanche. Pour laquelle je versais ma quote-part du loyer, mais ça n'allait pas chercher loin, du reste certaines semaines, quand il savait que je n'avais pas l'argent, il laissait couler. C'était la conversation qui comptait. En présence de Laurits, je n'avais pas besoin de parler. Je n'avais pas besoin d'*être* qui que ce soit. Je n'avais même pas à écouter. Je pouvais aller n'importe où, juste picoler et laisser tout ça me glisser dessus, toutes ces paroles, ces provocations, tous ces rires, et ça n'avait aucune importance, pour un temps, que papa ne soit plus là, parce qu'il y avait des moments, tard le samedi soir ou au beau milieu des fêtes qu'improvisait Laurits à l'appartement, après la fermeture des bars, où ça semblait presque exactement tel que de son vivant.

Papa ne me raconta pas grand-chose de son enfance. On aurait dit que sa vie avait commencé seulement quand il partit de chez lui, quelque part dans le nord de la Nouvelle-Angleterre, et dériva vers le sud jusqu'en Pennsylvanie. Pas très loin, mais suffisamment. Je ne sais pas combien de temps s'écoula avant qu'il rencontre ma mère et, selon ses propres termes, se marie trop jeune. Ils durent être heureux au début, mais là encore, je ne sais absolument pas combien de temps ce bonheur dura. Après le départ de ma mère – j'avais six ans –, il disait souvent, sans amertume décelable, que le mariage était le seul antidote connu à la jeunesse. Mais c'était dirigé contre lui-même, pas contre ma mère dont il avait pressenti le départ ; du reste, passé les quelques mois durant lesquels il mit en place de nouveaux systèmes pour m'amener à l'école et me faire garder après, pendant qu'il travaillait, il en vint à porter sur la pitoyable histoire qu'avait été son mariage un regard empli d'une sorte d'humour perplexe. C'était un aspect de lui, qu'il avait développé tout à fait sciemment pour traiter avec le monde officiel du travail, de la vie sociale et des institutions : il avait développé une capacité à tout envisager en termes de systèmes. Je ne savais pas ce que ça impliquait quand il allait au bureau, où il officiait en tant que directeur artistique, mais je compris, en grandissant, que si son tempérament le portait vers les espaces sauvages, vers les bois, la rivière, les disparitions occasionnelles durant lesquelles il partait se perdre toute une semaine au fin fond de nulle part, il avait décidé que la seule façon de traiter avec ce monde-là, social et officiel, consistait à le voir comme un ensemble de systèmes emboîtés les uns dans les autres. Ce principe s'appliquait à tout, même à son mariage ; quand ma mère s'en alla, il considéra son absence comme une défaillance de système, qui pouvait assez facilement être réparée en injectant bon sens, argent et vigueur. Vu de l'extérieur, à tout le moins, ce principe fonctionnait.

Pour autant, il ne sut pas vraiment que devenir jusqu'à ce que Louise fasse son apparition, huit ans plus tard. Il n'avait pas eu le temps d'apprendre les plaisirs de la vie solitaire, disait-il. Maintenant que ma mère était partie, il devait m'élever seul – et c'était un bon père, toujours là quand j'avais besoin de lui, à mon chevet pour me tenir la main quand je n'arrivais pas à dormir, me ramenant avec de douces paroles jusqu'à la lumière d'or pâle de ma chambre quand un cauchemar me réveillait. Il me racontait des histoires de fées – j'ignore d'où elles provenaient, peut-être les inventait-il lui-même –, des histoires à la fin desquelles un méchant vieux roi était toujours chassé de son palais qui devenait ensuite un pavillon public où les enfants pouvaient aller danser et chanter, pendant que le parc du palais était transformé en jardins où tout le monde, même les plus pauvres du royaume, pouvait venir piqueniquer et assister à des représentations de cirque. Ces histoires ne ressemblaient à rien de ce que j'ai jamais pu lire ou entendre ailleurs, il n'y était jamais question d'un vrai roi regagnant son trône, ou du septième fils du septième fils faisant la conquête de la princesse. Elles s'achevaient toujours par la victoire du peuple. Au bout d'un moment, je commençai à comprendre ce qu'avait entrepris mon père, mais je n'en laissai rien paraître. C'était la seule éducation qu'il soit en mesure de m'offrir. Un sens de l'équité. Justice et égalité pour tous. Un bon système.

Jamais je ne sus pourquoi papa était parti de chez lui si jeune. Il évoquait rarement ses parents, ne parlait jamais de l'école ou des amis du quartier de son enfance. Il semblait avoir grandi seul, courant les bois en toute liberté. Il ne décrivait pas le paysage, mais j'imaginais des bouleaux et des trembles, des jaunes profonds et crémeux en automne, figés et durs comme de la glace en hiver. Il mentionna pourtant une chose à propos de ses origines : le fait qu'il était en partie abénaqui du côté de sa mère – mais ce fut tout ce qu'il me raconta jamais sur l'un ou l'autre de ses parents, si bien que je n'avais pas grand-chose à me mettre sous la dent quand j'essayais d'imaginer ce qui avait dû être une histoire d'amour étrange et peut-être discutable. Mais chaque fois que je lui demandais des précisions, il se contentait de secouer la tête en disant qu'il ne se rappelait pas grand-chose, seulement que ses parents étaient deux individus issus de milieux différents qui se rencontrèrent un jour dans un café et tombèrent amoureux.

– Où ça ? lui demandais-je, impatiente d'entendre un peu plus de l'histoire.

– Où ça quoi ?

– Où est-ce qu'ils s'étaient rencontrés ?

– Je te l'ai dit. Dans un café.

– Où ça ?

– Je ne sais pas. Quelque part dans le Vermont.

– Tu ne sais pas où ?

Il secouait la tête, un demi-sourire aux lèvres.

– Ils ne l'ont pas dit, répondait-il.

– Ils ne t'ont rien dit ?

– Pas grand-chose.

– Mais raconter des histoires, c'est une chose importante chez les Abénaquis, protestais-je. J'ai cherché des renseignements. Les histoires sont au centre de leur culture : ils pensent même qu'une histoire c'est, en fait, une chose vivante.

– Eh bien, personne ne m'en a raconté, *à moi.*

Il secouait la tête, comme pour signifier qu'il ne dissimulait rien, qu'il m'en dirait plus s'il y avait plus à raconter, mais qu'il n'y avait rien.

– Ils ne parlaient pas vraiment. Enfin bon, si je devais faire une supposition, je pense que ça pouvait être dans le comté de Franklin. Qu'ils s'étaient rencontrés. Mon père voyageait pas mal, pour chercher du boulot.

Et ce fut à peu près tout ce que j'arrivai à tirer de lui. Il n'avait pas de photos, pas de lettres ni de documents, si bien que j'étais libre d'imaginer ce qui me plaisait, alors je fis de ma grand-mère une jolie jeune fille brune se retournant dans la lumière de ce café, un sourire prudent aux lèvres, ne demandant qu'à se fier à cet homme blanc qu'elle venait de rencontrer… comment ? Était-elle seule ? Peu probable. Accompagnée d'amies assistant sans mot dire à la scène, se couvrant peut-être la bouche pour dissimuler leurs rires nerveux, peut-être un peu effrayées pour elle, parce qu'elles savaient qu'il ne fallait pas se fier aux hommes blancs ? Je n'en savais rien.

Cette image devint de plus en plus nette et détaillée dans mon esprit, alors même que je percevais de plus en plus clairement ce qu'elle avait d'hypothétique. Pourtant, elle était aussi réelle. Je discernais cette jeune fille dans les traits de mon père quand je l'observais de près : la noirceur de ses yeux, ses cheveux de jais, l'étrangeté quasi abstraite de son expression quand quelqu'un lui parlait, comme s'il ne comprenait pas tout à fait ce qu'on était en train de lui dire. Ou plutôt : qu'il comprenait, mais se demandait si c'était tout, s'il ne risquait pas d'y avoir quelque chose qu'il ne saisissait pas tout à fait ou, plus vraisemblablement, qui n'était pas dit. Car il ne comprenait pas que ce puisse être tout. Il ne comprenait pas comment les gens pouvaient vivre des vies à ce point détachées du monde qui les entourait, des bois, des chants d'oiseaux, de l'odeur de la rivière une nuit de printemps. Ça le déconcertait que ses voisins soient ainsi, mais dans le même temps il était torturé d'interrogations sur l'autre monde, celui avec lequel son côté amérindien – son *autre* indien – était encore en prise plus qu'en simple contact, torturé par un savoir secret qui demeurait incomplet. Il savait des choses, il avait une façon de marcher dans les bois ou de se déplacer dans la neige qui lui permettait de cheminer sur cette terre plus légèrement que d'autres, mais rien ne reliait tous ces savoirs entre eux. Une partie de son esprit conservait même des notions d'une langue ancienne, un parler davantage enraciné dans la terre et le sang, avec des mots particuliers pour décrire la façon dont les bois s'éclairaient après un orage, ou la soudaine force de gravité qu'on sentait palpiter dans le corps en voyant un vol de milliers d'oies sauvages passer dans le ciel. Il ne parlait pourtant de rien de tout ça directement. Il parlait beaucoup, racontait des histoires, des souvenirs transmis de gens qu'il avait connus et de choses qu'il avait vues en passant, mais il livrait très peu de choses sur sa vie à lui. Je devais faire un effort pour l'imaginer enfant :

libre, peut-être un peu farouche, jeune garçon empli d'une énergie noire, scintillante, qu'il ne comprenait pas entièrement et ne pouvait guère mettre en œuvre, du moins en société. Après le départ de ma mère, il disait souvent que le fait qu'ils se soient mariés était le vrai mystère de son passage sur cette terre – mais je savais qu'il ne lui était pas si facile d'évincer cette partie-là de sa vie. Car, même s'il se satisfaisait de sa solitude, son existence était teintée d'une certaine nostalgie qu'il ne pouvait cacher. D'une agitation habituellement généreuse, mais aussi perplexe et, parfois, de son propre aveu, il y avait eu des moments de cruauté arbitraire, une curiosité à l'égard de la souffrance qu'il ne parvenait pas à éluder complètement dans ses jeunes années. Jamais il ne donna de détails, mais il me raconta un jour que les autres enfants avaient peur de lui, à cause de certaines choses qu'il avait faites. De soudains accès de rage qui l'avaient autant surpris qu'ils avaient effrayé ses victimes, allant parfois jusqu'au sang, et une fois, un garçon avait eu le nez et le poignet cassés, roué de coups pour une raison que papa ne put même pas se rappeler ensuite.

Je n'avais pas envie d'entendre ces histoires, bien sûr – mais il les racontait pour des raisons qui lui étaient personnelles, de même qu'il me livrait ses contes de fées trafiqués pour une raison précise. Il ne voulait pas que j'entre dans le monde sans être préparée à ce que pouvait charrier mon sang. Il pouvait me montrer ce qu'il savait, mais il ne voulait pas que ce soit limitatif, car ce que le monde savait pouvait rendre la vie plus facile, moins isolée, pour peu qu'on parvienne à l'assumer. Il savait ça dans son cœur. C'était la seule chose qu'il comprenait avec certitude à propos du monde. Le raisonnement par systèmes. Mais ce qui m'effrayait, moi, c'était le contraire. Je ne voulais pas perdre son savoir à lui – et je ne voulais certes pas l'échanger contre ce que l'école, le mariage et un emploi quotidien pouvaient apporter. Je voulais sortir dans la nuit, en hiver, pour écouter comme je le voyais écouter – et je voulais entendre ce qu'il entendait. Sauf que je n'y arrivais pas.

Je n'entendais rien, ou en tout cas rien d'inhabituel. Pour lui, les bois étaient magiques, la rivière était, au moins en partie, un esprit ancien d'un autre temps, mais pour moi, même si je les trouvais magnifiques, ce n'étaient en fin de compte que des arbres et de l'eau. Enfant, je fus parfois tout près d'arriver à croire. Je me promenais dans l'obscurité, convaincue d'avoir une sorte de sixième sens, d'être capable de percevoir la gravité de tout ce qui se trouvait sur mon chemin et de me diriger en conséquence et, si ça ne fonctionnait pas toujours, j'arrivais à me convaincre que ce sixième sens était là et que, tôt ou tard, je pourrais le retrouver. Après sa mort, toutefois, cette sensation du monde se dissipa et je ne fus plus certaine que de ce que je ne voulais *pas* – c'est-à-dire à peu près tout.

Le décès de papa interrompit mes études. Ou, non – ce fut moins son décès que les quelques mois qui suivirent, où j'étais incapable d'accepter qu'il n'était plus là. Qu'il n'existait plus. Il était malade depuis quelque temps, mais me le cacha et je ne le découvris que lorsque Louise appela, un matin de décembre glacial, une semaine avant la fin du premier semestre. Il venait de neiger la veille ; la ville scintillait, toute blanche sous le soleil hivernal, les gens déambulaient dans la rue vêtus de gros manteaux, joyeux, émerveillés, comme les adultes incroyablement bienveillants des vieux livres d'images. Tout était tellement parfait, si semblable à quelque lointain passé que je ne compris pas tout de suite ce que disait Louise. Il était arrivé quelque chose. Il fallait que je vienne tout de suite. Ce fut tout ce qu'elle dit, tout d'abord d'une voix basse et précautionneuse, comme si elle espérait qu'en me l'annonçant doucement, la nouvelle m'affolerait moins.

Cela faisait un drôle d'effet, de l'entendre parler sur ce ton, on aurait cru entendre quelqu'un répéter un rôle. Une histoire. Ce qui se disait dans les livres et les films, mais pas dans la vie réelle – de fait, Louise avait toujours été ainsi avec moi. Elle était l'amie intime de papa, je le savais, mais je ne pensais pas qu'ils entretenaient une liaison, du moins pas comme on l'entend généralement, et je savais que papa ne se remarierait jamais. Louise se souciait pourtant toujours de la façon dont je considérais la place qu'elle occupait dans la vie de papa et elle se montrait toujours précautionneuse à mon égard. Parfois, en rentrant de l'université, je trouvais sa voiture dans l'allée ; je restais alors un instant dehors et j'écoutais, la voix de Louise, enjouée, chantante, qui s'échappait joyeusement d'une fenêtre ouverte, et c'était étrange, tout à coup, de la voir transformée en cette ombre d'elle-même dès que j'entrais, tout en discrétion et précautions, comme ces futures belles-mères qu'on voit dans les films, qui s'efforcent exagérément de ne pas avoir l'air de prendre la place de la mère défunte. Sauf que ma mère n'était pas morte, simplement partie. Mais ça, Louise ne le savait pas, et elle prenait très à cœur ses relations avec papa et moi, elle y mettait le même sérieux que si ç'avait été un travail. L'ennui, c'était que le travail en question faisait partie de ces métiers archaïques, tribaux, que plus personne ne pratique. Mangeur de péchés, par exemple. Ou chaperon. Je savais que son numéro de cinéma, le fait de se montrer patiente, de ne pas brusquer, était motivé par l'espoir de gagner petit à petit ma confiance. Sauf que je ne me sentais pas assez concernée pour la rejeter, pas plus que pour jouer le jeu, ou tout au moins pas jusqu'au point du scénario où nous en venions à tomber dans les bras l'une de l'autre, unies par l'amour que nous portions à papa.

Ce jour-là, toutefois, alors que la ligne était mauvaise par-delà plus de mille kilomètres de neige, elle était différente. Toujours précautionneuse, mais moins sûre des règles qu'elle devait suivre. Elle savait être l'amie intime respectueuse, elle savait être l'amante discrète, si c'était bien la place qu'elle tenait depuis toutes ces années, mais *ça*, elle ne savait pas. Elle s'en sortit aussi bien que n'importe qui en pareille circonstance, mais je ne compris pas vraiment ce qu'elle était en train de me dire. Pas immédiatement, en tout cas… et quand je compris, ce ne fut pas les mots qu'elle prononça, mais quelque chose dans sa voix. Un ton. Précautionneux, bien sûr, mais pas aussi doux qu'avant. Comme si, pour la première fois, elle devait s'impliquer personnellement vis-à-vis de moi, et non plus simplement en tant qu'amie intime. Ce fut comme ça que je compris.

– Qu'est-ce qu'il y a ? demandai-je. Qu'est-ce qui est arrivé ?

Des phrases qui constituaient aussi un scénario, des choses que les gens ne disent que dans les livres, à moins qu'ils les y aient dénichées, et les emploient parce qu'à mesure que la réalité se fait jour dans leur esprit, il n'y a rien d'autre à dire. Il y eut un long silence sur la ligne. J'avais un portable depuis peu – papa me l'avait offert pour que je sois joignable à tout moment, bien qu'il sache que je n'aimais pas ces appareils. Je ne savais jamais si mon interlocuteur avait cessé de parler ou si la communication s'était interrompue. Ce n'était pourtant pas que je reçoive beaucoup d'appels en cette première année d'études.

Un long moment sembla s'écouler avant que Louise se remette à parler. Quand elle le fit, on aurait dit que quelque chose s'était brisé en elle, quelque chose de physique – et je me rendis compte que ce que j'avais pris pour de la dureté dans sa voix n'était autre que l'effort qu'elle déployait pour contenir ses propres sentiments, de façon à ne pas se mettre en avant dans cette annonce et je compris alors, sans doute pour la première fois, à quel point elle avait pris soin de ne pas s'immiscer.

– Il est parti, ma chérie, dit-elle.

C'était curieux qu'elle m'appelle ma chérie de cette façon-là. Elle avait appelé papa "chéri" en ma présence, une fois, et en avait été toute gênée. Elle appelait les gens chéri, mon chou, et leur donnait toutes sortes de petits noms à tout bout de champ, mais *moi*, elle ne m'avait encore jamais appelée ma chérie, et ça me fit un drôle d'effet, comme si nous étions soudain censées être unies dans le chagrin ou je ne sais quoi.

– Parti ?

L'espace d'un instant, j'eus envie de remonter le temps, de me convaincre que tout allait bien, que papa s'était enfui quelque part comme quand j'étais enfant. Il montait en voiture et partait, puis revenait quelques jours plus tard, sans un mot d'explication, avec juste cette lueur paisible, lointaine dans le regard. Ma mère ne lui demandait jamais où il était allé, ou pas devant moi en tout cas, mais ce fut à elle que je posai la question, et non à lui, quand je trouvai le courage de demander une explication.

– Je ne sais pas où il va, dit-elle. Il a juste besoin d'être seul quelque temps.

– Mais pourquoi ? insistai-je.

J'avais six ans mais je savais déjà qu'en l'interrogeant, je formulais une sorte d'accusation.

– Eh bien, dit-elle, je crois qu'il lui faut un peu de solitude. Il a peut-être peur de ce qu'il risquerait de faire s'il ne pouvait pas s'en aller un moment.

Cette réponse m'effraya. Cette phrase : *ce qu'il risquerait de faire*. Je ne savais pas ce qu'elle signifiait et, une fois qu'elle l'eut prononcée, je ne voulus pas le savoir. Mais elle ne comprit pas, pensa que j'avais peur pour elle, ou peut-être pour moi, bien que je sois incapable d'imaginer mon père usant de violence. Elle rit – d'un rire qui se voulait sans doute rassurant, mais qui n'eut pas l'effet escompté.

– Ce n'est rien, dit-elle. Jamais il ne te ferait de mal, à *toi*. C'est juste que… – Elle secoua la tête. – Je ne sais pas trop, ajouta-t-elle très vite, d'un ton presque dédaigneux. C'est juste qu'il est comme ça. Par moments, il a besoin d'être seul.

Je la dévisageai. Je ne la connaissais pas. Elle n'avait jamais été proche de moi, ne m'avait jamais lu d'histoires ou emmenée quelque part, comme le font les mères dans les livres et les films. Sa gentillesse était comme abstraite, et s'il lui arrivait de me donner des choses, elle n'était jamais tout à fait présente, dans mon monde.

– Il va s'en aller pour toujours ? demandai-je.

L'idée eut l'air de la surprendre, comme si elle ne lui était jamais venue à l'esprit.

– Non, dit-elle. Bien sûr que non. – Elle se força à sourire. – Jamais il ne t'abandonnerait.

Et ça, au moins, c'était vrai. Quand elle s'en alla, quelques mois plus tard, il cessa de partir tout seul. Une lueur lointaine surgissait parfois dans son regard, alors qu'il travaillait ou préparait un repas, mais il restait. Il avait une gosse à élever. Et voilà que, maintenant que j'étais loin, bien engagée dans ma propre existence indépendante, il avait à nouveau disparu, et cette fois pour de bon. On aurait dit qu'il avait tout bonnement attendu le moment propice. Louise ajouta quelques mots que je ne perçus pas... puis, saisie par l'écho de ce que ma mère avait dit une bonne dizaine d'années plus tôt, je me rendis compte de ce que Louise venait de m'expliquer.

– Il est parti, avait-elle dit. Mais tu ne l'as pas perdu. Il sera toujours là, d'une certaine manière.

Elle s'interrompit, tendant l'oreille pour savoir si *moi*, j'écoutais.

– Il t'aimait plus que tout au monde, dit-elle. Et il sera toujours là...

Ce fut tout ce que j'entendis ce jour-là. Avant qu'elle puisse ajouter quoi que ce soit, j'éteignis le téléphone, pour qu'elle croie que nous avions été coupées. Peut-être devinerait-elle ce qu'il en était mais, dans ce cas, je ne doutais pas qu'elle me pardonnerait. Elle savait ce qu'était un deuil, elle semblait s'être entraînée à y faire face toute sa vie. Certains individus font ça. C'est une vocation, comme mangeur de péchés, ou chaperon. Ils savent comment se comporter quand quelqu'un s'en va, ou meurt. C'était comme ça qu'elle s'était liée avec mon père, au départ. Elle avait vu quelque chose dans son regard, et compris que, même s'il savait depuis toujours qu'il n'avait pas envie de vivre avec ma mère, il avait perdu quelque chose et ne savait plus vraiment quoi devenir. Plus tard, quand j'arrivai à la maison, tout au long de l'enterrement puis des jours et des semaines qui suivirent, Louise fut toujours là, réconfortante, indulgente, s'accommodant du vide que je ressentais, assez respectueuse pour ne pas essayer de le remplir ni me dire que faire. Je laissai tomber mes études et je serais sans doute restée en marge – en marge de tout – si je n'avais pas aussi perdu la maison de Stonybrook. Pour Louise, ce fut la vraie surprise ; apparemment, papa avait hypothéqué la maison pour une raison ou une autre, et quand finalement la succession fut liquidée, la maison se trouva saisie et dut être vendue pour la moitié de sa valeur. Je ne sais pas trop. Je ne fis pas attention aux détails. Louise prit le relais et s'occupa de tout et, comme je n'avais nulle part où aller, elle proposa de m'héberger, juste le temps que je retrouve mes repères. Ce fut alors que je décidai de reprendre mes études. Je ne détestais pas Louise, je crois même que je l'aimais même un peu, pour la façon dont elle s'était comportée avec papa, mais je ne supportais pas de rester chez elle, d'être dorlotée, silencieusement encouragée à retrouver mes repères. Je redevins donc étudiante, mais je ne pus retourner à ce que j'avais fait précédemment, raison pour laquelle je renonçai à Emily Dickinson et Marianne Moore, à tous ces merveilleux suicidés et ces ivrognes fous, Weldon Kees, Hart Crane, John Berryman, tous ces poètes que j'avais adorés. Pour quelqu'un à l'équilibre mental aussi précaire que le mien, étudier la poésie était sans doute trop dangereux, de toute façon. Il valait mieux quelque chose de plus concret – et facile, aussi, c'est-à-dire qui ne soit pas nouveau. Je ne voulais rien de nouveau, alors j'optai pour la réalisation de films. Comme j'étais mordue de cinéma, autant en profiter. Autant me faciliter un peu la tâche, le temps d'arriver à déterminer de quoi j'avais vraiment envie. Je n'avais pas de grande ambition artistique ni rien de tel. Ce n'était pas plus mal car, si ç'avait été le cas, elle n'aurait pas survécu à Laurits – et ce fut peut-être aussi pour cette raison que j'emménageai avec lui à peine un mois après mon arrivée à Scarsville. Il avait plus de présence que n'importe qui parmi les gens que je connaissais.

Il était expansif. Chaque fois qu'une brèche noire s'ouvrait dans ma vie, il la comblait, tout simplement. Pendant un temps, je lui fus véritablement reconnaissante, de ça, à tout le moins.

Ce fut peut-être Louise, à force de répéter que papa était toujours là, qui me mit dans la tête cette idée de fantôme. Ce fut peut-être cette dernière bribe de lyrisme, qui jouait des tours à mon cœur chagrin. Je ne sais pas. Tout ce que je sais c'est que, pendant un temps, je crus fermement qu'il reviendrait, en partie parce que je demandais bien peu à ce fantôme escompté. Il n'avait rien de particulier à dire, il lui suffisait d'être là. Un indice, une trace... c'était tout ce qu'il me fallait. Là-dessus, rien ne venant, je me dis que c'était bien aussi. C'était mieux que bien, en fait, car papa – ou l'Abénaqui en lui – croyait, du moins disait croire, que les morts qui ont vécu une bonne vie passent directement à l'existence suivante. Ils renaissent sous la forme à laquelle ils étaient le plus attachés, ou ressemblaient le plus lorsqu'ils étaient en vie, et alors, s'ils ne sont plus de ce monde tels qu'ils étaient de leur vivant, ils restent là, sous une autre forme. Ils ne reviennent pas nous hanter parce qu'ils ne le peuvent pas, tant ils sont pris par cette nouvelle existence et, de toute façon, ils n'ont sans doute aucun souvenir de ce qu'ils étaient auparavant. Les seuls fantômes qui reviennent hanter leur ancien monde sont les esquintés et les malfaisants. Ça ressemblait à un mélange de bouddhisme et d'une vieille conception païenne de la métempsychose, mâtiné d'une bonne dose de karma populaire, mais c'était ce à quoi il croyait et, quand il en parlait, il savait se montrer persuasif. Louise me dit un jour qu'il n'était pas certain d'être à demi abénaqui, mais que cette idée lui plaisait. Peut-être l'était-il quand même, peut-être simplement pour un huitième, ou un seizième, mais ça n'avait aucune importance dans la mesure où son imagination puisa dans cette idée la liberté de bâtir un monde vivable. J'en voulus à Louise de cette révélation, mais tout bien réfléchi, j'étais convaincue qu'elle avait au moins en partie raison. Le fait d'être abénaqui permit à mon père de créer un système moral et spirituel qui manquait au monde auquel il avait affaire quotidiennement. Cela lui permit de dire que certains individus se réincarnaient sous forme de cerf, ou de poisson, alors que d'autres devaient rester fantômes, enchaînés à leur ancienne vie parce qu'ils avaient subi une blessure qu'ils ne pouvaient guérir. Ainsi, selon son système de pensée, je devrais être heureuse qu'il ne revienne pas, du reste à certains égards je le suis, mais je me rappelle aussi les vieilles histoires qu'il racontait, à propos d'oncles et de grands-mères revenant la nuit pour parler aux vivants, leur donner des conseils et les rassurer, et je me demande pourquoi il n'a pas pu faire ça pour moi. Mais peut-être me manquait-il tellement qu'un fantôme – n'importe lequel – aurait mieux valu que rien du tout. Les bons jours, je l'imagine réincarné en aigle ou en faucon ; ou peut-être en un arbre au bord d'un lac, qui s'emplit d'oiseaux, ou de neige, au fil des saisons. Ça lui aurait plu. Mais, en fin de compte, j'aime l'imaginer sous forme d'oiseau. Un migrateur, une de ces hirondelles de mer qui volent d'un pôle à l'autre, en suivant la lumière du soleil sur les mers scintillantes, scrutant les hauts-fonds en quête de poissons. Ce serait bien. Renaître en tant qu'oiseau avec une mémoire d'homme enfermée au creux des os, un microgramme d'âme en plus qui le guiderait jusqu'à la vie d'après, puis la suivante, jusqu'à ce que vienne le moment où nous nous retrouverions, non pas sous la forme que nous avions eue, mais quand même reconnaissables à un niveau subtil, presque gravitationnel. Mais si j'avais livré la plus infime de ces réflexions à Laurits, il aurait dit que lorsqu'on nourrissait ce genre de pensées, on pouvait se dire qu'on était vraiment mal barré – et si je ne commis jamais la bêtise de lui parler de mon fantôme imaginaire, j'étais consciente et reconnaissante des moqueries infinies dont il n'aurait pas manqué de m'accabler s'il avait su.

Patricia Neal

Les cinq jours suivants furent difficiles. Pas aussi difficiles que ceux que vit Ray Milland dans *Le Poison*, ou John Lennon quand il hurle son manque dans *Cold Turkey*, mais difficiles quand même. J'avais déjà décroché de l'alcool une fois, mais pas après d'aussi longs mois de beuveries ; je connaissais les sueurs nocturnes, les haut-le-cœur improductifs, et ces crampes soudaines, terrifiantes, qui donnent l'impression que les muscles des mollets vont se déchirer ; mais ce que je n'avais pas anticipé, cette fois, ce fut la beauté des cauchemars. La plupart du temps, mes cauchemars étaient l'expression de peurs ou de hontes ordinaires : nudité en public, harpies aux serres acérées surgissant de l'obscurité et me lacérant le visage de leurs ongles, longues et lentes noyades dans mon propre lit, tout au long desquelles j'étais éveillée, consciente, et tentais désespérément de me lever, tel un Lazare abandonné, de m'arracher à un matelas qui sombrait lentement dans une eau noire, souillée, pour m'apercevoir que je ne pouvais pas bouger, ni même crier. Ces clichés atroces du delirium tremens. La deuxième nuit, je m'éveillai persuadée d'avoir hurlé si fort que tout le quartier devait être sorti et la police sur le point d'enfoncer la porte pour voir qui se faisait assassiner. Puis, quand finalement mes bras regagnèrent un peu de force et que je pus me redresser et m'asseoir, je m'aperçus que la chambre était calme, silencieuse, normale. Pas d'échos mourant dans le lointain, pas d'éclairs bleus de gyrophares, pas de policiers. La différence, durant les cinq jours qui suivirent, pendant lesquels je me répétai que si j'arrêtais ce n'était pas parce que Jean Culver m'avait dit de le faire, la nouveauté, ce fut le paysage qui se déploya dans ma tête, un paysage passant d'une indicible beauté à son effroyable et silencieux contraire.

Je parle d'indicible beauté, car au réveil j'étais incapable de trouver les mots pour décrire ces rêves – or j'avais besoin de les décrire, non pas à quelqu'un d'autre, mais à moi-même, ou plutôt *pour* moi-même. Ces rêves étaient pareils à des films, fabuleux, incroyables, de véritables œuvres d'art. Si j'avais eu une caméra et un budget, j'aurais cherché un moyen de les restituer en vidéo, pour les rendre visibles et, ainsi, les fixer dans le temps. Le rêve que je fis en cette première nuit de... ça paraît étrange, aujourd'hui, d'employer le mot *sobriété*, comme je ne sais quel salarié à plein temps des Alcooliques anonymes, pourtant c'était bien de ça qu'il s'agissait. La sobriété. Ce que les dépliants des Alcooliques anonymes ne disent pas, c'est à quel point les premiers jours de sobriété sont étranges. Rêves, hallucinations, cauchemars, même – il n'est pas fait mention de leur beauté. Cette première nuit, je me retrouvai sur une vaste plage – vraiment impossiblement vaste, s'étirant en tous sens sur des kilomètres, plate, de sable très finement limoneux, principalement gris, mais argenté voire d'un roux fauve par endroits, une vaste étendue plate sur laquelle pesait un épais brouillard. C'est là que j'étais, dans ce brouillard – qui était aussi moi. Je veux dire par là que j'étais dedans et qu'il était moi, nous étions interchangeables, si bien que tout ce que je voyais était moi, aussi loin que pouvait se porter le regard, ce qui ne représentait pas grand-chose la plupart du temps, mais de loin en loin perçait une brève lumière mouillée, alors le brouillard s'éclairait un peu, juste assez pour laisser voir une bande d'échassiers prendre son envol, presque sans bruit, à peine un murmure d'ailes, puis brouillard à nouveau et silence. C'était insoutenable de beauté. Je n'avais pas envie de sortir de ce brouillard, jamais, et j'aurais voulu y rester – quel effet cela ferait-t-il de rester à l'intérieur d'un rêve ? Choisir cet espace-là et y rester jusqu'à la fin de ses jours ? *L'âme choisit sa Compagnie – Puis*

– *ferme la porte**... Comment cela se passerait-il ? Fallait-il, pour y parvenir, que la folie s'en mêle ?

Je n'avais pas envie de quitter ce brouillard, mais je ne pouvais pas m'arrêter de marcher, et ça paraissait très bien, au début, d'avancer sans direction, sans boussole, sans carte – mais voilà que, subtilement, les choses commencèrent à changer. Le brouillard s'éclaircit peu à peu et je me retrouvai au bord d'un éboulis d'énormes rochers, au pied d'une falaise. Il n'y avait personne alentour, mais j'avais l'impression d'être observée et, avant que j'aie le temps de m'en rendre compte, le brouillard disparut. Ou plutôt, il s'estompa, comme s'il n'avait jamais existé. J'étais maintenant au pied de la falaise, environnée de rochers de toutes parts, certains tombés depuis peu, d'autres gisant là depuis toujours. Je regardai alentour. Il n'y avait personne, mais je me sentis seule et vulnérable sur cette étendue rocailleuse et j'eus envie d'être ailleurs, dans un lieu abrité, à nouveau dans le brouillard, n'importe où plutôt qu'ici. Je continuai à regarder, je savais qu'il y avait une issue, je le savais, et je savais que je pourrais la trouver à condition de bien regarder – et je la vis alors, sentier dans une fente de la paroi rocheuse, qui s'élevait vers la lumière, loin de la rive, mais avant que je puisse m'y engager, une horde d'hommes et de jeunes garçons accourut vers moi, criant, hurlant, des hommes et des garçons nus couverts d'horribles blessures, comme s'ils avaient traversé un labyrinthe hérissé de lames d'acier. Comme s'ils étaient passés sous une haie de lames d'acier qui leur avaient entaillé et déchiqueté membres et chairs, leur tranchant bras et jambes, leur tailladant le visage, leur incisant la peau à maintes et maintes reprises tandis qu'ils couraient, si bien qu'à présent, alors qu'ils surgissaient de ce qu'avait pu être ce mécanisme, ils étaient trop mutilés et lacérés pour savoir ce qu'ils avaient traversé, trop aveuglés par leur propre sang

* *The Soul selects her own Society*, Emily Dickinson. Traduction de Claire Malroux. (*Toutes les notes sont de la traductrice.*)

pour comprendre, trop tard, qu'ils étaient sauvés. Je restai immobile tandis qu'ils arrivaient en criant et hurlant autour de moi, frôlant mon corps, ces hommes et ces garçons sans visages, ces hommes et ces garçons que je ne connaissais pas, se précipitant sur moi si vite que, d'un instant à l'autre, j'allais être jetée à terre et noyée sous un raz-de-marée de chairs tailladées et ensanglantées. Ce fut à ce moment-là que je m'éveillai, quand le poids de cette ruée finit par me renverser mais, avant d'être totalement submergée, je m'éveillai dans mon lit, dans la pénombre, presque sauve, si ce n'est que je ne pouvais pas bouger et que le poids des corps continuait à m'oppresser tandis que je luttais pour simplement parvenir à respirer.

Ce qu'il y avait de bien avec Laurits c'était que, quand je me retirais dans ma minuscule cellule blanche – oui, le nom d'Emily Dickinson venait à l'esprit, sa voix au fond de mes pensées, pareille au coryphée solitaire, omniscient, d'une tragédie grecque –, quand je me retirais du monde pour rester seule avec mes livres, ou juste contempler en silence le petit bout de la cour d'à côté visible de ma fenêtre, il ne me dérangeait jamais. N'importe où que je sois par ailleurs, il venait me chercher pour m'entraîner dans ce qu'il était en train de faire, ou voulait faire, ou ce dont il voulait parler, et ça s'accompagnait généralement d'alcool et des drogues en tous genres qu'il s'était récemment procurées. Quand je fermais la porte de ma cellule, en revanche, il me laissait tranquille. Oui, c'était un alcoolique sociable la plupart du temps, pour toutes les raisons habituelles, et oui, il m'encourageait à boire plus que je n'aurais dû mais, en temps ordinaire, ça n'avait aucune importance. J'avais envisagé, bien sûr, d'arrêter, de me désintoxiquer, d'aller courir dans la fraîcheur du petit matin, faire du yoga, du taï-chi, ou la dernière activité à la mode, mais que ce soit resté sans suite n'avait rien à voir avec Laurits. C'était mon choix, et s'il est vrai qu'on pouvait habituellement compter sur moi pour choisir mon camp, il est tout aussi vrai qu'il ne chercha pas à m'influencer. Si je n'étais pas là, il était très content de picoler seul. Ce qu'il ne manquait pas de faire – sauf que, lorsqu'il buvait seul, il ne finissait jamais véritablement bourré. Il se contentait de boire et encore boire, se perdait en considérations – nouveaux projets, nouvelles théories, nouvelles quêtes de quelque bribe de sagesse qui, toute brillante qu'elle paraisse pendant une heure, ne menait généralement à rien. Rien du tout – jusqu'au moment où, lors du dégrisement, inspiré non par l'alcool, les amphétamines ou la substance du moment, mais par l'épuisement et la futilité, il lui venait une idée intéressante. Se soumettre à ce purgatoire lui avait valu de remporter prix et bourses. Il avait coutume de dire que si les financeurs savaient d'où il tirait ses idées, les fonds ne tarderaient pas à se tarir. En mon for intérieur, toutefois, je pensais exactement le contraire. Les financeurs – terme générique par lequel Laurits désignait tout et n'importe quel individu susceptible de lui donner de l'argent – étaient sans doute parfaitement au courant de ses méthodes. Ils avaient juste besoin de gens assez affûtés pour se charger de travaux aventureux qui aient l'air de tenir la route. Assez affûtés, mais pas trop ; aventureux, mais pas révolutionnaires – ce qui faisait de Laurits leur client idéal, un artiste-anthropologue-provocateur qui posait toutes les bonnes questions sur le cauchemar climatisé mais ne poussait pas la conviction jusqu'à fournir des réponses. Ses travaux – que certains qualifiaient d'art, d'autres de documentaires – étaient par moments virulents et polémiques, mais aussi sans danger car, tout bien considéré, ils n'avaient pas à proprement parler de contenu moral. Laurits avait plaisir à lever les bras au ciel et dénoncer ce que le monde avait de ridicule, écœurant ou vénal, mais il ne voulait pas le changer. Il ne voulait pas soigner, guérir, affronter – et, de ce fait, il était sans danger. S'il avait poursuivi un peu plus longtemps, je crois vraiment que ses travaux auraient suscité un réel intérêt, lui auraient peut-être conféré une forme de célébrité dans le monde des arts alternatifs, mais il n'aurait pas goûté cet intérêt. En fait, il l'aurait même détesté – et se serait alors fendu d'un film sur l'individu répugnant qu'il était, qui bradait son absence de principes au profit d'un clinquant quart d'heure de célébrité.

Quand je resurgis de ma chambre, le dimanche matin, après deux jours à ne rien consommer d'autre que de l'eau et des fruits, j'avais bizarrement froid malgré une vilaine fièvre. Je savais que Laurits serait en train de travailler car, par esprit de contradiction ou peut-être pour de bonnes raisons, il disait toujours qu'il travaillait mieux le dimanche, pendant que le reste de Scarsville, observant un genre de sabbat des temps modernes, lisait le journal en attendant que soit servi le déjeuner. Je savais qu'il serait en train de travailler et m'attardai longuement à mon rituel dans la salle de bains, si bien que j'en ressortis entière et complète à nouveau, comme un individu normal. Je fis ensuite du café et me préparai un petit-déjeuner rudimentaire d'après jeûne – granola, quartiers de pomme, lait demi-écrémé, toast tartiné d'une fine couche de beurre de cacahuète – que j'apportai dans la salle à manger où Laurits travaillait. Je n'ai jamais compris comment ses films se faisaient – il en tournait une partie lui-même, je le savais, mais la plupart du temps il utilisait de la pellicule de récupération qu'il manipulait de façon à en dénoncer non pas les défauts intrinsèques mais les réactions conditionnées que ses spectateurs pourraient avoir face au contenu : scènes pornos, films de voyages, événements sportifs, c'était sans importance, tout ce qu'il empruntait au domaine public, il le transformait, de façon à toujours laisser des questions en suspens. Ses films étaient appréciés dans certains milieux, mais lui affirmait que finalement ils étaient tous merdiques. L'idée initiale n'était pas merdique, disait-il, mais le produit fini n'était jamais à la hauteur. Il soulignait toujours qu'il n'y avait pas d'histoire dans ces films maison – appellation de son cru, pas du mien – parce qu'il méprisait l'intrigue, détestait le suspense, le mensonge que ça impliquait, la maladresse de l'artifice, mais je ne crois pas que le public partageait ce point de vue. À mon avis, s'il n'y a pas d'histoire évidente, le spectateur en construit une. Laurits disait que sa vie ne s'attachait pas aux événements, ni à cette sensation durable d'exister en tant qu'histoire que le processus de socialisation s'efforce de nous vendre. Il disait que les relations impliquant une quelconque complexité ne l'intéressaient pas, qu'il recherchait juste ces textures et gradations insaisissables d'ombre et de lumière, les nuances, l'atmosphère. Il y était question de l'étoffe du monde – ou plutôt de ces instants et lieux où l'étoffe du monde était effilochée ou déchirée.

Pour l'heure, il venait de s'atteler à un nouveau projet : provisoirement intitulé *Corrida*. La salle à manger, que nous n'utilisions pas souvent, était transformée en une sorte de studio, avec plusieurs téléviseurs, deux magnétoscopes, un lecteur de DVD flambant neuf, divers accessoires d'enregistrement et caméras, tout le matériel qui lui était nécessaire éparpillé dans la pièce sans le moindre semblant d'ordre, bien que Laurits sache toujours où trouver ce qu'il lui fallait. Ce dimanche matin, pendant que les bonnes gens de Scarsville étaient à l'église ou en train de préparer le déjeuner pour leur famille ou leurs amis, lui était installé à la table, avec à sa droite un écran diffusant un mauvais film porno et un autre, sur sa gauche, des images de ce qui semblait être un combat de taureaux.

Il était clair qu'il avait sélectionné les films sur lesquels il travaillait pour leur piètre qualité. Les couleurs du film porno étaient laides, le combat de taureaux paraissait filmé par un amateur et l'image sautillait sans arrêt. Laurits faisait une fixation sur les animaux. Ce qu'on leur fait. En l'occurrence, un homme à cheval piquait le taureau à l'aide d'une lance, le ventre de sa monture caparaçonné d'un épais matelassage doré, la pointe acérée de la lance servant simplement à tenir à distance l'animal qui tentait d'encorner le cheval, pendant que quatre ou cinq autres hommes entraient et sortaient de son champ de vision, agitant des capes rouge et or, s'efforçant de le détourner de son but. Quand le taureau se retournait et chargeait tête baissée le premier des hommes, un autre essayait de le détourner, puis un troisième s'avançait et exécutait quelques passes pleines d'assurance avec sa cape, déconcertant si bien le taureau qu'à un moment donné, il tomba dans le sable les cornes les premières et fit un roulé-boulé sur lui-même, restant un instant sur le dos avant de se relever et de charger furieusement de plus belle. Mais voilà qu'à présent les capes avaient disparu et les hommes s'étaient retirés à l'abri en divers endroits du pourtour de l'arène, laissant le taureau dérouté, ne sachant plus où charger ensuite – et, curieusement, ce fut le moment le plus poignant. La déroute du taureau. Sa confusion. Il restait planté là, tâchant de comprendre, du moins en apparence, prêt à renoncer à cette poursuite absurde – puis une des capes se rapprocha et s'agita un peu plus, et le taureau repartit, chargeant comme un fou en direction d'une chose qu'il ne comprenait pas.

Sur l'autre écran, quatre hommes, nus à l'exception de leurs chaussettes, regardaient une femme. Ils venaient clairement de l'attacher au lit, mais pas aussi serré qu'on aurait pu s'y attendre, car il y avait un jeu visible dans les cordes (il devint vite évident que c'était voulu, car ils plaçaient son corps dans différentes positions selon les diverses façons dont ils comptaient s'en servir), mais ce qui me dérouta le plus, pour commencer, ce fut le fait que la femme portait des lunettes. Pourquoi des lunettes ? Pourquoi les hommes ne lui retiraient-ils pas ses lunettes, puisqu'ils lui avaient enlevé ses vêtements, ses chaussures, son sac ? Cela me parut sinistre, mais je ne compris pas pourquoi. L'autre détail notable, c'était que la femme semblait hébétée, groggy. Pas ivre, mais peut-être droguée. À aucun moment, pendant que les hommes se servaient d'elle, elle ne cria ni ne se débattit, alors qu'il était très clair que ce qui se passait n'avait rien d'agréable pour elle. Elle paraissait… quoi ? Pas abattue, à proprement parler, ni précisément résignée à son sort. Elle était simplement ailleurs, groggy, hébétée

– quoique, tout bien réfléchi, ce soit sans doute moins dû à une drogue qu'à un état de choc. Oui, c'était ça. Je comprenais à présent. La femme était choquée de se retrouver en pareille posture. De s'être laissée aller à échouer là, impuissante et seule. Peut-être avait-elle fait confiance à l'un des hommes, pensant que ce qui allait se passer serait un rite intime qui les unirait dans leur curiosité, ou leur... quoi ? Qu'auraient-ils bien pu partager ? Cette question me plongea dans une longue réflexion jusqu'au moment où je compris le lien entre les deux films. Le lien qui avait amené Laurits à les choisir, et qui n'était autre que la façon dont la déroute du taureau répondait à la confusion de la femme, ni l'un ni l'autre n'étant en mesure de comprendre ce qu'on leur infligeait, car ce qu'on leur infligeait n'avait aucun sens. C'était absurde – pour le taureau et la femme, à tout le moins. Alors que pour les hommes du film sur la tauromachie, avec leurs chapeaux et atours de brocart et d'or, aussi bien que pour ceux du film porno vêtus de leurs seules socquettes ridicules, le sens était évident. C'était bien là le drame, à moins qu'il s'agisse d'un contre-effet comique. Que le sens soit si évident aux yeux des auteurs de ces actes – dont les gestes évoquaient ceux de prêtres au cours d'un rituel banal – et si terriblement absent aux yeux des victimes. Voilà pourquoi Laurits avait choisi ces films. Je restai un instant, jetant de brefs coups d'œil à l'un puis l'autre des écrans, et m'éloignai ensuite, avec l'impression d'être un peu salie, comme si, d'une certaine façon, j'avais cautionné une chose que j'aurais dû refuser.

Je ne sais pas pourquoi Laurits avait voulu que je m'installe avec lui. Peut-être juste par paresse : il aimait bien que je sois dans les parages, mais il sentit qu'il ne ferait probablement pas l'effort d'aller me chercher si je n'étais pas à proximité. Au début, on fit l'amour de façon plutôt satisfaisante, ou qui me sembla assez satisfaisante tant que j'y attachai de l'importance. Je crois que ma formulation n'est pas juste : faire l'amour a toujours de l'importance à mes yeux, mais pour le moment je ne peux pas envisager d'aimer quelqu'un, or il faudrait que j'en sois capable pour arriver à renouer quoi que ce soit de physique. Et même ça, ce n'est pas juste, car je peux imaginer aimer quelqu'un, mais le quelqu'un en question est abstrait, un personnage n'existant que dans mon esprit, et je sais que je l'ai créé pour qu'aucun individu de chair et d'os ne puisse s'y immiscer. Cet amant imaginaire est trop… parfait. Incomparable. Il m'aide à rester saine de corps. À l'époque où j'étais avec Laurits, j'étais trop exposée, trop à nu. Je croyais alors ne pouvoir aimer personne, si bien que je me fichais pas mal de qui j'aimais, avec qui je couchais ou gâchais ma vie. Or c'était l'exact contraire de la vérité. Je souffrais tant de l'absence de mon fantôme personnel que le reste n'avait aucune importance : qui j'aimais, avec qui je couchais, à qui je parlais et qui je traitais en ami. Et je pense que Laurits en était à peu près au même point. Lui s'ennuyait ; moi, je souffrais. Quelquefois, ça revenait au même.

C'est dur à croire, compte tenu des quantités d'alcool et de drogue que nous ingérions, mais nous faisions bien l'amour. Au début, en tout cas. Nous aimions regarder des films ensemble, pas du porno, du moins pas le truc habituel. C'était plutôt de l'érotisme d'autrefois, j'imagine. Des films français classiques, disons, comme *Histoire d'O*. Un des préférés de Laurits. Il en avait trouvé une vieille copie sur cassette vidéo, doublée en russe pour une raison que j'ignore, et avec un temps de décalage, si bien qu'on prêtait encore plus d'attention aux bruitages, soupirs et coups de fouet. C'était comique, en fait, ou ça l'aurait été si ça s'était arrêté là, mais ça ne s'arrêtait jamais là. On picolait tout en regardant, pendant que O était conduite au château, ou je ne sais où elle se retrouvait, et on sombrait de plus en plus dans l'ivresse à mesure que les humiliations devenaient plus intimes et honteuses, et ensuite… eh bien, je ne dirai pas que nous reproduisions ce que nous venions de voir, mais il y avait un peu de ça, assurément. C'était l'objectif. Il arrivait parfois qu'il se laisse emporter et me fasse un peu mal. Je veux dire… qu'il me blesse réellement, au point de me laisser des marques sur la peau. Il me couchait et me couvrait le visage, j'étais attachée, et j'aimais ça, la plupart du temps. Mais j'avais peur, en même temps, car je savais comment le film se terminait, comment ils se terminaient tous, et j'avais envie de croire qu'il n'y pensait pas lui aussi. Je voulais croire qu'il n'y pensait pas… et je n'y arrivais pas, car je savais qu'il y avait une finalité là-dessous, même s'il donnait à tout ça l'allure d'un jeu, ou d'un rituel. D'une cérémonie – c'est le mot qu'il employa une fois. Je savais que, par-delà le jeu, par-delà la cérémonie, il y avait une image, non pas de la mort proprement dite, mais de quelque chose qui y ressemblait, et j'avais peur et honte, non seulement parce que je pensais que Laurits se servait de moi pour trouver cette image, mais parce que je collaborais avec lui. Ou si je ne collaborais pas véritablement, je ne faisais aucun effort pour imposer une limite. Je ne définissais rien qui garantisse la sécurité. Je ne suis pas en train de dire que j'avais envie qu'il me tue, ou qu'il me blesse gravement, mais je sentais, quelque part au creux de mon estomac, que je ne serais pas en mesure de l'arrêter s'il passait à l'acte.

L'âme choisit sa compagnie, dit Emily Dickinson. C'est vrai, mais la perversité de l'âme est sans fin. Sinon, comment expliquer que j'en sois venue à vivre dans cet appartement ? Comment expliquer que Laurits se soit retrouvé avec moi ? J'essayais parfois d'analyser les choses, de déterminer ce qui nous avait poussés l'un vers l'autre. J'envisageai toutes les possibilités : culpabilité, détestation de soi, authentique perversité, mais c'était sans doute quelque chose de moins théâtral. L'ennui, disons. Ou la maladie mentale.

– Je dois être un peu bipolaire, lançai-je un jour, de but en blanc, sans trop savoir si je l'avais vraiment dit tout haut, avant de me rendre compte que le mal était fait. Nous étions au lit dans sa chambre, en train de fumer une herbe géniale, avec déjà deux bouteilles de muscat à notre actif en ce samedi après-midi. C'était le printemps, la fenêtre était ouverte. Les *Cento partite sopra passacagli* de Girolamo

Frescobaldi, interprétées par Bob Van Asperen, s'égrenaient doucement en fond sonore.

Laurits grogna.

– Conneries.

Je m'esclaffai. Pour un amateur de compositions au clavecin du XVIIe siècle, il faisait preuve d'une insensibilité incroyable.

– Pardon ?

– On ne peut pas être *un peu* bipolaire, dit-il. C'est une pathologie. Comme la dépression. Si ce n'est pas pathologique, ce n'est pas une dépression…

– Putain, Laurits, lançai-je. Pourquoi faut-il que tu sois toujours aussi… ?

Je cherchai le mot mais j'étais trop défoncée.

Il se retint un instant de répondre, ce qui me donna à comprendre qu'il avait quelque chose de grave à dire. Car il était attentionné, à sa manière abstraite bien à lui. Assez attentionné pour rectifier un malentendu. Comme si la vie n'était qu'un prolongement tortueux du club de débat de l'école et qu'il suffisait, pour tout arranger, de présenter une argumentation convaincante.

– Ce que les gens appellent couramment dépression est naturel, dit-il. C'est une réaction parfaitement normale au monde dans lequel on est obligé de vivre. À certains moments, on arrive à le supporter, à d'autres pas. En fait, c'est de la peine, ou peut-être du chagrin.

– Du chagrin ?

– Oui. Du chagrin.

– Que sais-tu du chagrin ?

Il me regarda longuement, comme si ma question l'avait blessé. Comme si je n'avais pas réussi à percevoir un domaine de compétence particulier.

– Je sais *tout* du chagrin, dit-il. J'ai failli faire un film là-dessus, autrefois. Un vrai film américain franc du collier, à la Jiminy Cricket.

– Manquait plus que ça, plaçai-je.

Il fit mine de ne pas entendre.

– Un film basé sur une histoire vraie à propos d'une vieille femme… non, je vais plutôt dire une vieille dame. Cette vieille dame qui s'appelait, disons, Frances. J'aime bien Frances, c'est un beau prénom. Comme Frances Farmer.

– Frances Farmer n'avait rien de spécial, dis-je. C'était juste une révoltée.

– Je ne débattrai pas avec toi, dit-il. Admettons simplement que cette vieille dame s'appelle Frances. Elle vit en Pennsylvanie, dans une petite maison à la lisière de la ville… ou plutôt non, n'appelons pas ça une maison. Je suis allé voir sur place, une fois, et ce n'est guère qu'une cabane. Frances y avait passé toute sa vie conjugale et beaucoup aimé son mari – que nous pourrions appeler Sam…

– Pourquoi Sam ? coupai-je.

– En l'honneur de Sam Shepard, grand génie américain, dit-il, et je me rappelai alors que Sam Shepard figurait dans le biopic sur Frances Farmer, de même que Jessica Lange, vraisemblablement attirés l'un comme l'autre par l'intrigue habile d'un scénario original qui finit comme finissent la plupart des scénarios originaux, massacré sur le sol d'un studio.

– D'accord.

– Donc, les ennuis commencent à la mort de Sam. Frances et lui avaient toujours été très proches et, bien sûr, ils avaient vécu toute leur vie là-bas, dans cette petite cabane des bois, au contact de la nature, au gré des saisons, seuls dans leur bonheur. Ils ont des enfants – je ne sais pas trop combien, mais l'un d'entre eux est une fille qui part s'installer dans la ville voisine et oublie la cabane dans les bois et tout ce bonheur, et commence à faire sa Petite Mademoiselle Normale.

– Allons, allons, dis-je. Elle ne peut pas être entièrement mauvaise.

– Qui a dit qu'elle était mauvaise ?

– Je sens poindre le méchant.

Il éclata de rire. Nous en étions à la moitié d'une nouvelle bouteille de muscat. Bob Van Asperen s'était tu.

– Il n'y a pas de méchants, dit-il. Juste des cabanes, des bois et, ma foi, il faudrait qu'il y ait de la neige. Et la mort, bien sûr.

– Bien sûr.

– Frances continue donc à vivre dans la petite cabane des bois et, qui sait, peut-être entrevoit-elle Sam dans les ombres, une fois de temps en temps, peut-être l'aperçoit-elle fugacement quand elle sort dans la neige pour aller chercher des bûches, mais tout va bien, elle n'est pas folle, c'est juste une vieille dame avec plusieurs décennies d'amour derrière elle. Et elle est heureuse, à sa manière. Elle pleure Sam, c'est vrai, mais c'est justement ce que les autorités ne comprennent pas dans le chagrin. Et c'est pour ça qu'ils envoient les flics, quand la fille leur dit…

– Attends, dis-je.

– Attends quoi ?

Je poursuis :

– La fille. Tu ne lui as pas donné de nom.

– Tu as raison. Mais ce n'est pas important…

– Si, dis-je. Je vois poindre le méchant. Il faut qu'elle ait un nom.

Il secoua la tête.

– C'est bon, dit-il. Roules-en un autre et je te dirai comment elle s'appelle.

– Toi, roules-en un.

– Je ne peux pas, je raconte l'histoire.

– Bon, très bien. – Je rassemblai le matériel. – Alors… comment s'appelle-t-elle ?

– Patricia, dit-il.

– Comme Patricia Neal, dis-je.

– Exactement. Et, de toute façon, la fille…

– Patricia, rectifiai-je. Mais je ne crois pas que Patricia Neal doive être la méchante simplement parce qu'elle a joué dans ce film épouvantable adapté d'Ayn Rand.

Laurits se renfrogna. Patricia Neal avait été magnifique dans *Le Plus Sauvage d'entre tous*, mais Laurits ne pouvait pas se décider à lui pardonner tout à fait *Le Rebelle*.

– Donc, *Patricia* craint que sa mère soit en train de sombrer dans la dépression. C'est bien beau de pleurer quelqu'un, mais là c'est exagéré. Elle ne vient plus en ville, ne vient plus voir les petits Frankie et Johnny, s'extasier sur eux, leur payer des hot-dogs et des glaces Bassetts, elle se contente de rester là-bas dans sa cabane, seule le samedi soir, ça ne peut qu'être malsain, hein, elle doit être...

– Bipolaire ?

– En dépression. Alors Pattie va trouver le bureau d'aide sociale et ils se rendent sur place et là, Frances dit que non, elle va bien, elle a juste envie qu'on la laisse tranquille, à savourer les bois et pleurer Sam, comme l'exige la nature. Mais ça ne satisfait pas Patricia qui insiste si bien qu'au bout d'encore une quinzaine de jours, à force d'enquiquiner les autorités, elle les décide à déployer l'arsenal officiel face à cette gentille vieille dame et, bien vite, ces gens obtiennent un mandat judiciaire qui leur permet de l'amener en ville, pour son bien tu comprends, et de la soumettre à une évaluation psychologique. Elle s'efforce alors de leur expliquer que, non vraiment, tout va bien, tout ce qu'elle veut c'est rester dans son environnement familier, avec les oiseaux sur le bord de la fenêtre, la neige sur le tas de bûches, les ratons laveurs qui cavalent sur le toit la nuit. Ce qu'elle n'arrive pas à expliquer, bien sûr, c'est qu'elle est impliquée dans un plus vaste processus – car le chagrin est toujours un processus beaucoup plus vaste que quiconque l'imagine –, et attend qu'il arrive à sa pleine... maturité. Ce n'est peut-être pas le mot qui convient, mais s'il en existe un, elle n'est pas en mesure de le dire car, toute sa vie, elle s'est reposée sur la grâce du non-dit, la bonne grâce des autres quand les événements les dépassent.

– Il y a une histoire là-dedans, quelque part ?

– Oui.

Il se versa le reste de la bouteille de muscat, mais je savais qu'il y en avait d'autres. Il y en avait toujours d'autres.

– Oui, oui, oui. C'est une vraie histoire, pas je ne sais quelle… Une vraie. L'histoire d'une vieille dame qui va être arrachée à sa maison et qui, parce qu'elle ne sait pas quoi faire d'autre, prend le vieux fusil de son mari et tire – pas *sur quelqu'un*, tu comprends bien, juste à titre d'ultime message exaspéré. D'ultime appel pour qu'on la laisse tranquille. À ce moment-là, les flics l'encerclent. C'est un siège. Tu sais à quel point les flics adorent ça. Surtout les flics ruraux. Toutes ces heures supplémentaires, les déclarations à la presse. Ou le refus de toute déclaration. Le plaisir qu'il y a à passer devant les journalistes et les caméras en lançant *Pas de commentaire*, comme si on faisait ce genre de choses à longueur de temps. Et ils appliquent les règles au pied de la lettre, ils isolent la dangereuse criminelle, ils établissent un périmètre, et une fois que c'est fait, ils font venir le camion sonorisé et ils envoient du Barry Manilow.

– Je te demande pardon ?

– Barry Manilow. Scientifiquement prouvé en situation de siège classique ou de prise d'otage. Quelques jours de Manilow et l'ordre public est restauré.

– Tu rigoles.

– Bon, peut-être pas quelques jours. En l'occurrence, Frances a tenu quarante-sept jours. Au bout desquels elle s'est rendue.

– Ça alors !

– Comme tu dis.

– Et qu'est-ce qui s'est passé ?

– Quoi ?

– Qu'est-ce qui s'est passé ?

– Qu'est-ce que tu veux que j'en sache ?

– Mais quoi, c'est quand même ça l'histoire, non ?

– Non, non, non. – Laurits prit un air agacé, mais je savais que c'était feint. – L'histoire, c'est le siège. L'histoire, c'est Frances dans sa cabane, qui fait durer le café, qui trouve des moyens de communier avec les bois et le reste, pendant que Barry Manilow lui casse les oreilles nuit et jour. C'est ça l'histoire.

– Mais tu ne peux pas finir là, dis-je. Moi, je veux savoir ce qui est arrivé à Frances.

– Je te l'ai dit. Elle a quitté la cabane. C'est tout ce qui compte.

– Non, dis-je. Ça ne va pas. Il y a un après.

Il fronça les sourcils mais, là encore, je savais qu'il faisait semblant.

– D'accord, dit-il. Elle a quitté la cabane. Sa fille voulait la prendre chez elle mais elle a refusé. Du coup, elle finit dans une maison de retraite. Que paie sa fille jusqu'à ce jour.

– C'est vrai ?

– Bien sûr, que c'est vrai. Mais ça ne présente pourtant aucun intérêt. Tout ce qui compte, c'est qu'elle a quitté la cabane. Ce qui était inévitable, compte tenu de Barry Manilow et du reste. En fait, sa vraie vie s'était arrêtée dès les trois premières mesures de *Copacabana*.

– Qui es-tu pour dire ça ? Tu ne sais pas ce qu'a été sa vie, après.

– Non, dit-il. Je te l'ai précisé. Il n'y a pas d'*après*. On lui a volé sa vraie vie. Elle était là pour pleurer. C'était sa tâche.

– Sa *tâche* ?

– Sa tâche consistait à pleurer, dit-il. À être seule. À communier avec la nature. C'était sa tâche, et c'était son histoire. Et ça, c'est un film que je regarderais volontiers, ajouta-t-il. Pas d'histoire, pas de suspense, pas de dénouement. Juste une femme et les différentes textures de son chagrin. Est-ce qu'on peut imaginer plus honnête que ça ?

Je gardai le silence. Pleurer, était-ce aussi ma tâche ? Était-ce pour ça que j'étais là, dans son appartement ? Étais-je un sujet d'étude ? Je lui tendis mon verre pour qu'il le remplisse.

– Tu as raison, dis-je. C'est un classique américain. Je m'en rends compte, maintenant. Dianne Wiest dans le rôle de Frances. Laura Linney dans celui de Patricia. Barry Manilow dans son propre rôle.

Il émit un reniflement sarcastique, mais il était amusé, je crois. On n'était jamais sûr avec Laurits. Il plongea la main sur le côté du lit pour attraper une nouvelle bouteille de muscat. Je ne compris jamais clairement où il trouvait de quoi s'offrir tout ça. Le vin. Les substances. Tout ce *train de vie* auquel il n'était pas assez hypocrite pour renoncer.

– Classique, mon cul, dit-il.

Territoire sacré

Je ne saurais prétendre que ce fut calculé, mais cinq jours après notre première rencontre, pratiquement à l'heure près, je me présentai chez Jean Culver sobre comme un chameau. Fidèle à ma parole, je n'avais rien bu depuis notre conversation, et sans avoir encore complètement retrouvé ma forme passée, j'étais étonnée du changement apporté par ces cinq jours. Jusqu'alors, je ne m'étais pas rendu compte que, depuis une éternité, j'étais soit complètement bourrée, soit en pleine gueule de bois, et dans les intervalles toujours plus brefs entre ces deux états, agréablement éméchée – expression que je tenais de papa, qui expliquait qu'il ne prenait jamais de cuite parce qu'il s'endormait toujours dès qu'il était éméché. Pour l'heure, je me sentais proche du bien-être. Entière. Intacte. Étrangement compacte, si on peut dire. En possession de mes facultés et plus encore, comme si les facultés en question s'étaient réorganisées de façon plus élégante et économique. Par moments, tandis que je marchais dans Audubon Road, j'exultais, je sentais mon corps en forme, allégé, presque prêt à prendre son envol – mais j'étais heureuse que ces instants-là passent. Ils semblaient trop dangereux. Excessifs. Je préférais les passages intermédiaires : le calme, la gravité, la sensation de retenue.

Je ne remarquai pas tout de suite la jeune fille. Elle devait se trouver parmi les arbres quand j'arrivai, après quoi, en me voyant, elle s'avança prudemment dans la lumière, comme un cerf, ne sachant pas trop quel genre de danger je risquais de présenter. Elle pouvait avoir douze ou treize ans, me sembla-t-il, et elle était très blanche, avec des cheveux couleur de paille et des yeux clairs, presque bleu pastel, qui semblaient rayonner d'une flamme intérieure. Ou peut-être d'une fièvre intérieure, quelque excitabilité permanente qu'elle ne pouvait éteindre. Quelque chose, chez elle, me rappela un visage que j'avais vu dans un tableau de Paul Klee – mêmes couleurs pâles, laissant filtrer la lumière – mais je n'aurais su dire si ce visage était celui d'une jeune fille ou d'un ange.

Il y eut un bref temps d'arrêt, pendant lequel la jeune fille me regarda, me jaugeant, décidant quelque chose. Elle sembla un instant sur le point de parler, ses lèvres remuant légèrement, mais aucun son n'en sortit, si bien que je me demandai, pendant une fraction de seconde, si elle était muette. Puis sa bouche s'arrondit en un irréprochable O fermé, ses lèvres – un peu trop rouges dans ce visage blanc – esquissèrent une moue obscène, et lentement, parfaitement, un œuf en surgit. Qu'elle ait pu le maintenir en équilibre au terme de ce processus extraordinairement contrôlé semblait presque miraculeux, mais dès que cette quasi sphère d'un blanc immaculé fut entièrement sortie de sa bouche, elle y retourna avec la même lenteur prudente. Quand l'œuf eut complètement disparu, la jeune fille resta là, à m'observer, pour voir quelle allait être ma réaction – et je compris alors qu'elle n'était pas en train d'exécuter un numéro, n'attendait pas d'applaudissements, mais qu'elle venait simplement de me dire quelque chose, comme si elle avait voulu, non pas m'impressionner ou m'étonner, mais communiquer. Le temps que cette conclusion se forme dans mon esprit, toutefois, et que je comprenne qu'il fallait que je lui offre quelque chose à mon tour, un mot ou un geste, elle s'était détournée et enfuie, avait quitté le grand jour ensoleillé et regagné l'ombre douce des arbres, si légère dans sa course, si fine et blanche qu'elle semblait presque translucide. Il lui fallut quelques secondes à peine pour disparaître parmi les feuillages – et je remarquai, chose que je n'avais pas perçue lors de ma dernière visite, combien les bois étaient profonds de ce côté-ci de la maison de Jean Culver. Étaient-ils tous à elle ? Ou existait-il une invisible clôture, enfouie depuis longtemps sous les herbes et la vigne vierge, séparant son terrain de quelque autre domaine tout aussi dissimulé ?

Je frappai une première fois à la porte de Jean Culver, sans obtenir de réponse, si bien que je frappai de nouveau, puis poussai la porte et m'avançai dans le vestibule. Le silence régnait dans la maison. Je sentais la présence, quelque part à l'extérieur, de la jeune fille en train d'observer depuis son poste favori dans les feuillages, et je me demandai si Jean Culver savait qu'elle était là, si je n'aurais pas dû me montrer plus discrète et éviter de laisser voir à la jeune fille que la porte n'était pas fermée à clé. Et si c'était une voleuse, ou pire ? Il se pouvait qu'elle soit inoffensive, ou qu'elle soit un danger pour les autres. Qu'arriverait-il si elle saisissait sa chance, attendait mon départ et s'introduisait chez Jean Culver avec de mauvaises intentions ? Je ne savais pas trop quoi faire. Fallait-il que j'appelle ? Que je rebrousse chemin et m'éloigne un peu, en guettant éventuellement pour voir ce que la jeune fille allait faire ? Plusieurs possibilités me vinrent à l'esprit – puis je vis Jean Culver, vêtue d'une chemise écossaise et d'un jean noir, une hache à la main, une tasse dans l'autre. Sortant de la cuisine, supposai-je ; quoique, dans ce cas, elle avait dû se déplacer sans le moindre bruit. Avait-elle assisté à l'épisode de l'œuf depuis la fenêtre ? Pourquoi tenait-elle cette hache ?

Son visage n'exprima aucun étonnement de me voir. Au contraire, elle eut l'air contente de me trouver là.

– Vous êtes donc venue, dit-elle. Je n'étais pas sûre que vous finiriez par vous montrer.

– Oh, fis-je. Excusez-moi, j'aurais dû…

Elle agita la main qui tenait la tasse, puis posa la hache contre le mur.

– Non, non, dit-elle. Je suis contente que vous soyez là. Entrez dans la cuisine, je vais me préparer.

Elle se dirigea vers le fond de la maison, la pénombre dense et chaude de cet intérieur qui me semblait si étranger et, en même temps, me rappelait si fort Stonybrook. Derrière moi, la porte restait ouverte.

– Vous préparer ? relevai-je.

Elle se retourna et sourit gaiement, comme une enfant attendant avec impatience une sortie.

– Nous devions aller au Territoire sacré, dit-elle. C'est moi qui invite.

– Ah.

Je jetai un regard en direction de la porte ouverte.

– Tout va bien ? Vous avez l'air… préoccupée.

– Il y a une jeune fille dans votre cour, dis-je.

– Une jeune fille ?

– Une étrange… jeune fille… Elle… une fille très pâle…

– Ah ! – Jean parut contente. – C'est Christina. Elle aime les arbres.

– Christina ? répétai-je.

– Christina Vogel, précisa Jean. Sa famille habite… oh, je ne sais pas trop. Quelque part de ce côté.

Elle agita vaguement la main en arrière dans la direction de l'extrémité respectable d'Audubon Road, avec ses pelouses, clôtures et paniers de basket, et son geste révélait clairement qu'elle n'avait pas grande estime pour la rue policée ni pour la famille de Christina Vogel.

– Elle vient pour les arbres. Et les oiseaux. – Elle se retourna et gagna la cuisine où je la suivis, toujours tracassée par la porte ouverte. – Il lui arrive de rester là toute la nuit, dehors, à écouter les chouettes.

– Les chouettes ?

– Oui.

Jean s'était emparée d'un grand sac en toile et le remplissait de tout ce qu'elle semblait juger nécessaire à notre excursion. Portefeuille. Appareil photo. Carnet et crayon.

– Des chouettes rayées. Elles se plaisent ici.

– Est-ce qu'elle… va bien ?

Jean se mit à rire.

– Elle est folle comme un panier, dit-elle.

Je ne pus déterminer si elle parlait sérieusement.

– Pourquoi est-ce qu'elle vient dans votre cour ? demandai-je. Puis, trouvant mon ton un peu virulent, je me repris : Enfin bon, sa famille sait qu'elle est ici ?

Jean se tourna pour me regarder.

– Je crois qu'ils ne s'en soucient guère, dit-elle. Je ne vois pas d'inconvénient à ce qu'elle soit ici. Elle ne dérange pas.

– Elle ne devrait pas être en classe ?

– Ça, c'est le problème de l'école, pas le mien. – Elle réfléchit un instant. – Je crois que j'aime bien la savoir dans les parages parce qu'elle est enfantine. C'est une sorte d'innocente. Une simplette.

Elle jeta un coup d'œil autour d'elle pour voir si elle n'oubliait rien. J'avais l'impression de regarder quelqu'un se préparer pour une journée de randonnée, plutôt que pour un saut jusqu'au café du coin.

– On a tous intérêt à se rappeler quels enfants on a été, dit-elle, et avant que je puisse la réprimer, l'idée me vint que sa propre enfance remontait à un passé très lointain.

Jean hocha la tête, comme si elle approuvait quelque chose.

– Je ne parle pas de ceux qui se tenaient bien et s'entendaient avec tout le monde en classe, dit-elle, mais de l'enfant qu'on était dans l'intimité. L'enfant curieux. La petite fille que vous étiez quand personne ne regardait.

Elle souriait toujours mais son regard était sérieux et, bien que je ne puisse pas savoir à quoi elle pensait, je décelai une lueur d'inquiétude dans ses yeux.

– Vous vous souvenez d'elle ? demanda-t-elle.

J'acquiesçai, mais ne dis rien.

– Vraiment ? insista-t-elle, le regard rivé au mien, comme si elle croyait me surprendre en train de mentir.

– J'en ai quelques souvenirs, dis-je. J'ai passé beaucoup de temps seule.

– Sans personne qui regardait ?

– Non.

– Même pas dans votre tête ? demanda-t-elle.

Je ne sus que répondre. Je comprenais ce qu'elle disait, mais je ne pouvais répondre à sa question. Je croyais avoir été une gamine plutôt indépendante, mais maintenant, tout adulte et loin de chez moi que j'étais, je continuais à avoir l'impression que quelqu'un me regardait. Ma mère, par exemple, scrutant par-dessus le bord d'une tasse de café, comme si elle se demandait comment il se faisait que je vive sous son toit. Jean m'observait toujours, attendant ma réponse.

– Je n'en sais rien, dis-je, et c'était vrai.

Elle m'adressa un léger hochement de tête.

– Peu importe, dit-elle. Ça prend beaucoup de temps de se sortir tous ces salopards de la tête. – Elle sourit en me voyant réagir à ce choix de mots inattendu. – Je commence seulement à y parvenir moi-même. Il faut persévérer, voilà tout. – Son sourire s'élargit. – Bon, alors. Allons boire un café.

C'était encore une chaude journée, mais je m'y sentais bien, parée d'une sorte de lenteur gracieuse que je n'avais pas ressentie depuis l'enfance. À l'époque, j'allais dans les bois pendant l'été. J'y passais des journées entières, de longs après-midi, dans une chaleur étouffante, et le temps ralenti s'arrêtait presque. Quelquefois, je suivais une piste qui s'enfonçait loin, au point qu'on se disait qu'elle n'aurait pas de fin, qu'il n'y avait qu'arbres, ciel et soleil. Bien sûr, je n'étais qu'une enfant et ce qui me semblait alors immense n'était qu'une étendue de forêt ordinaire à la lisière de la ville, et même à l'époque je savais qu'elle avait forcément une fin. Et donc, chaque fois que je partais me promener, je poussais un peu plus loin, et encore plus loin. Ce n'était sans doute pas très loin. Je ne peux pas l'affirmer avec certitude, car tous ces arbres ont été abattus et, désormais, il n'y a plus que des habitations – des pavillons de cadres, et des noms de rues rappelant ce qui se trouvait là autrefois –, mais ça ne pouvait pas être loin. Je n'étais pas une enfant courageuse. Mais j'étais curieuse. Un jour, je découvris un pommier tout seul, niché si profond dans le bois de bouleaux et de trembles qu'on aurait dit une apparition. J'aurais dû deviner que c'était un signe, mais je ne trouvai l'autre bout du bois que quelques jours plus tard, quand je dépassai le pommier et arrivai devant une route – une petite route de campagne, étroite, mais goudronnée, qui s'éloignait Dieu sait où en sinuant dans les deux sens. Et ce fut là que je découvris la maison qui fit ensuite partie de mes pensées, de mon imaginaire, l'endroit où, dans mes rêveries de défonce et au fin fond de rêves effrayants, je me vois parfois errer d'une pièce à l'autre, tendant l'oreille pour déceler quelque chose. Ou quelqu'un. Si, dans la réalité, je ne vis jamais l'intérieur de cette maison, je me le représentai en imagination : le tic-tac d'une horloge dans le vestibule, et partout ailleurs le silence, rien à entendre, personne alentour, et pourtant, en même temps, l'impression que quelqu'un attendait, écoutait ou me regardait peut-être d'en haut, de quelque part au-dessus.

– Vous savez, je devrais m'y être faite, depuis le temps, dit soudain Jean, interrompant ma rêverie. Mais je n'arrive toujours pas à croire que la ville a changé à ce point. – Elle m'adressa un bref regard, se rappela que j'étais une nouvelle venue, une étudiante arrivée par hasard, qui ne faisait que passer, et elle secoua la tête. – Ce qui m'étonne, c'est que les gens laissent faire, dit-elle. Les financiers, on ne s'attend à rien de leur part, mais les gens qui vivent ici, ceux qui doivent s'accommoder de tout ça, on s'attendrait à ce qu'ils luttent davantage. Se mettent en colère. Détruisent des choses.

J'acquiesçai. Ça faisait partie de ces considérations qu'on entend dans la bouche des personnes âgées. Tout a changé, c'était mieux dans le temps, du reste c'était sans doute vrai, en grande partie. Papa disait ça, chaque fois qu'un peu plus de la forêt était abattu, et je m'imaginai tenant les mêmes propos dans un avenir plus ou moins lointain, repensant au passé – maintenant – et me disant que c'était idéal. Rayant

Laurits du scénario, ou le restreignant à une poignée de beaux jours, au moment de notre première rencontre.

Jean se mit à rire, comme si elle avait lu dans mes pensées.

– Vous avez raison, dit-elle. Je suis... – Elle secoua la tête. – Mais bon, lança-t-elle, cette bonne vieille rue principale, c'était quelque chose dans le temps. Rentrer chez soi en sortant du cinéma un soir d'été, avec cette odeur de sucre confit et d'arbres en fleur dans l'air de la nuit, une douce lumière tout le long de la rue et de la musique s'élevant d'on ne sait où, une nouvelle chanson d'amour à la radio... – Elle me regarda. – Je ne parle pas de rock, comprenez bien.

Je souris.

– Qu'est-ce que vous reprochez au rock ?

Elle grimaça.

– Ce que je lui reproche ? Eh bien... par où commencer ?

Je me mis à rire.

– Votre mère détestait sans doute les nouvelles chansons d'amour dont vous parlez, dis-je. Ça se perpétue d'une génération à l'autre.

Son expression changea. Ce ne fut pas un grand changement, elle ne fronça pas les sourcils, n'eut pas l'air mécontent, rien de tel, à peine un léger voile qui vint ternir la vivacité amusée de son regard et, à nouveau, je compris que cet abord bourru, cette combativité amicale auxquels je commençais à m'habituer ne faisaient en réalité que masquer une chose qu'elle ne voulait pas afficher au grand jour.

Elle secoua la tête et se remit en marche, mais elle garda le silence un moment. Puis, au bout de dix ou douze pas, elle s'arrêta et me regarda.

– Écoutez, dit-elle. Qu'entendez-vous ?

J'inclinai légèrement la tête, pour montrer que j'écoutais, mais elle m'ignora.

– Que sentez-vous ? Quelle sensation ça vous procure de marcher un jour d'été dans les rues de votre ville ? Est-ce que vous vous sentez chez vous ? Ça vous paraît être une sensation que vous n'oublierez jamais ?

Elle me dévisagea comme si les questions qu'elle me posait exigeaient réellement une réponse – et l'espace d'un instant, je crus qu'elle en attendait vraiment une. Mais non.

– Dans un lointain passé, tout le monde marchait. On allait à pied en ville pour retrouver des amis. On se promenait à pied dans le quartier et on s'arrêtait pour discuter le bout de gras avec les gens qui prenaient l'air sur leur véranda. Ce n'est pas de randonnées que je suis en train de parler, mais de l'art perdu de la marche et du bien qu'on en retirait. À quel moment en est-on venu à appeler la police pour peu qu'on voie quelqu'un aller à pied dans notre quartier ?

Je secouai la tête. Je ne me voyais pas appeler la police pour signaler un piéton suspect. À vrai dire, je ne me voyais pas appeler la police pour quoi que ce soit.

Jean Culver m'adressa un grand sourire.

– Alors vous avez bel et bien arrêté la bibine, lança-t-elle.

Ce n'était pas une question ; elle connaissait la réponse, mais je n'aurais pas su dire si elle était réellement étonnée.

– Oui, dis-je.

– Et pourquoi ?

– Je ne sais pas, répondis-je, et je ne savais pas, du moins pas tout à fait. – Je savais que ça avait un rapport avec elle, mais je ne voulais pas le dire dans ces termes, en partie parce que je ne voulais pas l'admettre. D'un autre côté, pourtant, j'avais le sentiment, tout au fond de moi, que je ne devais pas en faire un problème pour elle. Un fardeau. Je ne voulais pas qu'elle ait le sentiment d'avoir accompli quelque chose en me suggérant d'*arrêter la bibine*, pour reprendre ses termes, et se sente ensuite lâchée quand je me remettrais à boire. Ce que je ne manquerais pas de faire. – Il était temps de changer, dis-je.

Elle émit un grognement.

– Depuis belle lurette, selon moi, dit-elle.

– Oh, je n'irais pas jusque-là.

Elle s'arrêta. Nous n'étions plus qu'à quelques mètres de l'entrée du café.

– Je ne vous juge pas, dit-elle. Je ne vous connais pas et je suis mal placée pour m'offusquer de ce que vous faites d'une façon ou d'une autre de votre vie, ou de votre corps. Je me contente de faire une remarque, rien de plus.

Elle scruta mon visage et, pour la première fois, j'en vins à me demander quelle importance tout ça avait pour elle. Elle venait presque de m'envoyer promener, et pourtant elle était là, inquiète – me sembla-t-il – de m'avoir peut-être vexée. Mais pourquoi ? Pourquoi se souciait-elle même de poursuivre cette conversation ? Était-elle juste une vieille femme solitaire, reconnaissante d'avoir un peu de compagnie, ou une sorte de distraction, mais trop fière pour le reconnaître ? Je détournai le regard. Nous nous trouvions devant la vitrine d'un bouquiniste, où étaient présentés des livres pour enfants, récits d'aventures et classiques illustrés. *Le Dernier des Mohicans. Le Magicien d'Oz.* Plusieurs ouvrages de Laura Ingalls Wilder que je me rappelais avoir lus dans mon enfance et, soudain, cela me fit tout drôle de ne plus être cette petite fille. J'avais vécu avec une telle assurance dans son monde, dans sa peau, et maintenant que ce monde n'était plus, rien ne semblait pouvoir le remplacer. Comme si je m'étais lancée dans un long trajet en bus et que, quelque part en chemin, j'avais manqué une correspondance.

Pendant un long moment, Jean Culver attendit que je réponde, que je réagisse d'une façon ou d'une autre, m'éloigne, éclate de rire, quelque chose. Elle reprit alors sa marche – et je crus déceler du soulagement dans sa voix, parce que je ne l'avais pas plantée là pour partir à la recherche du bar le plus proche. À moins que j'aie imaginé tout ça ? Je n'aurais su le dire sur le moment, mais je pense savoir aujourd'hui. Je n'avais pas la possibilité d'en être sûre. La certitude est une chose dont j'ai appris à me méfier.

– Bon, dit-elle. On ne va pas passer la journée ici.

Après la description enthousiaste que m'en avait faite Jean, le Territoire sacré fut, à première vue, un peu décevant. Un comptoir au fond d'une grande salle, derrière lequel on devinait profondeur et capharnaüm, une vraie cuisine, pas une de ces petites arrière-salles qu'on voit dans les succursales des franchises. La salle était parsemée de tables et chaises occupées par quelques clients, seuls ou par deux, discutant autour d'un café, faisant des mots croisés ou regardant dans le vide. À une table, une fille d'à peu près mon âge était penchée sur un carnet de croquis, un crayon à la main, les yeux perdus dans le vague, attendant sans doute l'inspiration. Aux murs, dont les briques anciennes avaient été recouvertes d'un genre de badigeon rose pêche, était disposée une série de photos encadrées, comme dans une galerie, pourvues chacune de leur étiquette descriptive. Quelques-unes étaient marquées d'une pastille rouge. Pour la plupart, c'étaient des scènes de neige. Certaines semblaient avoir été prises à Scarsville, d'autres avaient pu l'être n'importe où ailleurs. Sur la photo la plus proche de moi figurait une ferme à l'ancienne de l'Illinois sous une épaisse couche de neige, prise du fond d'un pré – ou peut-être depuis la route. Elle semblait intemporelle, immuable, et en même temps curieusement fragile, comme si un souffle pouvait l'emporter, ou le blizzard l'engloutir totalement, d'un instant à l'autre.

Jean m'entraîna jusqu'à une table près de la vitrine. Dehors, un homme en manteau d'hiver était planté au beau milieu du trottoir, parlant tout seul et regardant au loin une chose que lui seul pouvait voir. Ces derniers temps, semblait-il, les gens comme cet homme devenaient plus nombreux dans les rues. Mais était-ce si récent que ça ? Peut-être que je ne les remarquais plus, tout simplement. Jean Culver s'assit, le dos à la vitrine, sans paraître voir le fou, de l'autre côté.

– Alors, parlez-moi de vous, dit-elle. Ne me dites pas tout. Juste l'essentiel.

– Je préférerais entendre parler de vous, dis-je.

– Bon. Mais j'aimerais quand même savoir un peu à qui je m'adresse.

– Je suis juste une étudiante, dis-je. Qui fait des films. Qui recueille des histoires.

– Pour quoi faire ?

– Pour un projet que je monte avec mon…

Je réfléchis un instant. Je ne savais pas comment qualifier Laurits. Mon petit ami ? Il ne l'était pas. Mon collaborateur ? Certes pas.

– Oui ?

Je secouai la tête, sans répondre. J'avais le sentiment qu'elle savait déjà de quoi il retournait, qu'elle pouvait lire en moi comme dans un livre, mais ça ne me dérangeait pas. Ça ne me dérangeait même pas du tout. C'était plus facile que d'essayer de définir ce que Laurits était pour moi car, pour ce faire, il aurait fallu que j'y réfléchisse, or je me donnais beaucoup de mal depuis longtemps pour éviter ça.

Elle fit cette petite mimique qu'elle avait, avec sa bouche. Dire qu'elle faisait la moue ne serait pas tout à fait exact. En réalité, elle pinçait les lèvres, comme si elle se préparait à quelque énorme effort physique ou mental.

– Je sais que vous pleurez quelqu'un, dit-elle. Et il n'y a pas de mal à ça.

Je la regardai.

– Bon sang, dis-je. D'où sortez-vous ça ?

Elle ne répondit pas. Elle continuait de me dévisager attentivement, comme si elle s'efforçait de percer une énigme ou de résoudre une devinette, ce qui aurait dû me mettre mal à l'aise, mais sans que je comprenne pourquoi, et en dépit du soudain revirement de la conversation, ce ne fut pas le cas. Ses yeux s'attardèrent encore un instant sur mon visage et je lui rendis son regard, dans l'attente de ce qu'elle allait dire ensuite. Je commençais à comprendre qu'il était impossible de prévoir ce qu'allait dire Miss Jean Culver, mais aussi à comprendre que ça me plaisait. Elle était bien réelle. Maintenant que papa n'était plus là, l'unique autre personne réelle que je connaissais était Laurits, mais il se rangeait dans une tout autre catégorie de réalité que la plupart des gens. On resta un moment ainsi, à savourer cette impression de match nul, puis elle jeta un regard à la ronde, examinant la salle.

– Je n'ai jamais apprécié les offices religieux, dit-elle. Mais un endroit comme celui-ci, où les gens accordent du soin à ce qu'ils font, c'est plutôt bien.

– Ce n'est qu'un café, dis-je. Ils vendent du café et... des petits gâteaux.

Jean secoua la tête en riant.

– Non, dit-elle. C'est un café, soit, mais ce n'est pas *qu'un* café. La propriétaire de cet établissement sait tout ce qu'il y a à savoir sur le café. Et ce n'est pas pour ça qu'elle étale sa science comme une première de la classe. Elle adore le bon café, et c'est elle qui fait aussi la majeure partie des pâtisseries. Non seulement petits gâteaux, mais crêpes, cake à la banane, petits-déjeuners végétariens.

– Vous êtes végétarienne ?

– Depuis trente ans, dit-elle. Pas à cause de l'abattage, comprenez bien. On tue à longueur de temps. On tue pour produire de l'électricité. Chaque route qu'on aménage est une vraie piste de mort. Je ne peux rien contre ça, en revanche je n'ai aucune envie de collaborer avec la nébuleuse de l'agriculture industrielle. Je tiens ça de... – Elle s'interrompit. – Jolie, en plus, dit-elle au bout d'un moment, avant de rire de ma perplexité. – La fille qui tient ce café, précisa-t-elle avec une lueur dans le regard. À peine plus qu'une jeune fille, et jolie comme un cœur.

Je détournai machinalement les yeux, en direction du comptoir. Il n'y avait personne, mais derrière, quelque part au-delà, quelqu'un parlait. Un homme, un jeune homme, qui semblait parler tout seul, ou peut-être dresser une sorte d'inventaire :

– Blue Mountain. Caturra. Harrar...

Sa voix s'éteignit, puis quelqu'un d'autre parla. Une voix de femme, mais je n'entendais pas ce qu'elle disait. Mon regard revint à Jean.

– Ils viennent prendre les commandes ? demandai-je.

J'étais assoiffée. Peut-être pas aussi assoiffée que j'avais pu l'être au début, mais il me fallait quelque chose à boire. Un café, un verre d'eau, n'importe quoi. Quand elle n'est qu'un substitut, ça n'a aucune importance. La soif reste la soif, et quand elle n'est rien de plus, tout peut l'étancher. Lorsque c'est plus, rien n'y parvient. L'image de la cruche d'eau à côté de mon lit me traversa l'esprit. La condensation perlant sur le flanc de verre ; les minuscules bulles d'air, parfaites, se formant à fleur de surface.

Jean se leva.

– Non, dit-elle. Les clients vont au bar. Mais je peux m'en charger. Restez assise, rassemblez vos forces, je vais indiquer notre commande à Damian.

Elle m'adressa un grand sourire empli d'une sagacité comique, et je souris en retour. Ce qui me fit un drôle d'effet. Je n'avais pas souri depuis longtemps.

– Qu'est-ce qui vous plairait ?

Je secouai la tête.

– Faites-moi la surprise, dis-je.

– Ça a vraiment des avantages d'être vieux, dit-elle une fois le café dûment servi, accompagné de deux tranches de ce qui semblait être du gâteau à la carotte. Pour n'en citer qu'un, personne ne voit les vieux. Du moment qu'on est propre et pas trop excentrique, on est invisible. Ce qui me va tout à fait.

Je gardai le silence. Je supposais qu'elle plaisantait, mais elle semblait sérieuse. Pensive. Curieusement, bien qu'elle parle d'elle-même comme d'une vieille femme, elle n'en avait pas l'air. Elle fendait des bûches dans la chaleur matinale de l'été et, apparemment, se rendait partout à pied. Elle vivait seule dans sa grande, vieille maison, et s'occupait très bien de sa personne. Elle ne dégageait aucune des odeurs qui accompagnent habituellement les vieilles gens. Aujourd'hui, étant donné que j'avais interrompu son programme de bûcheronnage, sa chemise écossaise était propre et repassée de frais. À condition de faire fi des apparences, elle se révélerait probablement plus jeune que moi quel que soit le test auquel on puisse imaginer de nous soumettre – or j'étais, quant à moi, dans un bon jour. Un très bon jour. Je n'étais pas baignée de sueur. Je n'avais pas mal à la tête. Je me sentais alerte, lucide. De fait, je me sentais plus vivante que depuis des semaines. Des mois, même.

– D'un autre côté, poursuivit-elle, il est bon d'être vu de temps à autre. C'est pour ça que je viens ici. Juste pour m'assurer que je n'ai pas complètement disparu.

Elle me regarda, pour voir si je prenais ses propos au sérieux, si j'écoutais seulement.

– Je ne vois pas ce qu'il y a de mal à disparaître, dis-je, à ma propre surprise. Je n'avais pas eu l'intention de dire ça. Je n'avais pas eu l'intention de dire quoi que ce soit. Mais maintenant que c'était fait, ma remarque ne me semblait pas négative. J'aimais bien l'idée de disparaître, sa légèreté, l'infinie légèreté de l'espace que je laisserais peut-être derrière moi.

– Ce ne sont pas des propos sains dans la bouche d'une fille de votre âge, dit-elle. C'est moi qui risque le plus de disparaître à court ou moyen terme. – Elle s'autorisa un sourire indulgent. – La grande sortie, c'est mon numéro à moi, jeune demoiselle, ne vous avisez pas de l'oublier. Vous, vous avez encore un long chemin à parcourir. – Elle garda encore un moment les yeux fixés sur mon visage, pour que je comprenne bien qu'en dépit de son sourire, elle était terriblement sérieuse à cette heure. Puis son expression se détendit. – Bon, il est temps d'aborder la première histoire. Vous êtes prête ?

Je commençai à fouiller dans mon sac pour en sortir mon carnet, mais elle posa la main sur la mienne avec fermeté et secoua la tête.

– Pas de notes, dit-elle. Contentez-vous d'écouter.

– Mais il faut que je vous demande…

Elle secoua la tête.

– Pas de questions, pas de notes, pas d'interruptions, dit-elle. Je suis une vieille femme, ma mémoire n'est plus ce qu'elle était. Si vous m'interrompez, je perdrai le fil. Vous ne voulez pas que je perde le fil de mon récit, n'est-ce pas ?

– Non, dis-je. Mais le projet consiste à…

– Il ne s'agit pas du projet, dit-elle. Juste d'une histoire.

Elle sourit, comme si elle pardonnait je ne sais quelle faiblesse en moi dont je n'avais hélas pas conscience. Puis elle commença.

– Je suis née et j'ai été élevée, au moins pendant un temps, dans l'Alabama, dit-elle. C'était une de ces villes où tout le monde est au courant des affaires des autres, je suis sûre que vous connaissez ce genre d'endroit. Peu importe comment elle s'appelle aujourd'hui. En fait, elle n'existe plus. Peut-être qu'elle n'a même jamais existé. Que ç'a toujours été une ville fictive…

– Pourquoi dites-vous ça ?

Elle chassa cette interruption d'un geste de la main, sans toutefois me rabrouer. Le geste suffisait. Je me carrai sur ma chaise et, comme si j'étais désormais délivrée d'un fardeau que j'ignorais avoir porté jusqu'à maintenant, j'oubliai le questionnaire de Laurits.

– Certaines personnes prétendent qu'on ne se souvient pas d'avoir été bébé, ni même tout petit, dit-elle. Qu'on s'imprègne simplement des souvenirs que les adultes gardent de nous à cette époque-là, des choses qu'ils racontent au dîner, autour d'une table de cuisine, toutes ces anecdotes enjolivées sur le jour où la petite Jessica s'aventura dans les bois et ne fut retrouvée qu'à la nuit tombée, ou quand James, tout bébé, tomba dans l'abreuvoir des chevaux et se contenta de flotter là, calme comme tout, en contemplant le ciel, jusqu'à ce que quelqu'un arrive et le repêche. Des années plus tard, à l'âge adulte, Jessica est en train d'étendre des draps, ou de faire cuire du poisson pour le dîner, quand elle revoit, mentalement, l'obscurité soudaine se glisser parmi les cornouillers, les lampes torches s'agiter quand le gamin du magasin de fourrage déboule dans la clairière où elle attend, figée comme une statue, qu'on vienne à son secours. Ou bien James, qui se fait désormais appeler Jimmy, se retrouve dans un bar à l'heure de la fermeture, en train de discuter avec la serveuse, une fille dont il s'est entiché bien qu'il ait l'âge d'être son père, et lui raconte avec force détails, en se représentant tout ce qu'il décrit, comment il se tint immobile dans l'eau dormante fraîche, contemplant au travers de la brume de chaleur ce bleu encore si vif dans son souvenir, dit-il, que ç'aurait pu arriver hier. Certaines personnes affirment que c'est ainsi que ça se passe, que tout n'est qu'histoires et impressions fantasmées, et d'autres que nous nous souvenons du moindre instant, depuis le murmure indistinct perçu dans le sein maternel jusqu'au hoquet de notre premier souffle, puis de la suite, une image après l'autre, une année après l'autre, et que nous emmagasinons le tout dans une sorte de vaste bibliothèque nationale de l'être, afin de le retrouver si le besoin venait un jour à s'en faire sentir, mais en le conservant, pour des raisons de commodité quotidienne, dans l'inconscient pendant des décennies.

« Je ne sais pas qui a raison, tout ce que je sais aujourd'hui, au bout de sept décennies, c'est que je me souviens de ma naissance, alors que personne ne m'en a jamais parlé, parce que ce jour-là avait aussi été celui de la mort de ma mère. Personne ne m'en rendit jamais responsable mais, du même coup, personne ne régala jamais la compagnie, au dîner, d'anecdotes amusantes sur ma petite enfance. Et, de fait, j'ai ignoré tout au long de ma jeunesse que ma mère était morte en me donnant le jour : mon père disait qu'elle était morte quand j'avais deux ans, et jamais je ne pensai à mettre sa parole en doute, bien que je n'aie aucune image d'elle en mémoire, pas la moindre, et que chaque fois que je questionnais mon frère à propos de ma mère, il se mette en colère et refuse d'en parler. Plus tard, ça me tracassa, car il me semblait vraiment que j'aurais dû conserver *un quelconque* souvenir d'elle, si vague soit-il, mais je ne tentai pas même de tirer la chose au clair avant d'être plus âgée. Assez âgée pour remarquer que, lorsque les gens évoquaient leurs souvenirs les plus anciens, il y était toujours question de leurs mères. Curieux, cette habitude qu'on a. Quand j'étais à l'hôpital, après m'être moi-même frottée à la Faucheuse, je ne pensais qu'à des lieux. Des lieux, et des fleurs. Je revoyais des sabots de Vénus roses pointant au travers de tas d'écorces séchées dans les bois, des rosiers des Cherokees courant sur six mètres et plus, cramponnés à la vieille clôture délabrée d'une ferme, au sud de la ville. Je fermais les yeux et voyais des touffes de lys araignées engorgeant les endroits les moins profonds de la rivière, et des tapis de claytonies feuille-étroite constellant les pelouses de leurs minuscules étoiles mouillées les premiers jours de mars. Je voyais la rue où nous habitions, les jardins et les arbres, et je me rappelais comme tout sentait le magnolia, ce parfum lourd, riche, capiteux, d'un bout à l'autre des avenues et tout autour du palais de Justice. Je ne pensais pas à mon père ni à mon frère, et je n'avais pas même un lambeau de souvenir de la femme qui m'avait portée – et, soudain, ça me parut étrange. Si j'avais deux ans lorsqu'elle était morte, je me souviendrais *forcément* de quelque chose la concernant. D'un regard, un sourire, une mèche de cheveux lui tombant devant les yeux quand elle se penchait pour me prendre dans mon berceau. Le son de sa voix, l'odeur de son parfum. Un rire léger dans la pièce voisine, une silhouette à la porte de la chambre, quelqu'un l'appelant par son prénom. *Quelque chose.*

« Mais rien. Un blanc, un vide, une étagère inoccupée dans la bibliothèque des voix, des regards et des couleurs intimes, au fond de mon esprit. J'eus tout le temps de chercher, allongée dans mon lit d'hôpital, mais je ne trouvai rien et, au bout d'un moment, je commençai à assembler les pièces du puzzle, reconstituant une histoire à laquelle je ne voulais pas croire, mais que je ne pouvais écarter, à partir d'allusions, de choses tues, de lacunes dans le passé de la famille que personne n'avait jamais eu besoin d'expliquer tant nous nous étions donné du mal, tous les trois, pour faire comme si elles n'existaient pas. Plus tard, j'appelai mon frère et lui posai la question qui m'avait obsédée pendant des semaines, alors que je me débattais entre la chirurgie et la rééducation, me forçant à remarcher, me remémorant la chaleur poussiéreuse sur mes jambes nues et le bourdonnement somnolent des abeilles quand je traversais l'étendue de verges d'or, derrière chez les Haverford. Ça faisait quelque temps que je ne lui avais pas parlé ; il s'était remis à voyager et n'était pas fichu de dire ce qu'il faisait au cours de ces déplacements, ni combien de temps il s'absentait, si bien que je ne posais pas de questions et que des mois passaient, parfois, sans que nous échangions un mot. Ce jour-là, je lui demandai comment il allait et ce qu'il devenait, et il éluda, aussi décidai-je de ne pas tourner autour du pot. Je lui posai simplement ma question, de but en blanc.

« Il garda le silence un moment. Je crus même un instant qu'il avait posé le téléphone et était parti quelque part, pour parler à quelqu'un – comme j'entendais du bruit à l'arrière-plan, je savais qu'il y avait du monde chez lui –, mais au bout d'un moment il répondit. "Pourquoi est-ce que tu m'interroges là-dessus maintenant ? demanda-t-il. Tu ne devrais penser qu'à ton rétablissement."

« "J'y pense, dis-je. Et je me rétablis. Mais c'est long, ce qui veut dire que j'ai tout le temps de penser. Et je pense à ça depuis…"

« "Elle est morte le jour où tu es née, dit-il. Je ne me souviens pas de grand-chose, mais je sais que c'était ce jour-là. Elle s'est accrochée quelques heures, je crois, mais il y a eu des complications – je ne pense pas que quiconque ait vraiment su lesquelles – et personne n'a rien pu faire pour elle." Il se tut un instant, tâchant de percevoir comment je prenais la nouvelle, j'imagine, puis poursuivit. Il parlait d'une voix monocorde, comme s'il voulait me dissimuler quelque chose – et c'était le cas, bien sûr. Je le compris aussitôt. Il avait dissimulé ça pendant des années et, ce jour-là, la seule chose qu'il pouvait faire c'était se montrer aussi détaché que possible, dans l'espoir que je ne perçoive pas l'ampleur de sa colère. Colère à l'égard de notre mère, colère à l'égard de ceux qui n'avaient rien pu faire, qui qu'ils soient – le docteur Reynolds, je suppose –, mais par-dessus tout, colère envers *moi*. Ce n'était pas une colère d'homme, je le comprenais, mais celle d'un enfant de quatre ans à qui on avait enlevé sa mère, pour ne laisser qu'un brimborion hurlant de petite sœur à qui il fallut mentir, pour la protéger, tout au long de leur jeunesse. Je comprenais ça, et je compris aussi, à ce moment précis, alors même qu'il parlait et comme si je l'avais su toute ma vie, que c'était pour *ça* que nous avions été si proches, enfants. Garder ce secret avait fait de lui le grand frère parfait, celui sur lequel je pouvais toujours compter dans les moments difficiles – et garder ce secret avait été le point de départ d'un long processus qui forgea l'homme qu'il allait devenir, un homme que beaucoup considéraient comme un héros, de même que le feu et le martelage forgent une épée ou un fer à cheval à partir du métal froid. "Ça date d'il y a bien longtemps, dit-il. Inutile de revenir là-dessus encore une fois."

« Je ne répondis pas, parce qu'il nous apparut clairement à l'un comme à l'autre, alors même qu'il prononçait ces mots, que pour moi, ce ne serait pas *encore une fois*. Il ne s'agissait pas de revenir sur une vieille histoire qu'il valait mieux laisser sombrer dans l'oubli, non, il s'agissait d'apprendre enfin la vérité. "Ça a dû être dur", dis-je au bout d'un moment.

« "Dur ?"

« "De garder le secret."

« "En effet, dit-il. Pendant un temps. Mais j'ai pris le coup. D'ailleurs… tu étais ma petite sœur. C'était mon boulot de te protéger de ce genre de trucs."

« Je m'esclaffai, malgré moi, en entendant cette réponse. Je ne pus m'en empêcher, mais ça n'avait rien d'ironique. Ou en tout cas rien de méchant – puis, voyant qu'il ne disait plus rien, je me demandai tout de suite s'il l'avait pris comme tel. “Tu t’en es brillamment sorti, dis-je. Tu as toujours été mon grand frère chéri.”

« “Et toi ma petite sœur chérie”, dit-il d’une voix un peu adoucie. Quelqu’un parla alors à l’arrière-plan, assez près du téléphone. J’avais envie de dire autre chose, mais cette personne qui parlait détourna son attention… alors je m’abstins de lui dire ce que je voulais. Je ne suis pas sûre que j’aurais trouvé les mots, de toute façon. Nous avions connu des jours si étranges, lui et moi, des jours étranges et ce terrible, affreux été, au cours duquel, alors qu’il se trouvait dans la rue, il avait vu notre père se faire abattre en plein jour et n’avait pas pu me protéger de *ça* tant il avait de mal à s’en préserver lui-même. À devenir un homme. Quelqu’un que j’ai connu autrefois m’a dit que devenir un homme – il entendait par là, je pense, devenir un homme bien, ou correct, à tout le moins – était une forme de victoire, bien que ce soit toujours une victoire à la Pyrrhus. Je ne sais pas. J’aimais mon frère, mais il lui arriva quelque chose pendant qu’il était en train de devenir un homme. Il perdit quelque chose. Ou découvrit peut-être en lui-même quelque chose de dur – d’*inflexible* – dont il ignorait l’existence. Je croyais alors que ça venait du fait qu’il avait vu notre père mourir, mais ça avait toujours été là. Je l’avais perçu, sans pourtant comprendre à quel point c’était puissant chez lui.

« Nous étions très proches, dans notre jeunesse. Enfin, façon de parler. Nous étions proches parce que j’étais sous sa responsabilité, même avant la mort de notre père. Une fois notre mère disparue, notre père avait tant à faire que ce fut à Jeremy que revint le soin de me surveiller – et il le fit, bien qu’il n’apprécie pas toujours de m’avoir dans les pattes. Quel grand frère apprécierait ? Il avait ses copains à lui. Envie de faire des choses dans lesquelles je n’avais pas ma place. Il s’exécutait pourtant de bonne grâce, la plupart du temps. Je ne savais pas, à l’époque, qu’il portait ce grand secret sur la mort de notre mère, mais si je l’avais su, jamais il ne me serait venu à l’idée qu’il puisse me tenir pour responsable. Ce n'était pas ma faute, il le savait. Mais il n'était encore qu'un jeune garçon, après tout, et il dut bien y avoir des moments où il avait envie de tout planter là.

« Comprenez-moi bien. Jeremy était un bon garçon, un gentil garçon. Mais il avait aussi son caractère. La plupart du temps, ça ne se voyait pas, mais si quelqu'un lui faisait du tort, la riposte était féroce. Je me souviens qu'une fois, un gamin de notre quartier s'était amené dans son dos et l'avait poussé à bas d'un mur. On était tous au bord du ruisseau ce jour-là, avec Jeremy et son ami James. James, toujours, jamais Jim ni Jimmy ; ordre de sa mère. Et moi, bien sûr, qui suivais comme d'habitude, pendue à leurs basques, pas franchement la bienvenue mais trop contente d'être avec les grands. Jeremy était assis sur un bout de vieux mur écroulé, un genre de remblai ou de mur de soutènement en bordure de la route, et il regardait James qui s'avançait dans le ruisseau pieds nus, le pantalon roulé jusqu'aux genoux, les mains dans l'eau, en expliquant qu'à condition d'être vraiment patient et de rester vraiment immobile, on pouvait attraper des poissons comme ça, et Jeremy se marrait, du coup il n'avait pas entendu Billy Hardy arriver sur le chemin avec deux de ses cousins. Ces Hardy, ils avaient des cousins dans tout le pays, tous plus moches et mesquins les uns que les autres. Ils pullulaient dans la région, on aurait dit une des fameuses plaies d'Égypte. Je les ai vus arriver et j'ai tout de suite compris ce que Billy avait en tête, mais avant que je puisse pousser un cri d'alarme, il a fondu sur Jeremy et lui a mis une grosse bourrade dans le dos. À n'importe quel autre moment, ça n'aurait sans doute pas marché, mais là, alors qu'il était en train de regarder James et de rigoler, Jeremy s'est trouvé déséquilibré et il a dégringolé. Par terre. Pendant un long moment, il n'a plus du tout bougé, alors j'ai cru que Billy lui avait fait très mal, que peut-être même il l'avait tué, mais Billy et ses cousins s'en fichaient bien, ils sont restés là, à le regarder d'en haut en se marrant comme des fous.

« Jeremy a mis un bout de temps à retrouver son souffle. Comme je le disais, il est resté étendu là une éternité, le visage inexpressif, au point que j'ai cru qu'il était inconscient. Billy et ses cousins rigolaient, puis ils nous ont regardés, James et moi, comme pour nous mettre au défi de faire quelque chose, mais on n'a pas levé le petit doigt. James est resté planté dans le ruisseau, les poissons lui filant entre les jambes, et moi au sommet du mur, à contempler mon frère en me disant qu'il était mort et qu'on se retrouvait tous les deux dans un sacré pétrin, maintenant. Lui, parce qu'il était mort, et moi parce que je n'avais rien fait pour l'empêcher. Sauf qu'il n'était pas mort ; mais ce qu'il a fait après était presque aussi grave. Comme Billy Hardy n'avait peur de personne, il n'a pas eu le bon sens de filer de là pendant qu'il était encore temps, et ses cousins étaient le genre de gars courageux seulement s'ils sont plusieurs, et trop bêtes pour flairer le danger. Du reste, ils ne couraient aucun risque. C'était Billy qui avait poussé mon frère, et Billy qui riait le plus fort quand Jeremy se releva, d'abord lentement, puis un peu plus vite, l'air hagard, comme s'il n'avait pas encore complètement récupéré, du coup je crois que personne n'a vu venir ce qui s'est passé ensuite. Moi pas, en tout cas. James commençait à rebrousser chemin pour sortir du ruisseau, mais sans se presser. De toute façon, Jeremy n'avait pas besoin de lui. Jeremy n'avait besoin de personne. Son premier coup a fait tituber Billy. Il ne se servait pas de ses poings, mais cognait de toute la force de l'avant-bras, comme s'il voulait tuer ce garçon… d'ailleurs c'est peut-être ce qu'il voulait. Il y mettait une telle intensité qu'ensuite je n'ai pas pu le regarder, trop de haine se lisait sur son visage, et trop de froideur dans la façon dont il tabassait Billy, lui décochait une grêle de coups, cognant avec les bras, puis les poings, jusqu'au moment où l'autre s'est retrouvé à terre. Alors il s'est jeté sur lui à coups de pied, tapant dans les chairs de Billy, ses côtes et son ventre, avant qu'il puisse se protéger, les cousins s'éloignant en douce jusqu'à ce que l'un d'eux fasse demi-tour et prenne ses jambes à son cou, sur quoi les autres ont filé à leur tour, sans bruit, pressés de se tirer de là, de fuir ce massacre. Je ne sais pas trop. Je n'avais jamais vu de vraie violence jusqu'alors, et je suppose qu'eux non plus. Rien de tel, en tout cas. Une bagarre à coups de poing, peut-être. Mais rien d'aussi froid. Rien d'aussi… enragé. James était remonté sur la berge, les vêtements dégoulinants, l'air abasourdi – et je voyais bien que, lui aussi, il avait peur, à présent. Mais Jeremy ne s'arrêtait pas pour autant. Ça a paru durer une éternité – puis j'ai entendu un bruit, une sorte de couinement terrifié que je ne me sentais pas émettre, mais qui sortait *bel et bien* de moi, et c'est ce qui l'a arrêté. C'était peut-être la seule chose qui pouvait le faire. Pendant un instant, il est resté là, à contempler le gamin en sang à ses pieds, puis il s'est retourné et m'a regardée comme si quelque chose le déconcertait. Comme s'il ne comprenait pas pourquoi j'avais crié, ou ce que je voyais de mal à ça. Je n'oublierai jamais ce regard. Plus tard, quand il refusa de parler de ce qu'il avait fait en France, ou en Corée, ou en n'importe quel autre lieu où il avait vu de l'action – selon le bon vieil euphémisme –, je me suis rappelé ce regard, et je me suis demandé ce que mon frère avait fait, ce qu'il avait vu, et si, tout au fond de lui, il en avait savouré le spectacle. »

Tout à coup, alors même qu'elle finissait son récit, je sentis qu'il se passait quelque chose derrière moi et me retournai, interloquée, un peu effrayée, même – comme si son récit avait pris vie et que son frère violent était revenu d'entre les morts, décidé à faire du mal à quelqu'un –, et je vis alors l'homme qui parlait tout seul sur le trottoir un moment plus tôt. Il semblait plus effrayé que dangereux : grand, les yeux écarquillés, ridiculement incongru avec son manteau d'hiver, il referma la porte du café derrière lui et jeta un regard à la ronde, avec une expression proche de celle qu'on voit parfois aux animaux, créatures solidement ancrées à l'intérieur de leur corps, qui regardent autour d'elles, avec un peu de curiosité mais aussi de méfiance à l'égard des autres corps à proximité. Cet homme-là savait, comme savent les animaux, que les êtres humains peuvent se montrer surprenants à plus d'un titre et il avait l'air de quelqu'un qui a compris depuis longtemps qu'il serait stupide – incivil, même – de ne pas se tenir sur ses gardes. Pour l'heure, il hésitait et aurait pu rester là longtemps si le jeune homme du comptoir – celui que Jean avait appelé Damian – n'était pas venu à sa rencontre pour lui indiquer, avec une bonne grâce et une gentillesse presque irréelles, une place disponible à quelques tables de la nôtre.

– Votre table est là, Arnold, dit-il. Je vous l'ai gardée.

L'homme acquiesça et s'avança lentement, prudemment, vers la chaise désignée. Quand il y arriva, Damian hocha la tête, et Arnold s'assit.

– *Café au lait** ? proposa Damian.

Si c'était une question, elle n'était motivée que par un excès de courtoisie, un refus de présumer. Arnold acquiesça et Damian lui adressa un curieux sourire de félicitation, comme pour laisser entendre qu'Arnold avait fait un choix judicieux.

– Tout de suite, dit-il.

Après avoir servi Arnold, Damian retourna derrière le comptoir ; peu après, toutefois, il se dirigeait vers notre table, une cafetière à la main.

– L'une de vous, mesdames, souhaite-t-elle un peu plus de café ? demanda-t-il. Je remarquai qu'il était plutôt beau, avec un nez fin, aquilin, et les yeux d'un bleu très foncé assez rapprochés, ce qui, je m'en souvins, était censé dénoter une personnalité de type neurasthénique.

Jean acquiesça.

– Tu es tout seul, Damian ? demanda-t-elle.

Damian hocha la tête et remplit la tasse de Jean.

* Les mots en italique suivis d'un astérisque figurent en français dans le texte original.

– Griffin est en train de bricoler je ne sais quoi derrière, dit-il. Avec l'électricité.

Il avait dans la voix des inflexions traînantes du Sud presque imperceptibles.

– Annette n'est pas là ?

Damian fronça les sourcils – et je compris alors pourquoi quelqu'un comme Arnold arrivait à lui faire confiance aussi facilement. Sa physionomie reflétait tout ce qu'il ressentait. Il était, ou du moins semblait, incapable de duplicité.

– Sa sœur a eu un accident, dit-il. Alors Annette est allée à Carbondale pour donner un coup de main.

– Quel genre d'accident ?

– Figure-toi qu'elle me l'a dit et que je suis incapable de me le rappeler, avoua Damian avec un sourire gêné. Il me semble qu'elle s'est cassé la jambe. Ou peut-être le bras. Je ne sais plus. – Son sourire s'élargit. – En matière de détails, je suis un cas désespéré, conclut-il en reculant doucement pour s'éloigner en direction d'un grand barbu en chemise écossaise rouge qui venait d'attirer son attention – Griffin, supposai-je – en surgissant derrière le comptoir, une pièce mécanique à la main.

– Faites-moi signe s'il vous faut quoi que ce soit, dit-il.

Jean acquiesça ; puis, tandis que Damian regagnait le comptoir en s'arrêtant au passage pour s'assurer qu'Arnold n'avait besoin de rien, elle se tourna vers moi.

– Eh bien, dit-elle, vous ne ferez pas la connaissance d'Annette aujourd'hui. Dommage.

Elle énonçait cette constatation comme si ça n'avait pas grande importance, mais je voyais bien qu'elle était déçue.

– Et moi qui n'en finis pas de parler de mon frère depuis une heure. Comme si c'était de lui que nous étions venues parler.

– Ça ne me dérange pas…

– Non, coupa Jean. Son tour viendra plus tard. Il faut que je raconte cette histoire dans le bon ordre, sans quoi elle n'aura aucun sens. Ce n'est pas que les choses doivent nécessairement avoir du sens. Mais c'est une illusion réconfortante, vous ne trouvez pas ?

Elle laissa passer un moment, dans l'attente d'une réponse, mais je n'avais rien à dire. Je n'étais pas sûre que quoi que ce soit ait jamais eu de sens à mes yeux. Les choses se contentaient d'arriver, comme les scènes d'un film. Certaines étaient belles, d'autres tragiques, ou approchant. Certaines rataient, comme quand quelqu'un laisse apparaître un micro dans le champ lors d'un tournage, ou que le bruit d'une voiture qui passe noie le dialogue. Mais ces scènes n'avaient aucun lien. C'était juste une chose puis une autre.

Jean m'adressa un regard interrogateur, comme si elle venait de lire dans mes pensées, puis elle poursuivit :

– Cette partie de l'histoire concerne mon père, dit-elle. Ou plutôt la façon dont il est mort. Lui n'intervient pas vraiment, il est juste la victime. La victime ne participe jamais vraiment à l'histoire, n'est-ce pas ? Peu importe comment il était dans la vie, ce qu'il mangeait au petit-déjeuner, comment les histoires drôles des journaux le faisaient rire ou pourquoi il a pleuré pendant des années son premier et si bel amour perdu, non pas faute de savoir qu'il y avait bien d'autres poissons dans l'océan, mais par une sorte d'entêtement capricieux, ou d'orgueil, ou je ne sais quoi d'autre qui nous pousse à faire ce qu'il y a de plus bête dans la vie. – Elle rit. – Écoutez-moi dire, reprit-elle. Toutes ces bêtises n'ont donc pas de fin ? – Elle regarda sa tasse de café comme si elle s'apercevait seulement de sa présence. – Eh bien, dit-elle, où en étions-nous ? – Elle réfléchit un instant. – Mon père, dit-elle. Un brave homme, à bien des égards. Un homme honnête, jusqu'à un certain point, ce qui est le mieux qu'on puisse faire, à moins de se claquemurer dans son trou et de laisser le monde aller se faire voir.

Elle esquissa un léger hochement de tête, comme si elle prenait note de quelque chose et tâchait de voir si elle n'oubliait rien.

– On ne l'appelait pas papa, dit-elle. Ni père. On l'appelait simplement par son prénom, Thomas. Je ne me posais pas de questions là-dessus, à l'époque, mais j'y vins plus tard. Le jour de l'enterrement, je me demandai de quand ça datait, mais en fait c'était juste qu'on avait toujours fait comme ça. On l'appelait par son prénom, et j'ai toujours pensé à lui dans ces termes, comme à un ami, bien qu'il ne soit pas un ami mais un père. Un aussi bon père que le lui permettait sa situation, vu qu'il nous élevait seul, et tout ça. Il était drôle, sans en faire trop. Quand j'étais petite, il me lisait les histoires drôles du journal. Il était gentil, en règle générale, même quand on ne reconnaissait pas sa gentillesse, mais il pouvait aussi se montrer sévère quand les circonstances l'exigeaient. Avec Jeremy, il était plutôt dur, par moments. Mais pas avec moi. Du moins, pas autant. Je ne le savais pas à l'époque, mais je crois qu'il me passait pas mal de choses à cause de ce qui était arrivé à ma naissance. Parce que j'avais tué ma mère. Sa femme. Il faisait attention avec moi, peut-être parce qu'il ne pouvait pas se permettre de prendre de risque. Il ne voulait pas que j'apprenne ce qui s'était passé, et il craignait sans doute que des souvenirs remontent pour peu qu'il se mette en colère contre moi. Je ne sais pas trop. Quand je pense à lui, maintenant, je le revois comme quelqu'un de juste, sérieux et, je l'avoue, un peu distant par moments. Il avait des préoccupations. Son métier. La politique. Il s'occupait de choses dont nous ne savions rien. Je suppose qu'il pensait que ça valait mieux.

– En tant qu'homme, il était apprécié par la plupart des habitants de la ville, et détesté par quelques-uns. Il ne se faisait aucune illusion là-dessus, et ça ne le dérangeait pas. S'il s'était attiré des inimitiés en prenant ce qu'il estimait être de bonnes décisions, il n'y voyait pas matière à s'inquiéter, et n'en tirait pas orgueil non plus. Ce n'était pas un moraliste acharné – il était prêt à faire des compromis pour permettre de débrouiller une situation. Mais il refusait de déroger à sa conception du bien. Ce fut ce qui motiva son assassinat, j'imagine. Quand on est connu comme quelqu'un qui ne plie pas, les gens trouvent des moyens de nous contourner. Ils nous en veulent de compliquer les choses, mais ils acceptent qu'on soit ainsi fait et cessent de nous considérer comme un individu pour ne plus nous traiter qu'en obstacle malencontreux. Alors que lorsqu'on est de ces gens qui, d'ordinaire, savent établir des compromis, et qu'un beau jour, pour une raison que les autres ne peuvent comprendre, on se bute tout à coup et on campe sur ses positions dans un domaine important – j'entends par là important aux yeux de ceux qui ont vraiment de l'argent –, alors il peut arriver n'importe quoi. C'est une chose qu'on ne peut pas se permettre d'oublier, surtout dans le sud des États-Unis. Dans un petit monde, les gros poissons peuvent faire à peu près ce qui leur chante. Si quelqu'un doit payer, ça ne sera pas eux.

Jean s'interrompit soudain, et un air agacé passa sur ses traits.

– Je ne raconte pas ça comme il faut, dit-elle. J'aurais dû commencer par le commencement.

Elle ferma les yeux et prit une bonne inspiration.

– Allons-y, dit-elle. Reprenons au commencement.

« Mon père, Thomas Culver, était avocat, et la loi avait pour lui de l'importance. Pas au point d'être totalement inflexible dans ce domaine, mais il respectait scrupuleusement l'esprit de la loi. Il y avait des choses qu'on pouvait laisser passer, et des principes qu'on devait défendre. Je n'ai jamais eu connaissance des détails, mais j'avais presque douze ans, et Jeremy quinze, quand mon père eut à s'occuper d'un achat de terres qui tourna mal, et l'affaire coûta à des gens importants une somme loin d'être négligeable. L'argent n'était pourtant pas le pire, dans l'histoire. Comme je le disais, Thomas Culver n'était pas hostile aux compromis, et je sais aujourd'hui qu'il lui arrivait de fermer les yeux sur ce qu'il aurait appelé des irrégularités, mais il n'était pas du genre à regarder sans rien faire pendant que d'autres se faisaient escroquer – et il semble que le contrat en question se résumait à ça. Je ne suis vraiment pas au courant des détails, du reste, à l'époque, Jeremy et moi étions à cent lieues, Dieu merci, de nous douter de ce qui se tramait. Rien, dans le comportement de mon père, ne suggérait qu'il était inquiet ou contrarié par quoi que ce soit, et s'il rentrait tard de son cabinet un peu plus souvent que d'ordinaire, ou s'il semblait préoccupé par moments, ça ne nous regardait pas. Nous étions des enfants. Je crois que j'aurais été heureuse de le rester indéfiniment.

« Le seul souvenir clair que je garde aujourd'hui, c'est donc celui d'un instant. Par un jour de chaleur, au début de l'été, j'étais malade, quelque chose de suffisamment grave pour m'empêcher d'aller à l'école. J'avais de la fièvre, je me rappelle, mais ça ne devait pas être si grave que ça puisque le docteur Reynolds n'avait pas été appelé alors que mon père prenait toujours soin, au moindre signe inquiétant, de nous faire examiner. Bien entendu, le fait qu'il n'ait pas appelé le médecin pouvait être l'indice que quelque chose se tramait de son côté. Ce n'est pas impossible. Mais je ne crois pas que ç'ait été le cas. Avant de quitter la maison ce matin-là, il vint dans ma chambre pour me dire au revoir, et c'est la dernière image que j'ai de lui – l'homme que j'avais toujours connu, debout, là, dans la lumière, avec sa cravate et ses lunettes, un homme qui, presque certainement, savait que des ennuis l'attendaient bien que je ne puisse pas imaginer qu'il ait eu la moindre idée de la forme qu'ils prendraient. Mais il n'avait pas l'intention de nous infliger le fardeau de ces soucis. Il souriait et plaisantait, cherchait à évaluer à quel point j'étais malade en fait, et il dut être rassuré de constater que, pour l'heure, ça ne semblait pas trop grave. Ce fut la dernière fois que je le vis, et je le revois encore aujourd'hui. Je le revois dans mon imagination et je l'entends prononcer mon nom tout en bordant les draps avant de m'embrasser et me dire au revoir. Et je n'avais aucune raison de croire qu'il risquait de lui arriver quelque chose, mais je me rappelle avoir pensé ce jour-là que je l'aimais très fort, et je me réjouis aujourd'hui d'avoir eu cette pensée, car elle se lisait sur mon visage quand je lui dis au revoir – elle se lisait sur mon visage et Thomas le comprit. Je ne dis rien, mais il comprit.

« Je ne vis pas ce qui se passa ensuite. Contrairement à mon frère, qui n'aurait pas dû se trouver là. Je n'en fus pas témoin – et, par la suite, on ne me raconta jamais que le strict minimum. Du coup, je me demande comment je peux me représenter ça si clairement. La fusillade, je veux dire. Je la vois se dérouler, ce qui est impossible. Par moments, je me dis que j'ai pris ça dans un livre, ou un film. Que j'ai créé un scénario, inventé une histoire et que, maintenant, je vois tout ça, exactement comme ça a dû se passer. Sauf que je ne l'ai pas vu. Jeremy, lui, si. Il n'aurait pas dû – c'était un de ces hasards, d'habitude sans grande incidence. Il aurait eu des ennuis pour avoir fait l'école buissonnière, mais ça en serait resté là. Personne ne sait pourquoi il modifia ses projets ce jour-là, étant donné que personne n'eut jamais l'idée de poser la question. Il aurait dû être à l'école, au lieu de quoi il alla en ville, et quand il vit notre père sortir de son cabinet et s'éloigner à pied dans Vine Street, il dut se mettre en tête de le suivre. Jeremy a toujours eu un côté espion et ça dut éveiller sa curiosité de voir notre père sortir dans la rue sans sa mallette en plein milieu de la matinée – c'était inhabituel, mais il devait y avoir une explication rationnelle à ça. N'ayant rien de mieux à faire, mon frère décida de jouer les détectives.

« Ce ne fut que bien plus tard qu'il me raconta tout ce à quoi il assista ce jour-là. Comment notre père quitta son cabinet comme s'il allait juste faire une promenade, partit vers le sud, à l'opposé de tous les endroits où on pouvait s'attendre à ce qu'il se rende pour affaires, en direction d'une maison située à l'angle des rues Ashland et Vine. Ce n'était pas un quartier mal famé à proprement parler, mais pas non plus un endroit où les gens avaient souvent à faire avec des avocats huppés, si bien que Jeremy fut surpris de voir la porte de la maison en question s'ouvrir – Thomas n'avait même pas eu à frapper, comme si la personne qui se trouvait à l'intérieur avait guetté son arrivée – et notre père entrer bien vite. Jeremy ne vit pas la personne qui le reçut, mais quelque chose dans cette maison, ce cadre, l'heure de la journée – *quelque chose* – le poussa à rester là, et il attendit, et regarda, jusqu'à ce que notre père ressorte. Mon frère se planta d'abord à l'angle des rues, où n'importe quel passant aurait pu le voir – bien que personne ne soit passé là à son souvenir. Puis, quand il se rendit compte qu'il était parti pour attendre un bon moment, il traversa le carrefour et s'installa sur le trottoir d'en face, à l'ombre d'un chêne rouvre, où il serait moins visible.

« Et ce fut peut-être une erreur. Peut-être, si Jeremy avait été plus visible, l'homme qui abattit notre père l'aurait-il aperçu et peut-être, dans ce cas, n'aurait-il pas garé son camion à quelques mètres du carrefour, juste au moment où deux heures sonnaient à l'horloge du palais de Justice, pour ensuite en descendre et se diriger d'un pas rapide vers cette fameuse maison à l'angle des rues Ashland et Vine, comme s'il savait précisément quand mon père allait en sortir. Cet homme s'appelait Arthur Brigstock. C'était le pire imbécile de la ville, mais personne n'avait jamais soupçonné qu'il puisse être davantage qu'un sinistre abruti. Il est comme ça, Arthur Brigstock, disaient les gens. Il cause, il cause, mais c'est tout ce qu'il fait. Causer. Personne n'avait jamais soupçonné qu'il était dangereux. Personne n'avait seulement jamais imaginé qu'il soit capable de tirer sur un homme à bout portant, par deux fois, et de le regarder mourir. Jusqu'au moment où il fit exactement ce que je viens de dire, par un beau jour d'été ensoleillé, à l'angle des rues Ashland et Vine. Ashland et Vine, Ashland et Vine, Ashland et Vine. Ces mots résonnent dans ma tête, en permanence. Comme une malédiction.

« Bien entendu, tout le monde comprit que quelqu'un lui avait monté le coup, mais personne ne dit rien. C'était ceux qui dirigeaient la ville qui lui avaient monté le coup, et lui, trop content d'avoir été choisi, il n'avait pas regardé plus loin. Trop bête. Thomas savait qui était cet homme, quel genre de type, et je suppose qu'à la fraction de seconde où il vit que c'était Brigstock qui lui barrait le passage, avant même de remarquer le fusil, il dut comprendre qu'il était perdu. Il disait souvent que parler, ça pouvait tout changer – que si on arrivait à amener un homme à parler, il aurait ensuite moins tendance à faire des bêtises, mais Brigstock n'était pas quelqu'un à qui on pouvait parler. Ce jour-là, il devait croire qu'il avait des amis sacrément importants, et se sentir lui-même sacrément important, à exécuter leurs ordres. Il en était tout proche, vous comprenez ? Un type comme ça, ce qu'il souhaite toute sa vie durant, c'est approcher le pouvoir. Que les maîtres abaissent vers lui un regard bienveillant, ne serait-ce qu'un bref instant. Plus tard, une fois qu'il eut joué le rôle qui lui était imparti, ces fameux puissants amis le laissèrent tomber comme une vieille chaussette.

« Tout se passa très vite, tellement vite, dit Jeremy, qu'il n'y crut pas vraiment. Comme s'il y avait eu une erreur, que le monde s'était légèrement dévié de son axe, mais juste un instant, et qu'une fois revenu en place, tout se retrouvait inversé et les choses redevenaient telles qu'elles auraient toujours dû être. Bien sûr, Jeremy vit toute la scène depuis l'endroit où il se tenait : Brigstock s'éloignant de son camion, les mains le long du corps, d'une drôle de démarche gauche, notre père sortant de la maison à ce moment précis – Jeremy se demandait encore ce qu'il y faisait, et se demanda si Brigstock était mêlé à ça. Ça semblait toutefois impossible car notre père n'avait aucune raison de frayer de près ou de loin avec un individu pareil. Le vrai mystère, en revanche, c'était la femme. Une grande femme brune, qui se tenait juste en retrait du seuil et regardait partir notre père. Et ça semblait étrange, cette attitude, cette façon de le regarder. Ça semblait bizarre. Pas… professionnel, c'est le mot qu'employa Jeremy, mais ce qu'il voulait dire, c'était peut-être que ça ne cadrait pas, étant donné que notre père n'avait aucune raison de se trouver là, au milieu d'une journée de travail, et qu'il n'avait certes aucun motif de s'y trouver en compagnie d'une femme. Jeremy s'en faisait la réflexion quand il entendit Brigstock dire quelque chose – mais peut-être qu'il ne parla pas vraiment, ne prononça pas des mots, tout du moins, mais qu'il émit un son, si bien que notre père se tourna vers lui, et il sembla à Jeremy qu'il souriait, alors qu'il ne pouvait être en train de sourire à cet homme. Parce qu'il connaissait réellement tous les habitants de la ville. Thomas Culver savait qui ils étaient et d'où ils venaient, quels étaient leurs défauts, à qui ils devaient de l'argent, à qui ils avaient extorqué des biens ou des terres par des moyens frauduleux, et il devait penser qu'il savait tout ce qu'il y avait à savoir sur Arthur Brigstock. D'ailleurs, à cet instant précis, quand il parla ou émit un son, Brigstock leva la main gauche et notre père dut voir le fusil. Mais tout se passa alors dans une sorte de brouillard. Ce qui aurait dû être une succession d'instants, ayant chacun leur logique, devint un seul long moment où il était impossible de distinguer une chose d'une autre – le sourire de notre père quand il se détourna de la femme, la compréhension dans son regard quand il vit ce que faisait Brigstock, la détonation, le silence, puis une voix – non, plus qu'une seule voix, mais mon frère n'était pas en mesure de distinguer la sienne de celle de la femme. Brigstock, lui, ne dit rien. Il agissait rapidement, à présent, et je crois que même lui avait assez de bon sens pour comprendre qu'il devait *expédier* ce qu'on lui avait ordonné de faire. Le mot est cruel. Après avoir fait feu, par deux fois, vite mais avec détermination et à bout portant, la première balle atteignant mon père en plein torse et l'autre, quelques secondes plus tard, à la tête –, quand il eut fait ce qu'il avait à faire, cet idiot, ce bon à rien pivota sur ses talons, regagna son camion et s'en alla. On ne retrouva jamais le fusil, mais ça ne changea rien. Il y avait eu deux témoins et, bien qu'il ne s'agisse que d'une femme et d'un enfant, ce fut suffisant. Naturellement, on n'apprit que plus tard qui était la femme. Pendant longtemps, on ne sut rien du scandale. Je restai dans l'ignorance des mois durant, et je n'aurais sans doute jamais rien su si Jeremy, que je harcelais de questions, n'avait pas fini par me dire toute la vérité, mais il semble que *le scandale* était tout ce qui occupait les pensées des braves gens de notre petite ville. Un meurtre avait été froidement commis, et tout ce dont tout le monde parlait, c'était des rues Ashland et Vine. Que faisait un homme comme Thomas Culver dans ce quartier de la ville ? Il n'avait aucune raison de se trouver là. Le fait est qu'il en avait pourtant une, marmonnaient-ils chaque fois qu'ils se rassemblaient. Oh que oui !, il avait une bonne raison de se trouver là. Une raison tout à fait particulière, à vrai dire, liée à une certaine Miss Catherine Bassett. »

Jean s'interrompit et son regard se porta vers le fond de la salle. Je crus qu'elle était sur le point de craquer, de manifester son émotion, mais son expression resta paisible, tout juste teintée du sérieux pensif qui nous vient lorsque, après avoir exposé des faits ou porté un témoignage, on se repasse ce qu'on vient de dire, afin de s'assurer qu'on n'a rien oublié de vraiment important. Finalement, elle reprit :

– Cliché numéro un. Il ne faut pas toujours se fier aux apparences. Au début, nous nous disions que notre père ne pouvait rien faire de mal. Ensuite certains se mirent à le traiter de coureur hypocrite – et ce n'étaient là que les gens polis. Mais il n'était ni l'un ni l'autre. Juste un homme. Ce qui est aussi un cliché, car il n'existe rien de tel. Ou alors, Brigstock était juste un homme, lui aussi, et ceux qui l'avaient mandaté ce jour-là étaient juste des hommes.

– Que se passa-t-il ensuite ? demandai-je, sans trop savoir quelle question je posais, ni sur qui.

Elle me regarda et secoua la tête.

– Ce qui se passa ?

– Que vous arriva-t-il à vous ? À...

– On s'en alla. Notre maison fut vendue, de même que toutes les possessions de mon père, tout fut placé en fiducie et on déménagea en Virginie. – Elle réfléchit un instant. – Jeremy dut revenir pour témoigner, et Brigstock passa quelque temps en prison, mais ses commanditaires lui avaient payé un bon avocat qui se servit du *scandale* pour le dépeindre sous un jour beaucoup plus flatteur qu'il ne le méritait. Apparemment, il avait un lien de parenté avec Miss Bassett, et avait abattu Thomas pour préserver la réputation de la dame. Quelque chose du genre. Personne d'autre n'était impliqué, dit-il, l'idée venait de lui. Quant à Miss Bassett, elle s'enferma dans la fameuse maison de l'angle des rues Ashland et Vine, et on ne la vit plus guère. Quand quelqu'un lançait une brique dans sa fenêtre, elle faisait changer la vitre. – Elle me regarda bien en face pour la première fois depuis qu'elle avait achevé son récit. – Après ça, dit-elle, je n'étais plus une petite fille. Pas parce que quelqu'un avait tué mon père, mais à cause de ce que les gens avaient raconté. De la façon dont ils avaient menti sur la raison de sa présence à l'angle des rues Ashland et Vine ce jour-là. Je comprends bien que ce n'était pas le genre de mensonge qu'on entend couramment, mais c'était un mensonge quand même. Oui, il était allé là-bas pour voir Mlle Bassett. Mais il ne s'agissait pas du tout de ce qu'ils racontaient – et je sais aujourd'hui que ce fut ce mensonge qui mit fin à mon enfance, quelques mois plus tard, quand Jeremy en eut assez que je lui demande sans cesse de raconter et me révéla la totalité de l'histoire, de la fusillade à tout ce que les gens dirent au tribunal, et il me raconta tout, en détail, parce qu'il souffrait et qu'il était en colère depuis trop longtemps et parce que j'étais…

Elle me regarda, mais il ne filtrait dans son regard aucune expression que je puisse interpréter comme de la douleur, de la colère, ou un sentiment de trahison. Pour autant, je savais ce qu'elle avait failli dire. Jeremy lui avait tout raconté parce qu'il ne pouvait plus garder par-devers lui ce fardeau et que, maintenant qu'ils étaient loin de chez eux et seuls tous les deux dans une maison inconnue, il n'y avait plus que sa sœur qu'il puisse faire souffrir avec cette histoire pour lui donner une réalité. Il avait dû la lui exposer par le menu – et expliquer tous les détails hideux, brutaux, de ce que sa petite sœur ne comprenait pas, non parce qu'il en avait envie, mais parce qu'il ne pouvait pas faire autrement. Il n'avait pas le choix.

– Je suis désolée, dis-je, consciente de l'inanité de la formule mais sachant, en même temps, que Jean était capable de percevoir ce que j'aurais dit s'il y avait eu un quelconque moyen de l'exprimer.

Elle acquiesça.

– Je suppose que c'est pour ça que j'aime bien savoir Christina dans les parages, dit-elle. Elle me rappelle quelque chose. Pas moi en plus jeune – je n'étais pas du tout comme elle – mais… cet état. Le fait d'être un enfant. D'être une petite fille. Il y a des pans entiers de la condition de petite fille auxquels je n'ai jamais eu accès. Je ne sais pas à quoi ils ressemblent. Tout ce que je sais, c'est que je suis passée à côté.

Du bout des doigts, elle effleura le dos de ma main, très doucement. La sienne était froide, malgré la chaleur ambiante.

– Nous sommes tous amenés à pleurer quelqu'un, dit-elle. Le truc, c'est qu'il ne faut pas envoyer promener tout le reste.

Elle lâcha ma main et se leva lentement.

– Vous voulez bien me raccompagner un bout de chemin ? demanda-t-elle. Un peu de compagnie ne me ferait pas de mal.

Je me levai à mon tour. Arnold avait disparu et Damian était quelque part, derrière, en train de parler à quelqu'un. Jean hocha la tête.

– Cliché numéro deux, dit-elle, sur quoi elle se ravisa et sourit. Mais gardons le cliché numéro deux pour la prochaine fois.

En arrivant à l'appartement, je trouvai un mot sur la table de la salle à manger. Les habituelles pattes de mouches de Laurits, tout juste lisibles, mais j'en décryptai assez pour comprendre qu'il ne rentrerait que dans quelques jours. Bien entendu, il ne précisait pas où il allait ni pourquoi, mais ça ne me dérangeait pas. J'avais maintenant l'habitude de ses disparitions soudaines et, de toute façon, ses absences me laissaient la place de me plonger dans mes propres pensées – ou, plutôt, de me rappeler que j'avais des idées et des projets propres, des choses que j'avais envie de faire sans jamais les entreprendre, non que Laurits exerce la moindre pression ou tente de me persuader qu'il valait mieux que je travaille avec lui, mais parce que je craignais trop d'échouer pour seulement m'y mettre. Je soupçonnais, à cette époque déjà, que le projet d'histoires qui m'avait si fortuitement amenée à rencontrer Jean Culver, n'était guère qu'un de ses petits jeux – et je vis plus tard mes soupçons confirmés, quoique d'une tout autre façon que celle à laquelle j'aurais pu m'attendre. Je suppose que, lorsque je prenais le temps d'y réfléchir, je lui savais gré de m'avoir envoyée faire du porte-à-porte dans les quartiers résidentiels, tout en sachant aussi que je ne pouvais avoir aucune certitude quant à ses motivations. Peut-être avait-il seulement cherché à me donner quelque chose à faire. Peut-être avait-il voulu que je sois obligée d'écouter quelqu'un d'autre, plutôt que la seule voix dans ma tête, qui serinait bêtement une vieille histoire avec laquelle j'étais censée en avoir fini. Peut-être m'avait-il tout bonnement utilisée comme un de ses sujets.

Alors que, seule, je réfléchissais à mes propres idées. Les histoires que j'avais envie de raconter. Les films que j'avais envie de faire. Je n'étais pas naïve au point de ne pas me rendre compte que si je vivais avec Laurits, c'était en partie parce qu'il faisait ce que je voulais faire, ou quelque chose d'approchant, et je crois que je me disais, ou m'imaginais à tout le moins, qu'un peu de son énergie me serait communiquée – un peu de son mystère –, par une sorte d'osmose. Je ne souhaitais nullement l'imiter, et je n'étais pas sa *protégée** – il n'aurait pas plus accepté d'endosser le rôle de professeur que je n'étais disposée, quant à moi, à être son élève ou celle de quiconque. Et, de fait, c'était peut-être ça le problème. Je ne voulais être le disciple de personne. Je voulais seulement qu'il se passe quelque chose. Bien sûr, je rendais des devoirs et obtenais des résultats corrects, mais ces devoirs-là n'étaient qu'une forme de travail. Ils testaient dans l'abstrait ce que nous avions appris sur le plan technique. Le cursus que je suivais était, paraît-il, très innovant, et même unique en son genre, mais apparemment tout ça m'échappait. Je voulais faire de vrais films, pas disserter là-dessus par écrit. Je trouvais pour ma part, malgré ce qu'indiquaient mes notes, que je n'apprenais rien de très utile.

Je me souviens du premier film de Laurits. À l'époque, je m'abstins de lui dire que je l'avais vu. Comme nous venions juste de faire connaissance, je pensai qu'il me soupçonnerait de me renseigner sur sa personne, ce qui aurait semblé indiscret. Cette première réalisation était une proposition simple mais, en fait, la majeure partie de ce que faisait Laurits avait l'air simple, en surface tout au moins. En l'occurrence, il avait tourné six courts métrages montrant des choses en mouvement – un paysage vu d'un train en marche, un cheval en train de courir, deux filles en tenues immaculées jouant au tennis sur un court en terre battue, une nuée d'oiseaux tournoyant autour d'un vieil embarcadère, une jeune femme gravissant un escalier en colimaçon ouvragé dans je ne sais quelle grande et ancienne ville d'Europe, un train, peut-être le même que dans la première séquence, traversant ce qui semblait être le même paysage –, qu'il avait ensuite entrecoupés d'autant de prises montrant cinq personnes – plus un chien – endormies en divers endroits. Ainsi décrit, le film a l'air encore plus simple qu'il l'était – et certes pas émouvant, inspirant ni même intéressant. Mais c'était la façon dont il avait traité chacune des séquences que je trouvai émouvante. Car c'était *bel et bien* émouvant. Je ne peux pas expliquer pourquoi, tout ce que je peux dire c'est ce qu'il a fait – et c'est sans doute la raison pour laquelle je n'arrive pas à apprendre de lui. Quand je vois ses films, je ne suis que spectatrice, mais ce qu'il recherchait, chez moi, chez tout le monde, c'était un possible collaborateur. Ou peut-être un co-conspirateur. Je peux dire que la façon dont il tourna chacun de ces films en amplifia l'effet, mais ce n'est pas très parlant. Je pourrais préciser, par exemple, que le paysage vu du train n'est qu'entraperçu au travers des interstices d'une clôture ou d'une barrière en mauvais état, si bien que l'œil cherche constamment à comprendre les formes et celui qui regarde a constamment conscience qu'elles lui échappent, que des choses restées indistinctes filent devant lui pendant qu'il s'efforce d'en identifier d'autres. Ou bien que le plan dans lequel la fille qui montait l'escalier en colimaçon est maintenant endormie dans un fauteuil est à la fois touchant et érotique, mais je ne suis pas capable de dire en quoi la technique qu'il utilise dans ces deux cas a pu jouer. Tout ce que je savais, c'était que l'idée ne me serait jamais venue de faire aucune des choses qu'il avait faites. J'aurais, moi, fait plus compliqué. J'aurais été laborieuse. Les courts métrages que j'avais réalisés à titre de travaux notés, de même que les trois projets indépendants que j'avais entrepris et abandonnés, présentaient tous la même caractéristique, qui était l'exact opposé de ce qui se passait dans les courts métrages de Laurits. Je demandais au public de regarder, j'essayais de gagner quelque chose. Laurits, lui, forçait l'attention en se moquant de l'obtenir.

Il faisait ces films pour une raison autre que l'envie que les gens les regardent. Peut-être était-ce simplement que le monde extérieur à son imagination l'ennuyait tant qu'il devait trouver de quoi s'occuper.

Il faisait toujours chaud mais, quand je retrouvai Jean Culver à la porte du Territoire sacré pour apprendre ce qu'était le Cliché Numéro Deux, les nuages s'étaient massés et la pluie tombait, dense, drue, surprenante, dégageant une odeur suave et herbeuse après les longues journées sèches. Jean portait un imperméable léger par-dessus sa tenue de travail habituelle, si bien que je me sentis un peu bête d'être venue juste en jean et chemise.

Comme je me précipitais à l'intérieur, les cheveux constellés de pluie, le bord des manches humide, je remarquai que les œuvres exposées n'étaient plus les mêmes. À la place des paysages urbains enneigés, une série de photos abstraites aux couleurs vives couvrait les murs, créant une sorte d'atmosphère de carnaval dans cet espace qui, une semaine plus tôt, semblait si frais et classique, pareil à un minuscule îlot d'hiver dans la chaleur estivale. Tandis que Jean se dirigeait vers ce qui était visiblement sa table habituelle près de la vitrine, je m'arrêtai pour regarder une photo qui avait attiré mon regard, un très gros plan d'une portion de graffiti, larges traits de spray bleu pastel suggérant un visage, mais là où auraient dû se trouver les yeux s'ouvraient deux trous noirs au fond desquels était niché un regard triste de dessin animé, comme si quelque chose, ou quelqu'un, était enfermé à l'intérieur du mur, une chose vivante, capable de souffrir, à tout jamais murée dans le béton. Je regardai la photo suivante. En apparence, l'humeur en était complètement différente, tout en douces teintes floues pêche et ocre rouge là où la première se déclinait en bleus et en gris, mais le thème, sinon identique, était similaire. On y voyait un autre mur, cette fois pris de plus loin, peut-être au zoom. Le crépi en était ancien, grenu et ponctué, çà et là, de trous profonds couleur de rouille. Au centre exact de l'image se dressait une haute fenêtre étroite soulignée d'un balcon en fer forgé ouvragé derrière lequel le mot *BEAUTÉ** avait été peint à la manière d'une enseigne, en grandes lettres noires nettes sur un fond blanc cassé. C'était une œuvre assez rudimentaire et peut-être un peu flagrante – Laurits en aurait trouvé la sincérité amusante –, mais elle avait quelque chose de touchant, avec ce mot réduit à sa simple typographie dans sa cage de fer, l'idée même de la beauté remise en cause.

Jean me regardait, attendait. Je pris la place qui lui faisait face, la même que la dernière fois, mais il n'y avait personne dans la rue.

– Qu'en dites-vous ? demanda-t-elle.

– Hmm ?

– L'exposition, qu'en dites-vous ?

– C'est... intéressant, répondis-je.

– Ah. Intéressant.

– Je n'ai pas tout vu, ajoutai-je, agacée de m'entendre verser dans la défensive. Je veux dire que... les photos que j'ai vues me plaisent. Elles sont un peu naïves, mais elles ont quelque chose... d'irréel.

Je vis qu'elle me regardait attentivement, qu'elle avait réellement envie d'entendre ce que j'en pensais. Pourquoi ? En quoi était-ce important ? Je jetai un coup d'œil à la photo la plus proche de notre table, un tumulte de rouges et de verts, encore des graffitis bombés sur un mur blanc, mais je n'en discernais pas le détail.

– Pourquoi me posez-vous la question ? demandai-je.

Elle garda le silence un moment, et je me demandai si quelque chose, dans ce que je venais de dire, l'avait froissée d'une façon ou d'une autre. Finalement, elle leva les yeux vers la photo rouge et verte.

– Ce sont les travaux d'Annette, dit-elle simplement.

– Annette ?

– Je vous ai parlé d'elle, reprit Jean. La propriétaire de ce café.

– Ah. – Je me retournai et regardai à nouveau le visage bleu pastel. – Il faut que je les regarde de près. J'aime beaucoup celle-ci, dis-je en la lui montrant.

Jean acquiesça.

– Faites un tour, dit-elle. Je vais commander nos cafés.

Je passai le quart d'heure qui suivit à regarder l'exposition. Il y avait dix-huit photos en tout, toutes d'un mur, ou d'un détail de mur – un graffiti, le regard aveugle d'une fenêtre dans une maison abandonnée, ou même une simple lézarde courant du haut jusqu'en bas de la photo, à la fois inquiétante et étrangement belle, annonçant la ruine. Techniquement, elles étaient juste correctes, pourtant, pour des raisons que je n'aurais su expliquer, elles suscitaient en moi des questions. Elles proposaient quelque chose : elles interrogeaient. Pourquoi les ruines sont-elles belles ? De quoi parlons-nous quand nous évoquons la beauté ? Un mur est-il un abri ou une prison ? Ça semble peut-être prétentieux – Laurits aurait confirmé – mais c'étaient les pensées que j'avais en tête en faisant le tour de la salle, vaguement intimidée, consciente du regard des autres clients du café et de Jean, qui parlait à une femme au comptoir, commandait nos consommations et un gâteau ou un autre. Je reconnus tout de suite un des clichés : on y voyait un mur de l'ancien abattoir, où Laurits tournait une partie de son nouveau film. Pour cette photo, Annette avait fait le point sur une simple tache couleur de rouille sur un fond vert pâle, tache qui évoquait le sang mais pouvait tout aussi bien être un dépôt ferrugineux. C'était ce à quoi j'avais pensé à l'abattoir, moi aussi. À moins de connaître le passé des bâtiments, tout pouvait être n'importe quoi, mais quand on le connaissait, on interprétait, on tirait des conclusions hâtives, dont certaines étaient justes, d'autres pas. Il n'y avait pas moyen de savoir. Mais, en fait, était-ce le but d'Annette au moment où elle prit cette photo ? Peut-être ne faisais-je que plaquer sur ses travaux la conception du monde que nourrissait Laurits ? Comment savoir ? Je ne pouvais pas poser la question à Annette, il m'appartenait de comprendre le sens de tout ça. Elle n'était pas censée me l'expliquer.

Quand Jean regagna sa place, je revins à la table et m'assis. Un instant plus tard, la femme avec qui elle s'était entretenue arriva. Sans un mot, elle disposa devant nous nos cafés et deux parts identiques d'un cake brun à l'aspect moelleux. Jean la laissa finir avant de lancer, d'un ton étonnamment formel :

– Annette, je te présente Kate. Qui admirait tes photos.

Annette sourit, et je me rendis compte qu'en disant d'elle qu'elle était jolie, Jean ne lui avait pas rendu justice. Cette femme était belle. Il existe plusieurs types de beauté, et des zones incertaines entre ce qu'on trouve beau ou séduisant, joli, attirant, mais en l'occurrence il ne pouvait y avoir de doute. Annette me rappelait un peu Ava Gardner, mais la jeune Ava Gardner de *Marchands d'illusions*, disons, avant que le système des studios de cinéma, ne connaissant pas sa chance, décide de noyer la naturelle beauté de la jeune femme dans la simple séduction. De taille moyenne, avec une masse de cheveux bruns retenus en une queue de cheval lâche et un teint plutôt clair. Elle n'était pas maquillée. Une tache sombre marquait le poignet de son chemisier, son jean noir était délavé et saupoudré d'une fine poussière qui me sembla être de la farine. Elle était de ces femmes qui ne savent absolument pas à quel point elles sont belles – et je soupçonnai que personne ne le lui avait jamais vraiment fait remarquer. Peut-être un ivrogne dans une fête, aveuglé de nostalgie désincarnée et de courage alcoolisé, quelqu'un de facile à ignorer, mais aux yeux de qui que ce soit d'autre sa beauté devait paraître intimidante, une chose qu'il serait malvenu ne serait-ce que de mentionner, comme une cicatrice, ou une tache de naissance.

– Je commence juste la photo, dit-elle. Avant, je peignais.

– Kate est une artiste, elle aussi, dit Jean, une lueur pétillante dans le regard. Elle s'amusait bien, ce qui semblait à la fois injuste, car d'une certaine façon nous nous connaissions à peine, et en même temps flatteur car, depuis le récit de l'assassinat de son père, j'avais un peu le sentiment de faire partie de son univers.

– Ah oui ?

Annette cessa d'être seulement polie et me regarda avec intérêt. Je secouai la tête.

– Non, pas vraiment, dis-je. Je suis étudiante à l'université, j'apprends pour réaliser un jour mes propres films. Vous savez comment ça se passe.

Le ton idiot de ma réponse ne m'échappa pas plus qu'à Jean et sans doute Annette.

– Des films, ça alors, dit Annette, ce qui rattrapa un peu la situation.

Nous allions peut-être nous livrer à un concours des répliques les plus bêtes de la conversation convenue.

– J'envisage de m'y mettre.

Elle sourit et baissa la tête. Même sans la connaître, je compris que ce geste faisait partie de ses attitudes de repli. N'ayant rien de conscient ni de calculé, il était totalement charmant.

– Eh bien, reprit-elle, je vais vous laisser goûter ce cake. – Elle se tourna vers Jean. – J'ai légèrement modifié la recette. – Elle avait retrouvé de l'assurance, maintenant qu'elle était en terrain sûr, connu. – Tu me diras ce que tu en penses. – Elle m'adressa un bref regard. – Contente d'avoir fait votre connaissance, Kate, dit-elle.

– Moi aussi, dis-je.

On prit le temps, savourant le café, appréciant le calme et le bruit de la pluie derrière la vitrine. Je comprenais, maintenant, pourquoi elle s'asseyait toujours là. Ce n'était pas la rue qui l'intéressait, c'était le temps. Elle finit par rompre le silence :

– Je comptais vous parler du Cliché Numéro Deux, aujourd'hui, dit-elle.

Elle m'adressa un regard interrogateur, et j'acquiesçai pour lui signifier que je m'en souvenais. J'avais l'impression qu'elle avançait prudemment, sans vouloir trop évoquer son dernier récit.

– Il concerne l'amour, dit-elle. Je sais, je sais. Il y a tant de lieux communs à propos de l'amour qu'on peine à savoir lequel choisir, mais celui-là est un peu plus subtil que d'autres. – Elle sourit, joyeusement semblait-il, comme quelqu'un qui se réjouirait de jouer à un jeu qu'il affectionne. – Vous voulez bien essayer de deviner duquel il s'agit ?

Je secouai la tête.

– Euh… Eh bien, j'imagine que *l'amour, c'est ce qui fait tourner le monde* est un peu trop évident.

– Ça, ce serait la force de gravité, dit-elle.

– Que dites-vous de *l'amour, c'est ne jamais avoir à s'excuser* ?

– Absurde.

Je réfléchis un instant. Je voulais trouver quelque chose de bien, quelque chose qui puisse la surprendre.

– D'accord, dis-je. Alors : *Pour celui qui aime, l'amour n'est longtemps que solitude, solitude toujours plus intense et plus profonde.*

– Bonté divine, lâcha Jean. Qui a dit ça ?

– Rainer Maria Rilke.

– Bien, bien, bien, dit-elle d'un ton appréciateur. C'est une belle citation, il va falloir que je la médite. Mais ce n'est pas le Cliché Numéro Deux. D'ailleurs, ce n'est sans doute pas du tout un cliché.

– Alors quel est ce Cliché Numéro Deux ?

– Ce n'est pas tout à fait la même chose, mais voilà. – Elle prit le temps de réfléchir. – Un auteur français a dit un jour : *Ce n'est pas le premier amour qui compte, ni le second, ni le dernier. C'est celui qui a mêlé deux destinées dans la vie commune**. – Elle sourit. – À certains égards, ça pourrait ne pas être un vrai cliché, mais quand on est comme moi, eh bien…

– Je ne suis pas sûre de comprendre, dis-je. Je venais de goûter une bouchée du cake maison d'Annette. Il était très bon. J'en étais à me demander quel ingrédient de la recette elle avait changé. Bien que j'aie encore le sentiment que j'aurais dû en vouloir à Jean de m'avoir piégée, je savais que son intention n'était pas de me mettre dans l'embarras, mais de voir Annette rougir quand je la complimenterais sur ses travaux. Ce que je n'avais pas vraiment fait. Pas explicitement. Or elle avait rougi, de fait, très légèrement. Arrivait-il à Ava Gardner de rougir ? Peut-être à ses débuts. Plus tard, non. Les *femmes fatales** ne rougissent pas.

Jean feignit d'être étonnée :

– Eh bien, à part Rilke, il semblerait qu'on ne vous enseigne rien dans cette université ? dit-elle.

– Pas grand-chose, dis-je.

– Cela dit, Rilke compense bien des choses. – Elle se tut un moment, cherchant à formuler une explication. – Ce n'est pas le premier amour qui compte, ni le second, ni le dernier. C'est celui qui soude deux destinées dans... comment comprendre *la vie commune** ? On ne peut pas exclure complètement le sens de vie courante, banale, mais...

– Le quotidien partagé ? proposai-je, risquant ce qui me semblait une paraphrase.

Jean acquiesça.

– Oui, on peut appeler ça le quotidien partagé. La part de vie qu'on partage avec les autres, par opposition à...

– À nos chambres pleines de figures, coupai-je.

Elle m'adressa un regard étonné.

– Eh bien, dit-elle, Rilke *et* Ézéchiel !

Je ne précisai pas que la citation de la Bible venait de Laurits, car en fait je ne lui parlais jamais de Laurits. C'étaient deux mondes distincts.

– Nos chambres pleines de figures, reprit-elle d'un ton approbateur, et... *la vie commune**. Apparemment, les deux ne s'équilibrent jamais, n'est-ce pas ?

– Eh bien, non, dis-je. Et sur ce point-là, je n'avais besoin d'aucun argument pour être convaincue. Mais quel rapport tout ça a-t-il avec l'amour ?

– Ah, je suis mal placée pour répondre à cette question, dit-elle. Les gens de mon espèce n'ont jamais eu droit à *la vie commune**, au moment où ça avait encore de l'importance. – Elle sourit, mais comme aucune tristesse ne se lisait sur son visage, je conclus, avec une honteuse témérité, que tout ça était désormais pour elle de l'histoire ancienne. – Mais je réfléchis à la ferveur avec laquelle j'ai cru autrefois à la notion de premier amour. Que rien ne pourrait jamais remplacer. Car c'est impossible, et de toute façon il n'est pas question de remplacer, n'est-ce pas ? – Elle me regarda. Je haussai les épaules. J'aurais honnêtement pu dire, sur l'instant, que je ne savais pas du tout de quoi elle parlait. – J'étais une telle puriste, autrefois, dit-elle. Amour d'un jour, amour toujours. Sinon, comment le premier amour aurait-il pu être sincère ? – Elle rit, et manifestement, c'était d'elle-même qu'elle riait. Je me demandai si, par hasard, elle ne parlait pas aussi pour elle-même. – Je sais, à présent, que le nombre de fois où on tombe amoureux importe peu, car on tombe toujours amoureux de la même personne. Le premier amour, le second, le dernier, ils sont tous différents, et tous semblables. – Elle me regarda, comme pour voir si je l'avais bien comprise. – On devrait continuer à tomber amoureux, encore et toujours, jusqu'à la toute fin, quand bien même ça semble sans espoir. Quand bien même, à mon âge, *c'est* sans espoir. De toute façon, à mon âge, on n'a jamais besoin d'être payé de retour. C'est juste le fait de ressentir qui est en soi – comment appelle-t-on ça dans les prises d'otage ?

– Les prises d'otage ?

– Oui, dit-elle. Dans les prises d'otage, quand les ravisseurs doivent prouver que la personne est encore…

– Une preuve de vie ?

– Exactement. Une preuve de vie.

Elle hocha la tête, apparemment satisfaite, mais je n'aurais su dire si c'était d'avoir trouvé la bonne formulation, ou de tout autre chose. Je pris ma fourchette pour couper un autre petit bout du cake d'Annette. Pendant un moment, Jean Culver parut très loin, et je me rappelai à nouveau que c'était une vieille femme.

– Elle est très belle, vous ne trouvez pas ? lança-t-elle tout à coup.

– Pardon ?

– Annette, dit-elle. Elle est très… belle.

J'avalai précipitamment ma bouchée de cake. Je n'arrivais pas à croire à quel point j'avais pu être idiote jusqu'à cet instant précis.

– Je ne peux pas dire que j'aie vraiment remarqué.

Jean comprit que je ne disais pas la vérité, mais ça lui était égal.

– Je viens ici pour le café, qui est excellent. Mais surtout, je viens pour la voir. – Elle trempa les lèvres dans sa tasse et se carra contre le dossier de sa chaise. – Je dirais volontiers qu'elle me rappelle quelqu'un, mais ce n'est pas vraiment ça…

Je hochai la tête. Il me semblait comprendre. Premier et second amours. Et derniers amours, sans espoir. Tout ça, c'était de l'amour, en fin de compte.

– Qui vous rappelle-t-elle ? demandai-je.

Elle revint de quelque part, me rejoignit. Elle s'était absentée, l'espace d'un instant.

– Je crois qu'il est temps de passer au nouvel épisode de l'histoire, dit-elle. Mais, d'abord, commandons un peu plus de ce délicieux cake.

Elle resta longtemps au comptoir, discutant avec Annette et un très grand jeune homme aux cheveux blond-roux qui venait juste de surgir de la pluie. Âgé de dix-sept ou dix-huit ans, il avait l'allure d'un joueur de basket, tout en bras et jambes, mince mais pas dégingandé ni gauche comme peuvent l'être à l'adolescence les hommes de grande taille. Une grâce surprenante émanait, en fait, de son maintien, le corps en attente, immobile, comme ancré dans le sol, les mains s'agitant constamment sans aucune gêne lorsqu'il parlait. Je voyais qu'il connaissait Jean, mais il ne pouvait dissimuler le fait que tout ce qu'il disait – et qui était visiblement amusant – s'adressait principalement à Annette.

Bien sûr. Comme Jean, il en pinçait pour elle, et il était ici, trempé de pluie mais n'y pensant pas une seconde, parce qu'il ne pouvait s'empêcher de venir. C'était assez touchant de les regarder tous les deux, la vieille femme et l'étudiant sportif – s'il avait seulement l'âge d'être étudiant –, rassemblés par leur engouement pour une femme qui semblait n'avoir aucune idée de ce qui se passait. Quoique. J'observai attentivement Annette, mais ne décelai rien sur son visage, si ce n'est l'intérêt habituel qu'on manifeste à l'égard des gens que l'on connaît et apprécie, mais qui n'ont pas plus d'importance que ça à nos yeux.

Quand, finalement, Jean regagna notre table, elle souriait.

– C'est Alan Swann, dit-elle. Un peu une célébrité locale.

– Basketteur.

Elle acquiesça.

– Oui. Vous le connaissez ?

Je ris.

– Non, mais c'est juste… Eh bien, c'est évident.

Elle se retourna vers l'endroit où Alan, debout, attendait son café – à emporter, semblait-il.

– Vous avez sans doute raison, dit-elle. Mais ç'aurait pu être un brillant jeune spécialiste de lettres classiques. Ou peut-être un poète. Il ne faut pas toujours se fier aux apparences.

– Je ne crois pas, dis-je en riant. Du reste, on ne devient pas une célébrité locale dans ce genre de disciplines. C'est forcément le sport, ou quelque chose qui rapporte de l'argent.

Le ton de cette dernière remarque parut plus cynique, ou peut-être plus amer, que je le souhaitais, si bien qu'on garda le silence un instant. Un jeune homme, mais pas Damian, apporta notre deuxième commande de cake – Annette discutait toujours avec la célébrité locale – et Jean en détacha un gros morceau à l'aide de sa fourchette, le porta avec précaution à sa bouche et analysa les effets de la nouvelle recette. J'attendais la suite de l'histoire, mais rien n'indiquait qu'elle ait envie de commencer. Il était, bien sûr, possible qu'elle ait complètement oublié pendant sa conversation au comptoir. Mais je ne le pensais pas. Ce qui m'apparaissait clairement, c'était que Jean Culver vivait à un rythme qui n'était pas celui qui gouvernait ma vie. Le sien était plus lent, moins impatient, plus indulgent. Je me demandai quelles pensées elle avait en tête, assise là, à piocher avec les doigts des bouchées du cake d'Annette.

– Vous avez beaucoup lu, dis-je.

Elle me décocha un regard interrogateur, comme si elle se demandait comment je pouvais manquer de jugeote au point de rompre un silence aussi parfait, puis elle m'adressa ce qui aurait pu être un sourire véritablement amer.

– Ça fait longtemps que je suis en vie, dit-elle.

– Peut-être, mais…

– J'ai eu de la chance, poursuivit-elle. J'ai appris de bonne heure qu'on fait ce qu'on peut avec ce qu'on nous a donné. Dans mon cas, une bibliothèque tout à fait insolite, et un demi-hectare de serres.

– De serres ?

Jean sembla alors se rappeler la raison de notre présence. L'histoire. L'explication de son second cliché. Elle se redressa, trempa les lèvres dans son café, fit la grimace. Puis commença.

– Après l'assassinat de mon père, on partit vivre chez tante Charlotte et son mari Avery, dit-elle. La famille d'Avery cultivait déjà des pommes, des poires et des fruits à noyaux depuis trois générations, avant qu'Avery étende son activité au secteur des fleurs. – Son visage s'illumina. – Frangipane, dit-elle.

– Pardon ?

– Le nouvel ingrédient. De la frangipane. À peine un soupçon.

Elle me regarda prélever une nouvelle bouchée et goûter. Je ne décelais rien qui sorte de l'ordinaire mais, en fait, je ne savais pas trop quel goût avait la frangipane. Un goût de frangipane, sans doute. Pour l'inciter à continuer, cependant, je hochai la tête et elle reprit :

– Plus tard, Jeremy m'affirma que ça n'avait pas du tout été le cas, mais je me rappelle quand même que nous étions restés seuls chez nous pendant quelques jours après les obsèques. À en croire Jeremy, tante Charlotte vint passer une semaine avec nous avant qu'on aille habiter en Virginie avec oncle Avery et elle, mais moi je me souviens qu'on était seuls, qu'on préparait nous-mêmes nos repas et qu'on passait les nuits bien réveillés dans nos lits, sans même essayer de dormir, à écouter les chouettes chasser le long de la rivière. Je me souviens du calme de ces nuits, et aussi de la tristesse stupéfaite des jours, quand on s'évitait l'un l'autre pendant des heures, pour ne pas être dans la même pièce parce que… eh bien, je ne sais pas ce qu'il en était pour Jeremy, mais quand moi j'étais seule, pour peu que je le reste assez longtemps, j'oubliais que Thomas était mort. J'attendais, postée dans l'entrée ou en haut de l'escalier, de l'entendre rentrer à l'heure habituelle, d'entendre sa voix m'appeler dans les pièces silencieuses, sonores. Je m'allongeais sur mon lit et contemplais le plafond, et on aurait dit que le temps était sur le point de s'arrêter, que, d'un instant à l'autre, il n'arriverait plus jamais rien. Je m'en souviens, aujourd'hui encore, mais Jeremy affirme que ça ne s'est pas passé comme ça. Tante Charlotte arriva et s'installa dans l'ancienne chambre de ma mère pour la semaine. Puis, après les obsèques, elle nous emmena et on quitta cette maison pour toujours.

« Ce n'était pas vraiment notre tante. C'était une cousine de mon père, quelqu'un dont j'ignorais jusqu'à l'existence avant qu'elle se présente à notre porte, dépêchée par le confrère avocat de mon père, Joel Crane. Apparemment, le testament de Thomas comportait une clause spécifiant que, s'il devait lui arriver quelque chose avant que nous soyons en âge de subvenir nous-mêmes à nos besoins, nous devrions aller vivre chez tante Charlotte. Je me rappelle l'impression étrange que ça me faisait de me dire que j'avais une tutrice, comme un personnage de roman d'autrefois. En fait, mon père avait eu à traiter plusieurs cas semblables – la situation n'avait rien d'exceptionnel –, mais ça n'avait jamais semblé pouvoir se produire dans mon univers. D'avoir une tutrice. Que tout ce qui m'appartiendrait un jour soit placé entre les mains de quelqu'un que je ne connaissais même pas. Je n'avais jamais imaginé qu'une chose pareille puisse se produire – et je suppose que tante Charlotte et oncle Avery, sans parler de leurs quatre enfants, n'avaient jamais envisagé sérieusement cette éventualité non plus.

« Ce n'est donc pas un reproche que je leur adresse aujourd'hui, pas plus que ce n'en était un à l'époque, quand je dis qu'ils n'étaient pas vraiment de notre famille. C'étaient de braves gens, mais pas de ma famille, voilà tout. Et nous n'étions pas de la leur non plus. Le hasard avait voulu que nous fassions irruption dans leur univers, or ils n'étaient pas du tout préparés à ça. Quelqu'un a dit un jour qu'un foyer, c'est un endroit où, pour peu qu'on doive s'y rendre, on est obligé de nous recevoir. Ce n'est pas une perspective très engageante, n'est-ce pas ? Offrir un foyer à quelqu'un ne devrait pas être une obligation. »

L'ombre fugace d'une lueur contrite passa sur son visage. Elle avait délibérément supposé que je savais que la citation sur le foyer était de Robert Frost, mais elle n'en était pas sûre. Peut-être Ézéchiel était-il un hasard.

– Mais est-ce que nous avions le choix ? poursuivit-elle. Est-ce qu'un seul d'entre nous avait le choix ? Charlotte était obligée de nous accueillir, et nous, de faire de notre mieux pour accepter la situation. Tout le monde, et nous avec, faisait de son mieux. Nous fêtions Noël, les anniversaires, Thanksgiving, comme n'importe quelle famille. Il y avait des choses dont nous ne parlions pas, comme dans la plupart des familles. Bien entendu, on ne parlait jamais de ce qui s'était passé ce fameux jour d'été à l'angle des rues Ashland et Vine, si bien qu'à force, on parvint presque à enfermer ça tout au fond de nos mémoires – même Jeremy, qui s'était soudain transformé en quelqu'un que je ne reconnaissais pas, un jeune homme calme, très doux, assez féru de lecture, plutôt distant avec les autres mais toujours très gentil et attentionné avec moi. La grande surprise, toutefois, c'était qu'il soit devenu studieux. Il passait sa vie dans les livres, s'informait de tous les progrès récents de la science – il s'intéressait particulièrement à la physique –, et apprit seul le français d'abord, puis l'allemand. C'était un véritable érudit.

« Quant à moi... eh bien, je lisais beaucoup aussi, mais pas de façon méthodique. Je me lançai dans certains domaines, au début, parce que Jeremy s'y intéressait. Pas tellement les sciences, mais j'appris le français et le pratiquai avec une des employées d'Avery et Charlotte. Mais j'avais plutôt l'esprit pratique, et – ma foi, je dois remercier mes tuteurs, qui avaient été obligés de m'accueillir, car ce sont eux qui m'apprirent mon métier. Ou, tout au moins, qui me mirent sur le bon chemin. Je n'avais jamais eu la moindre idée de ce que je voudrais faire dans la vie, avant d'aller vivre en Virginie. Je n'avais aucune raison d'y penser, en fait, mais rien de tel que le statut d'orphelin pour clarifier les idées.

« Cela dit, j'étais peut-être un garçon manqué, à l'époque, mais j'aimais les fleurs depuis toujours. J'entrevis alors une façon de gagner ma vie dans un domaine dont je ne me lasserais jamais, et je me mis à apprendre tout ce que je pouvais sur la floriculture, non seulement auprès de tante Charlotte, mais aussi du personnel qui travaillait dans les serres. Il y avait trois employées, trois femmes qui venaient régulièrement, mais ma préférée était Eliza, qui semblait savoir tout ce qu'il fallait savoir sur ce qui se fait en pépinière et chez les fleuristes. C'était une grande femme, massive, aux mouvements lents, d'ailleurs je pense qu'elle avait des ennuis de santé – un problème cardiaque, ou quelque chose aux poumons, peut-être – parce que, certains jours, elle avait du mal à respirer. Il lui arrivait parfois de disparaître, et Charlotte expliquait alors qu'Eliza était trop malade pour venir travailler, mais elle n'envisageait pas pour autant de se séparer d'elle. Eliza m'apprit toutes les ficelles du métier, comment raviver un bouquet défraîchi, comment faire durer un peu plus longtemps une fleur de boutonnière, tous les petits trucs à faire ou ne pas faire, comme elle les appelait, et elle passait des heures avec moi, à m'expliquer en détail le langage des fleurs. Chaque fleur, chaque couleur, chaque combinaison des deux a une signification, et bien que la majeure partie des gens n'y connaisse rien, c'est bien de pouvoir donner quelques explications à un client qui prévoit une fête ou un mariage. C'est une histoire, ou ça en devient une à mesure qu'on explique, puis on établit le lien. Chaque fleur a sa signification propre, chaque État a sa fleur emblématique – celle de la Virginie est la fleur de cornouiller, très intéressante à travailler –, même les mois de l'année ont leur fleur, de même que les signes du zodiaque ont leur pierre précieuse. Eliza connaissait toutes les associations, toutes les combinaisons porteuses de chance ou de malheur. Je frémis toujours, par exemple, quand je vois quelqu'un apporter un bouquet rouge et blanc à l'hôpital, parce que en Angleterre ce type de composition porte le nom de "bandages ensanglantés", d'ailleurs, à ma connaissance, les infirmières refoulent toujours les visiteurs qui arrivent dans leurs services avec des bouquets rouge et blanc. Eliza me parla de cette superstition à peine un mois avant d'être emportée par la maladie. Quelques semaines plus tard, je lui rendais visite à l'hôpital, quelques tiges d'achillée à la main – pour la santé et la guérison –, et j'aime me dire qu'elle les remarqua, bien qu'aucun signe n'ait indiqué qu'elle me reconnaissait. Elle mourut le soir même. Ce fut la fin de la première véritable amitié que j'aie jamais connue, et pendant longtemps elle me manqua cruellement. Quelques mois plus tard, j'atteignis vingt et un ans et pris en main la gestion de mon argent et, du même coup, de ma vie. Je me cueillis un énorme bouquet de pois de senteur, allai dire au revoir à Charlotte et Avery – Jeremy était alors à l'armée –, et partis à la rencontre du vaste monde. Je ne me voyais pas comme une femme d'affaires, cela dit, et je savais qu'il me faudrait de l'aide. J'allais devoir trouver quelqu'un qui sache s'occuper de l'aspect financier et administratif des choses, pendant que je me débrouillais de l'aspect pratique – et ce fut indirectement ce qui m'amena à faire la connaissance de Lee. »

Elle réfléchit un instant, puis sortit de son sac en toile un portefeuille d'homme qu'elle ouvrit pour me montrer une petite photo au grain assez grossier, que je discernais tout juste sous la feuille de plastique usée qui la protégeait.

– Lee était le plus bel être humain que j'aie jamais vu et, en dehors de ma famille, la seule personne que j'ai vraiment aimée.

Je regardai attentivement la photo. On y voyait une femme en chemise écossaise et gros manteau, tenant une fourche de la main droite. Elle ne présentait absolument aucune ressemblance avec Ava Gardner – ni avec Annette, du reste –, mais il était clair que Jean nourrissait une attirance pour un certain type physique. Cheveux foncés. Yeux sombres. Une certaine ambiguïté dans le dessin de la bouche. Je n'aurais pas su dire, au vu de ce cliché, si Lee était grande, mais elle paraissait mince et assez élégante, en dépit de sa tenue de travail. Pourtant, je ne l'aurais pas qualifiée de belle au sens conventionnel du terme – pas au vu de cette photo. Cela me rappela que, souvent, les descriptions de bien des grandes beautés du passé jurent avec les photos que l'on a d'elles, et ce sentiment que j'avais toujours qu'il manquait quelque chose à leurs images. Un signe dénotant l'énergie, un *élan vital** miraculeux qui suscitait toujours les remarques des commentateurs et que ne restituaient tout simplement pas les photos. La June qui inspira une folle passion à Henry Miller et probablement à Anaïs Nin n'était, sur les différents portraits que j'ai vus d'elle, qu'une femme ordinaire, et il ne transparaît presque rien de la beauté supposée de Zelda Fitzgerald sur les nombreux clichés qui furent pris lorsqu'elle était à son apogée. Je rendis le portefeuille à Jean.

– Elle est très belle, dis-je.

Jean rangea prestement la photo.

– Oh, là, on ne la voit pas sous son meilleur jour, dit-elle. C'est toujours comme ça, avec les photos, n'est-ce pas ? – Elle m'adressa un curieux regard inquisiteur et j'eus à nouveau l'impression qu'elle lisait dans mes pensées. – Il semblerait qu'elles ne capturent pas vraiment l'âme, en fin de compte. Quoi qu'il en soit, celle-ci n'est pas très représentative, mais c'est la seule qui a survécu. Dans la réalité, elle s'occupait très peu du versant horticole de l'entreprise, qui n'aurait pourtant pas pu prospérer sans elle. C'est elle qui constitua notre fichier clients. Cet aspect-là des choses était pour moi une énigme, mais Lee, elle, semblait capable de tout. Par exemple, en 1945, avant qu'elle me rejoigne, je n'avais qu'un véhicule de livraison, qui n'était même pas une vraie camionnette mais simplement la banquette arrière de ma Cadillac série 62. Trois ans plus tard, on avait quatre camionnettes en circulation, qui livraient non seulement des fleurs et des plantes, mais toutes sortes d'autres choses. C'était Lee qui avait eu l'idée de mettre sur pied la partie American Garden de l'entreprise. C'est comme ça qu'on l'appela, à l'époque. L'American Garden. On faisait des transformations-minute de n'importe quelle parcelle de terre, si nue ou peu engageante qu'elle soit. On créait des oasis de verdure qui duraient deux jours pour des garden-parties, et des jardins instantanés de rêve pour des gens qui venaient de s'installer dans des maisons neuves de quartiers résidentiels. N'importe qui sait faire ça, maintenant, mais à l'époque c'était une nouveauté. Et, bien vite, on incarna ce à quoi tout le monde aspirait : la réussite. Pourtant, on n'était qu'une entreprise de femmes travaillant dur à mettre en œuvre le scénario qu'on nous avait attribué. Lee et moi versions à nos employées un salaire au-dessus de la moyenne, et nous mettions notre point d'honneur à ne prendre que des femmes, sans toutefois le clamer sur tous les toits. Les femmes chauffeurs avaient moins d'accidents. Les pépiniéristes et horticultrices travaillaient plus dur parce qu'elles s'étaient mis dans la tête que, pour réussir, elles devaient être meilleures que les hommes.

« Tout se déroulait comme prévu, et je ne doutais pas que c'était la voie à suivre pour vivre une bonne vie. Si la guerre avait éprouvé tout le monde, elle avait aussi apporté des possibilités et une réserve d'ouvrières qualifiées, et quand elle fut terminée, un esprit nouveau de prospérité et de progrès domestique survint, dont on tira profit. Nous avions un vaste fichier clients. Je ne peux pas prétendre que je comprenais grand-chose à tout ça, notez bien, mais Lee comprenait, elle. Même si je n'étais pas tombée amoureuse d'elle, elle aurait été la personnalité décisive dans ma vie, la partenaire professionnelle qui me donna la confiance nécessaire pour prospérer.

« Et donc, comme je l'ai dit précédemment, j'ai toujours été considérée comme un garçon manqué. C'est très bien quand on a dix ans, ça ne l'est plus quand on en a vingt et pas de petit ami en vue. Non que je me sois jamais perçue comme quelqu'un de différent, dans ma jeunesse, c'était juste une expression qu'employaient les gens. Je n'en pensais rien. Du moins jusqu'au jour où je compris que je m'étais acquis un euphémisme. – Elle sourit tristement. – Je le constatai de bonne heure, bien sûr, quoique au début je n'aie pas saisi ce que les gens voulaient dire par là. Et quand je compris… eh bien, cette expression me déplut beaucoup. Garçon manqué… aujourd'hui encore, je m'interroge sur son origine. Mais, à l'époque, la vraie question pour moi, c'était ce que ça signifiait au juste. Avais-je été façonnée par la façon dont les gens me voyaient, par l'étiquette qu'ils m'attribuaient ? Ou avaient-ils perçu je ne sais quelle caractéristique qui existait depuis toujours mais n'avait pas encore fait surface ? Car, à vrai dire, avant de rencontrer Lee j'ignorais complètement que j'étais à ce point différente. Les hommes ne m'attiraient pas, cela dit je n'en connaissais pas de terriblement attirant donc je pensais que ça venait de là. Peut-être qu'un jour, le hasard voudrait que je tombe sur le bon type et réponde à toutes les attentes que les gens semblaient avoir vis-à-vis de moi. Ce qui était un peu fort, vu que, pour ma part, je n'attendais rien des autres. Je voulais seulement vivre ma vie, et surtout qu'on me laisse décider par moi-même. Du reste, après avoir rencontré Lee, je pris très vite des décisions. L'ennui, c'est qu'elle, non. Elle ne se décida qu'une fois les choses devenues très compliquées, et même alors, ce fut loin d'être simple pour elle. Les hommes l'attiraient, et elle souhaitait ce qui se fait d'ordinaire – fonder une famille, principalement –, si bien que lorsque John Cameron s'amena, démobilisé depuis peu et tout feu tout flamme, comme on le dit poliment, elle pensa avoir trouvé une version acceptable de l'heureux élu. Ah ça, cet homme-là avait une haute opinion de lui-même ! Malheureusement, le reste du monde aussi.

« Il rencontra Lee lors d'une réception chez un client – c'était elle qui se chargeait de la majeure partie des relations avec l'extérieur, bien sûr, or certains de nos clients étaient assez fortunés, ce qui, en soi, ne manquait pas d'attrait pour qui était sensible à ce genre de choses. Moi, je ne l'étais pas. À ce moment-là, nous nous en sortions très bien, mais je roulais toujours dans la même vieille voiture, et je m'habillais comme je m'étais toujours habillée, comme je m'habille encore aujourd'hui, à peu près, et pour dire franchement les choses, l'argent ne m'impressionnait guère. Tout ce que je voulais, c'était qu'on me laisse tranquille pour que je puisse continuer à développer l'entreprise. Et lire. Les livres avaient toujours été mon échappatoire, bien que je me plaise à penser qu'ils étaient beaucoup plus que ça. C'était un tout : les livres, les jardins, les balades au bord du lac. Il y avait un endroit où on allait de temps en temps, Lee et moi, une petite crique que personne d'autre ne connaissait – du moins, à l'époque. On s'y rendait en voiture avec un pique-nique, et on y passait des journées entières. Le soir tombait sur le lac, et on restait là, à écouter les vagues en regardant les oiseaux marins regagner leurs nids. C'était là que je me sentais le plus heureuse, quand il n'y avait que nous, deux amies goûtant le silence, écoutant le monde. Pour ma part, je trouvais que nous avions tout ce qui nous était nécessaire. Puis John Cameron survint, et tout changea.

« J'avoue qu'au début, je ne le pris pas au sérieux. Il semblait si imbu de sa personne que je crus que Lee le percerait à jour. C'était un homme d'affaires dans je ne sais quel domaine, je n'ai jamais vraiment compris ce qu'il faisait mais il était question de transport, d'une compagnie qu'il avait héritée de son père. Comme nous, il avait prospéré une fois la guerre finie, mais socialement il était très différent de nous. Il avait une espèce de classe, je dois lui reconnaître ça. Et du goût. Il commença à emmener Lee dans des soirées mondaines, et elle aimait fréquenter ces milieux. J'ignore tout du versant sexuel de leur relation, et je ne sais même pas s'ils couchaient ensemble. Quand Cameron fit son apparition, elle était âgée de vingt-huit ans, très belle… et mystérieusement célibataire. Elle avait sa propre entreprise, ce qui semblait amuser Cameron plus que tout. Il trouvait qu'elle s'était débrouillée intelligemment, s'étonnait de mon existence et faisait mine de penser que j'étais juste une des horticultrices, mais je ne crois pas qu'il ait jamais soupçonné que nous étions… mais, ma foi, qu'est-ce que nous étions ? Je repousse sans doute le moment de le dire, mais il n'y a pas de grande raison dramatique à ça. De fait, j'aimerais qu'il y ait plus à raconter. Avant Cameron, nous avions parfois – de très rares fois, je le précise – été amantes, pendant quelques mois, mais à vrai dire, nous étions toutes les deux passablement mal à l'aise et peut-être un peu timides aussi. Ce qui aurait été bien, si nous avions pu continuer et prendre le temps de découvrir qui nous étions et ce que nous voulions. Le vrai problème, cependant, c'était qu'elle redoutait un avenir dépourvu de tout ce qu'il était censé contenir. Elle voulait des enfants. Elle ne voulait pas être tante. Elle voulait être mère.

« Et ça, curieusement, c'était pour moi un complet mystère. À l'époque, je crois que je n'avais pas l'ombre d'une fibre maternelle dans le corps. Ça aurait pu changer plus tard… ou pas. J'ai adoré les enfants de Jeremy. J'ai même, au moins une fois, encouru la prison pour Jennifer, mais ce type d'amour doit-il toujours être considéré comme de l'amour maternel ? Ne peut-il pas être tout simplement de l'amour ? Simon et Jennifer étaient du même sang que moi, après tout, tout comme Jeremy. Ah, mais voilà que j'anticipe. »

Elle me regarda. J'ignore complètement ce qu'elle lut sur mon visage, mais elle se mit soudain à rire.

– C'est bon, dit-elle. N'ayez pas l'air aussi tragique. Nous sommes encore bien loin du moment tragique.

Je ne savais plus que faire. Elle n'avait plus le même air, semblait presque prête à tout pour dissimuler derrière ce voile d'amusement ce que pouvaient être ses véritables sentiments.

– Il y a un moment tragique ? demandai-je.

Elle sourit.

– Nous parlons d'amour, dit-elle. Il y a toujours un moment tragique.

Puis, tout à coup, elle se leva. Elle semblait inquiète, ou peut-être avait-elle pensé à une chose qu'elle ne voulait pas se rappeler. Je n'arrivais pas à déchiffrer ses pensées.

– J'ai besoin de prendre un peu l'air, dit-elle. Ça vous ennuie si on va faire un tour ?

– D'accord. Mais… juste un truc, dis-je.

Je ne savais pas, sur le moment, pourquoi c'était important mais j'avais envie de l'entendre redire sa citation sur la vie commune. Ou plutôt… je voulais savoir qui en était l'auteur. Je voulais savoir pour pouvoir faire des recherches car ces mots avaient déclenché quelque chose en moi, et je ne savais pas quoi.

– Ce fameux auteur français, dis-je. Comment s'appelait-il ?

– Ah, fit-elle. Il n'est plus très connu. De nos jours. Il s'appelait… Frangipane !

Je restai un instant sans comprendre. Puis je vis Annette, qui avait dû revenir à notre table pendant que Jean et moi discutions, sans doute pour savoir ce que Jean pensait de sa recette modifiée, mais peut-être pour une tout autre raison. Pour l'heure, elle adressait un sourire joyeux à Jean, ravie du succès manifeste de son cake.

– C'est ça, dit-elle. Bien vu. Mais… quelle proportion ?

Jean lui décerna un grand sourire en enfilant son imperméable d'un haussement d'épaules.

– Je ne suis pas sûre, dit-elle. Donne-moi un indice.

Elle me coula un regard complice du coin de l'œil, comme si je contribuais d'une façon ou d'une autre à l'échange, et, l'espace d'un instant, j'eus l'impression que c'était peut-être le cas.

– Je vais essayer à la maison.

– Pas question d'indices, dit Annette.

Elles avaient l'air de gamines jouant à un jeu qui les ravissait, bien qu'elles sachent qu'il était idiot.

– Tu vas devoir trouver toute seule.

Jean acquiesça.

– D'accord, dit-elle. Marché conclu.

Quand on sortit, la pluie avait cessé. Après la conversation avec Annette, qui avait semblé si agréable, Jean voulut tout à coup s'en aller, bouger, elle ne tenait plus en place, et tandis que, sans m'attendre, elle se dirigeait à grands pas vers le vieux palais de Justice, je fus à nouveau frappée par son invraisemblable énergie. Elle ne semblait pas mécontente, simplement préoccupée, comme si le passé était remonté trop vite ou trop fort dans ses pensées et qu'elle avait besoin d'en rompre l'emprise, de sortir et marcher dans l'humidité ambiante chargée de senteurs, pour s'éclaircir l'esprit et oublier un peu ce que pouvait être le moment tragique de son histoire. Je ne savais pas en quoi consistait ce moment, mais il me parut évident qu'à ce stade de son récit, elle avait atteint un point qu'elle ne pouvait franchir, du moins pas facilement, pas tout de suite. Elle marchait vite, sans se retourner, comme si elle m'avait oubliée, si bien que j'hésitai un instant, me demandant si elle avait besoin d'être un peu seule, avant de me décider à la suivre dans la rue déserte et lumineuse qui longeait les vieux bâtiments du palais de Justice du comté, sur quoi elle tourna brusquement à droite et s'engagea dans Ridgeview, passant devant des parcelles nues et des locaux commerciaux, se dirigeant vers Shelleyville, le village de résidences coopératives ouvrières construit dans les années 1890 par un industriel visionnaire. Finalement, elle s'arrêta à un carrefour et attendit sur le trottoir, contemplant ce qui devait être jadis l'orée de la ville, où proliféraient aujourd'hui les constructions.

– Les gens viennent se marier ici, dit-elle. Ils aiment recréer l'atmosphère d'autrefois, comme si la cérémonie pouvait les ramener à des temps meilleurs et les y maintenir, à l'abri de tout ça. Je suppose, puisqu'ils s'autorisent un fantasme, qu'ils se disent que, tant qu'à faire, autant jouer le tout pour le tout : avoir et conserver – pour le meilleur et pour le pire, heureux jusqu'à la fin de leurs jours – une idée de ce qu'était le bon vieux temps. Je ne sais pas pourquoi ils persistent à se bercer d'illusions, mais bon, je suis mal placée pour en juger, n'est-ce pas ? Je suis allée à trois mariages dans ma vie, et je ne peux pas m'empêcher de penser que le couple est une absurde duperie réciproque – ou plutôt, commune. Pour moi, ça ressemble à un cheval de carnaval : deux individus attelés à la va comme je te pousse, tâchant de donner l'impression de n'en être qu'un pendant que tout le monde autour d'eux fait comme si l'illusion était une totale réussite. Voilà ce qu'est à mes yeux *la vie commune** : un vaste jeu "pour de faux", auquel tout le monde a l'occasion de participer. Tout le monde sauf moi. Pour les garçons manqués de mon espèce, il n'y avait de place nulle part dans cette *vie commune** quand je connus mon premier amour, hésitant et gauche, et je ne peux prétendre le contraire, surtout après ce qui arriva à Lee. J'ai entendu des gens affirmer que les couples mariés peuvent être heureux, qu'ils peuvent vivre ensemble cinquante ans et en être comblés, mais les seuls couples que j'ai connus de près étaient d'obscures, secrètes chambres de souffrance d'où les prisonniers émergeaient de temps à autre pour prendre une contenance et faire comme si tout allait bien. Mon frère, avec son joli petit bout de femme qui se transforma en spectre froid quelques mois après l'extravagante cérémonie de conte de fées que tout le monde trouva si belle. Si parfaite. Eh bien, c'était peut-être son premier amour, je n'en sais rien, mais ce ne fut pas son dernier – or quelle chance ces aventures avaient-elles, alors qu'il ne pouvait s'enfuir de la maison hantée ? Quoique si, il aurait pu s'enfuir. Mais il s'y refusa tout bonnement, par mauvaise foi et loyauté mal placée. »

Toujours figée sur le trottoir, elle contemplait une maison de l'autre côté du carrefour. C'était un édifice d'un étage, assez ouvragé, de taille moyenne, pourvu de toits de tuiles pentus et de hautes fenêtres, plus beau et plus raffiné que les maisons voisines, mais qu'il ait été ainsi dès sa construction ou à la suite de récents embellissements, on peinait à le déterminer. La véranda était décorée de jolies rambardes blanches et grises et de deux colonnes blanches, simples mais curieusement imposantes, la pelouse détrempée et un peu négligée, parsemée d'arbustes noirs trapus, autrefois bien taillés mais désormais passablement hirsutes, comme si le propriétaire des lieux s'était absenté quelque temps, ou était peut-être tombé malade et ne pouvait plus entretenir son terrain comme à l'accoutumée. J'attendis. Je me sentais gênée, plantée là, en pleine rue, mais Jean n'avait pas l'air de s'en soucier. Elle était vieille et pensait probablement que son âge la rendait invisible – et peut-être était-ce le cas, mais j'eus l'impression, pendant un long moment, qu'on nous observait, si bien que je jetai de petits regards alentour, cherchant les curieux. La rue, cependant, semblait déserte. Tout le monde ici devait être au travail, à l'école ou au supermarché.

Jean contempla une dernière fois la maison, puis se remit en route, tournant à gauche, ce qui revenait à nous faire rebrousser chemin dans une large rue déserte où toutes les maisons paraissaient identiques. Je dus fournir un certain effort pour la rattraper puis soutenir son rythme, et on poursuivit en silence tandis qu'elle se plongeait dans ses pensées et que je méditais sa soudaine tirade décousue sur l'amour et le mariage. J'avais envie de m'arrêter, de la questionner sur Lee – je savais déjà, plus que je ne m'en doutais, que le moment tragique auquel elle avait fait si légèrement allusion un peu plus tôt avait trait à Lee, et même si John Cameron et elle n'étaient pour moi que des noms, je commençais à nourrir une appréhension grandissante. Pourquoi ? Quels qu'aient pu être les événements en question, ils dataient d'un passé ancien et ne pouvaient plus être modifiés, quand bien même je m'investirais tant et plus dans l'histoire de Jean. Mais cela ne faisait-il pas partie du fonctionnement des histoires ? Ne serait-ce pas différent si ce qu'elle me racontait aujourd'hui *se passait* aujourd'hui, ce qui me permettrait de nourrir l'illusion que quelqu'un, moi peut-être, pouvait faire en sorte de modifier le cours des choses ? Il me vint alors à l'esprit que je vivais avec Laurits depuis trop longtemps, et j'eus soudain, en mon for intérieur, une vision de lui, debout au milieu de la chaussée, la caméra braquée sur nous qui avancions, la pluie reprenant, d'abord sous forme de lentes gouttes noires, puis d'une averse soutenue. L'instant d'après, cette image s'évanouit et je ne vis plus que le visage de Jean. Elle riait.

– Bon sang, mais qu'est-ce qu'on fabrique ? lança-t-elle. On va finir trempées. – Puis elle ne riait plus, mais son regard pétillait et, bien qu'elle ait le visage et les cheveux ruisselants de pluie, sa vivacité habituelle lui était revenue. – Allons nous sécher à la maison, dit-elle. La prochaine fois, je vous raconterai tout ce que je sais sur les liens du mariage.

La belle guerre

Laurits rentra tard ce soir-là. Son arrivée me réveilla, alors je regardai l'heure qu'il était. 2 heures. Je m'étais couchée de bonne heure, nettoyée et détendue par le bain chaud que j'avais pris après la pluie ; puis, douillettement vêtue du pyjama blanc que je portais rarement, je passai un moment à boire de la tisane en lisant un recueil des scénarios de films écrits par James Agee. Je dus m'endormir aux alentours de 22 heures, mais je ne m'en souvenais pas vraiment. Vu la façon dont il se déplaçait dans l'appartement, il était clair que Laurits s'efforçait de ne pas me déranger, mais il n'avait jamais été doué pour les déplacements furtifs – ce qui m'avait étonnée, car je m'étais imaginé le contraire. C'était idiot, je sais, mais je m'étais figuré qu'évasif comme il l'était, il devait avoir le pied léger – alors que rien ne pouvait être plus éloigné de la réalité. Plus il tentait d'être discret, plus il faisait de bruit. Chose d'autant plus étrange, en outre, qu'en temps normal – quand il travaillait, disons, ou s'asseyait simplement près de la fenêtre, levant les yeux de temps à autre pour jeter un coup d'œil à la rue, en bas –, il était presque totalement silencieux.

J'envisageai de me lever et de prendre un café avec lui, puis me ravisai. Je savais que je n'arriverais pas à me rendormir maintenant que j'étais éveillée, mais je n'avais rien contre la perspective de rester allongée là, dans mon lit blanc, la tête vide, les bruits des allées et venues de Laurits dans l'appartement se mêlant à ceux qui se faisaient entendre de temps à autre dehors – très loin, dans un endroit que je n'avais même jamais pris la peine d'identifier, des trains de marchandises traversaient l'air de la nuit, leurs coups de trompes s'élevant dans l'obscurité, l'un des rares sons que je connaisse qui puisse véritablement être taxé de plaintif. J'aimais ce côté plaintif, c'était mieux que le silence de tout ce que j'endurais d'autre à l'époque, chose que Laurits aussi bien que Jean, malgré leurs différences manifestes, persistaient à appeler chagrin. Moi, je ne croyais pas que ça en soit, je pensais que c'était quelque chose de moins important, qui finirait par passer de son propre chef, de même que passe la tristesse, ou une gueule de bois coupable… et je suis bien forcée de reconnaître que le grand plaisir de cette période, une fois les premières adaptations en place, fut l'absence de gueule de bois, laquelle se doublait, étonnamment, de l'absence d'un certain type de tristesse. Et de l'habituelle paranoïa – l'effroi familier qu'on éprouve à s'éveiller sans savoir ce qu'on a fait au cours des dernières cinq, dix ou vingt-quatre heures. La sensation d'avoir été totalement nu. Totalement visible, jusqu'à la moelle honteuse de… quoi, bon sang ? Notre affliction ? Notre auto-avilissement ? C'était peut-être le chagrin, après tout, qui concentrait tout ça, et si je refusais de l'admettre, c'était parce que, alors, je n'aurais pas pu en voir la fin. Et je ne comprenais pas qu'une fin était déjà en soi un commencement. À ce moment-là, parce que je me sentais mieux, je pensais qu'il me suffisait d'arrêter de boire. De rester à l'abri quelque temps, puis de ressortir et regagner un monde qui n'était pas juste une histoire racontée par une vieille femme ayant des raisons de partager ses récits – avec moi, qui plus est –, que j'étais plus que jamais loin de saisir. Si vraiment elle cherchait à me guérir, je ne comprenais pas pourquoi. Qui étais-je à ses yeux ? Qui étais-je aux yeux de qui que ce soit ? À moins que l'explication se trouve justement là ? Je n'étais personne, donc le choix idéal. Jean Culver pouvait raconter ses histoires sans avoir l'impression de parler toute seule. D'un autre côté, même si je sais aujourd'hui que j'étais dans l'erreur, ou en tout cas pas entièrement dans le vrai, je crus bel et bien, à l'époque, qu'elle s'était mis en tête de me guérir parce qu'il fallait qu'elle m'offre quelque chose en échange de mon écoute. À l'instar de Schéhérazade qui, non seulement diffère le moment de sa mort mais, en même temps, humanise le roi par ses récits. C'était une idée acceptable et, bien qu'elle m'attriste, elle engendrait une tristesse acceptable en remplacement de celle que j'avais nourrie au fil de mois de forte alcoolisation.

Le lendemain, j'aurais probablement dormi jusqu'à une heure avancée, mais Laurits était réveillé et se déplaçait à grand bruit dans l'appartement, rassemblant son équipement et l'empaquetant dans divers sacs et sacs à dos. Laurits refusait de s'acheter un véhicule quel qu'il soit. Ni voiture ni camionnette. Pas même une moto. S'il pouvait se rendre à pied ou en bus là où il avait besoin d'aller, il le faisait. Sinon, il louait une voiture. Aujourd'hui, il se préparait, semblait-il, pour un tournage, ce qui signifiait qu'il avait loué une voiture et qu'elle l'attendait dehors, à la porte, toute neuve et étincelante – chose qui continuait à me causer un petit frisson de plaisir gêné. J'aimais les voitures neuves, elles me rappelaient papa, qui n'était pas matérialiste d'ordinaire, mais qu'une vieille habitude poussait à acheter une voiture neuve tous les deux ans.

Je tentai un moment de me rendormir. Laurits n'en aurait pas pour longtemps, pensais-je, et ensuite je serais de nouveau seule. Mais peine perdue. Je regardai le réveil. Il était six heures trente. Il n'avait pas dû dormir plus de deux heures. Je me levai, enfilai mon peignoir et gagnai la salle à manger, curieuse malgré moi de savoir où il allait.

– Bonjour, lançai-je d'un ton que j'espérais le plus neutre possible.

Je ne voulais pas qu'il y décèle la moindre trace de critique voilée : la seule fois où j'avais mentionné à quel point il se montrait bruyant quand il n'arrivait pas à dormir, il en avait été dépité. Pas en colère, pas agressif, pas même vexé à proprement parler… mais dépité. Comme un enfant qui a fait de gros efforts pour exécuter une tâche toute simple, et a échoué.

– Je ne t'ai pas réveillée, si ? demanda-t-il.

Je secouai la tête.

– Je réfléchissais, dis-je.

Il fourra un dernier article dans le plus gros de ses nombreux sacs, puis fit coulisser la fermeture éclair.

– Bon, dit-il, en tout cas c'est bien que tu sois réveillée. Ça pourrait te plaire de venir.

– Venir où ?

– À l'abattoir.

Le ton contenait un semblant d'interrogation, pour montrer qu'il se rappelait à quel point m'avait déstabilisée – le mot était de lui, bien sûr, pas de moi – notre dernière expédition à l'ancien abattoir de Scarsville. Il tournait une partie de son nouveau film là-bas ; mais il se montrait si secret que je ne savais ni de quoi parlait le film ni quelle place y tenait l'abattoir. Je n'avais pas vraiment envie d'y aller, bien sûr. L'endroit était abandonné, mais il y restait encore, d'une salle à l'autre, l'attirail d'abattage et de transformation, et c'était un spectacle que je trouvais plus que simplement déstabilisant : pénible. D'un autre côté, pourtant, j'avais envie de savoir ce que faisait Laurits dans ces bâtiments humides, froids, et peut-être le simple fait d'être là pendant qu'il travaillait me permettrait-il d'avoir un aperçu fugitif de ses méthodes, susceptible de m'aider dans mes propres travaux. C'était peu probable, bien sûr, et j'avais été frappée, lors de cette première visite, du fait qu'un abattoir était un peu un cliché. Mais si quelqu'un pouvait revigorer un cliché, c'était bien Laurits. Il ne faisait que ça – sauf que je n'arrivais pas à comprendre comment il s'y prenait alors que je voulais, plus encore que je l'imaginais, comprendre l'astuce.

– D'accord, dis-je.

– Super. Mais ne sois pas trop longue, s'il te plaît, dit-il. – Il s'empara de deux gros sacs. – Je ne veux pas laisser filer la lumière.

Je n'ai aucune raison de croire aux fantômes, mais j'ai su dès notre première visite que l'ancien abattoir de Scarsville était hanté. Par quoi, je n'aurais su le dire, mais je le sentis de nouveau quand Laurits déverrouilla la porte latérale – où il s'était procuré la clé, je me le demandais bien – et qu'on s'avança dans la première des nombreuses vastes salles que j'avais tenté de chasser de mon souvenir.

C'était affreux – murs gorgés d'années de sang et de panique, sol maculé de taches évoquant des spectres froids –, pourtant, anciennes et noirâtres comme l'étaient ces traces, ç'aurait pu être de l'huile ou un quelconque produit chimique, pour autant que je le sache. Je vis pourtant tout de suite ce qu'il voulait dire sur la lumière. Il faisait soleil, cette fois encore, mais l'air ambiant alliait fraîcheur et transparence et, même à l'intérieur, la lumière qui entrait à flots par les fenêtres semblait pure, miraculeuse, offrant un contraste saisissant avec les machines abandonnées et les espaces morts des salles d'abattage. L'environnement n'affectait pas le moins du monde Laurits, bien sûr, mais pour ma part je me laissais déjà envahir par une terreur grandissante qui me faisait l'effet d'un test, ou d'un rite de passage. C'était une sensation étrange : par moments, on aurait dit que quelque chose était là, non pas derrière mais tout autour de nous, une foule de corps juste hors du champ visuel, mais quand je tournais la tête il n'y avait rien, juste cet espace vide, un espace si désolé, malgré les taches de soleil qui clignaient de temps à autre par les trous du toit, tout là-haut, qu'il semblait vapeur plus que substance. Je le perçus aussitôt comme un lieu d'affliction – affliction non pas humaine mais animale, chagrin accablant pour leurs semblables mais aussi pour eux-mêmes, une fois que l'odeur de la peur et du sang les avait informés de ce qui se passait quelques mètres plus loin, sur l'aire d'abattage. Pour alléger le fardeau de ce maléfice – qu'inexplicablement, je ne voulais pas rompre entièrement, du moins pas tout de suite –, je me mis à déambuler de salle en salle, lisant des panneaux qui devaient jadis signifier quelque chose, jetant un coup d'œil dans des salles annexes à l'aspect à la fois sinistre et innocent, où avaient pu se dérouler morts et dépeçages sanglants, mais qui pouvaient tout aussi bien n'avoir été que des lieux de stockage. Des crochets pendaient des plafonds, des chaînes étaient fixées aux murs. Dans des réduits minuscules, derrière d'épaisses lattes de plastique, de vieux bouts de tuyaux d'arrosage ou de gaines électriques gisaient sur le sol strié de traînées d'un rouge sombre et ferrugineux qui couraient jusqu'à des canalisations enfouies. Dans une salle, une rangée de trémies métalliques cabossées, pourvues chacune de son étiquette – CATÉGORIE 2 IMPROPRE À LA CONSOMMATION HUMAINE –, avait été repoussée dans un coin et abandonnée à la rouille. C'était lugubre, désolé, et en même temps purement ascétique – ou ce pouvait l'être, en tout cas, vu par quelqu'un d'aussi détaché que Laurits.

À l'instant où je me formulai cette remarque à son sujet, je remarquai qu'il n'était plus là. Il avait installé son équipement dans l'espace le plus vaste, une salle si longue que, lorsqu'on se tenait à une extrémité, l'autre semblait sombre, si clair qu'il fasse dehors. L'espace d'une seconde, je ressentis une sorte de panique – non parce que je me retrouvais seule en ce lieu, mais à l'idée qu'il s'était caché, s'était rendu invisible, et m'observait à présent, me regardait, avec peut-être une caméra portée prête à capturer la scène pour peu que je fasse quelque chose qui l'intéresse. Il lui arrivait de faire ça – c'était son ancienne petite amie qu'il avait filmée en train de dormir dans son premier film, et il m'avait raconté un jour qu'elle avait été contrariée qu'il l'ait fait sans lui en demander la permission. Me l'avait raconté, en fait, comme si j'allais m'étonner avec lui qu'elle rechigne à devenir un personnage d'un de ses films. Il ne m'avait jamais fait ça à moi – je n'étais peut-être pas assez séduisante – mais c'était sans importance.

Je me figeai et tendis l'oreille. Je n'entendis d'abord rien – j'avais remarqué, la dernière fois que nous étions venus, qu'il n'y avait pas même de chants d'oiseaux dans les hauteurs du toit troué ni dans les broussailles qui avaient envahi le parking désert. J'avais aussitôt compris. Je me rappelais avoir lu dans un livre d'histoire que, sur les sites des tueries des anciens clans d'Écosse, régnait encore le silence, ni chants d'oiseaux ni animaux dans les environs immédiats plus d'un siècle après la fin des meurtres et des exécutions sommaires. Un auteur racontait avoir vu un lièvre filer en ligne droite au travers d'un champ, puis dévier abruptement sa trajectoire pour éviter la fosse où les Cambpell avaient coutume de décapiter leurs ennemis à Finlarig. Ce devait être, j'imagine, un lieu hanté – les âmes mortes subsistant dans la terre et l'air, alertant les sens de toute créature vivante venant à s'approcher. Les phénomènes de ce genre n'avaient pas besoin d'un château écossais pour exister, ils pouvaient aussi bien survenir dans un ancien abattoir, où s'étaient amassés le chagrin et la peur de millions d'animaux. Je me rappelai que Jean Culver était végétarienne et me demandai ce qui l'avait amenée à le devenir – elle avait précisé que ce n'était pas à cause de l'abattage, puisqu'on devait tuer pour vivre, mais alors pourquoi ?

Je tendais l'oreille depuis un bon moment – peut-être trente ou quarante secondes – quand je commençai à entendre les voix. Elles n'étaient pas assez proches pour que je discerne ce qui se disait, mais suffisamment pour que je puisse les situer tout en longeant l'intérieur du bâtiment jusqu'au petit local, sur l'arrière, où la porte qu'avait ouverte Laurits en arrivant l'était restée. Ma première impulsion fut de sortir pour voir qui se trouvait là ; puis, comme je me rapprochais et commençais à percevoir le ton – plus teinté d'agacement que furieux – de la personne qui parlait à Laurits, je m'arrêtai net et me coulai contre un mur de façon à être invisible si l'un des deux interlocuteurs s'avançait jusqu'à la porte. Je m'approchai autant que je le pouvais de la porte ouverte, le dos au mur, et écoutai. Je ne discernais toujours pas ce qui se disait, mais je remarquai que le ton de l'autre homme, que je n'avais toujours pas vu, se faisait peu à peu plus calme, non pas amical mais moins hostile, moins agacé. Il semblait à présent raisonner Laurits, ou peut-être négocier un genre de condition, d'une voix plus douce, contrainte, prêt à repartir dans la colère s'il rencontrait une résistance. Quand Laurits répondit, il adopta le même ton, ou presque. Conciliant, mais aussi légèrement contraint, comme si sa confiance ou son sérieux avait été mis en doute. La voix de l'autre homme répliqua aussitôt, et j'entendis les mots "tu as plutôt intérêt", et quelque chose qui ressemblait à "l'ombre avec le fric" mais qui ne pouvait pas être ça. L'instant d'après, l'autre homme s'éloignait – j'entendais ses pas sur le gravier – et Laurits resta seul, le regardant sans doute partir, car il ne rentra pas tout de suite dans le bâtiment.

Je revins vite sur mes pas et allai regarder dehors à la première fenêtre. Juste un coup d'œil à la dérobée qui me permit de voir le véhicule que l'homme conduisait, mais pas l'homme lui-même. C'était un Silverado rouge, apparemment neuf. Qui que soit l'homme en question, il avait les moyens. Je me baissai et m'éloignai de la fenêtre, puis me dirigeai à nouveau vers l'arrière du bâtiment. Laurits était juste en train d'entrer, avec un drôle d'air, comme s'il venait de gagner un pari.

– C'était qui ce type, dans le pick-up ? demandai-je en m'efforçant d'afficher une simple curiosité.

Laurits me décocha un bref regard avant de se diriger vers l'un de ses sacs, qu'il avait laissé par terre.

– Quel type ? demanda-t-il.

– Celui qui était dans le pick-up rouge, dis-je.

– Ah, fit-il sans me regarder. Un ami.

– Ah bon ?

Je marquai un temps d'arrêt, pour qu'il perçoive le ton interrogateur de ma réponse, mais il ne mordit pas.

– Je ne l'ai jamais vu, dis-je.

– C'est juste un ami, sans plus.

– Il n'avait pas l'air de parler en ami.

– Quoi… tu écoutais aux portes ?

Je compris que j'étais censée battre en retraite, maintenant que c'était lui qui posait les questions. Mais j'avais envie de tirer la chose au clair, d'une façon ou d'une autre.

– J'ai entendu quelques trucs, dis-je. Le ton de la voix, principalement. – Je le regardais fixement, mais il continua à s'affairer sans lever les yeux. – Et ça n'avait rien d'amical.

Il s'autorisa un instant de très léger agacement.

– Et alors, où est le problème ?

– Le problème, c'est que je ne pense pas que ce soit un ami et… – Je cherchai un argument concluant, mais c'était *moi* qui battais en retraite, et ma remarque fut maladroite. – Je n'ai pas apprécié ce type.

– Tu ne l'as pas *apprécié* ?

Laurits était maintenant amusé.

– Non, dis-je. Je ne l'ai pas apprécié.

Laurits leva alors les yeux et sourit, avec à peine un soupçon de moquerie.

– Ma foi, fit-il, on ne peut pas apprécier tout le monde, hein ? Sinon, ça ne serait pas marrant.

Il s'était passé quelque chose à l'école primaire. Je ne me rappelle pas quoi, et je ne pense pas que ça ait grande importance à présent. Ce devait être un de ces incidents qu'on trouve automatiquement tragiques et insupportables quand on a neuf ans et que quelqu'un qu'on croyait gentil se révèle méchant, ou bien qu'on a perdu quelque chose – un stylo, un journal intime fermé d'un cadenas doré ; quelque chose qu'on pourrait remplacer n'importe quand, sauf qu'on ne pouvait pas parce que c'était spécial. Je ne sais pas si on m'avait renvoyée chez moi. Peut-être que quelqu'un m'avait ramenée au milieu de la journée en pensant que j'étais malade, parce que, allez savoir pourquoi, les enseignants de cette école étaient toujours persuadés qu'on était malade alors qu'en réalité on était malheureux, ou on avait le cœur blessé, ou l'âme, ou Dieu sait quoi d'autre qu'un enfant sent palpiter dans sa poitrine comme un oiseau et qui ne peut être consolé. Je n'en sais rien. La seule chose dont je me souvienne, c'est que mon père me sortit de la maison pour m'amener à l'orée des bois – il avait plu, je me rappelle, tout était encore détrempé, et le soleil de la fin d'après-midi filtrait entre les branches –, puis il me souleva, plus haut que sa tête, et dit :

– Écoute !

Je n'eus d'abord pas envie d'écouter, puis je le fis, mais je ne savais pas ce qu'il fallait écouter. Il n'y avait rien de particulier, aucun son qu'on ne puisse entendre n'importe quand à l'orée des bois après une brève averse d'été. Je discernais des gouttes d'eau tombant des feuilles et des petites branches, des chants d'oiseaux, les aboiements d'un chien pas très loin, mais je ne savais pas ce que j'étais censée entendre, jusqu'à ce que je comprenne. Ce qu'il voulait que j'écoute, c'était exactement le monde que je pouvais entendre n'importe quand, le monde que je pouvais entendre et auquel je ne prêtais jamais attention, l'arrière-plan, le bruit du temps qui passe, la différence entre un son banal et un autre qui paraissait presque semblable jusqu'au moment où je tendis l'oreille et en remarquai les minuscules différences, toute cette musique du monde se poursuivant pendant que je m'apitoyais sur moi-même. Je n'aurais pas été capable de formuler la chose en ces termes sur le moment, mais ça fonctionna, et ce soir-là on mangea mon dîner préféré – des œufs au plat bien coulants et des crêpes au miel – et j'oubliai ce que j'avais perdu, l'oubliai au point de ne toujours pas m'en souvenir aujourd'hui, où il semble que rien ne pouvait vraiment être perdu, rien sauf lui, avec sa chemise bleue et sa cravate rayée, rentré de bonne heure du travail pour que je ne reste pas seule avec mon chagrin pour rien.

Aujourd'hui, je sais qu'en réalité, on ne perd qu'une ou deux choses au cours d'une vie, peut-être même rien qu'une, dont tout le reste n'est que l'écho. Aujourd'hui, quand me vient une envie irrésistible de prendre la porte, de lâcher tout ce que je possède et de tout recommencer, je m'abstiens de le faire, et je ne fais pas comme si l'ordre existait, ou était même seulement possible, juste parce que j'ai payé toutes mes factures et déchiré mes notes de cours comme je le fis la première fois où je quittai la fac et restai à Stonybrook, assise, à regarder par la fenêtre, jusqu'à ce qu'on vienne m'informer que même ça, on me l'enlevait. Je sais, aujourd'hui, quelle différence il y a entre l'ordre et le néant mais ça ne change rien parce que savoir ça ne suffit pas. Savoir une chose comme celle-là c'est comme savoir un chiffre, la population de l'Estonie par exemple, ou la longueur de la Grande Muraille de Chine. Aujourd'hui, il ne reste plus à envisager que le surnaturel – dont Emily Dickinson disait qu'il n'était pas autre chose que le naturel dévoilé. Je pourrais sortir un millier de fois après la pluie et me poster à côté d'un arbre, je n'entendrais rien car je cherche, aujourd'hui, à entendre ce qui n'est plus. Aujourd'hui, quand le téléphone sonne quelque part dans la maison, trop loin pour que je puisse répondre, ou quand j'ouvre la porte de derrière et qu'une première neige bloque la lumière, au point que tout se dresse dans sa propre pénombre, quelque chose de souple abdique en moi, et je vois un homme que j'ai connu pendant à peine un moment de sa vie rentrer du marché de Noël avec un sapin enveloppé d'un sac et un bouquet de houx. Parfois, quand je vais écouter la nuit, dehors, je sais que, quelque part au-delà de la pluie et du bruit de la circulation, quelque part à l'extrême lisière de mon univers, quand bien même, de son propre point de vue, c'est *lui* qui est au centre de tout, un homme se tient dans sa cour, ou sous un lampadaire de rue, et regarde les chauves-souris tournoyer autour d'une pâle lumière bronze. Ce n'est pas mon père, je le sais. C'est quelqu'un d'autre, quelqu'un que je ne connais pas, mais c'est un homme qui sait tout ce qu'il lui est possible de savoir au sujet des chauves-souris – et il est dehors, en manteau d'hiver, sous la pluie, simplement pour pouvoir regarder une chauve-souris décrire toute seule ce qui semble être des figures aléatoires autour d'une lampe, sachant qu'il ne s'agit pas du tout de figures aléatoires mais d'une cartographie complexe et sans cesse changeante d'intelligence et de désir. Il est là, dehors, quelque part, avec ses instruments et ses carnets, sous la pluie, sous la neige, dans le crépuscule verdâtre d'une chaude soirée d'été. Je pourrais partir à sa recherche n'importe quand. Je le trouverais chaque fois que je le souhaiterais. Ce serait un homme intéressant à connaître et peut-être m'expliquerait-il quelque chose, à propos des chauves-souris, une chose que je n'ai encore jamais entendue, mais il ne serait pas l'homme que je cherche à entendre, et si cruelle qu'en soit la blessure – pas plus ni moins, peut-être, que la perte du stylo ou du journal intime à l'école primaire –, je ne veux rien qui risque d'être pris pour un substitut.

J'allai à pied chez Jean de bonne heure le lendemain matin. Au moment où nous nous étions quittées, elle ne m'avait pas dit quand revenir et je n'avais pas de numéro de téléphone auquel la joindre, alors je me rendis chez elle, pensant la trouver dans la cour, en train de fendre du bois ou de s'occuper de son jardin sauvage. J'étais bêtement fière de me sentir si bien, fière que mon corps soit un petit peu plus léger, de ne pas me mettre à suer à grosses gouttes à mi-chemin. Je me rappelai comment, à huit ou neuf ans, je partais marcher, dehors toute la journée, dans les bois, ou le long de Teale Road où je regardais les gens passer dans leurs voitures et quand je voyais les visages d'enfants qui s'ennuyaient me retourner mon regard, je me disais que j'avais de la chance, que j'étais libre, comme un vagabond ou un Mohican sorti de mes livres. Je ne savais pas comment j'avais perdu cette enfant-là ; elle semblait s'être égarée dans quelque autre monde, ou une autre définition, comme le noir et blanc des vieux films où semblent se retrouver toutes les choses parfaites et perdues. J'avais toujours adoré ces vieux films. *La Splendeur des Amberson*, *L'Ombre d'un doute*, *Rebecca*. Adolescente, je croyais que ma première véritable histoire d'amour se déroulerait en noir et blanc, ce qui signifiait qu'une part en subsisterait à tout jamais. Le cinéma et les films diffusés tard à la télévision furent la seule église que je connus jamais : quand un vieux film passait à la télé, j'en étudiais tous les aspects du monochrome : neige sur une route dans les années 1920, lumière pareille à des empreintes de chat dans un égout de Vienne, les diverses morts incandescentes de Jimmy Cagney. J'aurais donné n'importe quoi pour passer une heure là-bas.

Jean n'était pas dans la cour et en trouvant fermée la porte sur le côté de la maison, je m'inquiétai soudain à son sujet. Elle avait semblé si bizarre quand nous marchions sous la pluie, bizarre comme la vieille femme qu'elle aurait dû être et n'était pas. Ça me donnait à penser que quelque chose en elle s'était cassé et qu'elle n'arrivait pas à maintenir l'apparent détachement qu'elle avait adopté. Je frappai à la porte, mais personne ne répondit. Je levai la tête vers la fenêtre de l'étage. Je ne savais pas où était sa chambre, bien sûr, car je n'étais jamais allée plus loin que l'entrée et la cuisine. Je frappai de nouveau. Toujours pas de réponse. J'étais sur le point de renoncer et m'en aller – où, je n'en savais rien, mais je n'avais certes pas envie de regagner l'appartement – quand la porte s'ouvrit et Jean apparut. Curieusement, elle portait une robe – une vieille robe bleue en coton légèrement délavé, mais une robe quand même. Je regardai ses pieds, m'attendant presque à lui voir ses habituelles chaussures montantes ; mais elle avait déniché une paire de chaussures en cuir bleu pastel légèrement élimées, pourvues de talons d'un centimètre, qu'elle n'avait manifestement pas mises depuis des années, un modèle qui devait être à la mode dans les années 1950. De toute évidence, elle ne m'avait pas entendue frapper ; en me voyant, elle feignit de grimacer, comme si elle venait d'être surprise en train de mentir, ou d'exécuter un tour de magie raté.

– Bonjour, dit-elle. Je ne savais pas que je vous attendais.

– Je me suis dit que j'allais passer, dis-je. Voir comment vous alliez.

Elle hocha la tête.

– Je vais parfaitement bien, dit-elle. Et *vous*, comment vous sentez-vous ?

– Bien, dis-je. Je me sens bien.

– Parfait. Dans ce cas vous pouvez venir avec moi, dit-elle. Si je fais des achats encombrants, vous pourrez m'aider à les porter.

– Des achats ?

Son expression s'adoucit et elle me regarda dans les yeux pour la première fois.

– Nous allons à un vide-grenier, dit-elle. Chez une connaissance d'autrefois. Elle habite près de l'ancienne caserne de pompiers de la rue Lafarge. Une agréable promenade, à tout le moins.

Il ne fallut pas plus de vingt minutes pour aller à pied jusqu'à la rue Lafarge – où, comme l'avait dit Jean, ce qui semblait être le contenu intégral de la maison de son amie d'autrefois était disposé pêle-mêle en tas et rangé dans la cour de devant –, mais ces vingt minutes suffirent pour que tout s'assombrisse un peu, le soleil disparaissant derrière un nuage, l'air fraîchissant soudain. Quand je m'étais mise en route, il faisait chaud ; voilà qu'à présent le temps virait peu à peu vers une de ces journées où l'été semble sur le point de s'achever trop tôt, avant-goût d'automne dans l'arbre à perruques près de la clôture, lumière mouillée sur les poupées de porcelaine et les bibelots de verre bien disposés sur les tables à tréteaux, curieux éclat argenté sur les manches en corne de vieux couverts, une série de couteaux encore dans ce qui devait être son écrin d'origine, rapporté d'un grand magasin disparu ou livré par la poste un jour comme aujourd'hui, son odeur neuve et propre et l'éclat de l'acier sur le velours devenant un instant de sa vie dont la vieille dame avait encore le souvenir, comme de toutes les occasions que représentaient les autres objets sur ces tables : assiettes commémoratives, cuivres astiqués et coffrets à bijoux qui pouvaient, par cette lumière, passer pour des antiquités.

Jean s'arrêta à la grille et regarda alentour.

– J'achèterais n'importe quoi à quelqu'un qui déballe sa vie dans sa cour et l'étale à la vue de tous, dit-elle. Même si ce n'était pas une amie à proprement parler.

Son regard se posa sur une femme d'âge mûr assise à une petite table, près de l'entrée de la maison. Elle parlait à une autre femme d'environ son âge ; sur la table, à côté d'une grosse caisse enregistreuse cabossée, un livre était retourné face contre le bois, qu'elle avait abandonné pour se lancer dans la conversation. Il n'y avait personne d'autre dans la cour.

– Là-bas, c'est Kathleen, dit Jean. La fille aînée de Mary. – Elle soupira. – Je ferais bien d'aller dire bonjour. – Elle posa la main sur mon bras. – Vous n'êtes pas obligée de venir, dit-elle. La dernière fois que j'ai vu Kathleen, elle était plutôt pénible. – Elle m'indiqua la table la plus proche, chargée de piles de livres. – Voyez si vous trouvez quelque chose d'intéressant, dit-elle. Je n'en ai pas pour longtemps.

Jean tint parole et ne s'attarda pas. D'autres gens arrivèrent, des femmes de l'âge de Kathleen, pour la plupart, si bien que Jean n'eut aucun mal à aller saluer la propriétaire des lieux puis à s'éloigner sans que sa visite paraisse expéditive, et elle acheta plusieurs articles – des choses dont elle n'avait manifestement pas besoin – avant de me retrouver dans la petite foule grandissante d'amies et de curieux de passage. J'avais jeté un coup d'œil aux livres, de vieux manuels de zoologie, en grande partie, mêlés à des atlas et cartes périmés, quelques romans classiques et tout un fouillis comme peut en amasser n'importe quelle maisonnée au fil des ans. Recueils de contes et légendes pour enfants. Livres de cuisine. Ouvrages sur les timbres, les voyages, l'art en Europe. Quelques minces volumes de poésie, au nombre desquels figuraient des auteurs contemporains, chose étonnante. J'en avais choisi trois quand Jean me rejoignit.

– Alors ? demanda-t-elle.

– Je pensais acheter ceux-là, dis-je.

Jean jeta un coup d'œil aux volumes.

– D'accord, dit-elle.

Elle me tendit un gros manteau d'hiver le temps de sortir son portefeuille de son sac.

– Considérez que je vous les offre, dit-elle.

Elle tira du portefeuille un billet de dix dollars qu'elle me tendit.

– Ça ne vous ennuie pas d'aller payer ? demanda-t-elle. Je ne crois pas pouvoir affronter Kathleen une deuxième fois.

– Où est votre amie ?

Jean sourit d'un air triste.

– Mary n'est pas là, dit-elle. Elle a dû être hospitalisée. La vente d'aujourd'hui doit aider à rassembler des fonds pour qu'elle puisse retourner au Mexique avant de mourir… mais je ne sais pas si elle en aura la force.

– Elle est mexicaine ? relevai-je, étonnée. Mais sa fille…

– Non, non, elle n'est pas mexicaine, dit Jean. Elle *était* ornithologue, spécialisée dans les troglodytidae. Qui sont, comme je suis sûre que vous le savez, des…

– Passereaux, coupai-je.

J'avais fait un exposé sur ces oiseaux, à l'école, et j'étais contente, pour une fois, d'en savoir autant qu'elle sur un sujet donné.

Elle sourit, soudain joyeuse à nouveau.

– C'est ça, dit-elle. Ou, pour être précis, les passériformes. Mary en était une spécialiste, notamment du *Pheugopedius felix*, qu'on appelle aussi…

– Le troglodyte joyeux, dis-je.

J'avais été frappée, en travaillant sur cet exposé, par ce nom latin d'une beauté absurde et je m'étais mise à rechercher d'autres animaux dont le nom suggérait qu'ils étaient constamment heureux, ou chanceux. Il y avait les chats, bien sûr. Et un papillon d'Arabie saoudite, le *lasiommata felix*. Et une espèce de l'ordre des trichoptères. Ainsi qu'une éponge, l'*ircinia felix*.

– C'est exact, dit Jean. L'ordre des troglodytidae compte au moins quatre-vingts espèces. Mary a passé toute sa carrière à les étudier, mais son préféré était le troglodyte joyeux. C'est pour ça qu'elle veut retourner au Mexique, une dernière fois, parce qu'elle n'a jamais été aussi joyeuse que là-bas.

Le temps de rentrer chez Jean, j'étais épuisée. Le lourd manteau n'avait pas paru encombrant, tout d'abord, mais à mesure que la journée devenait plus chaude et que je m'efforçais de suivre Jean – que son fardeau de bibelots de verre et ustensiles ménagers divers ne semblait pas du tout déranger –, j'avais commencé à peiner. Jean s'en rendit compte, bien sûr, mais elle ne dit rien et ne ralentit pas l'allure. Pourtant, quand on finit par rallier sa cuisine et qu'elle déposa ses achats sur la table, il me sembla qu'elle aussi commençait à sentir ses os protester un peu. Elle eut l'air contente de pouvoir déposer ses trouvailles et, après avoir préparé de la tisane et disposé sur une assiette un assortiment de pâtisseries et biscuits qu'elle posa devant moi, elle s'assit avec un air satisfait teinté d'un soulagement manifeste.

– Ah, fit-elle, ça fait du bien de se retrouver chez soi ! Mais je regrette bien de ne pas avoir vu Mary.

Elle me servit une tasse de tisane, un pâle breuvage verdâtre auquel je m'efforçai de ne pas trop penser.

– Il va falloir que, demain, je passe voir comment elle va. – Elle me tendit la tasse. – Miel ? proposa-t-elle.

J'acquiesçai, sans pour autant être sûre que c'était du miel qu'il me fallait. La tisane était exactement de la couleur de la grenouille qu'un jour j'avais dû disséquer au lycée.

Jean alla me chercher le pot de miel.

– Si j'ai bonne mémoire, nous n'avons pas fini notre histoire, la dernière fois, dit-elle. Alors si vous êtes prête, nous pouvons la reprendre là où nous l'avions laissée.

J'attrapai un petit gâteau et hochai la tête.

– On gagnera peut-être du temps, cela dit, en racontant deux histoires à la fois. Deux histoires sur le mariage, pour ainsi dire. Qui restent à cette heure deux énigmes pour moi, mais je suppose que ça sera toujours comme ça.

On est toujours déconcerté par la destruction et la perte. Et pourtant, quand on regarde en arrière, des mois, des années, ou des décennies plus tard, on voit sans peine que toute l'histoire était vouée à mal finir.

« J'essaie parfois d'imaginer ce qui se passa quand mon frère et Gloria se rencontrèrent. Ce qui amena Jeremy à tomber amoureux de quelqu'un comme elle. Mais je ne connais de leur histoire que ses grandes lignes. Ils se rencontrèrent, et quelque chose se passa. Ils se marièrent, et quoi qu'ait pu être le quelque chose en question, il se fana plus vite que le bouquet du grand jour. Quant à moi… – Elle réfléchit un long moment. – Quand je vous ai parlé de Lee, la dernière fois, j'évoquais une chose qui, aujourd'hui, me fait l'effet d'un rêve. Je me souviens de détails – je m'en souviens clairement, mais je n'arrive pas à les assembler. Je veux dire par là que je n'arrive pas à composer une histoire à partir de ces détails. Tout ce que je peux raconter avec certitude, c'est la façon dont ça commença. C'est curieux, non, cette facilité qu'on a à se rappeler les premiers temps ? Peut-être parce qu'ils furent les plus heureux. Peut-être parce qu'ils semblaient tellement innocents, comme chaque fois que deux êtres tombent amoureux. Je crois, rétrospectivement, que nous étions tombées amoureuses depuis quelque temps et n'avions simplement pas pensé à le dire. Mais, à l'époque, je ne savais pas ça. Je ne savais vraiment pas grand-chose, en fait. Par moments, lorsqu'on était seules toutes les deux, je devinais à demi, à une certaine lueur dans ses yeux, à la façon dont elle me regardait, mais je n'étais pas sûre et, du reste, ç'aurait été trop beau pour être vrai. C'est en tout cas comme ça que je voyais les choses à l'époque. Je m'étais mis dans la tête que les bonnes choses n'arrivent jamais. Sauf qu'elles arrivent – et c'est là que les ennuis commencent.

« Tout commença un jour comme n'importe quel autre. J'avais travaillé dans le laboratoire et taché la manche de ma chemise avec du pollen de lys. Je portais toujours un tablier, mais je n'étais pas soigneuse et, de toute façon, je n'attachais pas d'importance aux vêtements. Ou plutôt non : c'était plus que ça. Je me fichais délibérément de mon apparence. Je ne voulais pas que quiconque puisse croire que je m'en souciais. Surtout pas Lee. Être un garçon manqué adulte en jean maculé de terre était une sorte de défense, en même temps qu'un signal à l'intention de tous ceux qui décidaient de s'étonner que je ne sois pas en quête d'un homme qui vienne me chercher sur son cheval blanc et me prendre dans ses bras. J'en savais très peu sur ce que je voulais, mais je savais que ce n'était pas ça. Peut-être que je ne voulais *rien*. Je ne pensais certes pas avoir le droit de demander quoi que ce soit à Lee. Ça me semblait un genre de rêve impossible, comme une scène de film, et peut-être que ça me plaisait ainsi.

« Le pollen de lys n'est pas difficile à nettoyer. C'est impossible. Pour peu qu'on y touche, c'est à peu près fichu. J'aurais peut-être eu une chance de m'en débarrasser si j'avais quitté et bien secoué ma chemise, mais quand j'ôtai mon tablier et entrai dans le bureau, j'y trouvai Lee, assise devant un tas de paperasse. L'idée même de travailler dans un bureau me donne la chair de poule, aujourd'hui encore. Enfin bon, je peux le faire, ce n'est pas si difficile. Mais c'est tellement barbant. Je n'aurais jamais été capable d'amener American Garden au niveau que l'entreprise a atteint si j'avais dû m'astreindre à faire de la paperasse tous les jours. Je me serais enfuie dans l'Idaho et j'aurais trouvé un emploi dans la culture des patates. Je ne sais pas trop en quoi ça aurait consisté, mais ç'aurait toujours été mieux que de tenir des registres.

« Je suis pas sûre que Lee aimait ça, elle non plus, mais dès qu'on commença à travailler ensemble, elle se chargea d'à peu près tout le boulot administratif. Moi, je m'occupais des commandes, quand nous avions un chantier de paysagisme à faire, mais c'était pratiquement tout. Je m'en veux, aujourd'hui, de ne jamais avoir pris le temps d'y réfléchir, j'aurais dû voir que Lee me ressemblait plus qu'elle le prétendait. Toutes ces factures et ces notes la barbaient probablement autant que moi, mais je ne pensai jamais à lui poser la question. Ce jour-là, elle avait passé toute la matinée au bureau, et ces taches de pollen n'étaient sans doute qu'un prétexte pour faire une pause, car elle devait savoir que je n'y attachais guère d'importance. Quoi qu'il en soit, dès que j'entrai, elle se leva et commença à faire tout un cinéma, allant chercher du scotch et s'en emmaillotant les doigts sans cesser de se lamenter tout du long parce que j'avais massacré ma plus jolie chemise, que j'allais devoir nettoyer ça sinon les taches resteraient à tout jamais. Je connaissais le coup du scotch, bien sûr – et je savais aussi que ça ne marchait pas vraiment –, alors je me tins tranquille pour qu'elle puisse appliquer avec soin une première bande d'adhésif, puis la retirer pour en mettre une nouvelle.

« J'étais un peu étonnée. Elle savait que je n'attachais aucune importance à la chemise. Mais je me rappelai plus tard qu'elle m'en avait un jour fait compliment, en me disant qu'elle aimait la couleur – un bleu uni, si j'ai bon souvenir –, mais ça ne m'avait pas inspiré plus de réflexion, sur le moment. Elle savait que je n'attachais pas d'importance à ma tenue, et savait aussi que l'astuce du scotch n'apportait pas une grande amélioration. Quand on met du pollen de lys sur ses vêtements, on les tache définitivement. Je supposai donc simplement que tout ce cinéma lui servait juste à faire une pause dans la pure corvée qu'était la paperasse administrative et la laissai s'affairer en me tenant tranquille, avec j'imagine un sourire béat aux lèvres. Heureuse. Gauche. Attendant que toute cette agitation se calme et souhaitant qu'elle ne s'arrête jamais. Et ce fut alors qu'elle leva la tête et… ma foi, je ne sais pas vraiment comment ça se produisit, mais elle leva la main et me caressa la joue – pas avec la main enrubannée de scotch, je dois le préciser. Puis elle m'embrassa. Ou je l'embrassai. Je n'en sais rien. Je crois que c'était elle, mais je n'en suis pas sûre. »

Elle me regarda, pour voir quel effet me faisait ce récit. Je crois qu'elle pensait que je me sentais gênée quand elle parlait des femmes qui l'attiraient, et elle en tirait visiblement du plaisir, mais à vrai dire ça ne me gênait pas du tout.

C'était dans ces moments-là, quand elle scrutait mon visage pour y déceler une réaction dépassée depuis deux générations, que je la plaignais. Elle avait vécu longtemps dans sa grande maison environnée de peupliers de Virginie. Elle avait beau sortir pour aller à la rencontre du monde chaque fois qu'elle le pouvait, une partie lui en avait échappé.

– Je suis bien forcée de croire que Jeremy et Gloria connurent un moment comparable. La même attirance, la même hésitation et puis… la même certitude. Parce que ce fut ce que j'éprouvai alors. Une certitude. Le reste n'avait plus aucune importance. L'unique chose indiscutable, c'était que Lee et moi étions faites l'une pour l'autre…

Elle se leva et alla remplir la théière, qui n'en avait nul besoin. Juste pour s'occuper. Elle avait besoin d'un temps d'arrêt, d'un instant de silence. En revenant avec la théière, elle paraissait composée, distante, répétant son histoire plutôt que me la racontant, afin d'en vérifier quelque chose. Mais quoi ? L'exactitude ? Le caractère inachevé ? Y avait-il dans la trame de son récit quelque minuscule défaut susceptible d'être décelé, un fil rompu qu'elle puisse tirer pour défaire l'étoffe tout entière ?

– Jeremy devait éprouver cette certitude car, sans perdre de temps, il courtisa Gloria – ou plutôt, courtisa sa famille et ses amis – puis l'épousa aussi vite que les circonstances le permirent. Je ne me rappelle pas combien de temps prit tout ça, mais je sais que ce fut rapide puisque la première fois que j'en entendis parler, ce fut quand il m'appela de Virginie pour m'informer du mariage à venir. Une invitation dans les formes n'allait pas tarder à arriver, dit-il, mais il voulait s'assurer que je réserve la date – comme si je risquais seulement d'envisager de ne pas y assister. Cela dit, nous ne nous étions pas vus depuis un certain temps. Presque deux ans. Je ne savais pas dans quelle mesure il avait changé, mais au fond de lui quelque chose devait lui souffler que, s'il avait changé, peut-être que moi aussi.

– Vous avez déjà dit qu'il avait changé, dis-je. Mais je n'ai pas compris en quoi.

– Eh bien, il avait été témoin de choses terribles, ça va sans dire. Après tout, peu d'hommes portent le souvenir d'avoir vu leur propre père se faire abattre dans la rue. En soi, cet événement le marqua pour le restant de ses jours. Mais ce qui le changea vraiment, ce fut une chose qui survint en France.

Elle hésita, et il me sembla qu'elle n'avait pas envie de raconter ça, mais au bout d'un moment elle reprit :

– Vous savez déjà que Jeremy ne parlait pas beaucoup de la guerre, dit-elle. Il ne parlait pas beaucoup de rien, du reste. Plus tard, lorsqu'il faisait ce qu'il finit par faire dans la vie, il ne parlait plus du tout. Il se contentait de disparaître mystérieusement, puis resurgissait tout aussi mystérieusement. Personne ne savait seulement où il était. Vous imaginez donc sans peine qu'il ne me raconta pas comment il en vint à se trouver en France en 1944, derrière les lignes ennemies. Peut-être qu'il avait été capturé et s'évada ensuite, peut-être était-il là-bas en tant qu'espion – il n'est pas impossible que, compte tenu de son maniement du français et de l'allemand, on lui ait fait jouer ce genre de rôle. Quelle qu'ait pu être la raison de sa présence là-bas, en tout cas, elle le précipita dans un complet effondrement mental et moral dont je ne pense pas qu'il se soit jamais vraiment remis, en dépit de la "philosophie de vie" qu'il adopta plus tard.

L'expression m'intrigua. Je savais que je ne devais pas l'interrompre, mais je ne pus m'en empêcher.

– Une philosophie de vie ?

– Vous en avez peut-être entendu parler ? dit-elle. La philosophie dite du "comme si". *Als ob* en allemand. Elle fut conçue par un homme du nom de Hans Vaihinger, et connut une certaine popularité pendant un temps. Elle se fonde sur l'hypothèse selon laquelle, puisque la vie est absolument irrationnelle et imprévisible, que rien ne permet d'expliquer ce qui se produit et que le monde est régi par le hasard, nous devons nous forger nos propres notions d'ordre – ce que Vaihinger appelle des *fictions* – afin de pouvoir vivre en paix au sein du chaos. Nous acceptons que ces notions fictionnelles d'ordre et de sens ne sont pas vraies en tant que telles, mais si nous parvenons, par un effort de volonté, à faire "comme si" elles l'étaient, la vie que nous menons peut s'en trouver enrichie d'un semblant de sens.

– C'est un peu… la méthode Coué, dis-je.

Elle haussa les sourcils, mais ne réagit pas.

– Rationnellement, nous pouvons être à peu près sûrs que Dieu n'existe pas, et que notre moralité, qui se fonde sur la civilisation dans laquelle nous avons été élevés, n'a guère de lien avec le monde proprement dit, lequel est un enchevêtrement de contradictions, d'illusions et de sons aléatoires, mais si nous voulons, au prix d'un *effort de volonté*, un monde ordonné, ç'a beau être une fiction, c'est mieux que le chaos que nous devrions supporter autrement. Tout le monde fait ça, de toute manière, dans une certaine mesure. Vaihinger a simplement poussé la fiction jusqu'à lui faire tout englober. Nous faisons donc "comme si" Dieu existait, et "comme si" l'Amérique était le pays de la liberté et la patrie des braves, *toujours*. Nous considérons qu'il va de soi que, même lorsqu'ils semblent irrationnels, les ordres que donne un général ou les décisions politiques que prend un gouvernement vont *toujours* dans le sens du bien commun, même s'ils paraissent incompréhensibles aux citoyens ordinaires. Nous devons y croire car l'alternative consiste à tout mettre en doute et, si nous optons pour ce choix-là, nous nous retrouvons totalement incapables d'agir, en proie à ce qui semble être un état permanent d'incertitude et de chaos. – Elle prit un des volumes de poésie que j'avais posés sur la table en entrant et en examina la couverture. – Une telle philosophie doit être perçue comme un cadeau par les gens qui exercent le pouvoir, mais elle présente aussi beaucoup d'attrait pour ceux qui recherchent désespérément un sens à la vie. Or personne n'était plus en quête de sens que Jeremy. Il avait vu son père se faire assassiner, il avait vu le système échouer à identifier les véritables assassins, alors que ça n'aurait nécessité que très peu d'investigations. Puis un jour, en France, à un moment de l'été 1944, un groupe de résistants l'emmena sur le site d'un massacre au cours duquel environ trois cents personnes avaient perdu la vie. Les victimes, de toute évidence exterminées et torturées avec la plus extrême sauvagerie, étaient des femmes et des enfants, principalement. Ses amis français voulaient qu'il voie ce qui avait été fait, par un groupe de Waffen SS apparemment ; ils disaient avoir besoin de lui en tant que témoin indépendant. Il me raconta plus tard que le massacre avait dû être perpétré la veille du jour où ces combattants de la Résistance arrivèrent au village. Rien n'avait été touché, les corps gisaient encore là où ils étaient tombés. Des femmes à demi dénudées, le ventre ouvert. De jeunes garçons, des écoliers, face contre terre, baignant dans leur sang. Quelqu'un avait même essayé de crucifier un petit enfant. Il avait vu des choses atroces pendant cette guerre, disait-il, mais rien de comparable et il me semble clair que la dernière étincelle d'espoir inné qui l'avait soutenu jusqu'alors finit par s'éteindre ce jour-là. Plus tard, lorsque enfin il fut reversé dans son unité, il rédigea un rapport officiel, mais il ne raconta à personne d'autre ce qu'il avait vu. Il ne m'en parla que lorsqu'il lui fut impossible de contenir tout ça plus longtemps. Si j'avais su ça à l'époque, j'aurais sans doute bien mieux compris un tas de choses. Par exemple, pourquoi il épousa Gloria. Pourquoi il changea aussi radicalement. Pourquoi il devint ce qu'il devint. Il voulait comprendre les choses, des choses auxquelles personne ne pouvait rien comprendre. Il opta donc pour la fiction.

« Cela dit, même si j'avais su ce qu'il avait vu, je me serais demandé pourquoi ce fut Gloria qu'il choisit d'installer au centre de la fiction qu'il se créa. Car, dès l'instant où je la vis, je compris qu'il faisait une erreur. Il m'avait dit dans sa lettre qu'elle était belle, et elle l'*était*, à sa manière. Quoique, pour ma part, j'aurais plutôt dit qu'elle avait du charme. C'est le mot que tout le monde employait, quand j'étais plus jeune. *Du charme*. Ça se dit toujours ? Sans doute, j'imagine, mais pas sur le même ton qu'à l'époque. Avoir du charme, c'était quelque chose de particulier, en ce temps-là, bien que je n'aie jamais vraiment su ce que ça signifiait. Était-ce autre chose que belle, au même titre que "jolie" ? Était-ce une forme de tape-à-l'œil ? Un numéro de spectacle ? Gloria avait peut-être du charme, mais parce qu'elle avait été entraînée toute sa vie à charmer. Et rien d'autre, vous comprenez. C'était une machine à attirer les regards des hommes, une machine à capter leur attention, à la conquérir et ne plus la lâcher. Même son prénom était charmant. Comme si tout avait été planifié par une bonne fée le jour de sa naissance. Gloria aurait du charme. Gloria serait appréciée de tous. Gloria attirerait tous les hommes qu'elle voulait. Alors comment se faisait-il qu'à mes yeux, elle soit caricaturale, qu'elle semble une créature d'une tout autre espèce, élégante, pleine de retenue et de... quoi d'autre ? Je pense que je ne la croyais pas tout à fait réelle. De fait, quand je la rencontrai pour la première fois, ce fut comme quand je vis pour la première fois un sapin de Noël artificiel – vous savez, ces arbres en vieille brosse à chiendent qu'avaient les gens autrefois ? Ce qui est ridicule, mais qu'est-ce que j'y peux ? Gloria, c'était exactement ça, comme si elle n'avait vu le jour que pour remplir une fonction passagère. Tout ce qu'elle avait à faire, c'était charmer. Elle avait si peu de consistance. Elle était faite pour les soirées de débutantes et les bals de militaires. C'est là qu'ils se rencontrèrent, du reste, dans un bal de militaires.

« Comme je le disais, ce fut une histoire d'amour éclair. Moi, j'étais loin. La première fois que j'en entendis parler, ce fut quand il appela pour me dire qu'ils étaient fiancés, or à ce moment-là l'encre était déjà sèche sur les invitations du mariage. Et là, je me dis que c'était une erreur. Ce n'était pas la faute de Gloria, elle était parfaite pour *quelqu'un*, je n'en doute pas, mais mon frère n'avait pas les ressources nécessaires pour épouser une femme comme elle. Cette existence oisive consistant à jouer un rôle, imaginer de nouveaux compliments, ce n'était pas lui. Il n'avait pas l'aptitude à ne rien prendre au sérieux de rigueur dans ces sphères. C'était un romantique à l'ancienne, ou en tout cas il l'avait été pendant l'adolescence. À cet égard, il était comme moi : plutôt taillé pour aimer de loin. Je me rendis en Virginie pour rencontrer une future belle-sœur, mais je n'y vis qu'une petite fille en sucre, à deux doigts de crouler sous le seul poids de son propre charme. Ça n'allait vraiment pas et je fus choquée de constater qu'il ne s'en rendait pas compte. Je ne dis rien pour autant. Comment aurais-je pu ? Il venait de traverser une guerre. Il pensait avoir trouvé le bonheur. Pas simplement une femme, mais une famille, un cercle d'amis, tout ce qu'il avait perdu quand notre père avait été assassiné. Comment aurais-je pu le prendre à part et lui demander pourquoi il épousait cette… créature ?

« Toute l'affaire se poursuivit donc laborieusement, et pour des raisons que je suis totalement incapable de comprendre, je m'occupai personnellement des fleurs pour deux mariages cette année-là. L'un étant celui de mon frère, et l'autre de la femme qui, maintenant qu'elle s'éloignait de moi, était soudain devenue ma "meilleure amie" – mots qu'elle employait pour me présenter, que ce soit à John Cameron ou à ses associés. Chaque fois qu'elle les prononçait, j'avais la nausée. Deux mariages en moins d'un mois : c'était beaucoup de travail, en plus des habituelles commandes quotidiennes. Dans les deux cas, je m'acquittai de ma tâche avec pas mal de mauvaise grâce, et dans les deux cas je me surpassai. Ça paraît pourtant étrange, la façon dont les choses coïncidèrent : moins d'un an après le moment, dans le bureau, où j'eus la certitude que Lee et moi étions faites l'une pour l'autre, elle rencontra John Cameron et, quelques mois plus tard, en juin 1947, elle l'épousa. Quinze jours plus tard, je me rendais en Virginie pour les noces passablement plus sophistiquées de mon frère. Reconnaissons-leur ce talent, les Barnes savaient organiser un mariage. Mme Barnes n'était pas du tout contente du rôle que je jouais dans les préparatifs et me harcela sans relâche de questions, suggestions et véritables insultes professionnelles, si bien que j'eus toutes les peines du monde à garder mon calme, d'autant que je venais de voir l'amour de ma vie partir dans une luxueuse voiture de sport avec un homme qu'elle n'aimait pas vraiment. La sœur garçon manqué du futur marié n'avait, bien sûr, pas son mot à dire face à la mère de la mariée en ce qui concernait la décoration florale et ce qui allait ou n'allait pas avec les robes des demoiselles d'honneur. »

Un long silence suivit et, pendant un instant, je crus Jean au bord des larmes. Puis elle me regarda droit dans les yeux et sourit.

– *Comme si*, dit-elle. Mon pauvre frère.

Je secouai la tête.

– Ça l'aida peut-être bel et bien à trouver du sens aux choses, dis-je.

– Mais elles n'ont pas de sens, dit-elle. Pas comme nous l'entendons, nous, en tout cas. Ça, nous devons simplement l'accepter.

– Peut-être certaines personnes trouvent-elles que c'est trop difficile.

– C'est ce qu'il y a de plus facile au monde, réponditelle. Tout ce qu'on a à faire, c'est regarder autour de soi.

– Et qu'y a-t-il, autour ? lançai-je, en colère tout à coup.

– Un monde, dit-elle. Et il *est* ordonné. Il ne se comporte pas souvent comme nous voudrions qu'il le fasse, et il nous blesse parfois, cruellement. Mais il est aussi magnifique à toutes sortes d'égards.

Je n'avais pas de réponse à cette affirmation. Ça semblait trop facile, comme si tout le monde pouvait faire volte-face et se montrer aussi stoïque qu'elle. Mais se suffisait-elle vraiment à elle-même ? Était-elle aussi forte qu'elle le paraissait ? Pour la première fois, un soupçon me vint. Pour la première fois, je ressentis une pointe de doute.

– Alors, dis-je. Que s'est-il passé ensuite ? Vous avez dit que vous alliez me raconter deux histoires.

– C'est ce que j'ai fait.

– Vous n'en avez fini aucune. Vous ne m'avez pas dit ce qui est arrivé à Lee.

– Non, dit-elle. C'est vrai.

– Alors, que s'est-il passé ensuite ?

– Elle est partie.

– En voyage de noces ?

– Oui.

– Et que s'est-il passé après ce voyage ?

Jean me regardait attentivement, tout à coup. Elle avait perçu, peut-être seulement en partie, mon jugement soudain qui, apparemment, l'intéressait autant qu'il l'amusait.

– Je ne l'ai pas revue après ce voyage.

– Comment ça ?

– Elle était partie.

– Ça devait être une longue lune de miel.

Elle s'esclaffa.

– Je ne peux pas croire que la *lune de miel* dura très longtemps, dit-elle. Mais je ne revis pas Lee.

– Ça s'arrête là ?

Elle sourit avec tristesse, mais il émanait d'elle un calme insupportable.

– Cette maison que nous sommes allées voir sous la pluie, dit-elle. Je l'avais achetée pour Lee et moi. Naïve comme je l'étais, je pensais que nous y arriverions, que nous pourrions… faire semblant. Comme si. Mais elle épousa John Cameron, et voilà.

Elle quitta la table et gagna le vestibule. Pendant un bref instant, je crus qu'elle avait finalement cédé à l'émotion, mais elle revint aussitôt, une feuille de papier à la main.

– John Cameron m'écrivit, dit-elle. J'ai encore la lettre. Il disait que Lee avait décidé de quitter son poste de codirectrice d'American Garden pour se consacrer à d'autres activités. Que ça avait été pour elle une décision difficile à prendre et qu'elle ne voulait plus en discuter. Il espérait que je comprendrais et m'informait que son avocat allait se mettre en relation avec moi, dans l'intention d'établir une forme d'accord. Il ajoutait que Lee et lui allaient demander à l'avocat d'accepter les termes que je jugerais favorables.

Elle regarda la lettre, comme pour voir si elle n'avait rien oublié. Mais non, bien sûr. Elle savait cette lettre par cœur, mot pour mot.

– C'est comme ça que je fis fortune, dit-elle. Je rachetai à Lee sa part dans American Garden pour moins d'un quart de sa valeur. Et je ne la revis jamais.

– Que c'est triste ! dis-je.

– Mais non, dit Jean. C'est de l'histoire ancienne.

– Ne dites pas ça.

– C'est pourtant vrai. – Elle sourit. – Vous savez ce que je me rappelle le mieux ? Une fois le cérémonial achevé, John Cameron et elle se levèrent pour danser. Lee était une belle mariée et je dois reconnaître que John Cameron avait de la prestance en habit. Quelqu'un me parlait, me disait quelque chose à propos des fleurs, mais je n'écoutais pas. J'étais en train de penser : et si j'allais les trouver et que je m'interposais, tout simplement ? Si j'allais les trouver et que je tapais sur l'épaule de cet homme. Que se passerait-il ?

Elle m'adressa un regard interrogateur, comme si ce que j'en pensais avait de l'importance.

– Ma foi, dis-je, vous auriez peut-être dû le faire.

– J'aurais dû, mais je n'en fis rien. Et on ne dansa jamais ensemble, Lee et moi. Quelques heures plus tard, elle vint me trouver et me dit au revoir. John Cameron était à ses côtés, très visiblement et pesamment à ses côtés. Toute la journée, elle m'avait évitée. Mais bon, elle n'était plus elle-même. C'était une épouse, à présent. Elle me prit la main un moment, me dit au revoir et m'adressa un sourire plein de bravoure. Je crus voir qu'elle avait les larmes aux yeux, mais je n'en suis pas sûre. Elle me prit la main et me dit au revoir, puis elle s'en alla. John Cameron me remercia pour les belles compositions florales. Puis ils partirent en voiture et je ne revis plus jamais Lee. Elle ne m'écrivit même pas, ce qui est terrible, quand on y réfléchit, mais sur l’instant la seule pensée que j’arrivais à formuler c’était que nous n’avions jamais dansé ensemble et que j’aurais donné n’importe quoi pour le faire, juste une fois, avant qu’elle s’en aille.

Rêver à la Corée

En m'éveillant le lendemain matin, j'entendis des voix. C'était peut-être ce qui m'avait tirée de mon sommeil, mais j'en doutais. J'étais alors en train de rêver que je retournais dans ma ville natale, mais qu'aucun des gens de ma connaissance n'y était. Papa n'était plus là. La maison de Louise était inoccupée et un peu délabrée, avec une fenêtre barricadée de planches et un panneau À VENDRE placardé sur la façade. Dans mon rêve, c'était l'hiver, mais les gens dans les rues étaient en tenue estivale, les hommes en jean et T-shirt, les femmes en robe de coton légère. Les vêtements étaient démodés et un peu usagés, comme s'ils avaient été achetés dans une friperie ou un vide-grenier. Tout le monde était pauvre. Je jetai un coup d'œil au réveil. Il était 9 h 37.

Je continuai à entendre ces voix pendant que je me douchais puis m'habillais. Je distinguais celle de Laurits – c'était surtout lui qui parlait, mais je n'arrivais pas à discerner ce qu'il disait –, et il y en avait au moins deux autres, toutes les deux féminines. Elles semblaient jeunes. L'une avait un accent européen, néerlandais peut-être, ou allemand, et de toute évidence, à entendre la façon dont elles riaient plus ou moins à l'unisson, ces deux femmes étaient amies. J'eus l'impression que Laurits ne les connaissait pas très bien. Peut-être venait-il seulement de les rencontrer. Depuis combien de temps étaient-elles ici ? Je savais qu'au moment où je m'étais endormie, la veille au soir, Laurits était sorti, et je ne l'avais pas entendu rentrer mais cela m'aurait forcément réveillée s'il avait ramené ces femmes à l'appartement et qu'elles y avaient passé la nuit. Je me postai à ma fenêtre de nonne bouddhiste et regardai le minuscule coin de ciel que j'apercevais à condition de pencher la tête de côté. Il semblait nuageux, mais pas entièrement gris, une journée susceptible aussi bien de s'éclaircir que de tourner à la pluie. J'enfilai un jean et un pull vert à col roulé, et me dirigeai vers la salle à manger. Quand j'avais quitté Jean, la veille, elle avait proposé que nous nous retrouvions à 11 heures pour aller voir les grands tumulus à Cahokia. Elle sortirait sa voiture du garage, dit-elle, et nous pourrions faire le trajet – ce n'était pas loin. Voyant que je ne savais pas ce qu'était Cahokia, elle avait donné quelques explications qui éveillèrent ma curiosité. J'avais maintenant hâte de quitter l'appartement dès que possible.

La première surprise fut que Laurits et ses nouvelles amies étaient attablés dans la salle à manger, en train de prendre le petit-déjeuner. Chose que nous ne faisions jamais. Nous n'avions pas d'horaires de repas réguliers et il existait, ou j'avais cru qu'il existait, une entente tacite entre nous quant au fait que la table était exclusivement allouée au travail, si bien que nous mangions en ville, la plupart du temps, ou bien devant la télé ou un écran d'ordinateur. Il arrivait que, défoncés, nous mangions dans le lit de Laurits. Mon petit-déjeuner habituel consistait en un bol de Grape-nuts noyés dans du lait et du sirop d'érable s'il y en avait, enrichi de quartiers de pomme ou d'une poignée de fruits secs, que je mangeais dans ma chambre ou, quand j'étais pressée, sur le minuscule plan de travail de la cuisine. Je n'avais jamais vu Laurits absorber quoi que ce soit qui ressemble à un vrai petit-déjeuner… si bien que je fus surprise de ce festin dans les règles de l'art, avec pains de toutes sortes, gelée de raisin et beurre dans le vrai beurrier que j'avais découvert dans le placard mais jamais utilisé. Café, lait, crème, beurre de cacahuètes. Il y avait même des croissants.

Laurits me lança un regard amusé quand je franchis le seuil.

– Tiens ! fit-il. Tu es réveillée.

Ses invitées, elles, m'évaluèrent avec plus de circonspection. C'était le genre de femmes à juger les gens et à décider rapidement, au vu de l'apparence, ce qu'elles penseraient d'eux à tout jamais. Je ne savais jamais trop quoi observer, aussi me contentai-je de remarquer que, dans ce qui semblait être des robes de bal bleu nuit assorties, elles étaient passablement trop chic pour un petit-déjeuner – dans cet appartement, à tout le moins. Et aussi qu'elles étaient toutes les deux jolies, chacune dans un genre très convenu, l'une, la plus grande, brune aux yeux marron foncé, avec des traits un peu trop réguliers pour être vraiment belle, l'autre, menue au teint clair, avec une épaisse chevelure brun-roux tressée de rubans, comme une princesse de parc d'attractions. Elles devaient avoir à peu près vingt-cinq ans, estimai-je, et il était clair que se trouver là, dans notre appartement, tenait un peu pour elles de l'escapade. Quand elles avaient fait sa connaissance, Laurits dut leur dire qu'il était réalisateur de cinéma, et elles en furent intriguées, pensant qu'il mettait sous ces mots la même chose que ce qu'elles-mêmes y auraient entendu. Pour l'heure, cela étant, elles ne faisaient que s'encanailler.

Laurits se leva, tira une chaise pour moi. Je le dévisageai en me demandant quel genre de substance il avait prise.

– Je te présente Lauren, dit-il en désignant vaguement la rousse enrubannée. *Und hier ist Barbara, aus Stuttgart*, ajouta-t-il en inclinant légèrement le buste, geste qui n'était pas entièrement humoristique, en direction de la brune.

Barbara le regarda, puis tourna la tête vers Lauren et lui décerna un sourire forcé. Puis elle se tourna, presque cérémonieusement, vers moi.

– J'espère qu'on ne vous a pas réveillée, dit-elle sur le ton très uni qu'on entend parfois chez les gens qui parlent une langue étrangère.

– Tout va bien, dis-je. Je viens juste chercher une tasse de café et… – Ce fut à moi de me forcer à sourire. – J'ai prévu une sortie, aujourd'hui. Avec une vieille amie.

Laurits leva la tête. Il était en train de déchirer le dernier croissant en lambeaux luisants de beurre.

– Ah oui ? fit-il d'un air étonné. Où allez-vous ?

– À Cahokia.

– Qu'est-ce que c'est que ça ?

– Un vieux site indien, dis-je. Les gens qui vivaient là-bas y ont construit d'énormes tumulus, trente mètres de haut pour certains. – Mon ton était celui d'un mauvais guide touristique. – Tout le sud de l'Illinois était couvert de ces tumulus mais ils ont disparu, aujourd'hui, pour la plupart.

Les deux femmes me fixaient des yeux. Elles devaient me prendre pour une folle.

– Mon amie est une spécialiste des tribus indiennes oubliées, ajoutai-je.

Laurits arborait un grand sourire.

– Arrête ! dit-il sans chercher à masquer son scepticisme.

Peut-être pensait-il que c'était là l'amorce d'un nouveau jeu. Il réfléchit quelques secondes, puis adressa un bref regard à Barbara.

– On devrait peut-être y aller aussi, dit-il. Je suis sûr que ça intéresserait Barbara d'apprendre des choses sur nos peuplades indigènes. – Il sourit. – Qu'en dis-tu, Barbara ?

Barbara ne répondit pas. Ce fut Lauren qui prit la parole, les yeux rivés sur moi pour éviter de regarder Laurits. La proximité de leurs deux prénoms avait probablement suscité quelques plaisanteries, la veille, là où ils s'étaient rencontrés, et Laurits avait dû jouer sa carte estonienne. Peut-être avaient-ils flirté. Pour l'heure, cependant, tout l'intérêt se portant manifestement sur Barbara, Lauren devenait un tantinet irritable.

– Ne le prenez pas mal, Kate, me dit-elle, mais j'irais plus volontiers faire l'ascension de l'Arche de Saint-Louis par grand vent en tutu et chaussons à pointes.

Cette repartie me fit rire. Je ne pus me retenir.

– Ah, fis-je. Je ne pense pas que vous y arriveriez, mais je suis sûre que ça serait joli à voir.

Quand j'arrivai chez Jean, je la trouvai dans la cuisine, en imperméable et bottes. Elle avait renoncé à prendre la voiture, dit-elle, mais voulait quand même sortir. En fait, elle semblait avoir très envie de se promener au grand air – si bien que je ne compris pas pourquoi nous ne pouvions pas aller à Cahokia comme prévu. Mais sa décision était prise. Nous pourrions aller à Cahokia une autre fois. Un jour où il ferait beau et chaud.

– Pour le moment, dit-elle, allons juste faire une bonne grande balade.

Je ne sus que dire. Elle avait clairement spécifié à quel point elle trouvait que le site de Cahokia était important, à quel point il faisait partie intégrante de notre passé historique, bien que nous sachions très peu de choses sur les gens qui y vécurent. D'ailleurs il nous fallait du mystère dans l'histoire de notre pays, avait-elle dit. Il nous faut de l'inconnu, un écran quasi vierge sur lequel ébaucher nos mythes et légendes. Et voilà qu'à présent, elle semblait avoir complètement oublié ça.

– Euh, je ne suis pas sûre que ce sera une *longue* balade, dis-je. Je crois que la pluie arrive.

– C'est une pluie d'été, dit-elle. Peu importe si on se mouille. – Elle réfléchit un instant. – Mais bon, vous avez peut-être raison, reprit-elle. Nous devrions peut-être nous contenter de rester à la maison, au sec. – Elle quitta son imperméable. – Je vais vous dire un truc, poursuivit-elle. Nous n'avons qu'à rester ici au sec et raconter *toutes les deux* des histoires. Qu'est-ce que vous en pensez ?

Je me sentis prise au piège. Avait-elle imaginé toute cette mise en scène dans un but précis ?

– Quelles histoires ? demandai-je.

– Eh bien, vous pourriez me parler un peu de votre mère.

– Rien à dire, répliquai-je.

– Rien ?

– J'avais six ans quand elle est partie, dis-je.
– Vous devez donc avoir quelques souvenirs d'elle.
– Non. Mon père m'a élevé seul.
– Bon, fit-elle. – Elle me dévisagea attentivement. – Alors parlez-moi de lui.
– Il n'y a pas grand-chose à dire. Il me racontait des histoires, il me semble.
– Quel genre d'histoires ?
– Des histoires inventées. Je veux dire… qu'il inventait lui-même.
– Ah-ha.
– C'était un genre d'artiste, dis-je. Il travaillait dans le design, comme créateur. – Je m'efforçai de penser à une création précise de mon père mais n'y parvins pas. – Il concevait… des textiles. Ce genre de choses.
– Quand est-il mort ?
Je cillai fortement.
– Il y a dix-huit mois, dis-je.
Je ne comprenais pas ce qu'elle faisait ni pourquoi, et pendant un instant je la soupçonnai d'exercer une sorte de cruauté intentionnelle. Le genre de jeu que pouvait pratiquer Laurits.
– C'est dur, dit-elle. Perdre ses deux parents.
– Oui. Mon père me manque.
– Je suppose qu'ils vous manquent tous les deux.
Je secouai la tête.
– C'est sans doute arrivé, dis-je.
Elle sourit et entreprit de concocter une de ses tisanes exotiques. L'agitation qu'elle manifestait à mon arrivée avait disparu ; elle semblait, maintenant, peut-être pas détendue mais posée, au moins.
– Sans doute, conclut-elle.

Elle ne reprit son histoire de la veille qu'une fois la tisane prête. C'était un breuvage rouge clair, d'où s'élevait un léger parfum de fleurs.

– Je vous ai dit il n'y a pas très longtemps que je n'avais aimé qu'une seule personne dans ma vie, dit-elle. Et ça, c'est vrai, vrai comme une histoire peut l'être, ou pas. Mais il est vrai aussi que, longtemps, j'ai regretté, allongée dans mon lit, bien éveillée, qu'il n'y ait pas quelqu'un – *n'importe qui* – là, à mes côtés. Un corps, une voix, une pensée auxquels m'adresser et répondre, un corps et un esprit qui me répondent. Ça paraîtra sans doute contradictoire si je dis que j'ai toujours eu plaisir à vivre seule, mais c'est vrai. Je préfère la solitude à toutes les options existantes, mais ça ne m'a pas empêchée de vouloir celles qui *n'existaient* pas. Ça ne m'a pas empêchée de vouloir l'impossible.

« Ce fut un dimanche de mars, je m'en souviens, que Lee m'apprit qu'elle allait épouser John Cameron. Elle avait proposé que nous prenions la voiture pour faire une excursion dominicale au lac – nous aimions bien y aller les dimanches, pendant que le reste du monde chantait des cantiques et adressait des prières à tous les dieux possibles. Il était trop tôt, bien sûr. Le vent en provenance du lac apportait des bouffées froides coupantes. Le soleil n'arrêtait pas de percer insolemment entre les nuages pour disparaître de plus belle. Rien n'était encore en fleur, il n'y avait pratiquement pas de feuilles. Je crois que je sus ce qu'elle allait dire avant même qu'elle commence à parler et je me rendis compte pour la première fois que c'était inévitable, d'une manière ou d'une autre. Elle avait toujours voulu cette autre vie. Elle avait toujours voulu un enfant. Je comprenais ça. Seulement je ne comprenais pas pourquoi il fallait que John Cameron soit le père. Lee, plus que quiconque, aurait pu choisir qui elle voulait, du moins je le croyais – tout en sachant en mon for intérieur que ce n'était pas vrai non plus. Elle était belle, oui, et c'était quelqu'un qui ne devait sa réussite qu'à elle-même, mais elle vieillissait, et elle était trop têtue et indépendante pour la plupart des hommes qui, ayant connu la guerre, aspiraient juste, désormais, à rentrer à la maison pour qu'on s'occupe d'eux et avoir à nouveau le sentiment de prendre leur vie en main. Il fallait un homme de la suffisance de John Cameron pour croire qu'il allait pouvoir mener ce genre d'existence avec Lee. Elle avait attiré d'autres hommes, mais ils avaient passé leur chemin. Elle était trop entière et la plupart des hommes s'en rendaient compte.

« Elle me l'annonça donc, tandis qu'on contemplait le lac, debout dans le vent froid... et je ne fus pas vraiment étonnée. Mais il y a des questions qu'on est obligé de poser, même s'il est impossible de les poser sans avoir l'air d'un fou. Pas le bon mot, bien sûr, du reste je me demande aujourd'hui pourquoi j'ai fait mine un jour d'être saine d'esprit. Parce que je n'avais aucun droit ? Parce que je ne pouvais pas me permettre de la retenir sachant que ce qu'elle souhaitait le plus était la seule chose qu'elle ne pourrait avoir avec moi ? "Tu l'aimes ?" demandai-je.

« Elle sourit, mais sans me regarder. Se borna à contempler le lac. Puis, sans cesser de sourire, elle secoua la tête. "Il est intéressant. Je sais que tu ne le vois pas, mais il y a autre chose, quelque chose de plus que... les apparences." Ce dernier mot lui donnait à réfléchir, je le voyais bien, et je voyais aussi qu'elle avait peur. Elle prenait un pari, et elle le savait.

« "Les apparences ?" Ce fut tout ce à quoi je parvins, faire écho à cette pointe de doute, ce soupçon de peur en elle. Tout en sachant que, si j'avais été plus neutre, si je n'avais pas ouvertement méprisé John Cameron dès le premier jour, ma position aurait été plus forte.

« Elle se mit à rire. Et je me dis, sur le moment, que j'étais la seule personne qui puisse voir au travers de ce rire. Qu'il n'y avait que moi qui sache à quel moment elle dissimulait une tristesse dont, à ma connaissance, elle ne se départait jamais vraiment. Je le crois toujours – ou je veux le croire, en tout cas. Car c'est pratiquement tout ce qu'il me reste. "Tu n'as jamais aimé John, dit-elle. Mais comment aurais-je pu te demander ça ?" Elle se tourna vers moi et me prit la main. "Essaie quand même de voir. Essaie d'être heureuse pour moi, ça me permettra de l'être."

« J'aurais alors pu être plus généreuse. J'aurais pu m'armer de courage. Me montrer une amie pour elle. Mais le fait est que, je le savais, elle faisait une terrible erreur. Pas seulement vis-à-vis d'elle-même, mais de nous deux. »

Jean me regarda avec l'air d'attendre quelque chose. Peut-être un jugement de ma part. Je ne savais toujours pas pourquoi elle me racontait ce passage de l'histoire – ni le reste, d'ailleurs. Était-ce vraiment juste pour que je reste sobre ?

– Quoi qu'il en soit, reprit-elle, vous connaissez la suite. Mais ce que je tenais vraiment à dire c'était que, même si on n'aime dans sa vie qu'une seule personne, et qu'on ne peut pas imaginer que quiconque prenne un jour sa place, il y a d'autres sentiments qu'on ne peut éradiquer. D'autres... nécessités. Personne ne devrait avoir honte de ce qui est nécessaire. Un père. Une mère. Un amant ou une amante. Une caresse, un mot, un corps. Du reste, longtemps, j'ai en effet regretté, allongée dans mon lit, bien éveillée, qu'il n'y ait pas quelqu'un à mes côtés. Quelqu'un à toucher. Si j'appris une chose, après le départ de Lee, ce fut à quel point il est important d'avoir quelqu'un qu'on peut toucher. Quelqu'un qui nous touche. Ce que je ne savais pas c'était que bien loin de là, dans une maison chic de Virginie où il séjournait de moins en moins au fil du temps, mon frère était en train d'apprendre la même chose.

Je n'avais rien à répondre. L'idée m'était soudain venue que ma mère pouvait être n'importe où, sans que j'en sache rien. Elle pouvait être morte. Peut-être se trouvait-il quelqu'un dans le vaste monde qui aurait écrit pour dire qu'elle avait rendu l'âme, qu'elle n'avait pas souffert – ces choses qu'écrivent les gens, que disent les gens. Était-ce la première fois que cette idée me venait à l'esprit ? Je regardai le jardin, dehors... et, à ce moment précis, de grosses gouttes de pluie noirâtres commencèrent à tomber. Je me demandai où était Christina Vogel.

Je sentais le regard de Jean posé sur moi, mais elle ne poussa pas plus loin son insinuation sur le besoin de mère.

– Je crois vraiment que Jeremy aimait Gloria, au moins au début. D'un autre côté, je crois que la principale raison pour laquelle il l'épousa était que, comme Lee, il voulait avoir des enfants. S'il n'avait pas rencontré Gloria, il aurait trouvé quelqu'un d'autre. Je suis sûre que ce n'était pas aussi conscient ni cynique que je le laisse entendre, mais je sais qu'il décida de croire, en vertu de sa prétendue philosophie, que Gloria était ce qu'elle semblait être, qu'il était destiné à avoir des enfants avec cette femme précise et à vivre au moins confortablement, sinon heureux, jusqu'à la fin de ses jours. Ils allaient fonder une famille et cette famille respecterait certaines valeurs. Des valeurs qu'il en était venu à considérer comme constitutives du summum de ce que notre société – la société américaine – était censée représenter. Il avait vu en Europe la barbarie à une échelle presque insupportable, et il savait que si l'Amérique avait une fonction en ce monde, elle consistait à s'opposer à ça. Mais comment y parvenir alors qu'on vivait dans une société capable de laisser un homme comme notre père mourir au coin d'une rue sans punir les vrais coupables ? Voilà qui devait être une remise en cause permanente de sa philosophie. L'ennui, c'est qu'il n'avait rien d'autre.

« Mais la véritable mise à l'épreuve de sa philosophie du "comme si" dut lui faire l'effet d'une surprise. Car, "comme si" ou pas, il aimait sincèrement Gloria. Au début, en fait, je pense qu'il l'adora même un peu – du reste, longtemps, leurs familles et voisins, et même les parfaits inconnus passant dans la rue, durent les prendre pour le couple idéal. Personne n'eut l'air de s'inquiéter du fait que la vie de Jeremy devenait progressivement un complet mystère. Personne ne s'inquiéta de ce qu'il ne parlait jamais de son travail. À un moment donné, il quitta mystérieusement l'armée et commença à travailler pour une agence en lien avec les instances militaires, sans que personne n'ait l'air au courant du rôle qu'il jouait maintenant que la guerre était finie. Nous savions seulement, tous autant que nous étions, que ça avait à voir avec le gouvernement, ce qui était considéré comme une bonne chose à l'époque. Patriotique. Sans doute courageuse. Personne ne posait de questions là-dessus, jamais. La seule certitude qu'on avait, c'était qu'il devait beaucoup voyager et on admirait Gloria de si bien se débrouiller alors qu'il s'absentait si souvent. Les gens ne savaient pas ce qui se passait derrière cette façade, car ces deux individus – l'espion hypothétique et la reine de beauté – étaient, chacun à sa manière, experts dans l'art de garder les secrets. Je fus la seule à sentir que quelque chose clochait entre eux – mais je ne sus que beaucoup plus tard de quoi il s'agissait. Longtemps après le mariage. Longtemps après la naissance des enfants. Et je n'aurais rien su si Jeremy n'était pas venu me rendre une visite qu'il prolongea quelques jours. Il arriva sans s'annoncer, de but en blanc : j'ouvris la porte un jour et le trouvai là, dans la cour avec sa valise. Ce premier jour, et tous les suivants, il avait l'air incertain, curieusement ailleurs, et je compris qu'il avait une chose en tête dont il voulait parler mais qu'il n'était pas prêt à dire tout haut. Le lendemain soir, je lui préparai un dîner de fête, accompagné de plusieurs bouteilles de bon vin, puis je m'assis et le regardai boire un verre après l'autre, jusqu'au moment où il fut presque mais pas tout à fait soûl. Je n'avais jamais vu ce côté-là de sa personnalité, du reste il n'était pas vraiment soûl – je ne crois pas qu'il lui soit jamais arrivé de se soûler, à proprement parler. Ç'aurait été trop près de la perte de contrôle. Mais le vin le détendit indéniablement, et ce soir-là, en deux heures, il me raconta ce qui se passait chez lui, me raconta quel fardeau gênant et humiliant il avait à porter depuis des années, en faisant mine vis-à-vis du monde entier que tout allait très bien. Évidemment, je n'étais pas la confidente la plus indiquée à qui révéler ce secret, mais il n'avait personne d'autre. »

J'acquiesçai, comme si je comprenais de quoi Jean parlait. J'attendais qu'elle reprenne le fil de ce que je croyais être la véritable histoire. Voyant qu'elle n'en faisait rien, je posai la question que, selon moi, elle attendait. À moins qu'elle ait espéré que je comprenne sans explication ?

– Alors ? fis-je. En quoi consistait son secret ?

Elle émit un léger rire peiné.

– Eh bien, ce fut un récit compliqué qu'il me fit ce soir-là, et le fait que, soûl ou pas, il était dans un état de relative confusion n'arrangea rien à l'affaire. Pour répondre brièvement à votre question, cela dit, il s'agissait d'une des plus vieilles et tristes choses qui soient. Le fait que mari et femme soient rarement égaux cause la ruine de bien des couples. En l'occurrence... eh bien, disons que Gloria ne fut jamais quelqu'un de très chaleureux et qu'à mon avis, ils n'eurent pas vraiment de vie sexuelle. – Elle m'adressa un curieux sourire de maîtresse d'école. – Je ne vous choque pas, si ?

Je lui rendis son sourire.

– Vous ne me choquez pas.

– Bien, dit-elle avec un peu trop de vivacité ; mais son sourire s'effaça quand elle poursuivit son récit. Donc, mon frère, sentimental comme il l'était, resta fidèle à sa philosophie et décida que, s'il continuait à faire comme si tout allait bien, les choses s'arrangeraient. Bien entendu, il se demandait aussi s'il avait fait quelque chose de mal, alors il s'infligea toutes sortes de remises en question pour essayer de déterminer comment devenir un meilleur mari. Il aimait sa femme et, quand les enfants arrivèrent – il m'est pénible d'imaginer comment ça se passa –, il les aima plus que tout au monde. Ce qu'il pourrait avoir à faire lui était bien égal, me dit-il, il ferait n'importe quoi pour que les choses redeviennent telles qu'elles étaient au début. Ça m'étonna mais, apparemment, il y avait eu un début où tout se présentait bien. Qui ne dura pas tout à fait aussi longtemps que la lune de miel, mais qui avait existé, en tout cas dans son esprit à lui, et c'était tout ce qui comptait. À un moment donné, elle l'avait aimé, alors s'il faisait ce qu'il fallait, elle l'aimerait peut-être à nouveau. Car il n'y avait personne d'autre, il en était sûr, et je crois que, si ça avait été le cas, il l'aurait découvert. Après tout, il était espion. Cela dit, s'il finit par découvrir la vérité, ce fut entièrement par hasard.

– Par hasard ?

– Un pur coup de chance. C'est ce qu'il m'expliqua. Mais il dut se sentir bête quand il découvrit les lettres.

– Ah, fis-je. Des lettres.

– Oui, dit Jean. Mais ce n'est pas ce que vous croyez. Ce furent les lettres qui le menèrent, indirectement, à la vérité, mais il ne les avait pas cherchées. Il tomba simplement dessus, par accident, un jour qu'il cherchait autre chose, et – ma foi, je ne sais pas pourquoi il fut aussi surpris qu'il y ait eu quelqu'un d'autre avant lui. Un autre beau jeune homme. Ce fut sans doute regrettable qu'au cours de leur histoire d'amour éclair, Gloria n'ait rien dit de l'aventure d'été qu'elle avait vécue l'année précédente, pendant que Jeremy combattait derrière les lignes ennemies. Mais après tout, pourquoi en aurait-elle parlé ? Les filles bien ne parlaient pas de ce genre de choses et, de toute façon, le terme *histoire d'amour* ne semblait pas s'appliquer vraiment à ce qui s'était passé cet été-là. Le garçon en question s'appelait Matthew, je m'en souviens, bien que j'ignore comment j'ai su ça. Peut-être que Jeremy le mentionna en passant à un moment ou un autre, au cours de son laborieux récit de la façon dont sa séduisante femme se réfrigéra tout à coup et devint… quoi ? À vrai dire, je ne sais pas. Il n'existe pas de mot pour ça, n'est-ce pas ? À l'époque, l'euphémisme aurait été un iceberg, mais ce n'était même pas non plus vraiment exact, quels qu'aient été les problèmes que Jeremy et elle avaient au lit. Car, malgré tout, Gloria n'était pas un iceberg. C'était, dans la réalité, quelqu'un de vraiment agréable, une mère affectueuse pour ses enfants, et pleine de sollicitude – mon Dieu, ô combien ! – à l'égard de tout ce qui avait trait à la santé physique de Jeremy. Et c'était ça que les gens voyaient. Pas l'incompréhension larvée ni les questions demeurées sans réponses. Un couple heureux, deux beaux enfants, une maison charmante, des amis fidèles, une femme qui faisait tout pour assurer le bonheur de son mari. Personne ne savait que tout ça n'était qu'une mise en scène, personne ne savait qu'en dehors de l'engendrement – j'emploie le mot biblique à dessein, ici –, en dehors et à l'exception de l'engendrement des enfants, Gloria était… Eh bien, Jeremy ne savait pas quel terme employer. Froide. Physiquement froide. Émotionnellement distante. Pas simplement dans le domaine de la sexualité ; au bout d'un moment, il ne put même plus la toucher. Quand il le faisait, quelque chose en elle se fermait, comme une anémone de mer se referme sur elle-même quand on effleure ses tentacules. C'est comme ça qu'il décrivit la chose, en tout cas, et je n'ai aucune raison de mettre sa parole en doute.

« Bien entendu, il essaya de lui en parler, mais elle écarta le sujet d'un haussement d'épaules. Elle lui dit que tout était normal, ce qui amena Jeremy à se demander s'il ne faisait pas fausse route, étant donné que… eh bien, comme il le formula lui-même, il n'avait pas de point de comparaison pour juger de sa propre vie. Peut-être était-ce le fonctionnement normal d'un couple. J'avoue qu'en entendant ça, je ne pus que sourire. Je lui demandai s'il avait essayé de se faire aider, s'il pouvait peut-être évoquer le problème en toute discrétion avec un professionnel de la santé, mais cette simple idée l'horrifia, je crois. Il avait honte de paraître aussi… repoussant, et il en vint à penser, ce qui n'a rien d'étonnant, que tout était de sa faute. Il avait dû faire quelque chose, forcément – enfin bon, il avait connu d'autres femmes avant Gloria, des femmes qui n'étaient pas de celles qu'on épouse, comme on disait à l'époque, alors il se demandait s'il n'avait pas été trop… – Elle s'esclaffa. – On peine à y croire, à l'heure actuelle, non ? Je crois qu'il pensait lui avoir montré un aspect de lui-même qu'elle trouvait repoussant.

« Puis un jour, il découvrit les lettres. C'était, en fait, ce qui l'avait poussé à venir me voir si inopinément. La découverte de ces lettres. Je l'imagine bien, cherchant quelque chose pendant que Gloria était sortie, parcourant vieux papiers et factures. Vieux certificats, actes notariés, les lettres qu'il lui avait lui-même envoyées pendant qu'il était en Europe – au lieu de quoi il tomba sur les lettres de Matthew, pitoyables, peinées, pour la plupart guère plus que des messages. Pauvre Matthew. Comme il était alors très jeune et très amoureux, le comportement de Gloria le déconcerta, cette façon qu'elle avait d'être si chaleureuse par moments, puis froide à d'autres. De donner l'impression qu'elle tenait à lui, puis… Je vous laisse imaginer le tableau. Dans un sens, ces lettres disculpèrent Jeremy, à ses propres yeux tout au moins, mais d'un autre côté elles le vouèrent à une vie entière de doute. Gloria l'avait-elle *un jour* aimé ? Comment pouvait-il le savoir ? N'avait-elle pas simplement fait semblant, les premiers mois, et usé de ce moyen pour atteindre l'unique fin qu'on lui ait jamais appris à poursuivre ? Quand elle l'embrassait, était-ce sincère ? Quand ils faisaient l'amour…

« Je ne sais pas ce qui se passa ensuite, quand il repartit d'ici, deux jours plus tard. Il n'en reparla plus jamais, et je ne posai pas de questions car, à l'évidence, rien n'avait changé. Je crois que, pendant encore longtemps, il l'aima, ou voulut l'aimer, tout du moins, même quand ses aventures commencèrent. Et bien qu'il y ait eu chaque fois un écran de fumée, je suis sûre que Gloria connaissait l'existence des autres femmes. Pourtant, il semble qu'elle n'ait jamais rien dit. Pas un mot. L'illusion des gens heureux jusqu'à la fin de leurs jours ne tarda pas à battre de l'aile. Leur foyer n'était que blessures et peurs passées sous silence, et c'est avec ça que les enfants grandirent. Pas de mensonges purs et durs, pas de disputes, d'affrontements, tout était très policé, mais les enfants savaient que quelque chose n'allait pas. J'en voulais beaucoup à Jeremy de ne pas s'en rendre compte, avec sa philosophie idiote. Il pensait tout bonnement qu'ils pourraient maintenir une politesse de façade et que tout irait bien. Mais les enfants *comprennent*. Ils ne savent peut-être pas formuler ce qu'ils comprennent, mais on ne peut rien leur cacher, or tout ce que firent Jeremy et Gloria, ce fut leur refuser une explication – si bien que, tout du long, on aurait dit qu'une faute épouvantable était sur le point d'être dévoilée ou, pire, confessée. C'est l'impression que j'avais, en tout cas. Je ne peux pas dire ce que ressentaient les enfants. Tout ce que je sais, c'est qu'ils se replièrent dans leur monde à eux, intime et mystérieux. – Elle secoua la tête. – Je me souviens qu'une fois, j'allai chez eux et trouvai Jennifer dans le jardin, avec un oiseau mort qu'elle avait trouvé au pied d'un arbre, un oisillon qui avait dû tomber du nid. Elle l'avait mis dans une boîte et lui parlait, lui chantait des chansons, lui racontait des histoires… Je la regardai faire un long moment et elle ne s'aperçut même pas de ma présence. »

Jean était loin, à présent. Ce n'était même pas son histoire, mais elle était plongée dedans, et j'eus envie de la ramener au présent.

– De quoi d'autre vous parla-t-il ? demandai-je.

Elle me regarda. Pendant un moment, elle avait oublié ma présence ; elle était maintenant revenue à l'instant présent et je me rendis compte non sans stupéfaction que c'était cette qualité d'attention – une attention qu'elle braquait sur moi comme une lampe torche arrachant quelque objet perdu à l'obscurité – qui m'avait attirée chez elle de prime abord. Pour ce regard-là, je m'étais contrainte à rester sobre. Pour ce regard-là, j'étais restée allongée dans mon lit, les yeux grand ouverts, pendant que la nuit se déroulait autour de moi, la sueur séchant sur ma peau, mes muscles se contractant jusqu'à ce que je me dise que quelque chose, dans mes jambes, allait se rompre.

– Il parla de la guerre, dit-elle. C'est inutile de revenir là-dessus à présent, nous avons tous vu ce qui a été fait, la guerre est devenue une industrie, en fin de compte, comme tout le reste. Mais ce qui le tracassait le plus, ce sur quoi il revenait sans cesse, c'était son absurdité. Il y était parti en pensant que, quelles que soient la cruauté et la violence auxquelles il assisterait sans doute, il serait à même d'en comprendre le sens. Parce que c'était une guerre juste, personne ne songeait seulement à en douter.

Sa philosophie lui avait même permis de trouver du sens à la mort de notre père, apparemment. Ce fut la seule et unique fois où il parla de ce qui s'était passé à l'angle des rues Ashland et Vine, et je fus peinée, je crois, du fait qu'il ait enduré ça sans moi. Non pas le fait d'avoir vu la chose arriver, mais d'y repenser par la suite, de la rationaliser. Notre père avait des ennemis, après tout, donc il n'était pas insensé, bizarrement, que quelqu'un puisse chercher à lui nuire. Mais les femmes et les enfants massacrés qu'il avait dû voir... ça, il ne comprenait pas. Le village était en ruine quand il y était entré, mais malgré l'horreur il remarqua tout de suite que ce qui avait été fait là l'avait été délibérément. Inhumain, mais logique. Totalement barbare, mais totalement efficace. Pas l'œuvre d'un fou armé d'un fusil cherchant à impressionner ses supérieurs, pas non plus celle d'hommes en guerre commettant des actes que, plus tard, ils s'efforceraient désespérément de chasser de leur mémoire par tous les moyens. Il avait assisté à des actes de cruauté épouvantables, des choses qui survenaient dans la furie du combat, mais en l'occurrence c'était un acte prolongé de torture, un meurtre, perpétré au grand jour, et il ne comprenait pas.

Elle eut un drôle de petit sourire peiné, comme si c'était elle qui avait dû assister à ces scènes inimaginables.

– Et là, aucune philosophie ne pouvait l'aider, dit-elle.

Jean me regarda, mais je n'avais rien à dire. J'étais la dernière personne capable de parler de l'efficacité des philosophies de vie.

– Une chose, pourtant, aurait dû sauter aux yeux, poursuivit-elle. Ç'aurait dû sauter aux yeux de tout le monde que mon frère et sa séduisante femme redoutaient les désaccords. C'est toujours mauvais signe, vous ne trouvez pas ? Ils ne s'affrontaient pas, ne se disputaient pas, parce qu'ils étaient incapables de contrôler ce qui risquait de s'ensuivre. Parce qu'à la fin, ils étaient fatigués l'un et l'autre. Je suis sûre que Jeremy eut envie de quitter Gloria, et peut-être elle aussi. Mais il ne pouvait pas le faire, car ça impliquait de renoncer aux enfants. Donc il resta – et j'imagine sans peine qu'avec le soutien de sa philosophie, il se contenta d'essayer de garder le souvenir de la belle jeune fille, au bal militaire, qui lui souriait de l'autre bout de la salle. Ses propres infidélités ne devaient avoir aucun sens à ses yeux, si ce n'est qu'elles lui permettaient d'avoir quelqu'un à toucher. Il choisissait probablement ses partenaires avec soin – des femmes dont la situation n'était pas sans ressembler à la sienne, qui n'exigeaient pas de lui plus qu'il n'avait à offrir. Chaleur, contact, douceur d'un soir.

Jean se tut alors. Suivit un silence agréable, teinté de tristesse, peut-être, mais dépourvu de gêne. Dehors, la pluie brouillait les vitres, jaillissait entre les feuilles des arbres. La porte menant au jardin était toujours grand ouverte au bout du vestibule.

– Racontez-moi, dis-je une fois qu'on eut gardé le silence pendant une durée qui paraissait suffisante. Comment étaient les enfants ? Quand ils étaient tout jeunes ?

Elle sourit.

– Ils étaient merveilleux, dit-elle, heureuse de passer à autre chose. Simon était un petit garçon tellement sérieux. Il se tenait très bien, ne se plaignait jamais. Il adorait son père, et il s'inquiétait beaucoup chaque fois que Jeremy devait s'en aller quelque part. Et bien sûr, quand Simon avait sept ou huit ans, Jeremy s'en allait souvent.

– Ça devait être dur pour eux deux.

Jean acquiesça, mais ne répondit pas. Elle examinait quelque chose en son for intérieur, l'observait, se demandait sans doute si elle croyait encore à cette chose-là ou si elle avait commencé à douter.

– Et que faisait Simon ? demandai-je. Comment s'en sortait-il puisque son père s'absentait si souvent ?

Jean secoua doucement la tête, mais je ne compris pas si elle exprimait ainsi la déception que lui causait ma question, ou si elle chassait un souvenir auquel elle ne voulait pas penser.

– Je me rappelle être allée une fois chez eux, pendant que Jeremy était en Corée, dit-elle. Gloria paraissait heureuse, très à l'aise – je n'y allais pas souvent en l'absence de Jeremy, après tout c'était mon frère et, officiellement, c'était lui que j'allais voir. Quand ça arrivait, Gloria semblait toujours plus… détendue. Je me demandais souvent comment il se faisait que leurs amis ne remarquent pas la différence, mais peut-être se donnait-elle plus de mal avec eux. Elle se disait apparemment qu'elle n'avait pas à se donner tant de mal avec moi. Peut-être sentait-elle que j'avais percé à jour leur faux-semblant. Je n'en sais rien. En tout cas, un jour, on était installées dans le jardin d'hiver – oui, ils avaient un jardin d'hiver. Et une bibliothèque. Au regard des apparences, ils avaient vraiment une vie de rêve. Gloria adorait son jardin et me consultait pour s'informer des nouvelles tendances et glaner des idées chaque fois que j'allais les voir. C'était justement ce qu'elle était en train de faire quand Simon entra et s'assit dans un fauteuil, à côté de la fenêtre. Il était face au soleil, les yeux fermés. Et c'était étrange de le voir figé comme ça, assis dans ce fauteuil, face au soleil. Alors, pour plaisanter, à la faveur d'un silence dans la conversation, je lui demandai à quoi il pensait.

« Pendant un instant, il resta exactement dans la posture où il se trouvait, puis il ouvrit très grand les yeux et me regarda. “Je rêve à la Corée”, dit-il.

« Je regardai Gloria, mais elle se détourna. Puis, au bout de ce que je ne peux qu'appeler un laps de temps convenable, elle se leva et se força à sourire. “Bon”, fit-elle. Simon la regardait, comme un chat regarde quand il veut obtenir quelque chose de quelqu'un. “Je ferais bien d'aller voir ce qui se passe dans la cuisine. Veux-tu un peu de thé glacé, Jean ?”

« Je détachai mon regard de Simon, qui fixait toujours sa mère. “Avec grand plaisir”, dis-je.

« Gloria esquissa un hochement de tête. “Veux-tu quelque chose à boire, jeune homme ?”

« Simon ne dit rien – de toute évidence, il entendait faire comprendre à sa mère qu'il l'ignorait –, puis il se leva d'un geste très déterminé, comme elle venait de le faire, et sortit dans le jardin sans un mot. »

Jean secoua la tête avec ce que je pris pour un étonnement attristé.

– Je crois qu'on devrait en rester là, dit-elle. Mais on peut continuer demain, si vous voulez. – Elle m'adressa un sourire malicieux. – Vous aurez peut-être une histoire à me raconter, à ce moment-là ?

Je ne sus que dire. Je crus comprendre qu'elle ne voulait pas n'importe quelle histoire, mais une bien particulière. Mais je ne savais pas laquelle.

– Peut-être, dis-je.

Elle se mit à rire.

– J'ai un rendez-vous dans la matinée, dit-elle. Mais vous pouvez venir l'après-midi, vers 3 heures, je vous parlerai de Jennifer. Je pense que vous serez étonnée.

John Banister

Quand j'entrai, Laurits était en train de regarder un film sans le son. Aucune trace ne subsistait du petit-déjeuner extravagant du matin. La vaisselle avait même été faite et rangée. Il leva la tête.

– Tiens, dit-il. Tu veux une bière ?

Je me laissai tomber sur le canapé et examinai le film.

– Plus tard, dis-je.

Laurits me décocha un regard étonné, voire inquiet.

– Tu as faim ? demanda-t-il.

– Pas encore.

– D'accord. – Son attention revint à l'écran. Une femme embrassait un homme, les joues ruisselantes de larmes, dans une chambre d'hôtel américaine. – C'était comment, Cahokia ?

– Pas allée, dis-je. Pleuvait trop.

– Ah.

Il regarda les amants se débattre en silence pendant un long moment. Puis, quand l'acteur principal s'arracha des bras de la femme – je ne savais pas de qui il s'agissait, mais c'était indubitablement l'acteur principal –, il sourit d'un air joyeux.

– C'est quand même bizarre, non ? lança-t-il. Tous ces héros, à l'époque. C'est quand même bizarre qu'ils aient tous été aussi asexués. Et... rassurants.

Il m'adressa un bref regard, en quête d'une confirmation, mais ça ne m'intéressait pas. Ce qui lui était bien égal. Pour l'heure, il s'adressait à lui-même autant qu'à moi.

– Gregory Peck. John Wayne. Charlton Heston.

Il marqua un temps d'arrêt, réfléchissant au prochain candidat de la liste.

– Cary Grant, dis-je.

Il sourit et secoua la tête.

– Pauvre vieux Cary Grant, dit-il. Il a connu de grands moments, je crois. *Soupçons*, admettons. Mais la fin a tout gâché.

– *Soupçons* de qui ?

– Joan Fontaine épouse Cary, puis on découvre qu'en fait, il pourrait être un genre de pervers qui veut la tuer pour l'assurance-vie, sauf qu'il n'est pas…

Je trouvais toujours ça curieux, qu'il se rappelle les films par leurs scénarios, parce que ce n'était pas comme ça qu'il les regardait. Pour lui, un film ne parlait pas d'amour, de trahison, ou de meurtre ; c'était une succession de scènes distinctes de neige, de chambres d'hôtel ou de paysages désertiques. Il connaissait tous les acteurs, tous les réalisateurs, tous les scénaristes, mais la seule chose qui comptait à ses yeux, c'était le contexte du film et la technique cinématographique. Le ton. La texture. L'atmosphère.

– Tu vois, quoi. Elle a décroché un Oscar pour ça.

– Qui ?

– Joan Fontaine. Tu vas bien ? Tu n'as pas l'air très en forme.

– Je vais parfaitement bien, dis-je, mais quelque chose avait changé à l'écran, le ton s'était modifié, si bien qu'il n'écoutait plus vraiment. – Et *ce type-là*, c'est qui ? demandai-je.

Il lâcha un reniflement sarcastique.

– Tu ne le sais pas ?

– Non, dis-je. C'est pour ça que je demande.

– Franchot Tone, dit-il.

– Tu es sûr ? Il a l'air bien vieux.

– J'en suis sûr.

– Comment s'appelle le film ?

– *L'Ange de la haine*.

– Quelle année ?

– 1949.
– Réalisateur ?
– Fletcher Markle.
– Fletcher qui ? demandai-je. Je n'ai jamais entendu parler de lui.
– Canadien.
– Ah.
Je n'avais pas envie d'entrer dans ce jeu-là, car il finissait toujours au même endroit. La question, quelle qu'elle soit, n'avait aucune importance. Ce qui comptait, c'était d'avoir le dernier mot. Non… ce qui comptait, c'était que l'attitude la plus ridicule, la plus indéfendable, finisse par l'emporter. Voilà comment on fonctionnait, Laurits et moi, quand on n'était pas en train de baiser ou de boire. On se réfugiait dans l'indéfendable. On cherchait du réconfort dans le trivial. Ç'aurait été une négligence de notre part que de ne pas pousser la conversation à son degré maximal d'absurdité. En temps normal, je n'avais aucune envie d'entrer dans ce jeu… et j'y venais quand même. En l'occurrence, il n'y avait rien d'autre à faire.
– Là, je m'avance peut-être, dis-je, mais je vais proposer Clark Gable.
Il sourit, soupesant le pour et le contre.
– Gable ?
Après avoir réfléchi un long moment, il poursuivit :
– En fait, ça colle pas mal. J'imagine que le test ultime consiste à dire : une belle fille dans le genre d'Anne Baxter ramène le type chez elle pour le présenter à sa mère, et si maman ne le trouve pas assez bien pour épouser sa fille chérie, c'est qu'il est probablement très intéressant.
– Personne n'a *jamais* été assez bien pour Anne Baxter, dis-je.
J'attendais qu'il parle des événements du matin, mais je compris qu'il n'en ferait rien.
– Alors, où sont tes amies ? demandai-je.
– Parties.
– C'est bon à savoir.

Il leva la tête.

– Tu es mouillée, dit-il.

– Il pleut.

– Ah bon ?

– Je vais tout de suite aller prendre une bonne douche chaude. Et sans doute me coucher de bonne heure.

– Tu veux boire quelque chose ?

– Non.

– Tu es fâchée ?

– À propos de quoi ?

– Barbara et…

Il avait déjà oublié le nom de la rousse.

– Lauren, dis-je. Non, je ne suis pas fâchée. Enfin si, un peu.

– C'était une idée qui m'est venue, dit-il. Pas ce que tu crois. J'ai juste eu une idée.

– Une idée pour quoi ?

– Un film, dit-il. Un long métrage. Archi-classique.

– D'accord.

– J'avais trouvé les grandes lignes du scénario.

– Raconte.

Il grimaça.

– Des jumelles, dit-il.

– Quoi ? Ces deux filles-là ? Des jumelles ?

– Oui.

Je m'esclaffai.

– Elles n'ont pas du tout l'air de jumelles. Une sculpturale beauté brune germanique et… euh, la princesse Lauren du pays des fées, avec des rubans dans les cheveux.

Je m'esclaffai de plus belle, mais je le crus. Je n'avais pas pensé un instant qu'il avait une aventure avec ces deux femmes. Ce qui m'avait fâchée, je m'en rendis compte, c'était qu'ils aient pris leur petit-déjeuner sur la table.

– Pourquoi veux-tu faire un long métrage ?

– J'ai besoin d'argent.

– Pourquoi ?

Je ne comprenais pas. Il n'avait jamais l'air de manquer d'argent.

– C'est une longue histoire.

– Raconte-la, dis-je.

– De toute façon, reprit-il, dès le début de l'après-midi j'avais renoncé à ce film.

– Ça n'aurait même pas dû durer jusque-là, dis-je. Alors, pourquoi as-tu besoin d'argent ?

– Aucune importance, dit-il. C'était une idée idiote, des jumelles qui ne se ressemblent pas.

– C'était en effet une idée idiote, dis-je. Alors… pourquoi as-tu besoin d'argent ?

– Je te l'ai dit. C'est une longue histoire.

Il regarda brièvement l'écran, puis garda le silence un moment. Quand il se remit à parler, ce fut pour passer à un tout autre sujet.

– Il faut que je te pose une question, dit-il. Que je te demande ça. Qu'est-ce que tu ferais s'il ne te restait que deux heures à vivre ? Forcément, tu regarderais *Falstaff*, hein ?

– Va te faire foutre, dis-je. Je vais me doucher.

Je me dirigeai vers la salle de bains.

– C'était un test, lança-t-il tout à coup. Et tu t'en es brillamment sortie.

– Je ne veux pas passer de test.

– N'importe qui d'autre aurait…

– Je ne veux pas passer de test, répétai-je. – Puis je m'arrêtai, me retournai. – Et qu'est-ce que tu ferais des cinq minutes restantes ? demandai-je.

– Pardon ?

– *Falstaff* dure une heure cinquante-cinq, dis-je. Qu'est-ce que tu ferais des cinq minutes restantes ?

Il me dévisagea avec un effroi teinté d'admiration, mais ne répondit pas. Jamais Barbara n'aurait su la durée précise du moindre film classique. Surtout pas de *Falstaff*. Et je ne savais pas trop comment il se faisait que je la sache, en fait.

– Reste-là un moment, dis-je. Tu trouveras peut-être une réponse intéressante.

– Vous avez sans doute déjà deviné que Jennifer était une enfant assez étrange.

Jean était en train de disposer un petit festin de gâteaux et biscuits quand j'arrivai à 3 heures pile. Je fouillai dans ma mémoire pour y trouver ce qui aurait pu m'amener à deviner quoi que ce soit sur Jennifer.

– Elle n'était rien de ce que les filles sont censées être dans le monde où elle a grandi. Elle n'avait pas de charme. Pas très envie de se mêler aux autres. Elle eut une succession d'amies d'école, choisies avec soin et vite évincées dès qu'elle découvrait leur vice caché…

– Leur vice caché ?

Jean sourit.

– Elles n'étaient pas parfaites.

– Quelqu'un aurait dû l'emmener voir *Certains l'aiment chaud*, dis-je.

Jean se mit à rire.

– Elle n'aurait pas saisi l'allusion, dit-elle. – Elle souleva le couvercle de la théière et renifla. – Ça sent… bizarre.

– Qu'est-ce que c'est ?

J'avais l'intention de la questionner sur sa collection de tisanes insolites. Je supposais qu'il y avait là un lien avec Annette.

– Anis, fleurs de tilleul, gingembre, dit-elle. – Annonce terrifiante. – Il va falloir laisser infuser un moment.

– Peut-être même définitivement, suggérai-je.

Elle fronça les sourcils.

– C'est bon pour la gorge, dit-elle.

– Ma gorge va bien.

– Bon, dit-elle. Avec ça elle ira parfaitement bien.

Finalement, la tisane se révéla très bonne, peut-être grâce à l'ajout, dans mon cas, de deux grosses cuillerées de miel. Dès que tout fut prêt, Jean se lança dans son histoire.

– Quand elle était petite, Jennifer chantait toute seule dans sa chambre pendant des heures, dit-elle. Quand quelqu'un lui demandait ce qu'elle faisait, elle répondait qu'elle réfléchissait. Même plus tard, on aurait toujours dit que tout ce que les adultes exigeaient d'elle ne faisait que la détourner contre son gré du vrai monde, celui qu'*elle* avait peuplé à sa guise. Jennifer fut d'emblée une rebelle. Elle se mettait en colère à propos de choses dont elle n'aurait même pas dû connaître l'existence, des histoires qu'elle entendait à la radio, les atrocités épouvantables du passé historique. À un moment donné, lorsqu'elle avait à peu près sept ans, elle fit une série de dessins puissants, très libres, représentant des silhouettes brutes – même pas précisément des silhouettes. Ça ne l'intéressait pas de représenter les gens ou les objets du quotidien. Les formes, dans ses dessins, ressemblaient plus à des abstractions. Brutes. Gloria se demandait souvent d'où lui venait tout ça, comme si elle n'avait pas pu deviner que Jennifer était en colère. C'était pénible à voir, une telle colère chez une petite fille – mais le problème c'était que tout ce qui la mettait en colère appartenait au monde réel. Ce qu'elle entendait aux actualités. Ce qu'elle lisait dans les livres. Le racisme partout autour d'elle, tous les jours, qu'un Blanc sur deux semblait trouver normal. Elle adorait Jeremy, mais elle était constamment en colère contre lui parce qu'il s'absentait souvent. Elle ne comprenait pas pourquoi il n'était pas là.

« Simon ressemblait beaucoup à son père, sur presque tous les plans. Très tôt, je crois, il adopta plus ou moins le même regard sur la vie, la foi en l'ordre, le foyer et la tarte aux pommes, sauf qu'il n'avait pas la philosophie sous-jacente pour comprendre qu'il s'agissait d'une illusion nécessaire. Il absorba, et voilà. Jennifer, de son côté… eh bien, elle examinait tout, et si elle trouvait que ça ne faisait pas l'affaire, elle rejetait. Elle tenait tête à ses professeurs. Elle venait d'avoir douze ans quand elle se mit à refuser d'aller à l'église. Je ne pense pas que Gloria était croyante et, à l'époque, je savais que Jeremy ne pratiquait que parce que ça faisait partie de son illusion choisie, mais ils tenaient absolument à ce qu'elle les accompagne aux offices du dimanche matin. Tout le monde allait à l'église, en ce temps-là. C'était un rituel familial. Mais Jennifer lutta pied à pied contre eux… et, finalement, elle l'emporta.

« Pourtant, alors même qu'ils semblaient si différents l'un de l'autre, ce qu'il y avait de curieux c'était que la vie qu'ils menaient, les décisions qu'ils prenaient, même la façon dont ils parlaient des choses, *tout* chez ces deux enfants était formé en réaction vis-à-vis de leur père. Chacun à sa manière, ils essayaient de le reconquérir. Pendant des années, alors qu'ils étaient trop jeunes pour comprendre, ils sentirent qu'il leur échappait, sans qu'ils sachent pourquoi. Il avait dû dire qu'il ne faisait que son devoir. Qu'il essayait de faire un lieu plus sûr du monde où ils devraient grandir. Mais ils *savaient* qu'il avait le choix. Il aurait pu décider de rester davantage à la maison. Il aurait pu demander un emploi de bureau, ou changer complètement de branche. La conclusion qui s'imposait était donc qu'il *voulait* être ailleurs plutôt qu'à la maison. Au début, ils crurent que c'était parce qu'il avait cessé d'aimer Gloria. Comme je le disais, les enfants savent quand ça ne va pas. Plus tard, je pense, ils se dirent que c'était eux qu'il avait cessé d'aimer.

« L'anecdote qui résume le mieux la personnalité de Jennifer est sans doute celle à propos de John Banister. »

Jean m'adressa un regard interrogateur, mais j'ignorais complètement qui était John Banister. Elle sourit.

– C'est bon, dit-elle. Moi non plus, je n'avais jamais entendu parler de lui. Personne, du reste. – Elle nous resservit de la tisane. – Jennifer était une élève hors pair, et ceux de ses professeurs qu'elle ne s'était pas mis à dos à force de diatribes politiques incendiaires estimaient qu'elle irait loin. Même ceux qui ne l'appréciaient pas étaient bien forcés de reconnaître qu'elle était brillante. Nous étions donc tous très curieux de voir ce qu'elle ferait après le lycée. Les sciences politiques ou le droit semblaient les voies les plus probables. Mais Jennifer était aussi une scientifique de première catégorie, qui caracolait loin devant le reste de sa classe en biologie et en chimie. Apparemment, donc, *tout le monde* attendait de voir ce qu'elle choisirait de faire. Et ce qu'elle choisit en définitive disait tout du genre d'adolescente qu'elle était.

« "Il n'y a que les causes perdues qui m'intéressent", me dit-elle quand je me rendis en Virginie cet été-là.

« "Je vois, dis-je. Et qu'est-ce que ça signifie ?"

« "Ils ne veulent pas que je fasse histoire des sciences, dit-elle. Maman veut que je fasse du droit."

« "Et ton père, qu'est-ce qu'il veut ?"

« Elle grimaça. "Oh, tu le connais, répondit-elle. Tout ce qu'elle dit, il soutient. L'écho."

« Je ne pus m'empêcher de sourire. "Et qu'est-ce que toi, tu as l'intention de faire ?"

« "Histoire, pour commencer, dit-elle. Ensuite, je me spécialiserai dans l'histoire des sciences."

« Et ma foi, j'étais convaincue qu'elle ferait ce qu'elle avait prévu. Je me rappelle que, quand elle avait... je ne sais pas, peut-être quinze ans... elle avait lu dans une revue un article sur les Bunnies, les serveuses costumées des clubs Playboy. Vous savez en quoi consistait ce phénomène social ? Pour les gens comme vous et moi, c'était juste une idée saugrenue, un article dans les journaux, mais Jennifer s'en empara et en fit sa cause du moment. Elle rédigea une dissertation là-dessus pour l'école, et expliqua à tout le monde en quoi c'était nocif. Le féminisme n'étant pas arrivé jusqu'à la sphère de Gloria – je ne pense pas qu'il y soit jamais arrivé –, tout le monde fut éberlué par la force des sentiments de Jennifer. Les gens disaient que c'était juste un amusement innocent, que d'ailleurs ça plaisait sûrement à ces filles de se déguiser. Mais Jennifer décréta que, si on voulait que les filles se déguisent en animaux, il fallait leur laisser le choix de l'animal qu'elles voulaient incarner. Puis elle fabriqua toute une série de masques d'animaux, en guise d'exemples. »

– Des masques d'animaux ?

– Ils étaient magnifiques, dit Jean. Jennifer adorait fabriquer des masques. Mais cette fois ils étaient chargés de sens, parce que, dans sa conception à elle des Bunnies, les femmes portaient un masque en fonction de l'animal qu'elles voulaient être tel ou tel soir. Sauf qu'il n'y avait pas de lapins. Pas de mignonnes petites bêtes à fourrure – et pas de tenues dégradantes. Les femmes de son club porteraient juste des costumes sombres, unis, mais pourraient être des lionnes, ou des jaguars, des ourses, des renardes, des hyènes. Vous voyez le principe.

« Finalement, il apparut que son envie d'étudier l'histoire des sciences était motivée par John Banister, obscur pasteur anglais du XVIIe siècle mort d'un accident de chasse avant d'avoir pu achever la toute première flore de Virginie. Banister ayant très peu d'argent, il servait de guide à des expéditions de chasse pour se procurer des fonds, et parvenait tant bien que mal à coupler ce travail avec sa vocation. Ç'aurait dû être tout ce qu'il y a de simple – il conduisait les chasseurs dans les forêts reculées qui regorgeaient de gibier et, pendant qu'ils chassaient, lui botanisait, trouvant des spécimens, récoltant des graines, assemblant de quoi constituer son herbier. Il ne reste pas grand-chose de ses travaux, mais c'était à l'évidence un excellent scientifique. Un botaniste, principalement, mais il s'intéressait aussi aux insectes. L'ennui, c'est que les chasseurs qu'il guidait lors de ces parties de chasse n'étaient pas tous aussi doués dans leur art que Banister dans le sien… et, un jour, un idiot le tua.

« Après sa mort, son herbier et divers spécimens furent envoyés à Londres où on divisa la collection pour l'expédier à un certain nombre de botanistes anglais. Il ne survécut qu'un très petit nombre des travaux de John Banister identifiables en tant que tels – et rares furent les récipiendaires de ses spécimens et carnets d'observation qui lui reconnurent le moindre mérite. Ce que voulait Jennifer, c'était compulser les archives, en Virginie et en Angleterre, afin de retrouver ce qui avait été volé à Banister. Elle s'en servirait ensuite pour recomposer la flore de Virginie que

Banister avait eu l'intention de rédiger. Elle savait, bien sûr, que cette tâche consisterait à trouver une aiguille dans non pas une, mais plusieurs bottes de foin, que c'était une cause totalement perdue, mais bon, c'est justement ce qui la séduisit d'emblée dans ce projet. Elle renonça plus tard à ce travail sur Banister – mais pas parce que ç'aurait été trop difficile ou parce que Gloria voulait qu'elle fasse des études de droit. Non. Sa nouvelle idée mûrit à la suite d'une conversation sur Sénèque avec un de ses professeurs. Après cet unique échange fugace à propos d'une matière qu'elle n'étudiait même pas officiellement, elle se tourna vers la philosophie. Elle voulut savoir ce qui constituait une bonne vie. Pas une vie passive, tout ce qu'il y a de réglo, où on se contente d'obéir aux lois en vigueur, parce que… eh bien, si on se conformait à ça, on acceptait la ségrégation, déjà. On acceptait la guerre. On acceptait le sexisme. Il y avait une phrase de Sénèque qu'elle avait retenue : *Quam angusta innocentia est, ad legem bonum esse*. Vous voyez… je m'en souviens encore, après tant d'années. »

Je secouai la tête pour signifier une incompréhension qui ne s'adressait qu'en partie à Jean.

– Qu'est-ce que ça veut dire ?

Elle rit.

– Vous ne le savez pas ? Je vous prenais pour une érudite. – Elle se leva soudain et se dirigea vers l'étagère à côté de la fenêtre. – J'ai ça ici, quelque part, dit-elle. Jennifer me l'a donné à lire… – Elle tendit le bras vers le rayon du haut, en sortit tout de suite le livre qu'elle voulait et l'ouvrit à la page précise qu'elle recherchait. – C'est un ouvrage sur la colère, dit-elle. La colère et le devoir. Il y est question de faire ce qui est juste, dans le bon état d'esprit. Pas de colère, pas d'émotion inopportune. Jennifer disait toujours qu'il y avait trop d'émotion, à l'époque, ce qui était compréhensible, quand on savait vraiment ce qui se passait. Mais c'était ça la difficulté, disait-elle. Il fallait voir ce qui se passait, puis il fallait œuvrer pour le bien de tous – or ce genre d'action devait être exécuté en toute lucidité.

Sénèque dit que chacun de nous a le devoir de défendre ceux qui subissent une menace, et de venger ceux qui ont subi un tort – mais ça doit se faire calmement, sans colère.

« Mais comment savoir en quoi consiste le bien de tous ? La loi ne nous le dit pas – les lois sont faites pour les riches, pour protéger la propriété et maintenir le Système. C'était le mot qu'on employait à l'époque – on n'entend plus tellement les gens dire ça, de nos jours, mais à ce moment-là il valait pour tout. Les riches. Le gouvernement. L'armée. La justice. Bien que la justice ne s'occupe pas de faire le bien. »

Elle revint s'asseoir à la table et se mit à lire. Mais peut-être qu'elle ne lisait pas, qu'elle faisait simplement semblant. Rétrospectivement, je ne peux pas m'empêcher de penser qu'elle savait sans doute le livre entier par cœur.

– Quel est celui qui peut se dire innocent vis-à-vis de la totalité des lois ? Et si cela était, quelle pauvre innocence de n'être bon que selon la loi ! La règle de nos devoirs est bien plus étendue que celle du droit. Que de choses nous commandent la piété, l'humanité, la bienfaisance, la justice et la bonne foi, qui ne sont pas inscrites sur les tables d'airain !

Elle me regarda, puis referma le livre d'un coup sec.

– C'était ça, la grande question à ses yeux. Elle voulait vivre en accord avec cette règle du devoir. Faire le bien. Un bien actif. Défendre et venger. La plupart d'entre nous se satisferaient largement de n'être que plus ou moins innocents. Surtout maintenant. Les mots comme devoir et bonté sont pratiquement passés de mode, et depuis longtemps, vous ne trouvez pas ? »

Je secouai la tête pour signifier que je ne savais pas *quoi* dire. Il me semblait alors, et il me semble encore aujourd'hui, que même en étant bon, on ne peut pas *faire le bien* tout seul. Qu'il était inutile même d'essayer – mais je m'abstins de le dire. Je me contentai de secouer la tête en soutenant son regard de mon mieux, sans pouvoir m'empêcher de penser qu'à un certain niveau elle me jugeait, tout comme sa nièce aurait pu le faire.

– Dans ce monde, au sein du Système, disait Jennifer, on peut être aussi moral qu'on a envie de l'être, du moment qu'on ne s'immisce pas dans les affaires des gens riches. Or c'est justement le problème pour l'individu ordinaire. On peut être bon selon la loi, on peut même faire plus que ça. On peut être de bons amis, de bons voisins, rendre visite aux malades, donner de l'argent pour les pauvres, toutes ces bonnes choses que font les gens. Mais, au-delà de ça, se trouve le vieux dilemme : comment faire *activement* le bien – ce qui, tôt ou tard, revient à demander comment on s'oppose au mal ? Quand cette question-là se pose, la plupart des gens soucieux de bonté oublient de se demander ce qui est juste pour s'intéresser au problème de ce qui est le mieux pour eux en la circonstance. Jennifer comprit ça. Elle comprit aussi que les gens soucieux de bonté hésitent naturellement quand l'action s'impose. Mais elle ne pouvait accepter la proposition selon laquelle les meilleurs sont dépourvus de toute conviction, alors que les pires sont pleins d'une intensité passionnée. Elle pensait qu'un temps venait toujours où les meilleurs étaient obligés d'agir…

Elle sourit.

– Je ne vous raconte pas ça aussi précisément qu'elle l'aurait souhaité, dit-elle. D'une part, elle ne réfléchissait pas en termes de meilleurs et de pires. Elle s'intéressait aux choix que font les gens. Elle ne les condamnait pas s'ils ne "faisaient pas quelque chose". Elle ne jugeait pas les autres, ne les trouvait pas décevants parce qu'ils avaient peur pour leurs enfants, leurs emplois, ou leur sécurité personnelle, d'ailleurs. D'un autre côté, elle se jugeait elle-même. Je la voyais beaucoup plus, à l'époque, parce que après s'être tournée vers la philosophie, elle s'installa à Chicago, et qu'elle venait me voir ici de temps à autre. Je me souviens qu'elle cherchait à en savoir plus à propos du Comité sur la pensée sociale – dont Hannah Arendt avait fait partie, bien qu'elle l'ait quitté l'année avant que Jennifer arrive. Ses sujets d'intérêt variaient vite, cela dit. À l'époque, Chicago était aussi le centre du SDS, le mouvement des Étudiants pour une société démocratique – je suppose que vous en avez entendu parler ?

J'acquiesçai, bien que je n'aie qu'une très vague notion des événements de cette époque. Mouvement anti-guerre. Droits civiques. Années 1960. Woodstock. C'était à peu près tout.

Jean perçut mon incertitude.

– Le SDS occupe une place importante dans notre histoire. SDS, Black Panthers, Young Lords, ces mouvements constituent notre histoire, il est important qu'on se souvienne d'eux tels qu'ils étaient, et non comme le voudrait l'industrie du divertissement. Si nous oublions ces gens, nous perdons quelque chose qui aurait dû nous être cher. En regardant la télévision, on pourrait croire que cette génération ne se souciait que de prendre de la drogue et d'échapper au service militaire. Que les Black Panthers faisaient régner la terreur dans les rues – alors que c'était le contraire. Ce fut un choc quand la police assassina Fred Hampton dans son lit, la plupart d'entre nous ne voulaient pas y croire. Mais Jennifer et ses amis nous firent honte, en tout cas à certains, pour forcer notre intérêt. Aujourd'hui, plusieurs dizaines d'années plus tard, on dispose de toutes les preuves nécessaires pour connaître la vérité. Ce qu'il y a, c'est que la vérité sur ce qui se passe en ce moment ne sera accessible que dans cinquante ans, et à ce moment-là il sera trop tard pour faire quoi que ce soit. C'est pour ça qu'il faut étudier l'histoire. Le système a-t-il changé de façon significative ? Non. Donc on peut supposer qu'il va continuer à fonctionner comme il le faisait voilà un demi-siècle. Il faut s'appuyer sur les preuves. Ne pas accorder le bénéfice du doute, tout remettre en cause.

« Le *Viêtnam*. Quand j'étais jeune, personne n'avait jamais entendu parler du Viêtnam. Personne n'aurait su situer ça sur une carte, d'ailleurs personne n'aurait pris la peine d'essayer, jusqu'au jour où le gouvernement se mit à envoyer des gens là-bas. Même alors, on pensait en majorité que c'était une bonne chose. On croyait que l'Amérique était là pour protéger ses amis du spectre du communisme – et pourquoi pas ? Pourquoi aurait-on pensé autrement ? Notre génération avait vu la moitié de l'Europe disparaître dans une sorte de monde parallèle après 1945. Notre génération savait à quel point Staline était malfaisant – ce qui signifiait que le communisme devait l'être aussi. Simple logique. Mon propre frère pensait que nous avions fait une grosse erreur en nous abstenant de pousser jusqu'en Russie après la guerre. Ses frères d'armes et lui avaient vécu un calvaire pour empêcher Hitler d'annexer la moitié de l'Europe, pour finalement rester sur la touche et regarder les Russes s'en charger. On se rappelle tous, à l'heure actuelle, comment des millions de gens furent exterminés dans les camps de la mort nazis, mais on a oublié, alors même que ça se produisait, combien de millions d'autres disparurent dans les goulags russes. Et donc, plus tard, quand Jeremy entendait sa fille discuter du Système avec ses amis, il était perplexe. Du moins, au début. Puis la colère le prit. Muette, bien sûr, intériorisée, sclérosée, mais pas moins corrosive pour autant. Il détestait l'ingratitude qu'ils manifestaient envers l'unique pays qui avait osé se fonder sur un idéal impossible plutôt que sur un système. Il ne voyait pas que l'Amérique contrôle son propre peuple aussi assidûment qu'elle brutalise les autres à l'étranger, et à l'époque il n'était pas seul. Mais ses enfants, eux, le voyaient… et ils ne comprenaient pas qu'il ne se rende pas compte de ce que les Noirs devaient endurer – on les appelait les gens de couleur, à l'époque, maintenant on dit les Afro-Américains, mais j'aime bien le mot Noir, qui me choqua un peu la première fois que j'entendis Jennifer l'employer, parce que… eh bien, ça ne se disait pas. On était censé parler de gens de couleur. C'était poli. Alors comment se faisait-il qu'on puisse dire Blanc ?

« Je ne m'inquiétai pas pour Jennifer quand elle rejoignit le SDS, mais quand Jeremy l'apprit, il fut… accablé. Il n'en dit rien, mais ça lui brisa le cœur. Il avait voulu que ses enfants mènent une vie heureuse, enrichissante, à l'abri de toute pression extérieure, et il avait fait beaucoup de sacrifices dans ce but. Non qu'il ait voulu que ces sacrifices soient reconnus. Il dit un jour qu'aucun père digne de ce nom ne voudrait que ses enfants sachent à quoi il avait renoncé pour eux. On veut seulement qu'ils se sachent aimés. Mais c'est cette forme d'amour désarmé qui mène à la superstition. Cette forme d'amour engendre la peur. Il craignait tellement de trop les aimer, de leur laisser voir que tout ce qui importait à ses yeux c'était leur sécurité, qu'il donnait finalement l'impression de ne pas les aimer du tout. Son amour se mua en superstition parce qu'il n'avait aucune autre issue, personne avec qui être partagé. Gloria aimait les enfants, elle aussi, mais de l'amour qu'une mère normale voue à son enfant, qui lui laissait la place d'avoir une vie à elle, quelle qu'elle soit. Mais Jeremy… lui, voulait que leur monde soit parfait. Si parfait qu'ils n'auraient pas leur mot à dire dans l'affaire parce que, après tout, les enfants font toujours les mauvais choix. Ils s'égarent. Ils prennent des risques. Ils n'ont aucune idée de la méchanceté du monde. Le boulot de mon frère, c'était d'assurer leur sécurité.

« Cela dit, la sécurité ne mène pas loin. On ne peut pas tout prévoir, si vigilant qu'on soit. Même ce qu'on peut prévoir, on ne peut pas le prévenir. Et surtout, on ne peut pas empêcher les enfants de faire des choses – en général, justement celles dont on voudrait par-dessus tout qu'ils s'abstiennent. C'était déjà dur pour Jeremy que Simon soit au Viêtnam… mais ça le devint encore bien plus quand le visage furieux de sa brillante gamine s'afficha sur l'écran pendant un reportage télévisé à propos des affrontements qui eurent lieu lors de la Convention du parti démocrate en 1968. Il fut… accablé. – Elle posa la main contre le flanc de la théière pour voir si elle était encore chaude. – Il voulait les mettre à l'abri du monde qu'il connaissait, dit-elle. Ce monde qui tue un père dans la rue sous les yeux de son enfant. Ce monde de massacres, de torture, de tout ce qu'il avait vu et dont il ne pouvait pas parler.

En son for intérieur, il savait qu'il ne pouvait pas les protéger… et c'était pour lui ce qu'il y avait de plus dur. Il savait dans le fond de son cœur que les pertes humaines sont inévitables, mais il ne pouvait tout simplement pas arrêter d'essayer. – Elle recula le buste et poussa un profond soupir. – Excusez-moi, dit-elle. Je vais devoir m'arrêter un moment. Je commence à fatiguer et nous aurions besoin de reprendre un rafraîchissement, vous ne croyez pas ? »

Par chance, les rafraîchissements consistaient en un café et un assortiment de douceurs maison, au nombre desquelles deux beignets aux pommes. J'avais supposé, quand Jean s'interrompit soudainement, qu'elle avait fini son récit pour un moment, mais sitôt le café servi, elle reprit. Elle était maintenant très remontée.

– Je suis sûre que vous avez vu des documentaires sur la Convention démocrate de 1968. Celle où Richard Daley, le maire de Chicago, empêcha les médias de diffuser les images des brutalités policières caractérisées à l'encontre des manifestants anti-guerre, dans Lincoln Park, tout en essayant de barrer l'accès de la mairie aux membres officiels du parti démocrate qui soutenaient Eugene McCarthy. Celui où les jeunes, pendant que la police leur tapait dessus à coups de matraques, se mirent à crier : *Le monde entier nous regarde, le monde entier nous regarde*. Je suivais la Convention avec une attention particulière parce que je savais que Jennifer était dans les manifestations, mais sans m'inquiéter, au début, puisqu'elle m'avait dit qu'elle ne prendrait part qu'aux défilés pacifiques et que, naïvement, je l'avais crue en sécurité. Évidemment, tout le monde savait que Chicago pendant le mandat de Daley était l'une des villes les plus corrompues, racistes et violentes du monde industrialisé, mais je ne pensais pas que les forces de l'ordre agresseraient les pacifistes sans armes qui s'étaient rassemblés avec David Dellinger dans Grant Park, du moins pas les pacifistes blancs.

« Ce fut pourtant exactement ce qu'ils firent. Après le premier assaut de la police dans le parc ce jour-là, beaucoup des manifestants s'étaient enfuis, s'éclipsant par petits groupes pour se rassembler de plus belle dans le Loop. C'étaient en majeure partie les plus radicaux, et la police aurait dû savoir que ceux qui restèrent avec Dellinger étaient totalement engagés dans la non-violence. À l'époque, Jennifer se voyait encore comme une pacifiste et, bien que tentée par l'autre option, elle décida de rester dans le parc. Comme le reste de la foule, elle assista avec inquiétude aux efforts que déploya Dellinger, qui voulait conduire une marche sans incidents jusqu'à l'International Amphitheatre, pour négocier avec la police, mais il apparut bientôt que non seulement les autorités refusaient de les laisser défiler mais qu'elles n'avaient nullement l'intention de les laisser quitter le parc pacifiquement. Elles voulaient un affrontement. Tout ça était très déroutant, Jennifer ne savait pas quoi faire – plus tôt, ce jour-là, la police s'en était prise à Rennie Davis, l'un des principaux meneurs de la manifestation, alors qu'il tentait de répartir les organisateurs pour faire régner l'ordre près du kiosque à musique, le Petrillo Music Shell, l'avait isolé puis délibérément et systématiquement passé à tabac, le laissant inconscient. La scène semblait maintenant sur le point de se répéter.

« Jennifer me raconta à quel point tout ça semblait inévitable, que la police avait apparemment décidé de tabasser les manifestants, quels qu'ils soient, avant qu'aucun d'eux n'ait rien fait. Les flics avaient peur, disait-elle. Il y avait eu tout un tas de discours incendiaires de la part des hippies et de quelques autres groupes radicaux prenant part à la Convention, alors ils craignaient de ne pas réussir à contenir les manifestants. Le truc idiot, c'est qu'ensuite ils s'en prirent au groupe des manifestants les plus pacifiques devant tout un déploiement de caméras, en plein jour, quand les autres, qui étaient restés avec Dellinger, tentèrent de quitter le parc en empruntant Michigan Avenue. Tout au long des journées de la Convention, la police avait utilisé gaz lacrymogène et matraques pour agresser les manifestants, mais ça s'était principalement passé la nuit, du reste rien ne pouvait être diffusé en direct étant donné que, tout du long, Daley refusa que les réseaux de télé et radio puissent accéder à l'électricité. Ils devaient donc filmer tout ce qui se passait, puis diffuser ça dans les bulletins d'information nocturnes, voire le lendemain. Mais ce jour-là – le mercredi 28 août 1968 –, les réseaux furent obligés de décider si des policiers armés jusqu'aux dents tapant sur des civils, des jeunes pour la plupart, dans les rues de Chicago, feraient plus d'audience que ce qui se passait à l'intérieur de la Convention. Finalement, après un assaut encore plus violent sur le carrefour situé devant l'hôtel Conrad Hilton, ils décidèrent de mettre la police sur le devant de la scène.

« Jennifer me raconta qu'elle ne comprit vraiment ce qui s'était passé que beaucoup plus tard. Elle s'en sortit pratiquement indemne, mais beaucoup de ses amis n'eurent pas cette chance. Elle vit les blessures. Elle entendit les récits. Elle était jusqu'alors décidée à rester non violente, mais sa détermination commença à s'effriter sitôt la Convention terminée. Pendant ce temps-là, la guerre que menait la police contre les Black Panthers se poursuivait. Quand elle atteignit son apogée avec le meurtre de Fred Hampton, en décembre 1969, Jennifer avait pris sa décision. Son Sénèque intérieur prônait l'action directe. Pour ça, comprit-elle, il fallait qu'elle entre dans la clandestinité.

« Et ce fut terminé. Un jour elle était là, le lendemain elle avait disparu. Elle pouvait être n'importe où. Elle pouvait être morte. Aucun de nous ne le saurait. Elle ne m'expliqua ce qui s'était passé que quelques mois plus tard, quand elle fit soudain son apparition ici, au petit jour, pour demander de l'argent et un endroit où rester un jour ou deux. À ce moment-là, Simon était parti – mais je m'abstins de le lui dire – et ses parents se rongeaient les sangs depuis qu'elle avait disparu, mais quand j'essayai de la décider à les appeler, elle refusa et m'avertit que, si je leur disais l'avoir vue, elle ne me ferait plus jamais confiance. Ce fut douloureux de l'entendre tenir ces propos, et douloureux de garder le secret, mais je savais qu'elle pensait chacun de ses mots et je voulais qu'elle sache qu'il y avait au moins un endroit où elle pouvait venir chercher de l'aide et peut-être, quand la situation s'arrangerait, faire le point et revenir à son ancienne vie. Je ne savais pas, à l'époque, que son ancienne vie n'était plus envisageable. Si *j'avais su*, je l'aurais peut-être dénoncée l'après-midi même. Ça me chagrinait de savoir que Jeremy et Gloria ignoraient où elle était – et qu'après son départ, je l'ignorerais aussi. Tout le monde l'ignorerait. Les jours passèrent et on continua à faire ce qu'on faisait d'ordinaire : Jeremy allait au travail, Gloria jouait au golf les jours où il faisait beau et se soûlait lentement au fil des longs après-midi humides... et, tout du long, ils attendaient que le téléphone se mette à sonner. Qu'on frappe à la porte. L'arrivée d'une lettre officielle. Quand rien n'arrivait, ils s'en réjouissaient – jusqu'à ce qu'ils commencent à se demander ce que ça signifiait. Pas de nouvelles, ça ne fait pas de bonnes nouvelles. Juste du silence. Puis, un matin de bonne heure, ce silence fut rompu et j'eus droit à un bref aperçu de ce qu'était la vie de Jennifer. Une vie sur les routes. Une vie de fugitive. De pauvreté. De crasse. Ça n'avait vraiment rien de prestigieux. En fait, c'était minable. La paranoïa est minable. Le soupçon rend les gens minables. La raison pour laquelle Jennifer refusait d'appeler ses parents me fit froid dans le dos – elle pensait que Jeremy la dénoncerait –, mais je dus l'accepter sans quoi j'aurais été bannie de son existence, moi aussi.

« Je ne savais pas ce qu'elle était en train de faire. À quel groupe elle appartenait, ce qu'elle avait fait, qui avait pu souffrir de ses actions. Je ne croyais pas qu'elle puisse blesser quelqu'un intentionnellement, mais rien n'étayait cette conviction. Jennifer avait changé. On passa un long moment à discuter, et j'essayai de l'amener à me raconter ce qui se passait, mais elle ne lâcha pas un mot là-dessus. Ni ce jour-là ni par la suite. L'histoire que je vous raconte est donc truffée de lacunes, de supputations, de possibilités, d'aperçus jamais confirmés. De questions inutiles. De réponses évasives. "Quand as-tu vu tes parents pour la dernière fois ?" demandai-je une fois qu'elle fut installée devant une boisson chaude et de quoi manger.

« "Je ne m'en souviens pas."

« "Tu ne leur as pas écrit ? Tu ne les as pas appelés ?"

« "C'est trop dangereux, dit-elle. D'ailleurs je sais ce que ferait papa s'il savait où je suis."

« "Qu'est-ce que tu veux dire ?" Quelque chose, dans son ton, m'effraya. Comme si elle avait définitivement largué les amarres, mentalement coupé les ponts de toutes parts. "Tu ne crois pas qu'il chercherait à t'aider ?"

« "Sa conception de l'aide consisterait à me dénoncer, dit-elle. On le sait toutes les deux. C'est trop dangereux pour que je m'aventure à moins de cent cinquante kilomètres de lui. Je prends un gros risque en venant ici."

« La colère me saisit soudain, doublée de soupçon. C'était contagieux. L'idée m'effleura qu'elle n'était venue que pour me demander de l'argent, que si elle avait eu un autre endroit où aller, ou une autre source de fonds, elle aurait préféré s'adresser ailleurs. "Alors pourquoi es-tu venue ?" demandai-je.

« "Mais quoi ? Tu n'es pas contente de me voir ?"

« "Bien sûr que si, dis-je. Mais je me fais du souci. J'ai peur. Comme nous tous."

« "Je comprends, dit-elle. Mais je n'ai pas eu le choix. Il fallait faire plus et la seule question qui se posait c'était : qui allait s'en charger ? Parce que la paix n'était pas au programme. Les droits civiques non plus. Tout se détériorait, au contraire. C'est pour ça qu'on a décidé de disparaître, pour pouvoir être plus efficaces."

« "Qui *on* ?"

« Elle ne réagit pas.

« "En faisant quoi ?"

« Elle me décocha un regard dur. "Je ne peux pas et n'accepterai jamais de débattre de quoi que ce soit ayant trait au groupe." On aurait dit une déclaration apprise par cœur. “Je t’en prie, ne me demande pas ça. Si tu as confiance en moi, si tu penses que notre cause est juste, aide-moi. Sinon, dis-le-moi maintenant, et je m’en irai.”

« “J’ai confiance en toi, Jennifer, dis-je. Mais je me sentirais mieux si j’en savais un peu plus.”

« “Je ne peux pas en parler.”

« “Est-ce qu’il s’agit de ces gens sur lesquels j’ai lu des articles dans les journaux ? Le Weather Underground. Tu fais partie de ceux qui fabriquent des bombes ?”

« “Je vais te dire une chose, ensuite il faudra que tu arrêtes tes questions, dit-elle. C’est bien compris ?”

« J’acquiesçai. J’avais le sentiment que, si j’essayais de prononcer un mot, je risquais de fondre en larmes… parce qu’elle avait beau être là, j’avais beau savoir qu’elle me faisait suffisamment confiance pour être là, je savais aussi que je l’avais déjà en partie perdue.

« “Je ne suis pas membre du groupe que tu viens de nommer, dit-elle. Mais mes objectifs sont identiques aux leurs, et je respecte ce qu’ils font. C’est tout ce que je peux dire.”

« J’acquiesçai de nouveau. “D’accord, dis-je. Qu’est-ce que tu veux faire, maintenant ? Tu as assez mangé ?”

« Elle me dévisagea longuement, puis esquissa un curieux sourire, comme si elle avait perdu l’espoir que quelqu’un comprenne un jour ce qu’elle faisait. Ce fut en tout cas ce qu’il me sembla. Depuis le jour de sa disparition, j’ai lu des livres sur cette période, et ils semblent tous indiquer que les jeunes étaient en colère contre leurs parents, bien décidés à recourir à la violence, qu’ils s’étaient engagés pour se défouler. C’était carrément faux – mais je crois que Jennifer savait déjà comment serait racontée l’histoire. “J’ai assez mangé, oui, dit-elle. Merci.” Elle se leva – un peu chancelante, me sembla-t-il. “Si ça ne t’ennuie pas, il faut que je dorme.”

« Et ce fut tout. Je l’accompagnai jusqu’à sa chambre, sortis quelques serviettes et la laissai dormir. On aurait dit qu’on venait de signer un contrat, elle et moi. Je ne sais pas… un pacte, pour ainsi dire. Je savais qu’elle était dans une mauvaise passe, sans quoi elle ne serait pas venue demander de l'aide, mais je compris aussi, quand elle se coucha dans ce lit et se laissa dériver vers le sommeil, qu'elle plaçait en moi plus de confiance qu'elle n'en avait accordé à qui que ce soit depuis bien longtemps. J'aurais pu décrocher le téléphone et la dénoncer – j'étais en partie convaincue que c'était la meilleure solution – mais je ne le fis pas. Je l'aimais, et c'était une adulte, à présent. J'étais obligée de me dire qu'elle savait ce qu'elle faisait.

« Par la suite, elle m'appela de temps à autre d'une cabine quelque part, juste pour signaler qu'elle allait bien, mais elle ne voulait pas me dire où elle était ni ce qu'elle faisait. Un jour, elle se présenta chez moi accompagnée d'un homme. Il était minuit, mais j'entendis la voiture se ranger dans l'allée et me levai pour aller l'accueillir. Au début, on discuta dans la cour – ce qui me parut idiot, si elle tenait tant que ça au secret. L'homme était plus âgé et, d'après sa voix, semblait être quelqu'un de bienveillant, mais elle ne voulut rien me révéler à son sujet, mis à part que c'était un ami. Il restait à l'écart de la lumière, s'abritant dans l'obscurité, et ne prit la parole qu'à deux reprises – je remarquai qu'il avait un fort accent de Boston – mais je compris qu'il était à l'origine de cette visite. Jennifer entra un moment, mais lui resta dans la cour, à côté de la voiture. Elle semblait amaigrie mais me dit qu'elle allait bien. Elle discuta quelques instants, puis me dit qu'elle et son ami avaient besoin d'argent pour acheter de l'essence et de quoi manger. Je n'avais pas beaucoup d'espèces à la maison, mais je lui donnai ce que je trouvai. Elle ne voulait pas de chèque, alors on décida d'un commun accord qu'elle reviendrait le lendemain, une fois que j'aurais eu la possibilité d'aller à la banque. Je les invitai à rester, mais elle répondit que c'était trop risqué. Tout irait bien pour eux, ajouta-t-elle.

« J'avais décidé, désormais, de ne jamais me disputer avec elle. Je lui ferais confiance dans tout ce qu'elle disait et faisait. Si douloureux que soit le fait de devoir taire ses secrets, c'était aussi un privilège. Tout secret est un privilège. Et si c'est un vrai secret – dont dépendent la vie et la mort –, on ne peut pas faire autrement que le garder par-devers soi. Quand bien même on voudrait le divulguer, on ne le pourrait pas, car personne au monde ne sait vraiment comment fonctionne le secret en question. Personne d'autre ne mesure vraiment quelle grande beauté disparaîtrait du monde si le secret qu'on garde devait être divulgué. Est-ce que ça paraît extravagant ? »

– Je ne sais pas, dis-je. Je n'ai jamais eu de secret à divulguer.

Jean acquiesça.

– Il faut considérer un secret comme un cadeau, dit-elle. Sans quoi ça devient un fléau. Je n'ai jamais divulgué son secret, mais j'ai quand même perdu Jennifer. Peut-être que je devais la perdre de toute façon. Le mieux que je puisse dire, c'est que j'ai respecté le choix qu'elle avait fait, alors même que je ne l'approuvais pas.

– Et quand l'avez-vous vue pour la dernière fois ?

Jean secoua la tête.

– Oh, il y a longtemps, dit-elle. Elle a fait deux ou trois apparitions au début des années 1970, toujours au petit matin, et je lui donnais tout ce que je pouvais. Quels que soient ses besoins, vraiment. Ce n'était pourtant pas qu'elle ait demandé grand-chose. J'avais de l'argent, après tout... et elle le savait. Elle aurait pu demander plus. Je lui aurais donné n'importe quoi, je n'ai pas honte de le dire. Je n'avais aucun moyen de savoir à quoi elle emploierait l'argent que je lui donnais, mais je continuais à croire qu'elle ne ferait de mal à personne. J'eus vent des attentats à la bombe par les journaux. L'immeuble de Greenwich Village. Le Pentagone en 1972. Les postes de police, le département d'État. Gulf Oil. La compagnie ITT. Tous ces attentats furent attribués au Weather Underground, or Jennifer avait dit qu'elle n'en faisait pas partie, mais je ne la croyais pas. D'ailleurs, chaque fois qu'une bombe explosait, on imputait ça au Weather. Ce qui m'impressionnait, toutefois, c'était qu'il n'y avait pas de victimes. Ces attentats étaient symboliques – c'étaient des représailles contre l'injustice. L'argent que je lui avais donné passa-t-il dans ces actions ? Peut-être. Je préférais me dire qu'elle l'avait intégralement dépensé en café et en carburant, mais bon, ça aussi ça fait partie de l'action, non ? Tout ce qu'elle faisait était dirigé vers le même objectif.

« La dernière fois que je la vis, ce fut en juin 1974. Plus tard, ce mois-là, une bombe explosa au siège de la Gulf Oil, à Pittsburgh, mais je n'avais bien sûr aucun moyen de savoir si elle était impliquée. Deux mois plus tard, je reçus une carte postale d'une petite ville de l'État de Washington. Elle n'était pas signée, mais je reconnus l'écriture de Jennifer. Elle disait qu'elle démarrait une nouvelle vie avec un garçon originaire de Clarksville, dans l'Illinois. Depuis, je ne l'ai pas revue, et je n'ai plus entendu parler d'elle. »

– Qui était ce garçon ?

Jean se mit à rire.

– Ah, dit-elle, j'aurais dû expliquer. – Elle réfléchit un moment, essayant de se rappeler quelque chose. – Non, je n'arrive pas à me souvenir de l'air, dit-elle. C'était une chanson qu'elle écoutait souvent. *Last Train to Clarksville.* Des Monkees. D'avant votre époque, j'en ai bien peur.

Je secouai la tête. J'avais vu les Monkees à la télé. Je me souvenais même de la chanson – *Last Train to Clarksville* –, ça avait été un gros succès, mais tout ce qui me revenait des paroles, c'était une bribe qui disait quelque chose comme : *Je te retrouverai à la gare,* ou *Tu peux me rejoindre à la gare.* Quelque chose dans le genre. Mais à vrai dire, à part les Monkees et quelques films, je ne connaissais strictement rien à cette époque. Nixon. Le Watergate. Le Weather Underground. Pour moi, c'était principalement la toile de fond de grands films comme *Medium Cool* et *À cause d'un assassinat,* ou de merveilleux navets comme *Zabriskie Point.* Jean racontait tout de mémoire, avec par moments une attention presque documentaire aux détails, comme si tout ça était gravé quelque part au fond de sa mémoire – ce qui était probablement le cas, à force de mois et d'années d'attente et d'angoisse –, mais tous ces trucs s'étaient passés avant ma naissance, et ça ne faisait pas partie de l'histoire qu'on enseignait dans mon lycée. Ce que je savais de ces événements, pour peu que j'en sache quoi que ce soit, je l'avais appris par la télévision et les films ou, pire, grâce aux jeux de culture générale, voilà pourquoi cette histoire de bombe explosant dans un immeuble m'était vaguement familière. Je n'aurais pas osé l'avouer à Jean, mais je la connaissais parce que j'avais lu un article racontant comment l'immeuble voisin de l'appartement de Dustin Hoffman, à Greenwich Village, avait sauté, et comment Hoffman avait lui-même sauvé un certain nombre de tableaux de l'incendie qui suivit, pendant que les deux auteurs de l'attentat qui avaient survécu fuyaient les décombres. On découvrit ensuite qu'aidées de trois autres personnes, les deux jeunes femmes en question étaient en train de confectionner une bombe dans la maison quand l'explosion survint accidentellement. Personne n'était au courant de leur implication, bien sûr ; un des voisins leur ouvrit sa salle de bains et leur prêta des vêtements, mais je ne me rappelle pas si c'était Dustin Hoffman ou quelqu'un d'autre. La seule chose dont je me souviens clairement, c'est que quelqu'un – pas Dustin Hoffman, en l'occurrence – était retourné à l'intérieur de l'immeuble bien qu'on lui ait dit de ne pas le faire, pour aller récupérer la déclaration d'impôts qu'il venait de remplir. Pendant ce temps-là, les deux jeunes femmes qui avaient survécu à l'explosion réussirent à disparaître dans la nuit sans un mot d'explication, malgré le nombre de policiers présents sur les lieux.

Donc, grâce à Dustin Hoffman, j'avais connaissance de tout ça, et peut-être davantage, mais ce n'était pas de l'histoire à mes yeux. Ça n'en avait jamais été. C'était de l'anecdote. Si une vedette de cinéma n'avait pas été concernée, si peu que ce soit, je n'aurais rien su de l'explosion de cet immeuble le 6 mars 1970. De même que je ne savais rien, ou presque, de tous les événements dont Jean me parlait. L'attentat à la bombe du Capitole en mars 1971. Celui du Pentagone en mai 1972. Les attentats contre la compagnie des communications téléphoniques ITT, Gulf Oil et la firme Kennecott. Ce n'était que des faits. Que… des anecdotes.

– Il y avait une phrase du refrain, dit Jean, que Jennifer chantait sans arrêt et qui disait : *And I don't know if I'm ever coming home.* Je ne sais pas si je rentrerai un jour chez moi. Elle aimait ce passage-là, bien avant qu'il se charge de sens à ses yeux. À moins qu'il ait toujours eu un sens particulier ; peut-être qu'elle avait toujours… – Jean scruta mon visage. – On communique par tous les moyens. Avec soi-même aussi. Il m'arrive quelquefois de promener une vieille chanson dans ma tête, sans savoir pourquoi et tout à coup, au beau milieu de l'après-midi, je me remémore les paroles. Et c'était un message en provenance de… quoi ? Mon subconscient ? Je ne suis pas sûre de croire à ça. Du fin fond de ma mémoire, peut-être, mais… En tout cas, le message de Jennifer était celui-là. Elle me disait qu'elle ne rentrerait plus chez elle. Et elle ne l'a jamais fait.

– Donc vous ne l'avez pas vue depuis 1974 ?

– Non.

– Et vous ne l'avez pas cherchée ?

Elle eut un sourire triste.

– J'ai d'abord laissé tomber. C'était son choix, après tout. Mais ensuite, au bout d'un certain temps, j'ai commencé à me demander où elle était. Ce qu'elle faisait. Des années avaient passé, la plupart des militants du Weather Underground étaient sortis de la clandestinité et pratiquement aucun n'avait été emprisonné. Certains meneurs avaient même des emplois dans des universités et des écoles de droit. Alors pourquoi devrait-elle continuer à se cacher alors que ce n'était plus nécessaire… – Elle secoua la tête. – Je n'ai jamais compris comment ça marchait, tout ça. Comment les choses semblaient prendre fin et une nouvelle ère débuter, alors que rien n'avait vraiment tant changé que ça. Mais bon, Jennifer avait toujours dit que sa génération était unique. Ils faisaient partie intégrante d'un combat plus ancien commencé longtemps avant qu'ils entrent en scène et qui… ma foi, continue ailleurs à cette heure, j'imagine. Quoi qu'il en soit, j'y ai réfléchi un moment, puis j'ai décidé que ça me ferait du bien de partir pour une virée sur les routes. C'est donc ce que j'ai fait.

– Vous êtes partie la chercher ?

– Pas tout à fait, dit-elle. Je suis juste partie pour une virée, qui s'est goupillée de telle sorte qu'elle m'a conduite à l'endroit d'où Jennifer avait posté sa fameuse carte. Je ne la cherchais pas sérieusement. Je savais qu'elle devait vivre sous un nom d'emprunt, et je n'avais pas vraiment d'espoir. Mais voilà qu'un matin de printemps, sur la côte de l'Oregon, je me suis arrêtée dans une petite galerie d'artisanat d'art qui était en même temps le seul café correct de la ville. Je n'étais pas en quête d'indices, rien de tel, je voulais juste un café et un point de vue qui me permette de déterminer par qui, ou quoi, j'étais suivie…

– Minute…

– Oui, je sais, dit-elle. Ça fait parano, mais je le sentais dans la moelle de mes os. Quelqu'un me suivait et je voulais savoir qui. Je feignais donc l'insouciance, m'arrêtais prendre un jus et une part de tarte, quand je vis quelque chose – et c'est curieux, parce que je ne regardais rien de précis mais je remarquai immédiatement que plusieurs pièces, plusieurs œuvres d'art en vente dans cette galerie, étaient de la même personne et que cette personne n'était autre que Jennifer. Ce qui signifiait qu'elle n'était pas loin.

– Comment avez-vous su qu'elle en était l'auteur ?

– Je l'ai su, c'est tout, dit-elle. Ces pièces me rappelaient les travaux qu'elle réalisait à l'adolescence, tous ses dessins et…

– Mais ç'aurait pu être…

– Non, coupa Jean. C'était *elle*. Comme je le disais, plusieurs pièces étaient en vente, alors j'en achetai une, sans faire trop de commentaires dessus. Puis, pendant que la femme qui tenait la galerie l'emballait pour moi, je lui demandai si l'artiste était du coin. Elle ne répondit pas tout de suite – je pense qu'elle n'avait pas envie d'en parler –, mais je dus lui paraître inoffensive, alors elle me donna un nom, un faux nom, bien sûr, en précisant qu'elle ne savait pas où habitait cette artiste, qu'elle passait une fois par mois à peu près pour déposer de nouvelles réalisations et collecter les gains éventuels. Selon la galeriste, elle habitait quelque part sur la côte, mais c'était tout ce qu'elle savait, ajouta-t-elle, et comme je ne tenais pas à paraître trop curieuse, je m'en tins là. Quand je ressortis, il y avait un homme à côté de ma voiture, un homme en costume noir, visiblement pas un autochtone.

Elle s'interrompit pour marquer son effet. Elle n'avait encore jamais raconté cette histoire et au fond ça la galvanisait, je crois, de l'exposer en détail. Un homme en costume noir. Pas un autochtone. Comment le savait-elle ? Peut-être même avait-elle tout imaginé – après s'être mis dans la tête qu'elle était suivie, elle devait avoir tendance à voir des dangers qui n'existaient pas vraiment.

– Et que voulait-il ? demandai-je.

– Je ne sais pas, dit-elle. Peut-être rien. J'allai jusqu'à la voiture, il se tourna un instant et me regarda. Son visage était inexpressif, mais je vis qu'il savait qui j'étais. Je lançai donc une remarque polie et il se contenta de secouer la tête en souriant. Tout le reste était neutre et, s'il n'avait pas souri, j'aurais complètement oublié cet incident, mais il sourit *bel et bien* et il y avait quelque chose dans ce sourire, quelque chose de… supérieur. Comme s'il cherchait à dire, c'est juste une question de temps. Je suis ici, et je ne m'en irai pas, ou si je le fais, quelqu'un d'autre prendra ma place et vous finirez par commettre une erreur et…

Elle s'interrompit et me regarda avec l'air d'attendre, mais je ne sus que dire. Je savais qu'elle ne mentait pas, mais je n'étais pas sûre de la croire entièrement. Ç'avait été une coïncidence, sans aucun doute. Rien de plus.

Jean se mit à rire et reprit :

– Dieu seul sait si tout ça n'était pas uniquement dans ma tête. C'était juste… Juste sa façon de sourire. Comme s'il se moquait des conséquences parce qu'il s'amusait bien.

– Alors vous n'avez pas trouvé l'artiste ? La femme qui habitait sur la côte ?

Elle secoua la tête.

– Alors ça pouvait être n'importe qui ?

Elle secoua de nouveau la tête.

– Non, dit-elle. C'était Jennifer. J'étais tout près… mais cet homme aussi. Qui pouvait être n'importe qui, lui. Agent du FBI. Policier. Journaliste. Fantôme. Je n'en savais rien. Tout ce que je savais, c'était que je ferais courir un risque à Jennifer si je poussais plus avant.

– Alors qu'avez-vous fait ?

– La seule chose que je pouvais faire, dit-elle. Je suis rentrée chez moi.

Elle commençait à fatiguer. Je le sentais, mais je sentis aussi que, si je ne partais pas, elle continuerait jusqu'à ce qu'un moment de l'histoire qui n'avait pas encore pris forme dans son esprit, ou dans son subconscient, soit finalement raconté. Car cette histoire était inachevée, encore plus que les autres, et au fond d'elle-même Jean s'imaginait que, si elle pouvait revenir dessus encore une fois, un nouvel indice, une nouvelle compréhension allaient émerger.

– Je ne sais pas, dit-elle. Je n'avais pas envie de faire demi-tour et me contenter de rentrer. Et j'y ai souvent repensé depuis. Mais… je ne pouvais pas prendre un tel risque.

– Non, dis-je. Je comprends bien.

Elle sourit.

– Oui, dit-elle. Mais il y avait autre chose. Une chose que je ne savais pas à l'époque, bien que je me sois rendu compte par la suite que j'avais cette idée derrière la tête depuis le début.

– Comment ça ?

– Je ne voulais pas livrer Jennifer, dit-elle. Mais en même temps, tout en roulant vers l'ouest, je n'étais pas certaine d'être bien accueillie.

– Comment ça ? Mais bien sûr que vous auriez été…

– Elle se cachait. Quand quelqu'un se cache, la dernière des choses qu'il souhaite c'est être trouvé. Par qui que ce soit.

Son regard s'était assombri. Tout à coup, elle avait l'air de quelqu'un qui n'a pas dormi depuis des semaines.

– Il se fait tard, dis-je. On devrait peut-être s'en tenir là.

Elle sourit – et l'idée me vint à nouveau, comme plusieurs fois déjà, qu'elle souriait toujours quand elle avait de la peine. Je me dis aussi que je ne savais pas à qui s'adressait ce sourire. Sur le moment, cependant, il semblait juste une forme exagérée de courtoisie.

– Peut-être, en effet, dit-elle.

Je trouvai Laurits dans sa chambre, en train de regarder *Falstaff*.

– Tu as l'air d'un homme qui n'a plus que deux heures à vivre, dis-je.

Il mit le film sur pause et sourit.

– C'est peut-être le cas, dit-il.

– Bon, dis-je, n'oublie pas ces fameuses cinq minutes.

– Mmh-hmm... Dis, tu vas bien ?

– Bien sûr. Pourquoi cette question ?

– Juste pour savoir.

– Ah.

Je jetai un bref regard à l'écran. Falstaff et ses complices en froc blanc de moine pourchassaient les malheureux pèlerins dans un bois de grands arbres minces aux feuillages printaniers pour l'heure figés, suspendus hors du temps.

– Je vais aller dormir un peu, dis-je. Je ne dors pas, ces derniers temps.

Il eut l'air un instant perplexe et je me rendis compte, tout à coup, que depuis que j'avais rencontré Jean, j'étais devenue une sorte de mystère à ses yeux. C'était bien.

– Je dois m'absenter un jour ou deux, dit-il. Je serai de retour vendredi. On pourrait peut-être faire quelque chose, samedi ?

J'acquiesçai.

– Peut-être, oui, dis-je.

Il sourit.

– Tu n'as pas l'air très enthousiaste, dit-il.

Je ne sus que dire. Nous étions en train de lentement nous éloigner l'un de l'autre depuis quelque temps, j'imagine, mais je ne le compris que plus tard. Je le regardai. Quelque chose avait changé depuis notre première rencontre. Il semblait plus impatient, moins sûr de lui.

– Je te vois samedi, lançai-je. On pourrait peut-être regarder un film.

– Lequel ?

– *Accattone*, par exemple ? Ça fait… des siècles qu'on ne l'a pas regardé.

Il eut un grand sourire mais je compris que le cœur n'y était pas.

– D'accord, dit-il. Rendez-vous est pris.

Un parfum d'automne flottait dans l'air tandis que je me rendais à pied à Audubon Road, le lendemain. J'avais bien dormi, cette fois, et je savourais la fraîcheur et le plaisir ordinaire de marcher, le corps léger, souple – plus souple, en tout cas, que par le passé. À côté de la grille du jardin de Jean, Christina Vogel montait la garde, telle une sentinelle, le visage dissimulé derrière un voile d'apiculteur et un chapeau à large bord.

– Tiens, bonjour, lançai-je. Jean Culver est chez elle ?

La jeune fille hocha la tête, affirmativement puis négativement.

– Il faut donner le mot de passe, dit-elle. Sinon on n'entre pas.

J'acquiesçai.

– Je le savais, dis-je. – Je discernais à peine son visage sous l'épais voile noir. – L'ennui, c'est que Jean Culver m'a dit le mot de passe, mais je l'ai oublié.

Non sans mal, elle releva le voile et me dévisagea.

– C'est vrai ? demanda-t-elle.

– Sur mon honneur de Brownie, dis-je.

– Vous êtes une Brownie ?

– J'étais.

– Récitez la promesse.

– D'accord.

Je réfléchis un moment. Il s'était écoulé beaucoup de temps depuis l'époque où papa me conduisait aux réunions des Brownies qui se tenaient à l'ancienne salle municipale de Teale Road, puis m'en ramenait.

– Sur mon honneur, je promets de faire tous mes efforts (je récitais parfaitement ces mots qui semblaient issus d'un autre monde, voire d'une autre langue), pour remplir mes devoirs envers Dieu et mon pays, aider mon prochain en toutes circonstances et observer la Loi scoute.

Christina hocha gravement la tête.

– Passez, dit-elle.

Je trouvai Jean dans la cuisine, en train de préparer un ragoût. Autour d'elle étaient entassés légumes émincés et herbes aromatiques fraîchement ciselées provenant du jardin – pour autant que j'aie pu le constater, ces herbes étaient la seule chose qu'elle cultivait intentionnellement, bien qu'elle ait sans doute semé des graines de fleurs sauvages le long des limites de son lopin de bois et, peut-être, voilà bien longtemps, planté quelques-uns des arbres. Le cornouiller du Japon qu'on ne voyait que de la fenêtre de la cuisine, par exemple. Le bosquet d'amélanchiers au-delà de la pelouse, à l'endroit d'où je ne distinguais pas la limite de sa propriété. Comme j'avais vu là-bas des trilliums et des touffes de lys, je me disais que c'était elle qui avait dû les planter.

– Ah, bien, dit-elle. Vous êtes là. – Elle agita vaguement son couteau en l'air. – Il faut nous refaire du thé. Et il y a des scones aux myrtilles dans la boîte, là-bas.

Je ne dis rien. Ça m'amusait de voir à quel point elle était heureuse de me donner ses consignes. Et aussi de constater l'importance qu'elle accordait au thé infusé de frais et à la préparation de gâteaux. Tout ça m'amusait – et j'étais heureuse. Pourquoi donc ? Pourquoi étais-je si heureuse chaque fois que nous nous retrouvions juste elle et moi, pour passer des heures dans sa cuisine à manger des gâteaux, comme deux vieilles femmes qui ont leur vie derrière elles ?

– J'ai failli ne pas arriver jusqu'ici, dis-je tout en versant l'eau sur le thé, un lapsang souchong à la place du mélange de tisanes qu'elle avait bu auparavant.

– Ah, dit-elle. Vous aviez oublié le mot de passe ?

– Je ne le connaissais pas, dis-je. Personne ne me l'a dit.

Elle s'esclaffa. Le ragoût était maintenant prêt à cuire, les légumes, pois chiches et herbes aromatiques recouverts d'un épais bouillon jaunâtre sur la cuisinière. Jean s'assit et se servit une tasse de thé. Comme à son habitude, elle se dispensa des banalités d'usage. Mis à part ses questions au sujet de mes parents, elle ne m'avait jamais rien demandé sur ma vie personnelle, sur Laurits ou ce que je faisais à l'université. Nous étions là pour son histoire, un point c'est tout. Elle prit un scone dans la boîte en fer-blanc et étala dessus un peu de gelée de groseilles à maquereau. Les scones étaient croustillants et moelleux, pas tout à fait cuits à cœur.

– Je vous parlais de Jennifer, dit-elle. Des secrets qu'elle m'a obligée à garder. Je devais me sentir privilégiée d'être au courant de ces secrets, mais je me sentais aussi coupable de ne pas être en mesure de dire à Jeremy et Gloria ce que je savais. Ce n'était pourtant pas que j'en sache tant que ça. Mais quand même, j'aurais pu leur dire qu'elle était en vie, au moins. Qu'elle n'était pas morte ou en prison, ou retranchée dans je ne sais quel repaire de drogués de Haight-Ashbury. Je ne sais pas... il courait des histoires qui devaient les effrayer, des histoires sur des jeunes sombrant dans la folie à cause du LSD, de jeunes accros à l'héroïne. J'espérais qu'ils se souviendraient que Jennifer n'était pas comme ça. Elle était trop sérieuse. Elle m'avait dit un jour qu'à son avis, les drogues qui circulaient étaient fournies par le gouvernement pour maintenir sa mainmise sur les Noirs. Les drogues dures, en tout cas. L'héroïne était une conspiration du FBI, selon elle. Je savais donc au moins qu'elle ne finirait pas junkie, comme dans les articles effrayants que diffusaient les journaux. Elle était politiquement engagée. Elle était sérieuse. Elle devait faire attention en permanence, vivre dans la clandestinité – et je savais qu'elle faisait attention, sauf que je ne pouvais dire à personne que je le savais, sans quoi je ne la reverrais plus jamais. – Elle esquissa un sourire amer. – Ce fut donc un pur manque de chance que je sois en Virginie quand le FBI appela Gloria pour dire qu'ils avaient trouvé le corps de Jennifer.

– Attendez…

Elle porta l'index à ses lèvres.

– Chhut, fit-elle. Elle m'adressa un regard interrogateur, puis reprit son récit. – Je ne sais pas pour quelle occasion j'étais allée voir Gloria, chose que je faisais trop rarement, bien que je sache qu'elle se sentait seule et que même ma compagnie valait mieux que rien. Jeremy était à peu près constamment parti, à l'époque. Je ne pense pas qu'il lui manquait, mais elle n'aimait pas être seule, et son ancienne bande d'amis, pour ce qu'ils valaient, s'était dispersée. Ces gens-là sont superstitieux. Bien obligé. Dans leur monde, seuls les chanceux sont tolérés, or après la disparition de Jennifer, Gloria ne semblait plus en faire partie.

« Pourtant, j'avoue que je fus choquée, cette fois-là, en la voyant. J'avais fait le trajet en m'attendant à trouver une version un peu plus âgée de la femme que j'avais vue quelques mois plus tôt, et ce fut vraiment un choc de constater à quel point elle était usée. Nous prenions tous de l'âge, je le savais bien, et Dieu sait qu'elle avait vécu une sorte de calvaire avec ses deux enfants, mais ce n'était pas un simple vieillissement ordinaire. Il y avait autre chose. C'était effrayant. »

– Effrayant en quoi ?

– Oh, comprenez-moi bien. Elle avait toujours son délicat teint de pêche, mais il était trop pâle à présent. Trop pâle et trop… sombre. Quelque chose s'était obscurci en elle.

– Obscurci ?

– Oui. Comme si, en quittant la pièce, quelqu'un avait éteint la plupart des lampes. Pas toutes, mais presque. Bien sûr, je savais désormais que leur couple n'était qu'une façade. Mais ce n'était pas vraiment ça qui la rongeait. Je veux dire par là que le mariage vieillit les femmes, je l'avais déjà constaté, assez souvent, mais chez Gloria c'était un obscurcissement *général* – du visage, des yeux, du teint… Voyez-vous, ce qu'il y avait d'attirant chez elle, avant, c'était la luminosité de son visage, une vivacité, un air d'être en attente. Comme si on lui avait promis toute sa vie durant que l'avenir serait splendide, que tout ce qu'elle avait à faire, c'était tenir son rôle… Tout était tracé pour elle : mariage, maternité, Noëls, dîners aux chandelles, beaux enfants intelligents… Il suffisait qu'elle soit la séduisante femme au teint de pêche qu'elle avait toujours été. Mais désormais elle avait perdu toute sensation de promesse. Il ne lui restait qu'une enveloppe – sauvant les apparences, faisant comme si tout ça n'était qu'un grand carrousel. Or c'en était un, la plupart du temps… un gigantesque carrousel fonctionnant au gin agrémenté de cerises au marasquin. Pour quelqu'un de pas vraiment mondain, ces visites pouvaient être passablement exténuantes. Avec ça, je n'étais jamais tranquille quand je m'en allais de chez moi, je craignais que Jennifer essaie de passer et ne me trouve pas. Et si c'était urgent ? Si elle avait des ennuis et que j'étais la seule qui puisse lui venir en aide ? Elle m'avait dit un jour que je risquais la prison en aidant une fugitive. Je m'étais contentée de la regarder fixement, jusqu'à ce qu'elle se mette à rire. "Quoi ? demanda-t-elle. Qu'est-ce que j'ai dit ?"

« Je ne pouvais pas lui répondre. Elle ne comprenait pas que je serais volontiers allée en prison pour le restant de mes jours si ça lui avait permis de retourner librement à son ancienne vie et de prendre un nouveau départ. On y serait tous allés volontiers… mais elle ne le comprenait pas. Toujours est-il que je n'aimais pas m'absenter et que j'étais contente que ce soit ma dernière soirée en Virginie – tout était prévu pour que ce soit une soirée tranquille, juste Gloria et moi, sans aucun des soi-disant amis qu'il lui arrivait encore de réunir de temps à autre. C'était une belle soirée de début d'automne, je m'en souviens. Le jardin était plein d'asters et d'anémones du Japon. Les liquidambars, au bord du lac, commençaient juste à virer, mais je sentais encore le parfum des dernières roses que j'avais aidé Gloria à palisser sur le pourtour du balcon. Quand le téléphone sonna, je n'y prêtai aucune attention. Gloria alla répondre et je restai là, à rêver, dans mon fauteuil à côté de la porte-fenêtre. Je ne sais pas si j'aurais pu vivre indéfiniment cette vie-là, mais c'était agréable pendant quelques jours de temps en temps. Au loin, de l'autre côté du lac, un oiseau solitaire regagnait son nid. Tout ça était un peu trop beau pour être vrai. Puis Gloria revint, livide, la bouche tremblante. "Qu'est-ce qu'il y a ? demandai-je. Qu'est-ce qui se passe ?"

« "C'était le bureau local du FBI, à Richmond, dit-elle. Ils disent qu'il faut qu'on y aille immédiatement."

« "Quoi ?"

« "Il faut qu'on y aille, répéta-t-elle. Ils pensent…" Elle réfléchit un instant. Elle avait déjà bu trois verres. "Je ne suis pas en état de conduire."

« "C'est bon, dis-je. Moi, je peux. Dis-moi juste…"

« Son visage se contracta et elle lâcha un drôle de son brisé. Le genre de bruit que pourrait émettre un petit animal – un chien de salon ou un chaton, peut-être – si on lui faisait mal intentionnellement. "Ils ont trouvé un corps, dit-elle. Ils pensent que ça pourrait être Jennifer." »

– Ce n'était pas Jennifer. Je le compris avant même de monter en voiture. Ce n'était pas Jennifer parce que jamais elle ne se serait approchée à moins de cent cinquante kilomètres de la Virginie. Elle me l'avait dit en ces termes… ce devait donc être une erreur. Mais, bien sûr, je ne pouvais pas dire ça à Gloria. Plus tard, j'appris que nous n'étions pas les seules personnes à qui les autorités, le FBI, avaient infligé cette forme particulière de torture. Apparemment, un génie au sommet de la hiérarchie avait pondu cette astucieuse trouvaille afin de faire pression sur les familles susceptibles selon eux de couvrir des gens entrés dans la clandestinité. Ils appelaient tard le soir, quand les gens étaient sur le point de se mettre au lit. Ou qu'ils en étaient à leur troisième Tom

Collins, et annonçaient qu'ils avaient trouvé un corps. Ils ne disaient rien de plus. Ni comment ce corps s'était retrouvé en leur possession ni à quoi était dû le décès. Parfois, ils ne prenaient même pas la peine de dénicher un corps qui ressemble un tant soit peu à leur suspect. Ils se montraient toujours polis et courtois, formels, pas intrusifs, mais il ne fit jamais aucun doute que leur manège n'était autre qu'une parodie de ce qu'on ferait véritablement si le corps d'un proche devait être identifié. Ils ne cherchaient pas seulement à susciter la peur, ils voulaient aussi que leur mépris soit juste perceptible derrière le masque. Mais je ne compris tout ça que plus tard. À l'époque, tout ce que je savais c'était ce que Jennifer m'avait confié, sa triste conviction d'être obligée de se cacher, parce qu'elle m'avait assuré, mot pour mot, que son père la dénoncerait si elle s'approchait un tant soit peu de lui.

« Cela dit, tout en conduisant la Lincoln Continental de Gloria vers Richmond, je commençais à sombrer dans l'affliction. Après tout, à l'époque, je n'avais aucune raison personnelle de douter du FBI. Jennifer m'avait raconté des anecdotes sur les actions que les agents avaient menées contre les Black Panthers et d'autres groupes minoritaires, mais j'avais mis tout ça sur le compte des exagérations de l'opinion publique et, à l'époque, on supposa tous que ces traitements ne s'appliqueraient pas aux jeunes Blancs bien intentionnés qu'étaient nos fils, filles, nièces, frères et sœurs. Mais les choses avaient changé, on n'était plus dans les années 1960, il n'était plus question que de jeunes à cheveux longs criant des slogans, mais de bombes explosant dans des bâtiments publics et de militants endurcis parlant de révolution. À présent, la situation était devenue dangereuse – nous semblait-il, en tout cas, à nous qui n'avions jamais vu à quel point elle était dangereuse avant, ou qui ne l'avions qu'entrevu et avions choisi de fermer les yeux. À présent, Nixon était à la Maison Blanche avec un programme destiné à faire régner l'ordre et, à présent, tandis que la nuit virginienne filait derrière les vitres, je me surprenais à sombrer dans l'affliction sans savoir qui je pleurais au juste ni quoi.

« Mais j'avais vu juste. Le corps qu'on nous montra n'était pas Jennifer. C'était une femme d'environ trente-cinq ans, peut-être un peu moins, mais la ressemblance entre elle et Jennifer était purement théorique. Et je le sentis sitôt arrivée sur place. Dès que l'agent qui nous avait été assigné nous accueillit à la porte – plus petit que je m'y attendais, je m'en souviens, un type au visage fripé et aux cheveux filasse, avec des yeux verts très froids –, dès que cet homme peu avenant, qui semblait passablement se barber, nous fit entrer dans la salle où se trouvait le corps, sale, les cheveux incrustés de je ne sais quel résidu ou produit chimique, le visage terreux et affaissé, je compris que c'était un jeu cruel qu'ils nous infligeaient. La femme paraissait avoir eu faim avant de mourir, son corps était si mince et… petit. Elle était… diminuée d'une façon qui ne ressemblait à rien de ce que j'avais vu mis à part dans les actualités sur les zones de guerre et les famines. L'avaient-ils choisie pour ça ? L'avaient-ils choisie pour la souffrance encore inscrite sur son visage ? Je compris tout de suite que ce n'était pas Jennifer parce que je l'avais vue quelques semaines plus tôt – mais Gloria, elle, ne l'avait pas vue depuis des années, et même si, de toute évidence, ce n'était pas sa petite, elle hésita tout d'abord. Ils avaient dit qu'il y avait un corps. Ils l'avaient appelée chez elle. Elle était montée dans sa ridicule voiture hors de prix en se préparant au pire, alors comment aurait-il pu se faire que ce ne soit pas Jennifer, après tous les efforts qu'ils avaient déployés ? Mais ce n'était pas Jennifer. Elle regarda longuement ce pitoyable squelette, cette caricature d'enfant chérie qui, si elle n'était pas la sienne, devait bien être la fille de *quelqu'un*. Quelqu'un, quelque part, attendait, redoutait ce moment, redoutait l'appel qui avait été retardé, ou peut-être même annulé, pour que le Federal Bureau of Investigation puisse jouer son infecte petite comédie avec nous. Savaient-ils que Jeremy n'était pas chez lui ? Avaient-ils vérifié ses déplacements et attendu qu'il soit loin pour pouvoir faire venir une femme seule effrayée, à demi soûle, et l'obliger à se pencher sur le corps d'une inconnue, d'abord terrifiée et désespérée, puis coupable du soulagement qu'elle éprouva en constatant que ce n'était pas l'enfant qu'elle avait perdue ? Parce que ça n'avait pas d'importance, aucune importance, que ce corps ressemble à l'enfant en question – il servait simplement à rappeler qu'un jour, n'importe quel jour désormais, ce serait Jennifer qui se trouverait là, sur cette table dans une chambre froide, Jennifer non identifiée, peut-être même non identifiable. Peut-être y était-elle déjà. Peut-être était-elle stockée quelque part, *Jean Doe* quelconque dans une vague morgue de l'Ohio, ou du Wisconsin, et personne ne saurait jamais qui elle était.

« Mais le pire, ce fut le rire de Gloria. Elle contempla longuement le corps, puis soudain, se mit à rire et se tourna vers l'agent. “Ce n'est pas ma fille”, dit-elle – et elle s'esclaffa de plus belle, du genre de rire tendu, surpris qu'on ne peut retenir quand quelqu'un fait quelque chose de si méprisable qu'on n'en croit pas ses yeux. “Ce n'est pas ma fille”, répéta-t-elle… et l'espace d'un instant, je crus qu'elle allait le gifler. Peut-être le crut-il aussi, mais il resta imperturbable. Il avait toujours autant l'air de se barber, semblait tout aussi indifférent. Je me demandai alors si c'était voulu, s'il était spécialisé dans l'inexpressivité ? Et si Gloria l'avait *effectivement* giflé, se serait-il contenté de sourire et de lui demander de signer je ne sais quel formulaire de décharge ? Je m'avançai et pris Gloria par le bras. “Viens, dis-je. Viens, on rentre.”

« Gloria regarda le type bien en face un long moment, puis se détourna. Elle ne pleurait pas. Elle était en colère, mais je savais que ça ne durerait pas. J'allais la ramener chez elle et on boirait encore un verre. Puis un autre. La colère se dissiperait et tout ce qui resterait, ça serait du dégoût. Il fallait que je la ramène avant que survienne ce dégoût. »

Jean se tut tout à coup et tourna la tête vers sa gauche. Christina Vogel était derrière la fenêtre de la cuisine, avec son voile noir d'apiculteur. La fenêtre était ouverte.

– Qu'est-ce qu'il y a, Christina ? demanda Jean d'une voix douce, à peine teintée de curiosité.

Christina ne semblait pas vraiment savoir ce qu'elle allait répondre.

– J'ai vu une chouette, dit-elle.

– Ah oui ? – Jean lui adressa un sourire rassurant. – Il leur arrive de sortir pendant la journée, de temps en temps.

Christina acquiesça, mais resta silencieuse.

– Où est-ce qu'elle est maintenant ? demanda Jean.

Christina secoua la tête, et le voile noir dansa devant ses yeux.

– Partie, dit-elle.

– Eh bien, fit Jean, c'est comme ça qu'elles font. Elles partent. Elles n'y voient pas très clair en plein jour. – Elle prit un scone et l'apporta jusqu'à la fenêtre. – Tiens, prends un gâteau.

Christina le prit, me jeta un bref coup d'œil, puis regarda Jean.

– Je peux en avoir un autre ? demanda-t-elle. Pour les oiseaux ?

Zbigniew Cybulski

Était-ce une coïncidence si nous avions joué au jeu des Morts célèbres au Sidetracks la veille au soir du jour où Jean me raconta la disparition de Simon ? Je suppose que non. Nous y jouions souvent ces dernières semaines, une sensation de mort flottait dans l'air ambiant, ou peut-être pas de mort, mais de la beauté qui accompagne la mort, objet de constante fascination, pas seulement pour Laurits, mais pour un bon nombre d'autres personnes. Le jeu était simple. Un des participants choisissait un personnage historique célèbre et les autres devaient deviner de quoi il était mort. Le jeu n'avait pas vraiment de nom – pour moi, c'était le jeu des Morts célèbres, mais personne d'autre ne l'appelait ainsi – et, pour une fois, ce n'était pas une invention de Laurits. C'était pourtant lui le meilleur joueur du groupe. Comme il y avait au Sidetracks des gens issus d'un vaste éventail de milieux et présentant des goûts personnels très divers, les personnages choisis étaient incroyablement variés : rois de France, chanteurs de country, légendes du sport, explorateurs, vedettes de cinéma, écrivains, peintres. Mais ce qui nous captivait le plus, c'était les accidents de voiture et les suicides, les corps jamais retrouvés et ceux qu'on retirait des décombres plusieurs jours plus tard, les morts de froid, les morts de faim, les lentes dégringolades dans la folie, entourées de courtisans désorientés ou cupides, la grande demeure sur laquelle s'abattait le silence, puis l'obscurité, comme une scène tirée d'un de ces films qu'Orson Welles ne tourna jamais, mais que nous nous repassions régulièrement dans ce que Laurits aimait tant appeler nos chambres pleines de figures.

Nos chambres pleines de figures… eh bien, après tout, c'était l'objectif de tous nos jeux. Extraire tout ce que nous trouvions au fin fond de nos esprits et l'exposer au grand jour, pour le partager avec *quelqu'un*, le donner à voir, parce que c'était le meilleur de nous-mêmes, cette zone intérieure de fantasme et d'invention, et nous nous sentions seuls si nous ne pouvions pas la rendre visible. C'était juste une autre forme de spectacle raconté, une façon de ratifier nos visions en douceur, en faisant comme s'il ne s'agissait guère que d'une variante du Trivial Pursuit. Ce n'étaient pas les faits qui comptaient, mais l'histoire. Laurits adorait ce jeu, bien qu'il proteste toujours un peu au départ. C'était trop facile, disait-il, trop simple. Il fallait plus difficile, plus compliqué – alors il proposait toutes sortes de nouvelles règles, de façons de jouer incorporant davantage de détails, une texture plus subtile, davantage de profondeur dans le récit. Et, en plus, ça permettait de mettre l'accent sur autre chose que toutes les histoires de mort-prématurée-laissant-un-beau-cadavre-qu'il-valait-mieux-incinérer-que-livrer-à-la-décomposition que les gens servaient systématiquement.

– On aime tous les trépas prestigieux, disait Laurits. Les gens qui meurent avant l'heure dans des accidents de voiture et des fusillades, ou simplement en s'éloignant dans la chaleur d'un été mexicain, défoncé à on ne sait quelle substance. L'ennui, c'est que l'histoire est écrite par les survivants. L'histoire est écrite par des vieux. Des gens qui ne sont pas arrivés là où ils sont en s'offrant une mort prestigieuse. Ils y arrivent en courtisant le pouvoir et ensuite, une fois qu'ils en ont eux-mêmes acquis un peu, ils racontent les histoires dont s'accompagne le pouvoir. Les versions officielles. Des versions qui figurent dans les manuels. Des mensonges.

Il disait toujours des choses dans ce genre-là – avec quelques variantes – comme si, à ses yeux, il allait de soi que nous partagions tous le même point de vue. Mais ce n'était pas le cas – et il devait le savoir. Simplement, il avait décidé, à un moment donné de sa vie, de présupposer un consensus qui aurait dû exister, même s'il n'existait pas dans les faits. De même que les gens dont il parlait – les riches, les puissants, leurs divers employés et courtisans – présupposaient *leur* consensus à eux.

– Pour réaliser son vœu et mourir en beauté à vingt-cinq ans sur une autoroute déserte, disait-il, il faut renoncer à prendre part au récit de l'histoire. On fait partie de l'histoire, mais c'est quelqu'un d'autre qui la raconte – et il y a gros à parier qu'il la racontera de toutes les manières qui l'arrangeront. C'est le prix à payer.

En dépit de ses critiques, toutefois, Laurits choisissait habituellement quelqu'un appartenant à l'histoire du cinéma, presque toujours quelqu'un qui était mort jeune. Et bien sûr, sa mort préférée – en partie parce qu'elle était tragique, mais aussi pour son ambiguïté – était celle de Zbigniew Cybulski. Ça l'horripilait que certaines personnes croient que Cybulski s'était suicidé ; en effet, il était mort en tombant sous les roues d'un train roulant à bonne vitesse, mais toute sa vie il avait eu pour habitude de sauter des trains ou d'y monter en marche, ce qui semblait être devenu un sujet de préoccupation pour Andrzej Wajda, lequel présage de la mort de Maciek dans *Cendres et Diamant* au moyen d'une scène au cours de laquelle un train de marchandises traverse un viaduc au second plan, juste derrière la tête de Cybulski, à peine quelques minutes avant qu'il soit abattu. Laurits disait que cette scène avait été inspirée par une photo d'André Kertész représentant Meudon, sur laquelle un train traverse un viaduc au bout d'une rue, tandis qu'un homme en chapeau mou et gros pardessus s'avance vers nous, portant un grand objet plat emballé dans de vieux journaux, objet qui pourrait être un tableau, mais plus vraisemblablement un miroir. Je n'en étais pas si sûre. Je ne croyais pas que les choses soient toujours aussi intentionnelles, quand bien même Laurits savait bâtir une argumentation capable de relier n'importe quoi à pratiquement n'importe quoi d'autre. En tout état de cause, personne ne pouvait nier l'importance des trains dans l'art de Cybulski, aussi bien que dans sa vie : dès la première vision qu'on a de lui dans *Train de nuit*, le film réalisé en 1959 par Jerzy Kawalerowicz, par exemple, il saute à bord d'un train en marche, puis se penche à la fenêtre pour faire signe à quelqu'un qu'il a quitté. Le jour de sa mort, il venait de passer plusieurs jours à Wrocław avec sa maîtresse, Marlene Dietrich (qui a dit de lui plus tard qu'il était "l'homme le plus beau, le plus gentil du monde. Il était si beau que chaque fois que je vois sa photo, je pleure"). Marlene avait décidé d'aller à Varsovie et, bien que Cybulski soit censé être en tournage à Wrocław, il choisit de l'accompagner et ils réservèrent des couchettes à bord du train de minuit à destination de la capitale. Tout bien réfléchi, cependant, ils convinrent que lui devrait rester quelques jours pour finir le film, puis la rejoindre plus tard – des rumeurs persistèrent des années durant comme quoi ils projetaient de travailler ensemble –, mais impulsif comme toujours, Cybulski changea d'avis et courut après le train qui s'éloignait. En s'élançant pour son saut coutumier, il glissa entre les roues et fut tué sur le coup. Dietrich ne fut informée de ce qui était arrivé que le lendemain matin. L'un des fantasmes préférés de Laurits – le film qu'il repassait le plus souvent dans sa chambre pleine de figures – n'était autre que le long métrage que Cybulski et Dietrich auraient pu tourner ensemble. Bien entendu, dans sa forme idéale, ce film n'aurait pu être réalisé que par Wajda. Ç'aurait été un chef-d'œuvre, bien sûr, un de ces projets impossibles que l'histoire refuse de mettre à exécution parce qu'il lui suffit de les suggérer, comme la version de *Au cœur des ténèbres* qu'Orson Welles ne réalisa jamais, ou *Genèse* de Robert Bresson. Mais il n'aurait pas pu s'achever sur la scène dont Laurits – dans un accès de ce que je supposai être de l'humour noir – m'avait un jour exposé les grandes lignes, scène dans laquelle, tout à coup, le train de nuit à destination de Varsovie s'arrête en urgence, tous freins hurlants, à cinquante mètres à peine du quai sur lequel le personnage principal, une actrice d'une soixantaine d'années, venait de se séparer de son jeune amant. Quand l'actrice demande la raison de cet arrêt, le personnel de la compagnie ferroviaire élude d'un haussement d'épaules, mais un employé bienveillant, qui ignore tout du lien entre l'actrice et le corps qu'on s'affaire à extraire des roues du train, lui apporte une couverture supplémentaire et une boisson chaude (sans doute agrémentée d'un trait de la meilleure vodka polonaise).

– Dormez, lui dit-il. Nous allons bientôt repartir.

Cette mort était encore présente dans mes pensées quand j'arrivai chez Jean Culver le lendemain. Il faisait chaud, mais sans excès, et soleil, les jardins bordant Audubon Road étaient déserts et silencieux. Je guettai le bruit d'une hache en traversant le bosquet d'arbres qui se dressait devant la maison, mais il régnait là le même calme que dans la rue – et il n'y avait pas trace de Jean dans la cour. La porte latérale menant à la cuisine était ouverte, la hache calée contre la paroi de la véranda, le vestibule silencieux, la maison entière pareille à un souffle retenu sous le soleil estival. Je lançai son prénom en traversant le vestibule et entrai dans la cuisine, mais on aurait dit non seulement qu'elle n'était pas là, mais qu'elle, ou quiconque vivant sous ce toit, venait de partir, quelques minutes avant mon arrivée, en laissant tout tel quel. J'allai me poster au pied de l'escalier.

– Ohé ?

Ma voix sembla grêle et étrangère dans la cage d'escalier. Comme je n'avais jamais vu les étages supérieurs de la maison, pendant un long moment j'envisageai de monter et de les inspecter, une pièce après l'autre, pour le cas où elle serait malade, ou peut-être blessée, donc dans l'incapacité de répondre à mes appels. Peut-être avait-elle fait une chute. Peut-être gisait-elle là-haut, inconsciente, perdant peut-être du sang après s'être ouvert le crâne contre le coin d'une table, comme dans un film noir. On oubliait facilement à quel point elle était âgée, mais elle était *très* âgée, or les vieilles gens, même bien valides, avaient des accidents. Leurs os étaient plus friables, d'une part. Je savais tout ça, et je savais que j'avais toutes les raisons valables d'aller voir – pourtant, en même temps, je n'arrivais pas à me décider à monter cet escalier. Ça semblait une ingérence inadmissible.

Tout à coup, je sentis quelque chose derrière moi et tournai la tête. Christina Vogel se tenait dans l'encadrement de la porte, presque en ombre chinoise, et me regardait fixement. Je retraversai le vestibule pour aller lui parler, en espérant qu'elle n'aille pas se sentir menacée et s'enfuir – et comme j'approchais, elle recula bel et bien, mais de quelques pas seulement, pour regagner la véranda. Quand le jour l'éclaira, je vis qu'elle portait une robe de mousseline blanche à l'encolure bordée d'un galon de dentelle. On aurait dit une robe de communiante.

– Mlle Culver est allée voir le docteur, dit-elle.

Elle ne semblait pas avoir peur, mais je me dis qu'il n'en faudrait sans doute pas beaucoup pour la faire fuir, regagner la sécurité des bois.

J'acquiesçai.

– Ta robe me plaît beaucoup, dis-je.

Christina se haussa sur la pointe des pieds et inspira un grand coup.

– Première communion, dit-elle.

– Je sais. Elle est très belle. Quand Jean est-elle partie ?

– Aujourd'hui.

J'acquiesçai.

– Bon, dis-je. Elle a laissé un message pour moi ?

Christina hocha la tête à son tour, mais ne dit rien.

– D'accord, dis-je. Qu'est-ce qu'elle a dit ?

La jeune fille sourit joyeusement.

– Elle a dit qu'elle allait voir le docteur.

Jean rentra à peu près une heure plus tard. J'avais décidé d'attendre, non parce que je croyais Christina Vogel capable de faire sciemment des bêtises, mais parce que je ne pouvais pas être sûre qu'elle ne causerait pas de dégâts par inadvertance. Je m'étais mis dans la tête qu'elle regardait Jean fendre son bois et l'espionnait peut-être par la fenêtre quand elle faisait des gâteaux ou préparait du thé. Elle aurait pu essayer de l'imiter, avec de graves conséquences. Pourtant, elle avait d'abord eu l'air d'hésiter à entrer dans la maison. Elle était venue jusqu'à la porte, mais ne s'était pas plus avancée.

En arrivant, Jean ne me vit pas tout de suite. Elle traversa le vestibule et entra dans la cuisine, et dans la fraction de seconde avant qu'elle m'aperçoive, sa mine était sombre. Grave. Dès l'instant où elle me vit, toutefois, elle s'éclaira.

– Excusez-moi, dit-elle. Il a fallu que je sorte un moment.

– Je sais, dis-je. Christina Vogel m'a transmis le message.

– Ah. Je ne pensais pas qu'elle se rappellerait.

– Quelque chose ne va pas ?

– Comment ça ?

– Vous avez dû aller soudainement chez le médecin, dis-je. Je me demandais...

– Oh, non, coupa-t-elle en remplissant la bouilloire. Tout va bien. J'avais juste besoin de faire renouveler une ordonnance. J'avais oublié de me racheter un stock de petits cachets orange. – Elle posa la bouilloire sur la cuisinière. – Vous auriez dû vous faire du thé, dit-elle.

Pour une fois, le thé n'avait rien d'exotique. Ceylan, très infusé, avec du lait et une petite assiette de biscuits.

– Mes réserves s'épuisent, dit-elle. Il va falloir que je prévoie une grosse journée de pâtisserie. – Elle sourit. – Alors. Par où commencer ?

Elle me regarda attentivement, comme si je connaissais la réponse.

– Je crois que je n'ai pas beaucoup parlé de Simon, dit-elle. Ça me paraît curieux, car c'était lui que tout le monde remarquait pendant leur enfance. D'abord parce qu'il était très beau – si ce mariage n'eut qu'un heureux résultat, ce fut le beau visage de mon neveu. À première vue, quand il était plus jeune, on aurait dit qu'il ressemblait à son père, mais il avait quelque chose de plus, une finesse des traits et une sorte de… je ne sais pas trop comment formuler ça… une sorte de profondeur dans laquelle on pouvait se perdre. Puis, à mesure qu'il grandissait, cette qualité se fit plus prononcée, si bien qu'à l'âge de quinze ans, tout le monde tombait amoureux de lui dès le premier regard. Jennifer n'eut jamais ça – et n'aurait pas souhaité l'avoir – d'ailleurs, pour elle, Simon n'était qu'un membre de sa famille, mais de plus en plus souvent, elle se retrouva flanquée de nouvelles amies, des filles qui se cramponnaient à elle pour pouvoir approcher son frère. Aucune ne dura très longtemps, cela dit. Ni l'un ni l'autre des enfants n'entretint d'amitiés fortes, ils avaient trop à faire par ailleurs. Pour Jennifer, c'étaient les études. La politique, même à un âge très tendre. Ses travaux artistiques, bien sûr. Les masques étranges qu'elle fabriquait. Les centres d'intérêt de Simon n'avaient rien à voir avec les études. Il adorait les animaux, en particulier les chevaux. J'ai entendu dire que Gloria avait été une assez bonne cavalière avant de se marier, mais je n'ai jamais vu cet aspect-là chez elle. Simon, quant à lui, s'en allait dès qu'il le pouvait. À l'adolescence, il disparaissait plusieurs jours d'affilée. Personne ne savait jamais où il était, mais quand on posait la question il se contentait de dire qu'il était parti faire du cheval. Il était un peu artiste, lui aussi, bien que ses réalisations aient été plus classiques que celles de Jennifer – il illustrait des choses qu'il avait vues, plutôt que de dessiner pour le seul plaisir. Sa chambre était pleine de carnets de croquis, dessins de serpents, d'oiseaux, de cerfs, esquisses d'arbres, toujours des sujets issus de la nature. Mais jamais de chevaux, sans qu'on sache pourquoi. Je lui posai la question un jour, et il me dit qu'il n'arrivait pas à dessiner les gens.

« "D'accord, mais les chevaux ?" demandai-je.

« "Oh, c'est simple, dit-il. Pour moi, les chevaux sont des gens." Je crus qu'il allait continuer, mais il s'en tint là. À ses yeux, les chevaux étaient des gens, un point c'est tout. En fait, c'étaient plus que des gens, au sens classique du terme. C'étaient des membres de sa famille. Plus proches, à ses yeux, que ses parents. Je ne veux pas dire par là que Simon n'était pas un bon fils. C'était indéniablement un bon fils. Consciencieux, en fait. Mais c'était justement ça le problème : il était consciencieux. Comme je le disais, il adorait Jeremy d'un amour farouche, quand il était petit, mais à mesure qu'il grandissait et que son père s'absentait de plus en plus souvent, il se construisit son monde à lui, distinct, indépendant, où il séjournait la plupart du temps. Seul. Il aimait beaucoup Jennifer, mais elle était plus petite, toujours plongée dans les livres, et ils avaient si peu de choses en commun que son affection avait un caractère un peu abstrait. Ce qui était plus préoccupant, en revanche – il m'arrivait de trouver ça glaçant –, c'était son attitude envers sa mère. Là encore, il était poli, toujours, mais il n'aurait pas pu exprimer plus clairement que cette femme ne l'intéressait absolument pas. Quand elle n'empoisonnait pas son entourage, avec ses névroses et ce qu'il appelait ses *palpitations*, elle était tout simplement barbante. À l'âge de douze ans, l'attitude courante de Simon consistait à se plier aux humeurs de Gloria. Comme quand un enfant décide que Dieu, la religion et toutes ces histoires de paradis ne sont que des sornettes, mais qu'il continue d'aller à l'église pour faire plaisir à ses parents. Simon en vint finalement à se comporter ainsi dans tous les domaines, du moins tous les domaines concernant les êtres humains. On le regardait, et c'était comme s'il était en train de disparaître lentement. Il avait des notes moyennes à l'école, pas d'amis dignes de ce nom, et en dépit de son physique de jeune premier – à quinze ou seize ans, il était vraiment beau à ce point –, on ne lui connaissait pas de petite amie. Puis deux choses arrivèrent. L'une menant à l'autre, je pense, mais quoi qu'il en soit réellement, il finit par réaliser son vœu. Par disparaître complètement de nos vies. Peut-être que je vous raconterai ça une autre fois ? – Elle posa la main sur mon bras et m'adressa un sourire qui aurait pu être celui d'une grand-mère. – Pour le moment, je vais devoir me reposer un peu. La journée a été bien remplie. »

– Attendez, dis-je. Ce n'est pas juste. Vous avez dit qu'il avait fini par disparaître…

– Complètement, confirma-t-elle.

– Qu'est-ce que ça veut dire au juste ?

– Qu'il était parti, Kate, dit-elle. Voilà ce que ça veut dire. Peut-être que je vous raconterai ça une prochaine fois, mais maintenant il faut vraiment que j'aille me reposer.

J'acquiesçai.

– Bon, dis-je. Excusez-moi. Je veux seulement vous demander, sérieusement. Est-ce que vraiment vous allez bien ?

Elle me tapota doucement le bras.

– Je suis une vieille femme, dit-elle. Je fais de mon mieux pour l'ignorer, mais par moments on est obligé d'écouter son corps. Et là, tout de suite, mon corps me dit qu'il faut me reposer.

– Rien de plus ?

Elle sourit.

– Rien de plus. Revenez demain matin et je vous dirai tout sur l'homme qui livra le secret de la bombe aux Russes.

– Mais Simon, alors ?

– Son histoire peut attendre. Vous n'êtes quand même pas en train de me dire que vous ne voulez pas entendre l'une des histoires d'espionnage les plus étranges du XXe siècle ?

Je secouai la tête en souriant.

– J'ai hâte, dis-je.

Le bon traître

Jean était dans la cour quand j'arrivai chez elle le lendemain. Elle venait de finir de fendre un peu de bois – et bien que, visiblement, elle n'en ait pas cassé autant que d'ordinaire, elle avait son air habituel.

– J'allais justement faire un brin de toilette et préparer du thé, lança-t-elle. À moins que vous préfériez un café ?

– J'ai très envie d'un café, dis-je.

– Bien, allons au Territoire sacré.

Il y avait du monde au café. Notre place habituelle près de la vitrine étant prise, on trouva une table à côté du comptoir, d'où on voyait Annette et une autre femme, dans l'arrière-salle, s'affairer à emballer gâteaux et biscuits dans du papier sulfurisé. Quand elles eurent terminé, elles disposèrent le tout sur un grand plateau.

– Une fête d'enfants, lança Annette.

Jean hocha la tête. Une grande jeune fille aux très longs cheveux blonds vint prendre notre commande.

Jean était impatiente de raconter sa nouvelle histoire. Elle semblait avoir oublié qu'elle n'avait pas fini de raconter Simon, mais peut-être était-ce voulu.

– Gloria nous quitta à l'été 1984, dit-elle dès qu'on fut assises. Je n'ai pas l'habitude d'employer cette expression pour parler de la mort, mais c'est la plus appropriée, en l'occurrence, étant donné qu'apparemment elle n'était plus vraiment là depuis des années, si bien que ce ne fut pas une grande surprise quand finalement elle disparut vraiment. C'est ce qu'il me sembla à moi, en tout cas. Peut-être Jeremy perçut-il les choses autrement, mais je ne pense pas qu'ils avaient beaucoup vécu ensemble pendant les dernières années. Les enfants étaient partis, Gloria passait la majeure partie de son temps au lit, et Jeremy continuait de voyager, mais je ne sais pas vraiment ce qu'il faisait alors. Je sais qu'il n'aimait pas le gouvernement pour lequel il travaillait à l'époque, mais ça n'avait rien à voir avec l'activité politique de Jennifer ni avec le fait qu'il l'avait perdue parce qu'elle pensait… et chose étrange, il n'eut jamais l'air de s'en rendre compte… elle pensait qu'ils étaient chacun dans un camp de ce qui, pour elle, était une guerre, pure et simple. Mais il n'accepta jamais ça. Lui pensait qu'ils avaient… quoi ? Des divergences d'opinion, peut-être. J'avoue que sa capacité à s'illusionner à ce sujet m'impressionnait. Cela dit, il n'avait pas parlé à Jennifer depuis des années et n'avait jamais vraiment compris pour quoi elle se battait, de toute façon. Comme le reste du monde, il avait toujours cru que ça ne concernait que le Viêtnam – or, maintenant que cette guerre était finie, sa fille pouvait sûrement renoncer et rentrer au bercail. C'était du *passé*. Que mon frère, qui n'était ni demeuré ni naïf dans la plupart des domaines, ait pu avaler que, parce qu'une chose était *officiellement* terminée, elle l'était *vraiment*, ça me dépasse. Lui et moi étions nés dans l'Alabama, avions grandi en Virginie. Qui mieux que nous pouvait savoir que rien n'est jamais *terminé*. Vous vous rappelez ce livre, celui autour duquel il y eut tant de battage, comment déjà… *La Fin de l'Histoire* ? Écrit par je ne sais quel Reagan, après la chute du mur de Berlin, et qui n'arrêtait pas de clamer : on a gagné, notre système est le meilleur, blablabla, et tout le monde adorait cette idée. Comme quoi tout est terminé, qu'on peut continuer à tranquillement exploiter tout le monde puisqu'on a le meilleur système et que, dès que les autres le comprendront, ils pourront s'atteler à la tâche, nous rejoindre et prendre leur part du gâteau, qui ne sera pas mirobolante, mais toujours plus importante que ce qu'ils ont pour le moment.

Elle s'interrompit tout à coup et m'adressa un regard penaud.

– Écoutez-moi donc, tiens, dit-elle. On croirait l'entendre elle, Jennifer… Elle disait toujours que le vrai problème avec ces gens, c'était qu'ils pensaient que tout le monde voulait être riche comme eux. Ils n'arrivaient pas à comprendre que certaines personnes puissent véritablement rechercher autre chose, par exemple la paix, ou la justice. Une réelle égalité. De l'eau potable partout, pas seulement dans la suite de luxe du dernier étage. Elle disait qu'elle avait envie de leur crier : je ne veux pas de votre richesse. Votre richesse est pathologique. C'est juste un signe de plus que vous n'avez pas… – Elle eut un grand sourire. – Pas de cœur, dit-elle. Mais voilà que je recommence. À digresser. Où en étais-je ?

– Vous parliez de…

– C'est juste, dit-elle. Mon frère. Qui *croyait* réellement. Il garda la foi, à un point dépassant largement ce que n'importe quel individu rationnel pouvait persister à croire. Et tout ce que je viens de dire reste ici valable, parce que mon frère n'était vraiment pas idiot, simplement sa loyauté était si forte qu'il fallait plus que des preuves ordinaires pour l'entamer. Le pourquoi d'une telle loyauté est une autre histoire. Il avait vu notre père se faire abattre dans la rue et les hommes responsables du meurtre s'en tirer sans être inquiétés. Je ne parle pas de l'abruti qui tenait le fusil, mais des hommes qui lui donnèrent l'autorisation d'être sur place ce jour-là. Les hommes qu'il servait. Quand Jeremy vit ces hommes-là repartir le sourire aux lèvres, il aurait dû en tirer un enseignement, mais il s'engouffra dans la direction opposée. Il se dit que le système était défaillant, qu'il fallait le réparer. Il ne s'autorisa pas même à penser que le système fonctionnait comme il avait été conçu pour le faire, dans l'intérêt des hommes qui avaient fait abattre notre père, et d'autres hommes du même acabit. Il avait besoin d'être loyal à quelque chose. Si l'histoire de Jeremy parle de quelque chose, c'est de loyauté mal placée.

– Envers qui, au juste ?

– Vous savez comment ont été baptisées les bombes qu'on a lâchées sur Hiroshima et Nagasaki ?

Je le savais, ou j'aurais dû le savoir, mais rien ne me revint.

Jean soupira en secouant la tête.

– Elles ont été appelées Fat Man et Little Boy, dit-elle.

– En effet, dis-je.

Je m'en souvenais à présent.

– Fat Man et Little Boy. – Elle répéta ces mots avec un mépris évident. – *Voilà* à quoi Jeremy voua sa loyauté. À *ça*.

– Je ne comprends pas.

Elle me tapota le bras et poursuivit son récit.

– Je me souviens du moment où ça s'est passé. Nagasaki, je veux dire. Tout le monde était tellement... content. Comme si une prouesse merveilleuse avait été accomplie. Puis le téléphone sonna. C'était Jeremy, qui m'appelait pour me souhaiter un bon anniversaire. Avec tout ce qui était en train de se passer, j'avais oublié... Je lui demandai ce qu'il en pensait. Il n'avait pas envie d'en parler, et se borna à grommeler vaguement que, si les gens comprenaient vraiment l'effet qu'avaient eu ces bombes, ils ne feraient sans doute pas la fête. Vous savez, tout soldat qu'il était, Jeremy avait la conviction qu'on n'aurait jamais dû utiliser la bombe. Que ça plaçait l'Amérique dans une situation intenable vis-à-vis du reste du monde. Avec cette arme, on détenait un pouvoir immense – et il craignait que ce pouvoir nous corrompe. D'un autre côté, il savait que ce n'était qu'une question de temps avant que quelqu'un d'autre, sans doute l'Union soviétique, fabrique sa propre bombe. Peut-être même encore plus puissante. Que se passerait-il alors ? Jeremy comprenait que nous serions entraînés dans une situation par nature indigne de nous, un jeu du chat et de la souris que personne ne pourrait jamais gagner. Personne ne pourrait jamais gagner mais, dans le même temps, toute notre énergie devrait être consacrée à ce jeu, et toutes les bonnes choses que nous aurions pu faire si nous n'avions pas été engagés dans un processus aussi infâme ne verraient jamais le jour. Pour sa part, Jeremy était d'avis que nous aurions pu accomplir de grandes choses après la guerre. Mettre en place un ordre nouveau. Une coopération mondiale visant à résoudre les problèmes avant qu'ils deviennent graves, avant même qu'ils surgissent. Au lieu de quoi, nous avions fondé les Nations unies, avec son petit cercle d'États privilégiés dispensateurs de veto. Jeremy était convaincu que notre force résidait dans le travail avec les nations en voie de développement, la conclusion d'alliances, les amitiés qu'on pouvait tisser. Il ne voulait pas que le reste du monde devienne l'échiquier de deux ou trois superpuissances, mais quand ensuite les Russes puis les Chinois se sont dotés de la bombe, il n'a plus été possible de faire machine arrière. Désormais, nous devions agir comme si les pays ne possédant pas l'arme nucléaire ne comptaient pas – ce qui, dans un sens, était devenu le cas. La bombe lui faisait horreur. Le fait que nous l'ayons lui faisait horreur, mais il y avait une chose qui lui faisait encore plus horreur.

« À un moment donné, à la fin des années 1940, semble-t-il, il entendit parler d'un homme qui avait travaillé à Los Alamos. Il ne connaissait pas son nom et ne savait rien de lui, si ce n'est qu'il était l'homme qui avait livré le secret, la pièce ultime d'un puzzle éminemment complexe, aux Soviétiques. Jeremy avait envie de travailler là-dessus, et il en fit plusieurs fois la demande, mais chaque fois on lui disait qu'on avait besoin de lui ailleurs. Il commença donc à enquêter sur l'affaire en secret, à ses frais, et finalement, des décennies plus tard, il retrouva l'homme, mais le temps de parvenir jusqu'à lui, dit-il, il était trop tard. »

Notre commande arriva. Nous avions demandé des cafés, sans rien d'autre, mais quand la grande fille blonde posa son plateau sur notre table, il y avait aussi une assiette avec deux parts d'un gâteau brun moelleux et aérien, empli de crème et de framboises, que je n'avais encore jamais vu.

– Annette vous recommande de goûter, dit la fille. Offert par la maison.

– Oh, merci Julie !

La fille sourit.

– Je vous en prie, mademoiselle Culver, dit-elle.

– Et merci à Annette, ajouta Jean.

Julie disposa nos tasses et l'assiette sur la table.

– Mais bien sûr, dit-elle. Bon appétit.

Plusieurs minutes s'écoulèrent avant que Jean reprenne son récit. Le gâteau était délicieux, mais ce n'était pas une génoise de *sponge cake* classique.

– Qu'est-ce que c'est ? demandai-je.

Jean sourit.

– C'est un *griestorte*. On le prépare avec de la semoule et de la poudre d'amandes.

– Ah. Pas de farine.

– Pas de farine, non. – Elle en découpa un nouveau morceau du bout de sa fourchette et goûta. – Bravo !

Je souris. Puis je compris que ses félicitations s'adressaient à Annette.

Jean me rendit mon sourire, et reprit son récit.

– Jeremy perdit des années à explorer toutes sortes de fausses pistes dans sa quête de l'espion de Los Alamos, et il comprit que certaines avaient été conçues uniquement pour que lui, ou quelqu'un comme lui, se fourvoie. Il ne savait pas du tout pourquoi. Le temps qu'il arrive à comprendre, l'affaire n'était plus d'actualité, ce n'était plus qu'une note insignifiante au bas d'une page d'histoire, sans plus. Vous savez, il obtint ses premières vraies vacances quelques mois avant la chute du mur de Berlin. Je ne sais pas en quoi consistait officiellement son travail à ce moment-là, mais de toute façon je n'ai jamais compris dans quelle mesure *aucune* de ses missions était officielle. En revanche, l'enquête qui le mena finalement jusqu'à Yonas Sax ne l'avait jamais été. Mais, à mon avis, il estimait que ça rachèterait *quelque chose*. Plus personne ne s'en souciait à l'époque, mais lui si. Pour être juste à son égard, il faut préciser que sa loyauté mal placée ne s'adressait ni à une institution, ni à une personne ou un groupe d'individus. Il était loyal à une idée.

Il avait appris à ne pas se fier aux institutions. Quant aux gens, il ne savait plus à qui faire confiance. Mais l'idée. L'idée, c'était tout.

– Quelle idée ?

Elle me regarda, l'air un peu étonnée. Peut-être avait-elle oublié que j'étais là.

– Eh bien, je vous l'ai dit. L'idée d'Amérique… Version "comme si", ajouta-t-elle. Telle qu'on la formulait alors. *Je prête allégeance au drapeau des États-Unis d'Amérique et à la République qu'il représente, une nation unie, indivisible, avec la liberté et la justice pour tous.*

– Vous avez oublié l'autorité de Dieu, dis-je.

Elle secoua la tête.

– Non. Le morceau sur Dieu est arrivé plus tard. Dans les années 1950, si je me souviens bien. Je suppose que le "comme si" avait besoin d'un petit coup de pouce supplémentaire, après Hiroshima et Nagasaki, dit-elle en souriant. Je ne connais pas tous les détails de la façon dont Jeremy retrouva Yonas Sax, ni même comment il eut la certitude que c'était bien son supposé traître. Tout ce que je sais, c'est qu'il prit l'avion pour Londres sur ses propres deniers, ça devait être en juillet 1989. Comme je le disais, ce n'était pas une enquête officielle. Jeremy la menait pour lui-même. Il voulait regarder dans les yeux l'homme qui avait donné le secret de la bombe A – car d'après les sources, l'homme avait réellement *donné* le secret. Aucune somme d'argent n'avait été versée. Pas de récompense. Sax n'avait pas été "retourné" à la faveur d'un coup monté sophistiqué, le KGB n'avait aucune prise sur lui, il n'avait jamais été surpris dans une chambre d'hôtel avec une fille "pot de miel" et un stock de drogue. Peut-être que, si ç'avait été le cas, mon frère aurait mieux compris cet homme. J'imagine qu'il avait lui-même fait chanter quelques individus en son temps, et je suis sûre qu'il dirigea quelques coups montés ou je ne sais comment on appelle ça – la terminologie m'échappe, j'en ai bien peur. Alors, oui, bien sûr, il était capable de comprendre la faiblesse humaine. Il comprenait les femmes, le jeu, l'homosexualité. Il comprenait le désir de se cramponner à l'illusion de l'honneur, même une fois que l'honneur est irrémédiablement perdu, mais il ne pouvait pas comprendre un homme comme Yonas Sax. Un homme qui savait, mieux que quiconque, ce que la bombe A pouvait faire. Comment un homme intelligent, apparemment correct, avait-il pu livrer un secret pareil ? Sax vivait désormais à Cambridge, en Angleterre, où il s'était refait une vie. Et aussi une carrière – quelque chose en lien avec la recherche médicale. D'après le dossier, il était marié et avait deux enfants adultes. Ce fut d'ailleurs l'une des similitudes ironiques qui frappa Jeremy au moment où il parcourut le dossier : comme lui, Sax était né en 1925, le même mois en fait. Ils s'étaient mariés la même année, leurs enfants avaient le même âge. Ils aimaient tous les deux la musique. Dans un autre monde, ils auraient été amis. Et voilà que, pour l'heure, il s'éloignait à pied de son hôtel par un dimanche après-midi de chaleur pour aller affronter le traître qu'il avait recherché pendant plus de quarante ans. Sauf qu'en arrivant chez Sax, une maison de ville confortable, quoique pas du tout luxueuse, à un peu moins d'un kilomètre du centre-ville, il constata qu'il s'y déroulait une sorte de rassemblement. La porte d'entrée était grand ouverte, il y avait des gens dans le jardin, un bourdonnement de voix à l'intérieur de la maison, des gamins qui couraient dans tous les sens, zigzaguant entre les adultes, deux ou trois adolescents assis sur le muret qui bordait la rue. Une jolie femme aux cheveux clairs, vêtue d'un sari ouvragé – bien qu'elle ne soit pas indienne, constata Jeremy –, sortie d'une voiture garée le long du trottoir, se dirigeait vers la maison, chargée de deux grands saladiers de nourriture. En voyant Jeremy, elle lui sourit et lança : "Bonjour", sur quoi il répondit d'un hochement de tête, puis poursuivit sa marche jusqu'au moment où il rejoignit un large chemin de terre traversant un bosquet touffu et exubérant et là, il s'enfonça dans l'ombre. Quelque chose le tracassait confusément tandis qu'il se baladait parmi les arbres, mais il n'arrivait pas à déterminer quoi. En atteignant la berge de la rivière, le chemin se scindait en deux : d'un côté, Jeremy le savait, il revenait à la ville, alors il prit l'autre direction et décida qu'il n'avait pas forcément intérêt à endosser une autre identité que la sienne. Il allait se promener pendant une heure, puis rebrousser chemin par où il était venu pour jeter un nouveau coup d'œil à la maison de Sax, mais juste en passant. Il n'avait pas prévu de rencontrer Sax ce jour-là, de toute façon. Il attendrait le lendemain matin, quand tout le monde serait au travail.

« Sax avait pris sa retraite de bonne heure, d'après son dossier, bien qu'il soit encore actif dans son domaine, assistant à des conférences, se rendant même aux États-Unis de temps en temps – ce qui devait être étrange. Jeremy se demanda ce qu'il pensait des changements survenus depuis qu'il en était parti. Apparemment, Sax était autrefois un supporter acharné des Giants – il avait grandi à Washington Heights, presque à l'ombre des stades Polo Grounds – et conservait de l'intérêt pour le sport, le base-ball en premier lieu, mais aussi la boxe et l'athlétisme. Jeremy se demanda si Sax était toujours pour les États-Unis aux Jeux olympiques. Il avait encore un passeport américain. Comment se sentait-il, le jour où il remit des informations capitales à un agent du KGB ? Pensait-il au *home run* décisif de Mel Ott au cours du sixième match de la Série mondiale de 1933 ? Sax devait alors avoir huit ans. Comment *ce gamin-là* en arriva-t-il à devenir un traître ?

« Jeremy s'en voulait, bien sûr. Il avait conscience du ridicule de sa démarche, mais je pense qu'il se rendit compte de tout à la fois. *Qu'avait-il défendu* toute sa vie ? La liberté et la justice pour tous – ça sonne creux à l'heure actuelle, mais à une époque ça paraissait réel, un but en vue duquel œuvrer une étape après l'autre, en dépit des revers prévisibles. Pendant un temps, certains d'entre nous crurent que la bonne volonté des braves gens allait mener ce système aussi près de la perfection que le permettaient les caprices de la nature humaine – sans le rendre parfait, bien sûr, jamais parfait, nous n'étions pas naïfs à ce point –, si bien qu'il était pénible de voir notre génération se contenter de beaucoup moins bien. Même quand il apparut clairement que ça ne se passait pas du tout comme espéré, certains des plus stricts, les adeptes les plus convaincus, se cramponnèrent aveuglément à cette idée. Mon frère était le plus convaincu des adeptes convaincus – et ça lui avait coûté un prix exorbitant. Il avait perdu ses deux enfants au nom de l'Amérique. Il avait perdu sa femme. Il s'était délibérément fourvoyé en adhérant à la plus cruelle des supercheries – cette bonne vieille loyauté mal placée, sur laquelle se fondent tous les empires. »

Elle s'interrompit un instant. Je me rendis soudain compte que, durant tout ce temps passé à me raconter l'histoire d'autres gens, elle n'avait jamais rien dit sur ce qu'elle éprouvait ou pensait. Sur *ses* idées politiques. *Sa* moralité. *Sa* conception du bien et du mal. Si j'avais pu, je l'aurais interrogée là-dessus séance tenante, mais les mots me manquaient et, le temps que l'idée me vienne seulement de lui poser la question, elle avait repris son récit.

– Le lendemain de la réception, Jeremy retourna dans la rue de chez Sax et resta un moment, là, à observer. Des gens sortirent de diverses maisons et s'éloignèrent, à pied ou en voiture, un homme passa, qui promenait deux retrievers à poil ras, deux enfants très blonds prirent à vélo la direction de la rivière. Finalement, une grande femme mince en qui il reconnut, pour l'avoir vue dans le dossier, la femme de Sax, quitta la maison et monta dans une voiture grise.

« Jeremy attendit quelques minutes, puis il traversa la rue et sonna à la porte de chez Sax, endossant le rôle d'un journaliste freelance que son obsession de toujours pour la Bombe avait mené au fil d'un long et tortueux voyage jusqu'à la porte de Sax – et je suis sûre que, quand la porte s'ouvrit, il y croyait totalement. Après tout, ce n'était pas si loin que ça de la réalité. Un bon mensonge, comme une bonne pièce de théâtre, contient plus de vérité que d'inventions. Si tout n'est qu'artifice, même très bien conçu, on n'y croit pas. Jeremy savait ça, tout comme il savait que, quand la porte s'ouvrirait, ce serait sur Sax. Le dossier lui avait appris que l'homme et sa femme vivaient seuls, maintenant que leurs enfants avaient grandi et quitté la maison. Il était possible qu'un ou plusieurs des invités de la veille soient restés, mais ça semblait peu probable.

« Il avait vu juste. Quand la porte s'ouvrit, ce fut Sax qui apparut, avec une expression accueillante – il attendait visiblement une visite – qui céda la place au vague étonnement de quelqu'un ayant érigé en politique de vie le fait d'éviter que des inconnus se présentent sur son seuil. "Bonjour, dit-il en prenant un air neutre et dépourvu de curiosité. Je peux vous être utile ?"

« Jeremy examina le visage de l'homme. Sax faisait jeune pour son âge, malgré ses cheveux gris et son début de calvitie. Il avait les yeux noisette, une bouche ferme, et une fossette juvénile au menton que Jeremy trouva assez incongrue en l'occurrence. "Yonas Sax ?"

« L'homme acquiesça, puis attendit un instant que Jeremy poursuive, avant de comprendre qui était ce visiteur. Ou plutôt, ce qu'il savait. Il recula, s'éloignant du seuil, et s'effaça légèrement de côté. "Vous feriez mieux d'entrer", dit-il. »

– Le scénario que Jeremy avait préparé était simple. Tandis qu'ils se dirigeaient vers la cuisine, qui se trouvait tout au fond de la maison, au bout d'un vestibule étonnamment long, il exposa à Sax le prétexte qu'il avait mis au point. La seule chose qu'il ne divulgua pas, ce fut son nom – ce que Sax dut remarquer, bien sûr. Il écouta pourtant poliment, puis, l'entrée en matière terminée, il proposa à Jeremy une tasse de thé. "De l'English breakfast. Ou du café, si vous préférez", ajouta-t-il avec une touche de mélancolie, feinte ou peut-être réelle, dans la voix. "Je n'ai plus droit au café, précisa-t-il. Ordre du médecin."

« "Un thé m'ira très bien", dit Jeremy, profitant de l'occasion pour observer ce qui l'entourait. La cuisine était bien rangée, propre, presque dépouillée. Dans le mur du fond, au-dessus des éléments encadrant l'évier, s'ouvrait une vaste baie vitrée donnant sur un long jardin étroit de rosiers grimpants et parterres d'iris, avec, tout au fond, à côté d'un mur en brique d'aspect rustique, un pommier magnifique, croulant de pommes rouge sombre. On se serait cru dans un tableau de Samuel Palmer, me raconta Jeremy – ce qui m'étonna, car il n'avait jamais avoué s'intéresser à la peinture. Il aimait la musique, certes, mais je ne savais pas, jusqu'à ce qu'il me fasse le récit de cette journée-là, qu'il avait passé de longues heures dans des musées partout dans le monde. Il aimait particulièrement la peinture anglaise : Samuel Palmer, Turner, John Linnell, William Hodges. Un vrai historien d'art.

« Sax mit la bouilloire à chauffer. "Je suis certain que vous avez une idée de ce que vous voulez écrire, dit-il. Ce que je vous demanderai, c'est d'écouter ce que j'ai à dire et, ensuite, de ne pas modifier ceux de mes propos que vous citerez. Je vous dirai tout ce que je peux, du mieux que je le peux, je ne dissimulerai ni ne tairai sciemment rien de ce que je me rappelle, mais beaucoup de temps a passé et je ne me souviens pas de tout avec précision." Il remplit la théière et la déposa sur la table. "Vous prenez du sucre ?" demanda-t-il avec une légère intonation britannique dont Jeremy n'aurait su dire s'il la simulait ou si c'était simplement la conséquence de presque trente ans de vie en Angleterre.

« Sax ne commença son récit qu'une fois que tout fut prêt et qu'ils furent installés à la table de la cuisine, l'un en face de l'autre. Quand il prit la parole, il dit ce qu'il avait à dire de façon détachée, factuelle, sans plaider sa cause, sans émotion visible. Jeremy écouta attentivement, espérant un mot de remords, ou une quelconque justification après coup, mais tout ce que Sax avait à offrir, c'était un récit sobre, simple, de ce qu'il avait fait, puis, comme s'il y pensait tardivement, de la façon dont il vivait désormais à Cambridge en s'efforçant – et, semblait-il, en y parvenant plutôt bien – de ne pas penser au jour où quelqu'un se présenterait sur le pas de sa porte pour l'emmener et le soumettre à un interrogatoire.

« "Je vis dans la crainte de cette visite-là depuis maintenant des décennies, dit-il. Moins pour moi que pour ma famille..." Il regarda Jeremy avec une expression redevenue alerte, attentive et curieuse, comme un champion d'échecs s'efforçant de percer à jour son partenaire. "À l'époque, je pensais vraiment que cette visite surviendrait n'importe quand. Tous les jours... Ma foi, c'était un degré d'appréhension difficile à vivre, avec une femme et des enfants. À aucun d'eux je n'avais raconté ce que j'avais fait, non parce que j'avais honte ou peur de leur réaction, mais parce que je ne voulais pas leur infliger ce fardeau-là."

« "Vous ne l'avez raconté à personne ?"

« "Non."

« "Mais votre femme savait, dit Jeremy. Elle devait savoir."

« Sax secoua la tête. "Ç'a été plus éprouvant pour elle que pour qui que ce soit d'autre, dit-il. Elle connaissait la majeure partie de l'histoire, mais pas tout, et j'aurais voulu pouvoir lui en cacher davantage. C'est en tout cas ce que j'ai fait au début. La première année que nous avons passée ici. Ensuite, quelque chose a changé..."

« "Quoi ?"

« Sax eut un sourire triste. "Nous étions heureux, dit-il. Pas tout le temps, bien sûr. Il y avait des nuits où je ne dormais pas, des nuits où je craignais le pire, mais peu à peu, jour après jour, nous avons appris à tirer le meilleur parti de ce que nous avions tant que nous l'avions. À mesure que les années s'écoulaient et que tout semblait s'éloigner dans le passé, devenir très lointain, nous nous sommes remis à respirer. Nous avons eu des enfants, et aujourd'hui, depuis le mois dernier, nous avons un petit-fils. La vie continuait. Nous avions des habitudes, des amis, des souvenirs qu'on ne pouvait nous retirer. Certaines choses me manquaient, comme le base-ball et... la nourriture... De petites choses. Mais le prix à payer était... étonnamment dérisoire..."

« “Et vous ne vous êtes jamais demandé si ce que vous aviez fait était juste…”

« Sax eut l’air surpris. Comme si c’était là une question à laquelle il ne s’attendait pas. Comme si c’était là une question presque ridiculement naïve. “J’ai soupesé la situation au fil des ans, dit-il. Et j’assume la décision que j’ai prise. Mais ce n’est pas ça qui importe… ce qui importe, c’est d’avoir agi selon les connaissances les plus poussées de l’époque. Vous comprendrez, j’en suis sûr, que je ne peux pas me permettre de nourrir des regrets.”

« Jeremy acquiesça. Ça l’amusait un peu, raconta-t-il, que Sax devance sa question. Il le regarda droit dans les yeux. “Je ne suis pas ici pour demander pourquoi, dit-il. Je n’étais pas d’accord avec votre logique à l’époque, et je ne le suis toujours pas aujourd’hui, mais j’en comprends le fonctionnement.” Il observa un temps de silence, comme pour ménager un espace suffisant pour quelques mots d’excuse, ou à tout le moins un signe indiquant que Sax avait compris ce que son anticipation avait d’insultant. Il laissa l’instant se prolonger avant de poursuivre. “Ce que je veux savoir, dit-il, c’est *quand*.”

« “Quand ?”

« “Quand avez-vous pris votre décision ? Après Hiroshima ?”

« “Non.”

« “Je vois. Vous vous êtes dit que s’ils avaient su s’arrêter, les Japonais auraient…”

« “Non.” Sax semblait mécontent, mais Jeremy ne comprenait pas pourquoi. “Non, ce n’est pas ça.”

« “Non ?”

« “Non, confirma Sax. J’ai pris ma décision avant Nagasaki. Avant Hiroshima. Avant…”

« “Avant quoi ?”

« “À peu près à l’époque du premier essai.” Sax se détourna et contempla le jardin illuminé de soleil. “Quand j’ai compris que nous avions trouvé la solution. Parce que je savais que nous nous en servirions.”

« “Et nous l’avons fait, dit Jeremy. Et nous avons sauvé des dizaines, voire des centaines de milliers de vies américaines.”

« “J’en doute”, dit Sax. Il semblait las, tout d’un coup. “Mais que ce soit le cas ou pas, ce n’était pas dans ce but que nous l’avons fait.” Son ton, cette fois, laissait entendre que Jeremy se montrait d’une naïveté désespérante. “Nous le savions tous, à l’époque, même si nous ne le reconnaissons pas aujourd’hui. Nous avons largué la bombe pour montrer aux Russes de quoi nous disposions. Ç’a été la première action majeure de la guerre froide.” Sax scruta le visage de Jeremy. Il était clair, à cette heure, qu’il ne s’adressait pas à un journaliste. Il secoua la tête. “Vous n’avez toujours pas compris le plus important, dit-il. Je n’ai livré qu’une pièce du puzzle – une chose que j’avais découverte – parce que j’en étais arrivé à constater que les hommes pour qui je travaillais n’étaient pas meilleurs, moralement, que ceux qu’à l’époque nous considérions comme l’ennemi.”

« “Pas meilleurs qu’Hitler ?”

« Sax avança le buste et posa les coudes sur la table, si bien que leurs deux visages n’étaient pas à plus de trente centimètres l’un de l’autre. “Hitler était fini, à ce moment-là, dit-il. Et les Japonais aussi, du reste.” Il marqua un temps d’arrêt, attendant une réaction ; puis, voyant que Jeremy ne protestait pas, il poursuivit. “Vous n’êtes pas journaliste, dit-il. Alors qui êtes-vous, monsieur… ?”

« Jeremy secoua la tête. “Je ne suis pas journaliste, dit-il. Juste un citoyen.”

« Sax sourit. “Vous êtes dans l’armée ?”

« “J’y étais.”

« “Où étiez-vous ?”

« “Quand ça ?”

« “Dites-moi.”

« “En Europe, principalement.”

« “Et ensuite ?”

« “Dans le Pacifique.”

« “Et ensuite ?”

« “En Corée.”
« “Dites-moi, reprit Sax, pourquoi n’avons-nous pas lâché la bombe sur Pyongyang ?”
« “Ce n’était pas une guerre à ça.”
« “C’était exactement la guerre à ça, dit Sax. De même que le Viêtnam. Pourquoi n’avons-nous pas lâché la bombe sur le nord du Viêtnam ? Certains voulaient le faire.”
« “Vous savez pourquoi”, répondit Jeremy.
« Sax secoua la tête. Il se renversa contre son dossier et ferma les yeux ; la lassitude se lisait sur son visage, à présent, plus évidente qu’auparavant. Un long silence suivit ; puis il rouvrit les yeux et regarda Jeremy comme s’il venait soudain de découvrir en lui quelque chose de bien. Quelque chose d’honnête. “Savez-vous combien pèse un rossignol ?”
« Jeremy garda le silence.
« “Vingt et un grammes, dit Sax. Ce qui fait à peu près trois quarts d’once.”
« “Sans doute.”
« “Et il se trouve en fait que c’est exactement le poids de l’âme humaine, dit Sax. Selon les Grecs, en tout cas.”
« “Je ne vois pas en quoi…”
« Sax ignora sa remarque. “Bien entendu, on ne saura jamais à quel point ils étaient rigoureux dans leurs mesures, dit-il. Mais je ne serais pas étonné qu’ils aient été plutôt minutieux. À votre avis… serait-on plus soigneux pour tenter de trouver l’âme que nous l’étions à Los Alamos ?”
« “On ne peut pas comparer les deux. C’est tout simplement…”
« “Pourquoi pas ? Les Grecs anciens croyaient qu’en pesant le corps d’un homme un instant avant qu’il meure, puis en reprenant son poids un moment après…”
« “Le corps d’un *homme* ?”
« “Je vous demande pardon ?”
« “Vous avez dit le corps d’un homme. Et s’il s’agissait de celui d’une femme ? Ou d’un enfant ?”
« Sax sourit. D’un sourire triste, pensa Jeremy, le sourire de quelqu’un qui a tenté des années durant d’expliquer

une chose qu'il avait découverte, et n'y est pas parvenu. “Un enfant, dit-il. Une femme. C'est pareil. La différence était toujours de trois quarts d'once.” Sax le fixa du regard. “Pourquoi ? Pensiez-vous que ce serait différent ?”

« “Ce n'est pas ce que je voulais dire.”

« “Vous auriez dû demander ce que ça donnerait s'il s'agissait d'un Coréen. Ou d'un Vietnamien. Le général Westmoreland n'a-t-il pas dit que les Vietnamiens n'accordaient pas à la vie une aussi grande valeur que nous ? Comment était-ce formulé, déjà ? *Nous accordons de la valeur à la vie et la dignité humaine. Eux, ils s'en moquent.* Je crois que c'étaient ses mots, plus ou moins. Alors… à votre avis ? Avec toute cette vie et cette dignité, moi je serais tenté de croire que nos âmes sont un petit peu plus lourdes que les leurs.”

« Jeremy soupira. “Je ne m'intéresse pas tellement à l'âme, en fait. Je me soucie davantage de ce qui existe effectivement. De ce qui s'est effectivement passé.”

« Sax émit un léger rire et secoua la tête. “Vous pensez qu'il s'agit là d'une question factuelle ?” demanda-t-il.

« Il y eut alors un long silence. Jeremy entendait des oiseaux chanter dehors, dans le pommier, un faible murmure au loin qui était sans doute le bruit de la circulation, un enfant appeler depuis un lieu situé dans la direction de la rivière. Il se demanda si son visage reflétait l'épuisement qu'il ressentait. Sax lui adressa un sourire narquois. “Je crois que vos supérieurs savent qui je suis, dit-il. En fait, ils le savent depuis longtemps. Ils m'ont laissé tranquille ici pour voir ce qui se passerait. J'allais peut-être contribuer à démasquer quelqu'un, ce qui leur permettrait de compléter le puzzle. Si tel est le cas, je suis surpris qu'ils n'aient pas partagé leurs informations avec vous.”

« Jeremy ne chercha pas à répondre. En ce qui le concernait, la conversation était terminée.

« Sax hocha la tête. “Alors pourquoi êtes-vous venu ici, monsieur… ?”

« “J’essaie juste de connaître la vérité, dit-il en secouant la tête.”

« “La vérité ?” Sax avait l’air vaguement amusé, mais pas railleur. Au contraire, il semblait compatir. “Puis-je vous demander comment vous vivez ça ?”

« Plus tard, en raccompagnant Jeremy, Sax tenta une dernière fois de savoir avec qui il s’était entretenu. “Comment avez-vous dit que vous vous appelez ? Ma mémoire n’est plus aussi bonne que par le passé.”

« Jeremy me raconta plus tard qu’à ce moment-là l’idée lui vint que, dans un autre monde, il aurait pu dire de cet homme que c’était un ami. “Je sais ce que c’est”, dit-il.

« Sax sourit. “Tout fout le camp, en fin de compte, dit-il. Mais il y a des compensations.”

« “Des compensations ?”

« “La Nature donne, et la Nature prend. Ce qu’on ne voit pas toujours, c’est que la Nature a aussi le sens de l’humour. Et pendant toutes ces années où on s’est cru obligé de troquer nos vies contre… des choses. Argent. Succès. Position sociale. Pendant toutes ces années, on n’a pas vu que la seule chose valable, la seule possession qui ait une quelconque valeur, c’est le temps. S’approprier le temps qu’il nous reste, quelle qu’en soit la durée… se l’approprier, pour qu’il ne puisse pas être gaspillé, accaparé par d’autres ou envahi d’activités insignifiantes… c’est la plus grande proximité avec le bonheur qu’il m’ait jamais été nécessaire de connaître. Je suis en train de mourir, à présent, et je me rends compte pour la première fois que, bien trop souvent, j’ai galvaudé la seule chose de valeur que j’ai jamais eue.” Sax s’interrompit et sourit tout seul. “C’était intéressant de faire votre connaissance”, dit-il. Ouvrant la marche, il retraversa le vestibule pour gagner la porte d’entrée ornée d’un vitrail et le jardin donnant sur la rue. Il flottait dans l’air cette odeur qui survient avant ou après un orage, mélange de verdure et d’ozone, raconta Jeremy, qui lui rappelait les bois dans lesquels il s’était caché avec quelques résistants, en 1944.

« Sax le regarda d'un air intrigué. "Pendant une moitié de ma vie, dit-il, j'ai attendu que quelqu'un vienne frapper à cette porte. Et voilà que ce jour est venu. Mais ce n'était pas ce à quoi je m'attendais."

« Jeremy ne sut que répondre à ça. Ou, plutôt, il avait déjà quitté cette maison agréable et triste. Il n'avait plus de place pour Sax dans ses pensées, m'expliqua-t-il. Il en avait fini avec tout ça. Quand il rentra en Virginie, trois jours plus tard, il s'assit à son bureau et rédigea sa lettre de démission. Ce qui ne fut une surprise pour personne, apparemment. Un mois plus tard, il se rendit au Viêtnam, acheta une maison sur la plage – un endroit tout simple, guère plus qu'une cabane, si j'ai bien compris – et devint un civil pour la première fois de sa vie adulte. Je ne sais pas ce qu'il fit pendant cette période, mais quand il rentra, voilà deux ans de ça, il était vidé, et maigre, presque transparent, comme une feuille de papier de riz. Mais je pense que c'était ce qu'il avait voulu. Devenir transparent, pour que la lumière brille à travers lui, sans obstacle. – Elle eut un sourire triste. – Fini le *comme si*, ajouta-t-elle. Plus que de l'ici et du maintenant. Advienne que pourra. Je crois qu'il l'avait mérité. »

C'était un samedi après-midi typique. Ce matin-là, j'avais déniché un exemplaire en presque parfait état de *Penser en images*, un livre de John Sayles, chez le bouquiniste situé à côté du Territoire sacré – j'y allais de mon propre chef, à présent, pour être seule, boire du bon café et observer Annette, qui était vraiment très belle, même si on n'était pas porté sur les femmes –, si bien que pour l'heure, j'étais pelotonnée avec ma trouvaille et un pichet de thé glacé au fond de l'espèce de bizarre canapé imitation Chesterfield que Laurits avait trouvé dans une boutique caritative et rapporté à la maison dans l'idée de lui refaire une beauté, tandis qu'il était lui-même assis bien droit sur une chaise de salle à manger, occupé à prendre sa tension à l'aide d'un appareil spécial. La pièce était assez rudimentaire quand on y avait emménagé, et le devint encore plus une fois qu'on s'organisa et qu'on jeta une partie du merdier dont on avait hérité. Il ne restait plus aujourd'hui que le canapé jamais rénové de Laurits, un mur couvert d'affiches de classiques du cinéma, et les chaises qui ne servaient jamais que quand on travaillait l'un ou l'autre à une tâche nécessitant une table, et les samedis après-midi, quand Laurits se soumettait à sa batterie complète de tests médicaux. Des tests non seulement répétitifs – il prenait sa tension plusieurs fois, obtenant toujours des résultats légèrement différents, ce qui le contrariait à mort –, mais aussi rigoureux. Il enregistrait ceux qu'il trouvait satisfaisants dans un gros registre noir et les examinait périodiquement, cherchant des tendances et des indications, convaincu qu'un tableau se dissimulait derrière ces chiffres aléatoires et qu'il n'avait plus qu'à l'en extraire.

Vu la négligence dont il faisait preuve vis-à-vis de tous les autres aspects de son bien-être, les types du Sidetracks auraient sans doute du mal à croire qu'il ait été à ce point obsédé par sa santé – mais c'est là qu'ils ne connaissaient pas Laurits. Il ne faisait pas ça pour essayer de ne pas tomber malade. Je ne crois vraiment pas qu'il avait peur de quoi que ce soit, surtout pas de mourir ; c'était juste que, si une maladie inconnue devait l'emporter, il voulait qu'on lui reconnaisse le mérite d'en avoir fait la description. Si la maladie n'était qu'une vague affection qui ne touchait habituellement que les producteurs de maïs mexicains ou les femmes ménopausées des zones rurales canadiennes, la retranscription de son expérience pourrait présenter un certain intérêt en tant que service à la médecine – Laurits était curieusement impressionné par la médecine –, mais si la maladie se révélait totalement inconnue, il serait en mesure d'en revendiquer l'exclusivité, peut-être même de lui donner son nom, à condition d'être assez vif et observateur pour en mener à bien la toute première étude clinique, dont il serait dans le même temps le tout premier *sujet*. "Tout le monde ne donne pas son nom à une maladie", disait-il en se plongeant dans son registre de chiffres. Certaines fois, une excitation fébrile s'emparait de lui quand il décelait un nouveau détail dans ses habitudes quotidiennes, une quelconque irrégularité qui, si elle ne durait que deux jours, ne signifiait probablement rien, mais si elle persistait, pouvait être le premier symptôme d'un mal plus important, pour l'heure complètement inconnu de l'humanité. Tout ou presque était susceptible de le relancer. Une soudaine envie de manger des noix. Un accès de vertige qui, selon lui, n'avait rien à voir avec le fait qu'il avait passé cinq jours au lit, à boire d'innombrables bouteilles de muscat sans rien manger d'autre que du thon en boîte et des cornichons. La fois où son urine vira au bleu. Ça s'arrangeait toujours à peu près au moment où il décidait qu'il était en train de découvrir quelque chose, mais il n'en tirait jamais les enseignements. “En route pour le Syndrome Laurits”, disait-il, en se réjouissant véritablement à l'idée de son propre lent et douloureux déclin.

Pour l'heure, tout en prenant sa tension artérielle pour quelque chose comme la vingtième fois de l'après-midi, il commençait à s'agiter. C'était un samedi après-midi typique, ce qui était très bien en soi mais, à la fin d'un samedi après-midi typique, venait généralement un samedi soir typique. J'avais été surprise, ces trois dernières semaines – trois semaines : je n'avais pas bu une goutte d'alcool ni touché à la moindre substance autre que de l'Advil pendant *trois semaines* –, que Laurits me laisse échapper à l'habituel rituel du samedi. Je n'aurais pas dû. Si j'avais seulement réfléchi un peu plus longtemps, j'aurais compris qu'il trouvait ce nouveau jeu divertissant. Sans parler du fait qu'il ne savait pas pourquoi je faisais tout ça. Eau plate agrémentée d'une tranche de citron. Tisanes. Je devenais, sinon un monstre, au moins une sorte de monstrueuse chrysalide, une créature en proie aux affres de quelque effrayante mutation, et il était curieux de voir ce qui allait finalement sortir du cocon.

Ce samedi après-midi-là, toutefois, je sentais qu'il mijotait quelque chose. Il était agité, nerveux. Je ne pense pas qu'il craignait quelque chose, ou s'inquiétait – pourtant il aurait dû. Simplement l'atmosphère n'était pas neutre, quelque chose se tramait quelque part à l'arrière-plan, qui échappait à son contrôle, une chose dont je n'avais pas encore connaissance, mais il ne pouvait pas tout me cacher. Pour l'heure, tout en renonçant, écœuré, et en remballant son tensiomètre, c'était à peine s'il essayait. Il se comportait comme n'importe quel samedi, mais je savais que quelque chose le tracassait, restait tapi dans son cerveau reptilien, comme un pétard prêt à exploser. Après avoir rangé ses instruments – qu'il maniait toujours avec le plus grand soin –, il passa dans la cuisine et se servit un verre. Pas du muscat. Du Jack Daniel's. Il me regarda.

– Toujours sobre ?

J'acquiesçai.

– Qu'est-ce qui ne va pas ? Tu es malade ?

Je secouai la tête.

– Tu me le dirais, bien sûr. – Il semblait inquiet, mais je savais que ce n'était pas pour ma santé. – Hein, tu me le dirais si tu étais malade ?

– Pour quoi faire ? Pour que tu filmes mon agonie ?

Je lui adressai mon regard le plus facétieux. Il me retourna un grand sourire.

– Pourquoi pas ? dit-il. Enfin bon, tu ne pourrais pas faire ça d'un seul coup. Il y aurait forcément…

Je lui décochai un regard d'un autre genre.

– Arrête ça, dis-je.

Il arrêta. Il arrêtait toujours, pour peu que je demande. Le seul ennui, c'était de devoir demander.

– Pourquoi ne te mets-tu pas à faire quelque chose ?

Il eut l'air accablé.

– Parce qu'il faut que je sorte, dit-il. Il faut que j'*aille* quelque part.

Je regardai autour de moi. Au-dessus de ma tête, en noir sur vert, Anthony Perkins me toisait du haut de l'affiche belge bilingue du *Procès*, le troisième film préféré de Laurits.

– Qu'est-ce qui cloche ici ? demandai-je.

– Il faut que je sorte.

Debout, le verre à la main, il contemplait la fenêtre. Il n'y avait rien à voir de ce côté-là, si ce n'est le mur arrière d'une quincaillerie, mais son visage s'éclaira.

– J'ai trouvé, dit-il. Allons au Henrys. – Il me regarda, avec une lueur suppliante au fond des yeux. Il savait que j'avais horreur du Henrys. – Ça fait un moment qu'on n'y est pas allés, ajouta-t-il.

Je n'honorai même pas cette suggestion d'une réponse. Je me contentai de retourner à mon livre. En vérité, je n'avais pas du tout envie de sortir, et certainement pas d'aller au Henrys. J'arriverais peut-être à m'en tenir à l'eau gazeuse au Sidetracks, mais je ne pensais pas pouvoir tenir toute une soirée au Henrys sans ingurgiter *quelque chose*, or je n'avais vraiment pas envie de courir ce risque. Je voulais rester sobre. J'appréciais la sensation de propreté de mon corps, sa légèreté, le sommeil retrouvé, toutes ces choses dont on nous dit qu'elles viendront une fois qu'on aura renoncé à la picole et aux drogues, des choses auxquelles on ne croit pas une minute, jusqu'au jour où elles nous arrivent. En plus de ça, il s'était produit ce que Laurits aurait appelé un malentendu la dernière fois que nous y étions allés – mais je savais qu'il serait idiot de ma part de le lui rappeler.

– Tu en dis quoi ? reprit-il en voyant que je ne répondais pas. Il savait que je cèderais, et même pas en fin de compte.

Je le savais aussi, mais j'élevai un semblant de protestation. Rien de très virulent, parce qu'il avait besoin que je l'accompagne et que je m'exécutais toujours, mais juste pour le principe.

– Bon sang, Laurits, dis-je. Il n'y a personne d'autre au Henrys qu'une bande de vieux bikers. Tous les gens qu'on connaît seront au Sidetracks.

Il secoua la tête.

– Je n'ai pas envie d'être avec ceux-là ce soir, dit-il, plus calme à présent.

Il s'approcha du canapé, me retira le livre des mains, en regarda la couverture et le referma d'un coup sec.

– Allez viens, dit-il. Ça sera une soirée juste entre toi et moi. On n'a qu'à dire que c'est une fête.

– Ah ouais ?

– Pourquoi pas ?

– Au Henrys ?

– Mais oui.

Il sourit et j'en fus agacée, parce qu'il savait qu'il l'emportait.

– Et qu'est-ce qu'on fête ?

– Nous. – Il regarda autour de lui comme s'il cherchait quelque chose. – On doit bien en être à une sorte d'anniversaire, à l'heure qu'il est. Ça compte, ces choses-là, tu sais.

Je m'esclaffai. Inutile d'insister pour aller au Sidetracks. Quand Laurits n'avait pas envie de côtoyer du monde, je savais qu'essayer de le faire changer d'avis était une erreur. Son humeur en présence des autres avait toujours été un problème, et la façon dont il s'entendait avec eux dépendait d'un trop grand nombre de paramètres pour qu'on s'aventure à prendre des risques. Même les bons soirs, il était capable de déclencher une dispute dans une pièce vide, mais quand il était dans une de ses humeurs à la Greta Garbo, il était infernal. Au Sidetracks, il y avait un cercle restreint de quasi amis aux yeux desquels il ne pouvait rien faire de mal, quoi qu'il advienne, et un autre plus large de connaissances qui venaient et repartaient, se joignaient à nous les soirs où quelque chose d'extraordinaire avait l'air de se profiler, mais tout aussi disposées à s'éclipser vers un lieu où trouver des drogues intéressantes ou prendre part à une fête. Le problème majeur, c'était quand un nouveau se présentait. Les gens entraient dans le cercle au gré des hasards. Un nouveau petit ami, par exemple, ou une ancienne camarade de lycée faisaient soudain leur apparition, et il n'y avait jamais moyen de savoir comment Laurits allait les traiter. La première fois qu'ils le rencontraient, la plupart des gens étaient sous le charme, à tout le moins. Je ne dis pas qu'ils l'appréciaient forcément, mais il captivait leur attention, il les attirait. Il régnait une telle atmosphère d'attente autour de lui, surtout lorsqu'il était de bonne humeur. Quelque chose dans sa façon de voir le monde, les détails sur lesquels il achoppait, les détours et revirements soudains de la logique d'une soirée, quelque chose dans les jeux auxquels il jouait et ceux où il laissait place aux autres, le rendait irrésistible – du moins au début. Peut-être certains éprouvaient-ils une sensation de danger. Ils étaient enthousiasmés, et peut-être un peu effrayés, à l'idée que, s'ils suivaient Laurits dans son joyeux cheminement au gré d'une longue soirée toxique, ils finiraient peut-être par faire une chose qu'ils n'auraient jamais osé faire de leur propre chef. Ils se sentaient alors courageux, mais je sais aussi qu'ils se servaient ensuite de lui comme d'une excuse, après coup. Nous le faisions tous. Les nouveaux venus tombaient parfois un peu amoureux de lui. Ça n'avait rien de sexuel. C'était… de l'amour, ou peut-être pas exactement de l'amour, mais de la confiance. Laurits était un véritable aimant pour les gens qui manquaient d'assurance, les gens comme moi, les gens qui, d'habitude, ne se sentaient pas admis dans le jeu. Lui les incluait – et pas seulement dans son jeu, mais dans celui de tout le monde. Ils n'étaient pas seulement spectateurs, mais participants.

Au bout d'un moment, toutefois, les choses changeaient. Les nouveaux commençaient à se rendre compte qu'il ne s'intéressait pas réellement à eux, qu'il voulait simplement voir comment ils jouaient leur partie – et il n'était pas vraiment là pour eux, comme ils l'avaient cru tout d'abord. Il était légèrement en retrait, délibérément distant – et ils n'arrivaient pas à avoir prise sur lui. Ils ne savaient jamais vraiment quand il plaisantait et quand il était sérieux, alors qu'il aurait dû être évident que Laurits ne faisait pas vraiment la différence entre les deux. Il savait se montrer généreux, mais la générosité qu'il pratiquait était un peu formelle, motivée par le sens de l'honneur, comme un chef de tribu donnant tout ce qu'il possédait lors d'un potlatch, mais en fin de compte sa générosité devenait tout bonnement une preuve de plus qu'en vérité, il n'était pas vraiment avec eux mais juste là. Les nouveaux venus en arrivaient vite à croire que, n'ayant besoin de rien, Laurits n'attachait d'importance à rien – et cela les divisait en deux groupes, ceux qui se sentaient trahis et ceux qui ne l'en appréciaient que plus. Certains aimaient le fait de n'avoir pas plus d'importance à ses yeux que le vent ou un vol d'oies sauvages passant très haut dans le ciel ; d'autres étaient vexés de constater que, pour lui, ils n'avaient guère été que des phénomènes depuis le début. C'était un de ses mots préférés : phénomènes. Tout, à ses yeux, y compris sa personne, était une sorte de phénomène plus ou moins intéressant, et il s'étonnait que les autres ne voient pas le monde en ces termes. Quand quelqu'un estimant qu'il l'avait laissé tomber prenait ses distances, Laurits était toujours un peu surpris, et déçu aussi – mais toujours déçu des autres. Par moments, tout ça l'épuisait. La mise en scène. Le jeu. Par moments, il était obligé de s'enfuir, d'être seul, ou avec moi – ce qui, selon lui, revenait à peu près au même. Une des choses les plus attachantes chez lui était qu'il savait dire ça ouvertement, en se fiant à moi pour comprendre qu'il concevait ça comme un compliment.

Le Henrys était l'endroit le moins pratique qu'on puisse imaginer pour aller boire un verre quand on n'avait pas de moyen de transport personnel. La majeure partie de la clientèle s'y rendait en deux-roues, le Henrys étant principalement un bar de bikers. L'endroit se nommait, à proprement parler, Les deux Henrys, les propriétaires associés étant une paire d'anciens Hell's Angels quasi identiques, des types gigantesques, paisibles la plupart du temps jusqu'au moment où, si la situation l'exigeait, il fallait qu'ils fassent couler le sang. Ils avaient l'un comme l'autre une bonne quarantaine d'années, mais quand ils étaient au repos, on discernait encore l'enfant dans leur physionomie, des gamins gentils, avenants, derrière leurs barbes et, dans le cas du Grand Henry, la cicatrice qui lui barrait le visage de part en part, si rectiligne qu'on aurait dit que quelqu'un l'avait tracée à la règle. Le Grand Henry – surnom à la fois descriptif et ironique, car si le Grand Henry était *grand*, son compagnon, dont le sobriquet, forcément, était le P'tit Henry, était encore bien plus grand. Pour moi, tout au moins, ce fut donc un soulagement de voir le Grand Henry derrière le bar quand on entra. Lors de notre dernier passage au Deux Henrys, Laurits s'était disputé avec deux clients d'un soir, et le P'tit Henry avait dû intervenir de façon un peu plus musclée que d'habitude.

Les torts revenaient aux clients d'un soir, tous les consommateurs présents dans le bar ce soir-là pouvaient l'affirmer – et le firent sans doute, après notre départ, bien qu'on ne puisse pas savoir, pour l'heure, si on était *persona non grata* aux yeux du P'tit Henry. Et du Grand Henry non plus, du reste. Cela dit, ça nous faisait toujours un avantage. Les clients d'un soir, un petit teigneux avec un vilain bouc et un grand escogriffe d'une trentaine d'années avec d'épais cheveux noirs trop apprêtés, avaient fait leur entrée vers 21 heures, repéré en Laurits un genre d'étudiant – comment, je me le demande, car il s'habillait comme n'importe qui d'autre au Henrys, exception faite des cuirs – et décidé avec jubilation de s'amuser un peu. Évidemment, ils s'en prirent à moi pour le provoquer.

– Hé, mignonne, lança le plus grand. Si tu venais t'asseoir ici, histoire de passer un moment avec un vrai mec.

Laurits ne put se retenir. Je le sais. S'il avait attendu encore une minute ou deux et encaissé juste un peu plus, le P'tit Henry serait intervenu et aurait réglé tout ça. Ni bruit ni violence. Juste la crainte. Je sais qu'il eut envie de tenir sa langue, mais il ne put se retenir. Il s'esclaffa. Pourquoi pas ?

– Mazette, super-macho ! lança-t-il. Tu l'as trouvée tout seul, ta réplique ?

Le grand type le regarda. Il n'était pas encore en colère, mais il ne demandait que ça. L'autre semblait nerveux, lui. Peut-être avait-il repéré le P'tit Henry, qui jouait au billard avec un de ses cousins – il était cousin avec tout le monde, dans son bar. Même certains des hippies, qui avaient l'air d'avoir perdu leurs couleurs aux alentours de 1975, étaient ses cousins. Je supposais que c'était un titre honorifique. Le grand type pencha légèrement la tête.

– C'est à toi que j'ai parlé, le pédé ? dit-il d'un ton doucereux, celui qu'emploient les durs à cuire dans les vieux films. Visiblement, il ne savait pas que, dans un lieu comme le Deux Henrys, personne ne parlait sur ce ton-là, sauf le P'tit Henry, qui ne ressemblait à aucun des durs à cuire de vieux films qu'il m'avait été donné de voir un jour.

Laurits hocha doucement la tête, un grand sourire aux lèvres.

– Attends, dit-il. Nous, on s'occupe juste de nos affaires, là, en buvant un verre tranquillement un samedi soir, comme le veut la coutume ancestrale.

Je repris courage. Il allait réagir intelligemment. Laisser ça à Henry. Je me trompais, bien sûr.

– Nous, on veut pas d'ennuis, mon gars, poursuivit-il sur le ton qu'a toujours le pleutre de service dans les vieux westerns. Alors si tu rentrais gentiment chez toi pour te télécharger un bon porno et trouver l'amour qui te manque tellement ?

Cette fois, le type était en colère.

– Qu'est-ce que tu viens de me dire, là ?

Il regarda où se trouvait son pote, pour le cas où il lui faudrait du renfort.

Laurits se leva et lui fit face. Il parla lentement, sans dissimuler son mépris. Je me suis toujours demandé pourquoi il faisait ce genre de choses. Était-il courageux, ou simplement cabochard ? J'aurais préféré qu'il ne soit ni l'un ni l'autre.

– Il faut que je t'explique ? répondit-il. D'accord. Va t'acheter un pack de bières. Rapporte-le chez toi. Et trouve sur Internet l'amour qui te manque.

Le type aux cheveux noirs bondit. Laurits s'écarta, puis abattit l'avant-bras, façon coup de masse. Le type s'effondra. Laurits se tourna alors vers le plus petit, mais c'était trop tard. Le P'tit Henry s'en occupait déjà – et je compris alors pourquoi il avait attendu. Il voulait voir ce que ferait Laurits, parce qu'il ne savait pas au juste si cette espèce d'étudiant à la langue bien pendue n'était qu'un étudiant à la langue bien pendue ou un cousin en devenir. Parce qu'il aimait bien Laurits, vraiment. Il appréciait que Laurits ne change rien à sa ligne de conduite en franchissant la porte du bar. Le fait qu'il reste toujours Laurits, même quand il aurait mieux valu qu'il soit un moment quelqu'un d'autre. Mais ce qu'il attendait de sa part, c'était de la retenue. De la confiance. Or à cette heure, il trouvait que Laurits n'en manifestait pas assez, après toute la liberté qu'on lui avait laissée. À cette heure, le P'tit Henry se demandait s'il se pouvait qu'en fait Laurits ne fasse confiance qu'à Laurits, ce qui aurait été une pente dangereuse.

Les mecs et leurs jeux. Soit je ne les avais jamais compris, soit je ne les comprenais que trop bien.

Ce soir-là, le P'tit Henry n'avait pas jeté Laurits dehors tout de suite. Il avait attendu d'être sûr que les deux types étaient loin, après quoi il vint nous rejoindre au bar, où nous étions assis. On ne s'était pas commandé de nouvelles consommations. On attendait le feu vert de Henry. Laurits savait qu'il avait enfreint l'une des règles de la maison – il y avait sans arrêt des bagarres au Deux Henrys, mais jamais avec quelqu'un de l'extérieur, et elles se réglaient toujours dehors –, il aurait dû y réfléchir à deux fois. Quand un inconnu cherchait des ennuis, le P'tit Henry aimait s'en occuper lui-même, à sa façon. Qui était généralement minimale, parce que ce type si gamin devenait en un clin d'œil quelqu'un de carrément effrayant. D'ordinaire, il lui suffisait de s'approcher et de regarder le problème se dissoudre de lui-même. Ça lui convenait très bien, il n'avait rien à prouver, et ça permettait au bar de n'attirer que l'attention ordinaire des responsables du maintien de l'ordre. Ou plutôt des *Federales* comme les deux Henrys appelaient tous les représentants de la loi. Personne ne savait pourquoi, c'était une blague entre eux.

Finalement, quand il fut prêt, le P'tit Henry s'approcha et se plaça tout près de Laurits, s'appuyant presque contre son épaule. Il parla doucement.

– Je n'ai pas l'intention de te mettre dehors, dit-il, mais tu ferais sans doute mieux de t'en aller. Bois-en un dernier avant, c'est la maison qui l'offre, et file.

Il dévisagea attentivement Laurits pour voir si c'était bien compris. À l'évidence, il regrettait de devoir en arriver là. Peut-être se sentait-il même un peu responsable.

– Prenez un dernier verre et évitez de revenir pendant quelque temps. C'est clair ?

Laurits acquiesça. N'importe qui d'autre aurait présenté des excuses, ou tenté de négocier, mais pas lui.

– C'est clair, dit-il.

Le P'tit Henry hocha la tête.

– Bon, dit-il. Maintenant, tâche d'éviter les embrouilles.

Et voilà qu'on y retournait, qu'on tâtait le terrain. Sauf que le P'tit Henry n'était pas là – et que ç'avait beau être samedi soir, l'endroit était calme. Vraiment calme. Même certains des cousins n'étaient pas là – ce qui rendait notre présence d'autant plus voyante quand on entra. Le Grand Henry était derrière le bar. Il décocha à Laurits un regard menaçant sans que je sache s'il était sérieux ou pas, puis s'approcha pour nous servir.

– Tu as de la chance, dit-il. Le P'tit Henry n'est pas là ce soir. Je ne suis pas sûr qu'il serait content de te voir ici.

Laurits hocha la tête. Pas franchement contrit, mais humble.

– Je sais que Henry sait que je n'avais pas du tout l'intention de lui manquer de respect, dit-il. Il me connaît.

Henry grimaça.

– C'est bien le problème, dit-il. Qu'il *te* connaisse ou pas, aucune importance. Ce qui compte c'est que toi tu *le* connaisses.

Il poussa un grand soupir, puis nous toisa de la tête aux pieds comme s'il n'arrivait pas à déterminer à quelle espèce nous appartenions – sa façon à lui de changer de sujet.

– Bon, finit-il par lancer. Je vous sers quoi, comme poison ?

Le temps d'en arriver à notre deuxième consommation – je carburais à ce que le Grand Henry tenait à appeler de la salsepareille –, l'humeur de Laurits avait changé. Je pense qu'il se sentait de retour au bercail. Après tout, le Grand Henry ne l'aurait pas servi s'il n'avait pas su que le P'tit était prêt à pardonner. Pour autant, je n'arrivais pas à m'empêcher de penser que quelque chose d'autre lui occupait l'esprit, une chose qu'il ne voulait pas que je sache. Ça me tracassait, mais ce n'était pas le moment d'en discuter. J'avais juste envie de finir la soirée et de rentrer à l'appartement, à jeun de préférence, à une heure raisonnable. Encore quelques verres, puis Laurits pourrait rentrer satisfait, sachant qu'il était pardonné. De nouveau accepté. J'ignorais complètement pourquoi c'était si important à ses yeux et n'avais aucune envie d'essayer de le découvrir.

Le Grand Henry n'en avait pourtant pas encore fini avec nous. Ma première commande de limonade l'avait étonné – "Bon sang, fit-il, je *sais* qu'on en a, de la salsepareille, quelque part dans le coin" – mais, à la deuxième, il était franchement intrigué.

– Bon alors, lança-t-il. C'est quoi, ce truc qui me trotte dans la tête ? – Il me regarda, puis regarda Laurits, et nous décerna un grand sourire. – Vous avez un truc à annoncer au Grand Henry, les enfants ?

Laurits le dévisagea, perplexe. Je ne compris pas non plus tout de suite, tant l'idée était saugrenue en fait, mais je finis par saisir une seconde plus tard. Je me mis à rire.

– Oh, non, dis-je. On n'a vraiment rien de rien à annoncer.

Henry secoua la tête, l'air déconfit.

– C'est bien sûr ? Ça fait longtemps que personne ici est venu réclamer de la salsepareille deux fois de suite.

Il m'adressa un sourire gentil, pas tout à fait avunculaire mais presque ; puis, au bout d'un long moment, il se tourna vers Laurits qui venait tout juste de comprendre.

– Dis voir, Laurits, lança-t-il. C'est quoi cette histoire que j'ai entendue à propos d'Axel Crane et toi ?

Son ton s'était légèrement durci. À peine, mais quand même.

Laurits eut l'air interloqué.

– De quoi tu parles ? répondit-il.

Sans le regarder, Henry se servit une nouvelle bière et laissa son regard errer dans la salle, comme à son habitude, juste pour s'assurer qu'il ne se tramait rien. Henry n'autorisait pas l'usage de drogue dans son bar – le deal, comme les bagarres, devait se dérouler dehors –, et il insistait, comme il l'avait fait un jour où je l'avais entendu, pour que toute gonzesse assez folle pour fréquenter le Deux Henrys soit traitée avec le plus grand respect vu qu'à l'instar des Indiens qui vivaient autrefois dans la région, il considérait que les fous étaient sacrés.

– Ma foi, dit-il, un petit oiseau m'a dit que tu avais des ennuis avec Axel. – Il regarda alors Laurits, droit dans les yeux. – À moins que j'aie mal compris ?

Laurits haussa les épaules.

– Je connais ce type, dit-il. Il m'a dit qu'il s'intéressait au cinéma.

Le Grand Henry s'esclaffa. Ça lui arrivait souvent. Les gens s'esclaffaient encore au Deux Henrys.

– Tu m'étonnes ! lâcha-t-il.

Laurits ne s'esclaffa pas, lui. Il ne s'esclaffa pas et ne répondit pas. Il se sentait pris de court, je le voyais bien, comme un coureur coincé entre la deuxième et la troisième base alors qu'il tentait de voler un but.

Henry reprit alors à mi-voix.

– Écoute, dit-il. Tu fais ce que tu penses pouvoir faire sans risque, Prof. Mais ne t'illusionne pas.

Laurits grimaça. *Prof* était le surnom dont l'affublaient les Henrys quand il avait commencé à fréquenter leur bar. Petit à petit, l'usage s'en était perdu, ce que Laurits avait considéré comme la preuve qu'il était accepté, au moins partiellement. Or, voilà qu'il resurgissait, et Laurits était bien obligé de se demander s'il avait jamais vraiment disparu.

– C'est pas une partie d'échecs, qui se joue. Et Axel Crane se fiche *complètement* du cinéma.

L'espace d'un instant, Laurits eut l'air anéanti. Il avait baissé la tête et contemplait le contenu de son verre, évitant de regarder Henry en face. Le sermon terminé, toutefois, il prit son verre et le vida. Puis il regarda Henry.

– Ma foi, fit-il, tu sais ce qu'Oscar Wilde disait à propos des échecs ?

Henry garda le silence, mais je voyais bien qu'il était curieux. Il ne se souciait pourtant pas le moins du monde de ce qu'Oscar Wilde avait bien pu dire ou ne pas dire.

Finalement, voyant que Laurits s'en tenait là, il attrapa le verre vide.

– La même chose ? demanda-t-il.

L'humeur de Laurits changea alors. Mais il n'était pas abattu ; plutôt en proie à une sorte d'hystérie sèche qui s'était insinuée dans son esprit, un désir fébrile de rendre cette soirée mémorable, à tout prix. J'avais envie de m'en aller, mais je savais que nous ne partirions qu'une fois sa fièvre retombée. Je savais que je n'avais plus qu'à suivre, tenir bon, et je m'y appliquai autant que possible, mais je ne pouvais m'empêcher de me rappeler ce qu'avait dit le Grand Henry. "Qu'il *te* connaisse ou pas, aucune importance. Ce qui compte c'est que toi tu *le* connaisses." Ses propos m'avaient remis en mémoire le refrain d'une vieille chanson de Butch Hancock : *You're just a wave, babe, you're not the water.* Tu n'es qu'une vague, mec, pas l'océan… ou quelque chose d'approchant. Laurits n'avait pas encore compris ça… et je soupçonnais que les Henrys nourrissaient peut-être une sorte de projet tacite visant à le lui enseigner avant qu'il soit trop tard. La tête que faisait le Grand Henry, tout en versant ce nouveau shot de Jack Daniel's, me laissait penser avec inquiétude que ce trop tard n'était sans doute pas très loin. Je tins pourtant ma langue jusqu'au moment où la foule se raréfia *vraiment*, alors que nous étions prêts à partir. Ce fut seulement après avoir salué ou dit au revoir et retrouvé l'obscurité du dehors que j'abordai le sujet, d'un ton détaché, sans en faire toute une histoire, simple conversation tandis qu'on cheminait sur le sentier de terre qui menait du Deux Henrys à la route goudronnée.

– Qui est Axel Crane ? demandai-je.

– Ce n'est rien.

Laurits avait beaucoup bu, mais maintenant que nous avions regagné le plein air, il semblait aussi sobre que moi.

– Henry voit les choses à l'envers.

– Ça doit bien être *quelque chose*, dis-je.

– C'est juste un mec. Je croyais qu'il voulait mettre du fric dans un projet sur lequel je travaillais. Mais il n'a pas donné suite.

Je ne voyais pas son visage dans le noir, mais je savais qu'il mentait. Il ne savait pas mentir – et là, tout d'un coup, ça me revint.

– Attends, dis-je. Je me rappelle, maintenant.

– Mais non, dit Laurits, d'un ton où perçait une patience excédée. Tu ne l'as jamais vu.

– C'était le type du pick-up, hein ? dis-je. À l'abattoir. Le type au pick-up rouge.

Laurits soupira, mais ne répondit pas.

– Alors, qui est-ce ?

– Personne, répondit Laurits. – De la résignation filtrait dans sa voix. – Juste un ami.

– Un *ami* ?

– Une connaissance.

Nous avions rejoint la route, à présent. Il faisait toujours noir, mais quelques lumières éparses brillaient entre les arbres. Peu nombreuses, mais assez pour nous permettre de distinguer notre chemin. De temps à autre, une voiture qui passait, ou un biker quittant à moto le Deux Henrys, éclairait la route, la chaussée goudronnée noire toute droite et large entre les silhouettes menaçantes des arbres. La plupart du temps, j'appréciais cette marche. Elle marquait la fin de soirées dans lesquelles je ne m'amusais pas vraiment et je savourais l'air frais, le calme, le scintillement des lumières dans les cuisines et les cours où d'autres gens, des inconnus ayant leur vie, leur histoire, s'attardaient, buvant du bourbon, buvant du café, discutant ou regardant la télé dans une pièce baignée d'une lueur bleutée, seuls ou en couple, les enfants à l'étage, les questions sans réponse continuant d'être sans réponse, quoi qu'ils puissent espérer ou redouter, encore assez lointaines pour qu'ils puissent continuer à faire comme d'habitude.

Papa avait coutume de dire : *Prends garde à ce qui te fait peur*, mais je n'avais rien de particulier en tête à ce moment-là, quand le pick-up noir arriva derrière nous et ralentit, nous capturant dans ses phares et s'attardant, si bien que Laurits se retourna pour voir de qui il s'agissait. Il devait croire, je pense, que c'était quelqu'un du bar, venant peut-être proposer de nous prendre à bord, mais bien que je ne me sois pas retournée, tout d'abord, je compris, sans savoir pourquoi, que ce n'était pas quelqu'un du Deux Henrys. Le pick-up avait maintenant ralenti jusqu'à s'arrêter et restait là, les phares braqués sur nous, pendant que quelqu'un, derrière, nous observait. Je me retournai. Prends garde à ce qui te fait peur, disait-il – ce qui sous-entendait que, lorsqu'une chose nous effraie, notre peur lui donne une réalité et il y a déjà bien assez d'ennuis comme ça dans le vaste monde, des ennuis qu'on ne peut même pas imaginer. Mais voilà que les ennuis surgissaient, je n'avais pas besoin d'imaginer quoi que ce soit. Il n'y avait ni bonne ni mauvaise réaction à avoir, il était trop tard pour ça, mais quand Laurits fit demi-tour et marcha en direction du véhicule, j'eus la certitude que c'était une erreur. Il n'avait pas fait dix pas que deux hommes – des hommes qu'il ne me sembla pas avoir déjà vus – sautèrent à bas du pick-up, l'un du côté passager, l'autre de l'arrière, ce qui signifiait, bien sûr, qu'il y en avait un troisième. Le conducteur, dont je ne voyais pas le visage.

Quand je vis les hommes fondre sur Laurits, je ne réfléchis pas et m'élançai vers eux en courant, sans rien en tête, ni pensée, ni plan, juste de la peur. J'aurais pu partir en courant dans l'autre sens – je crois aujourd'hui que j'aurais dû, parce que, alors, j'aurais sans doute pu trouver de l'aide, ou en trouver plus vite – et j'aurais alors pu prendre le temps de réfléchir, au moins un instant. Assez longtemps pour mémoriser l'immatriculation de la voiture, ou me forger une image mentale de ces hommes. Ils étaient grands, je m'en souvins plus tard, l'un avait une barbiche soignée et les cheveux courts, noirs ou peut-être brun foncé, et l'autre le teint plus clair et le physique de quelqu'un qui le cultive assidûment mais, dans une ville comme Scarsville, ça pouvait être n'importe qui. J'aurais pu réagir de toutes sortes de façons, mais il y avait quelque chose au fond de moi, une chose tapie dans mes pensées depuis longtemps, semblait-il, qui me donnait envie de blesser quelqu'un, même légèrement, avant qu'arrive ce qui allait arriver.

Ça arriva pourtant, très vite. Si vite que je ne pus rien faire. Mais peut-être que si – peut-être que je détournai l'attention du type aux cheveux noirs juste assez longtemps pour que Laurits frappe le premier, esquissant une feinte du droit tout en abattant le gauche comme une masse, mais je ne le distinguais plus que du coin de l'œil, et l'instant d'après le type aux cheveux noirs me giflait, me faisant décoller du sol, comme s'il chassait une mouche. J'eus la sensation de n'être plus rien, un corps sans poids, sans gravité, on aurait presque dit que je flottais. Puis je tombai lourdement, à plusieurs mètres de l'endroit où se trouvaient les autres, tout se ralentit dans ma tête, mes bras et mes jambes râpèrent le sol, mes oreilles tintèrent, mon corps tout entier s'affaissant longuement, lentement, avant que je sente le sang se mettre à jaillir de mon nez. Curieusement, ça m'aida à me recentrer. C'était une sensation bien réelle, physique, contrairement au brouillard qui m'envahissait l'esprit, au froid pâteux qui m'engourdissait les genoux et les épaules. C'était du sang, mon sang, bien réel. Qui ruisselait sur mon visage, puis mes mains. Chaud. Il me fallut sans doute plus longtemps que je le pensai, mais sur le coup j'eus l'impression de m'être relevée tout de suite. Ou presque. À ce moment-là, toutefois, le pick-up faisait marche arrière sur la route, s'éloignant de la ville, déjà trop enfoncé dans l'obscurité pour que je distingue la plaque. Lentement, comme s'il avait tout le temps, il fit demi-tour sur la chaussée, le chauffeur pivotant légèrement la tête pour me regarder – à moins qu'il n'ait regardé que la route –, pas assez longtemps toutefois pour que je remarque quoi que ce soit de particulier dans sa physionomie. Puis, accélérant rapidement, le pick-up s'éloigna à vive allure dans la direction d'où il était venu.

Je regardai Laurits. Il était à terre, tentait péniblement de se relever, du sang plein les mains, du sang sur le visage, du sang sur sa chemise… trop de sang, pensai-je, avant de comprendre. À un moment donné, sans doute quand il se battait avec l'homme aux cheveux clairs, il s'était fait poignarder. Il les avait surpris – ils s'attendaient à un client facile et l'un des deux avait paniqué. À moins qu'ils aient eu d'emblée l'intention de le poignarder ? Était-ce leur objectif principal ? Était-ce ce qu'ils avaient reçu l'ordre de faire ? Ordre de qui ? Du fameux Crane ? Qu'avait fait Laurits pour s'attirer un tel châtiment ?

– Reste tranquille, dis-je.

Je cherchai à voir où il était touché, sans y parvenir tout d'abord, à cause du sang. Je lui tâtai le cou, le torse, le ventre, sans rien trouver. Puis je trouvai, le sang jaillissait en bouillonnant d'une plaie au bas de son abdomen.

– Ne bouge pas, dis-je, voyant qu'il s'efforçait à nouveau de se relever.

Je cherchai quelque chose qui puisse arrêter l'afflux de sang, mais il n'y avait rien, alors je quittai mon chemisier, le roulai en boule et en comprimai la blessure aussi fort que je le pouvais.

– Reste ici, dis-je. Tu peux tenir ça ?

Je regardai ses mains qui griffaient le sol à côté de lui. Je me sentais totalement impuissante.

Il finit par lever une main et empoigner la chemise. Sa tête bougea légèrement, ce que je pris pour un acquiescement, si bien que je repris un peu espoir. Si la lame avait entaillé une artère, il aurait été mourant à cette heure, forcément. Je me rappelais avoir vu ça dans *Mort dans l'après-midi*, la façon dont les matadors qui s'étaient fait encorner se vidaient de leur sang avant même de pouvoir être transportés hors de l'arène, et je me sentis moins effrayée. Ils l'avaient gravement blessé, mais il allait s'en sortir. Il était conscient ; il avait la force de maintenir lui-même le pansement de fortune. C'était bon signe. Tout ce que j'avais à faire, maintenant, c'était trouver de l'aide. Je n'emportais jamais mon portable lors des sorties comme celle-là et Laurits, quant à lui, n'en possédait même pas. Je me livrai à un rapide calcul : nous étions plus près de la ville que du Henrys – et, de toute façon, aucun des deux Henrys ne m'aurait su gré de ramener un tel problème dans leur bar –, je jetai donc mon dévolu sur une lumière et me mis en route.

À mon retour, Laurits était assis, adossé à un gros rocher, à un mètre ou deux de l'endroit où je l'avais laissé. La nuit semblait moins noire, bien que l'aube soit encore bien loin. Je me demandai où étaient les secours. J'avais frappé à la porte d'une maison mais, bien qu'il y ait de la lumière à l'intérieur, une lampe allumée sur la table de la cuisine, une autre plus loin dans les profondeurs de la maison, personne n'avait répondu. À la deuxième maison, une femme était venue voir, avait entrebâillé la porte de quelques centimètres, vérifié si j'étais seule, puis ouvert plus largement.

– Mon ami est blessé, dis-je. Est-ce que je peux me servir de votre téléphone ?

La femme me dévisagea de la tête aux pieds. Je ne me souvenais plus que j'avais enlevé ma chemise pour colmater la plaie de Laurits, si bien que j'étais maintenant sur le pas de sa porte, vêtue d'un simple caraco qui avait été blanc mais s'ornait maintenant de traînées de sang et de terre.

– Eh bien, dit-elle, je ne pense pas que vous puissiez entrer. – Elle scruta l'obscurité derrière moi. – Qu'est-ce qui est arrivé à votre ami ?

– Un chauffard l'a renversé et a pris la fuite, dis-je.

Je me savais dans l'obligation de mentir. Si elle entendait le mot *poignarder*, elle me claquerait la porte au nez.

– Il est gravement blessé. Je vous en prie.

La femme fronça les sourcils.

– Où est-il ? demanda-t-elle.

Je voyais, dans la pénombre, qu'elle venait de s'enduire le visage d'une sorte de crème de soin, un de ces masques avocat-arbre à thé, ou plaquemine-huile de datte que les gens ne pensent à acheter qu'une fois leur peau irrécupérablement abîmée.

– Il est seul là-bas ?

J'acquiesçai. Sachant Laurits seul, elle serait plus disposée à aider.

– Il perd du sang, dis-je.

Elle me regarda à nouveau de la tête aux pieds, puis hocha la tête.

– Dites-moi seulement où se trouve votre ami, dit-elle. Je vais tout de suite appeler le 911.

– Mais…

Elle secoua la tête.

– Je ne peux pas vous faire entrer, ma grande, dit-elle, baissant la voix jusqu'à chuchoter. Mon frère Wes est ici, ce soir. Et ce n'est vraiment pas utile que vous le croisiez. Surtout dans l'état où vous êtes. – Elle tendit le cou vers moi avec une mine de conspiratrice, sortant presque la tête à l'extérieur. – Il est très *instable*, précisa-t-elle. – Puis elle recula. – Mais ne vous inquiétez pas. Dites-moi où vous vous trouvez tous les deux et je vais tout de suite appeler le 911. Vous, allez vous occuper de votre ami.

Je commençais à me demander si elle n'était pas en train de me raconter des histoires. Peut-être Wes n'existait-il même pas, bien que je n'en sois pas certaine. Elle avait cette lueur dans le regard, mélange d'appréhension et de fierté, qu'on voit à certains propriétaires de pitbulls, et je n'avais vraiment pas envie de vérifier son histoire. Toujours est-il qu'à cette heure, quelque chose comme quinze minutes après que j'étais repartie en la laissant passer son coup de fil, il n'y avait personne sur place. Juste Laurits, qui continuait de presser ma chemise contre son abdomen, l'air perplexe, comme s'il ne se souvenait pas bien de ce qui s'était passé. D'ailleurs, peut-être ne s'en souvenait-il pas. Il était bien soûl quand on avait quitté le Henrys. Ça ne se voyait pas tellement – ça ne se voyait jamais – mais il l'était carrément. Quand je m'accroupis à côté de lui pour vérifier si le sang avait cessé de couler, il leva les yeux vers moi.

– Hé, salut, dit-il.

À ce moment-là, il ne semblait pas trop mal. Peut-être un peu somnolent, mais il n'avait pas l'air d'un mourant. Juste d'un type bourré qui avait pris un coup et se tenait tranquille le temps de récupérer.

– Salut, répondis-je.

– Tu es déjà là, dit-il.

– Oui. Je suis là. Les secours arrivent bientôt.

Il hocha la tête.

– D'accord, dit-il.

Suivit un long silence pendant lequel je l'entendis presque penser.

– Hé, fit-il de nouveau.

– Oui ?

– Tu devrais peut-être t'en aller d'ici, dit-il. Des fois que ces types reviennent.

Je secouai la tête.

– Ils sont loin à l'heure qu'il est.

Il acquiesça. Il semblait être réduit à un répertoire très limité de signes de communication : hochements de tête, petits gestes vagues de sa main libre, mots simples comme "hé" et "d'accord". En fait, nous l'étions tous les deux. Cette situation était trop réelle pour nous, nous ne savions pas comment être là, ensemble, avec le silence des bois tout autour de nous, l'odeur du sang et la nuit.

– D'accord, reprit-il. Je veux juste…

Je compris ce qu'il voulait dire avant qu'il le dise. Il ne savait pas comment le formuler, mais je compris de quoi il s'agissait. Il voulait être seul. Toutes ces histoires de *Cendres et Diamant* et Zbigniew Cybulski lui tournaient dans la tête, Anthony Perkins éclatant d'un rire méprisant à la fin du *Procès*. S'il devait mourir, il préférait que ce soit seul. Sinon, il me verrait plus tard. À ses yeux, il n'y avait rien là-dedans de choquant ou désagréable. Après tout, c'était lui qui avait été poignardé.

– D'accord, dis-je. Reste ici, ne bouge pas. Je vais aller voir là-bas s'ils arrivent.

Il acquiesça de nouveau, d'un drôle de mouvement mécanique. “Merci”, dit-il. Puis, au moment où j'allais me relever, il me toucha la main. “C'est bon”, dit-il. Je n'ajoutai rien. Puis il dit encore quelques mots, mais je n'entendis pas très bien et je ne les compris que plus tard.

Je ne savais plus trop de qui j'allais attendre l'arrivée, mais je le laissai là et m'éloignai jusque sur le bas-côté d'en face, de façon à pouvoir regarder en direction de la ville et voir l'ambulance, la voiture de police ou le quelconque autre véhicule censé venir. J'attendis un long moment – peut-être pas si long que ça. Ça me parut peut-être simplement long. En tout cas, quand l'ambulance finit par arriver, Laurits était inconscient. J'étais retournée auprès de lui et l'avais trouvé affalé par terre, ma chemise tombée plus loin. Je ne savais pas s'il était mort, ou en train de mourir, mais le sang formait une large flaque sombre tout autour de son corps et il gisait, totalement immobile, raide comme s'il avait été congelé ou moulé dans le plâtre. Sans couleurs. C'est ce dont je me souviens le mieux, l'absence de couleurs. Sa peau, ses cheveux, même ses vêtements semblaient passés. Son visage était gris et paraissait humide comme de la cendre détrempée. Tout, autour de lui, était noir, à cause du sang j'imagine, mais il n'y avait pas que ça. Du noir et du gris. Comme sur une des vieilles photos que prenait Weegee, attendant toute la nuit à côté de la radio qu'il arrive quelque chose à quelqu'un, comme ce soir, accidents de voiture et meurtres, tous ces malheureux dont la vie s'était achevée sur le bas-côté d'une route ou dans une quelconque ruelle, le visage vidé, sans expression, le pardessus gorgé de leur propre sang.

Les ambulanciers, ou je ne sais qui, prirent les choses en main sitôt sortis de leur véhicule. Ils étaient deux, un homme et une femme, et c'était apparemment la femme qui dirigeait les opérations, à moins peut-être que ce soit ainsi quand ils avaient affaire à des femmes.

– Vous êtes la personne qui a passé l'appel ? demanda-t-elle.

Je fis non de la tête.

Elle eut l'air agacée.

– Qui a passé l'appel, mademoiselle ? demanda-t-elle.

– Je ne sais pas, dis-je. Mon ami s'est fait agresser, alors j'ai couru jusqu'à la maison la plus proche pour…

– Ce n'est donc pas vous qui avez passé l'appel ?

Je secouai la tête.

– Vous êtes la femme de ce monsieur ?

Je hochai la tête.

– Je suis sa…

Elle me regarda et remarqua quelque chose. Que j'étais en état de choc, sans doute. Étais-je en état de choc ? Je n'en savais rien, mais son ton s'adoucit.

– C'est bon, dit-elle. Attendez ici. Nous allons nous occuper de votre ami. D'accord ?

J'acquiesçai. Pendant ce temps-là, l'homme s'était affairé sur Laurits mais je ne savais pas ce qu'il faisait. Il cherchait des signes de vie, je suppose, ou peut-être s'assurait-il que le saignement avait cessé. La femme le rejoignit et s'agenouilla. Ils échangèrent quelques mots. Je n'entendais pas ce qu'ils disaient, mais je sentis, juste au ton de leurs voix, que c'était grave. Mais ça, je le savais déjà. J'avais vu par moi-même à quel point il était gris. À quel point il avait l'air décoloré et vide. Était-ce à ça que ressemblait la mort ? Je ne sais pas si cette pensée me vint sur le moment ou plus tard, mais elle me resta en tête pendant des jours, de même que les derniers mots qu'il m'avait dits – des mots qui commençaient seulement à s'éclairer dans mon esprit. Qu'avait-il dit ? J'avais d'abord cru qu'il cherchait à me rassurer, ou qu'il tentait peut-être d'alléger la situation à l'aide d'une plaisanterie. Il aurait pu s'agir aussi d'excuses, en quelque sorte – excuses que, plus tard, quand je découvris pourquoi tout ça était arrivé, j'espérai sincèrement que j'aurais refusées. Sans doute pas, néanmoins. Je n'avais jamais eu la trempe de refuser quoi que ce soit à Laurits – d'ailleurs, il n'avait jamais demandé grand-chose. C'était peut-être ça le problème.

Mais il n'était question ni de me rassurer ni de plaisanter. Ni de s'excuser véritablement non plus, mais ça s'en approchait autant qu'il en était sans doute capable. Laurits aurait dit que c'était juste une remarque. Une constatation.

Pas une affaire personnelle. Voilà ce qu'il m'avait dit, ou quelque chose comme ça. Peut-être avait-il eu l'intention d'en dire plus, mais ce fut tout ce qu'il articula. *Pas une affaire personnelle.*

Je regardai l'homme et la femme se relever, presque d'un seul geste, et retourner vers l'ambulance. Je compris qu'il était mort rien qu'à leur expression. "Oh, Laurits", murmurai-je, sans me soucier du fait qu'ils puissent m'entendre. Après tout, j'étais en état de choc. Je pouvais bien dire ce que bon me semblait. Mais je pris garde de murmurer car, comme le disait quelqu'un dans une des vieilles histoires de papa, les morts ne peuvent nous entendre que lorsqu'on murmure.

– Je le sais, que ce n'était pas une affaire personnelle, dis-je.

Et je me surpris soudain à sourire. L'ambulancière le vit, vint me rejoindre et me prit le bras très doucement, ce qui me surprit car j'avais pensé qu'elle ne m'aimait pas. Qu'elle ne nous aimait ni l'un ni l'autre, parce que nous nous étions blessés au fin fond des bois et que nous étions morts alors que son collègue et elle essayaient de nous trouver, parce que la sœur de Wes leur avait probablement donné de mauvaises indications et que je n'avais pas insisté pour appeler moi-même. Mais elle ne nous détestait pas, elle était juste fatiguée à la fin d'une longue garde, elle avait envie de rentrer chez elle, de prendre une douche et de dormir jusqu'au début de son service du lendemain. Elle était sans doute mariée avec un flic, ou un pompier, et ils ne se voyaient jamais parce qu'ils étaient toujours dans les rues ou sur des petites routes paumées, quelque part, en train de nettoyer le sang des autres ou d'éteindre un incendie, tout en s'efforçant de ne pas laisser tout ça les rendre fous. Elle me regarda.

– Je sais bien que ça ne va pas, dit-elle. Ce n'est pas la question que je vous pose. – Elle scruta mon visage. – Je veux juste savoir si vous comprenez ce qui est en train de se passer.

J'acquiesçai. J'avais peut-être encore un sourire aux lèvres, ce qui n'arrangeait rien. Mais elle avait sans doute vu toutes sortes de réactions, dans le cadre de son travail. Elle avait dû voir des sourires égarés, entendre des hurlements, des rires déments, voir des hommes adultes recroquevillés comme des bébés dans des décharges, comme Zbigniew Cybulski à la fin de *Cendres et Diamant*. J'acquiesçai de nouveau, en espérant avoir l'expression qui convenait à ses yeux. Appropriée. Tout en me disant dans le même temps que Laurits avait raison. *Cendres et Diamant* était certainement le meilleur film jamais réalisé. Je me retournai vers ce que je savais n'être plus qu'un corps à présent. Il n'en demeurait pas moins que personne n'avait encore dit que Laurits était mort, mais l'absence de hâte était la preuve qu'il fallait à mon esprit. L'homme était derrière moi, en train de passer un appel radio. La femme voulait m'emmener avec elle, mais je résistai un petit instant. Je regardai Laurits.

– Tu n'avais pas besoin de me le dire, murmurai-je aussi bas que possible.

Non que ça ait grande importance. Je souris alors, mais juste pour m'empêcher de pleurer.

– Je sais que ce n'était pas une affaire personnelle, dis-je. Et, de toute façon, ça ne l'avait jamais été.

Qu'est-ce qu'il y a de plus cool que le jazz ?
La country.
Tu plaisantes.
Les reprises pseudo-country de vieux morceaux punks.
Tu parles.
Barry Manilow.

Pendant un long moment, je fermai les yeux et me contentai d'écouter les voix. C'était moins dur que de regarder, je pense. Je connaissais ces gens depuis le tout premier soir où j'étais entrée au Sidetracks et avais fait la connaissance de Laurits, mais aucun ne m'était proche, du reste je ne savais même pas comment s'appelaient certains d'entre eux. Ce n'étaient pas mes amis, mais ça se passe comme ça quand quelqu'un meurt. On fait soudain partie d'un groupe qu'on n'aurait sans doute jamais choisi, soudé par quelque chose, quand bien même on serait bien en peine de définir la chose en question. Pas de l'affliction. Pas du chagrin. Simplement il y a un événement à marquer, alors on le marque avec ceux qui se présentent. Quoi qu'il en soit, je n'avais pas envie d'être là, avec ces gens. J'étais à peu près sûre que je ne les reverrais plus jamais – pas par choix, en tout cas. Ils faisaient partie du mobilier de la vie de Laurits et c'était typique de son esprit de contradiction qu'il se soit entouré de parias et de barjots. Il y avait là Slim, dont la collection extensive de T-shirts de concerts rock semblait inépuisable (ce soir, il en portait un de la Tournée européenne 1972 du Grateful Dead, aux couleurs passablement fanées bien qu'il ne puisse quand même pas être d'origine). Encadré par les jumelles Robert, qui se prétendaient l'une et l'autre sa petite amie et rivalisaient de shots de vodka. La foule habituelle au complet, vieilles connaissances et nouveaux visages, quiconque avait connu Laurits et survécu à ses harangues et agressions verbales était là. Mais c'était une piètre bande, et il me semblait qu'aucun de ces gens ne l'avait vraiment connu. Il n'était mort que depuis trois jours, et quelqu'un était déjà en train de refaire son vieux numéro à propos de Barry Manilow, mais ils ne savaient pas quel imposteur était Laurits, ni à quel point il voulait être vrai. Vrai au sens d'honnête, dans un monde où l'honnêteté aurait pu avoir de l'importance. Mais, de toute façon, il aurait ri de ça aussi. Je croisai le regard de la serveuse et lui fis signe de m'apporter un autre Jack Daniel's.

Je ne compris qui elle était que lorsqu'elle m'apporta ma consommation. Elle avait les cheveux coupés différemment et un maquillage gothique très appuyé ; le tout, en plus de l'uniforme grotesque que toutes les serveuses du Sidetracks étaient obligées de porter – minirobe noire, nœud papillon blanc et petit tablier blanc à volant –, la transformait au point que c'est à peine si je la reconnus, même quand elle posa le verre devant moi en souriant.

– Ruth ?

Elle acquiesça, heureuse de me revoir et, en même temps, un peu gênée par les circonstances. Je ne l'avais pas vue depuis des mois et je m'aperçus soudain, pour la première fois, de la profonde emprise qu'avait eue Laurits sur ma vie. Ruth ne l'aimait pas, et n'aimait pas non plus ses amis. Le soir où nous avions fait connaissance, lui et moi, je ne l'avais même pas trouvée pour lui dire au revoir.

– Comment ça va, tu tiens le coup ? demanda-t-elle. J'ai appris ce qui s'était passé.

J'acquiesçai. J'espérais avoir l'air grave, je crois, mais ce qui s'était passé trois jours plus tôt me paraissait encore irréel.

– Je vais bien, dis-je. Enfin bon, tant qu'il y a du Jack Daniel's.

– On en a plein, dit-elle. Elle sourit à nouveau et me toucha doucement le bras. Et il y avait dans ce geste non seulement du soutien moral, mais aussi du pardon.

Je souris à mon tour. J'étais contente que ce soit elle, mais je me sentais seule, aussi. On se rend compte que les choses vont vraiment mal quand la seule personne qu'on connaît ou qu'on apprécie dans une salle de bar, c'est la serveuse.

Les couples. C'étaient les pires. Les mecs trônant, un bras propriétaire autour des épaules de leur petite amie, avec juste assez de souplesse pour paraître désinvolte. Dans le genre, elle est à moi mais bon, pas de quoi en faire un plat. Ça a son prix, mais rien d'irremplaçable de toute façon. Une fille caressant le dos de son petit ami, longuement, lentement. Laurits n'aurait rien supporté de tout ça. Ce contact, cette proximité, cet étalage vaguement simiesque. On ne se touchait même jamais hors de l'appartement.

La police m'avait interrogée des heures à propos de l'agression, mais ils ne voulurent pas me laisser voir Laurits. Ils me redemandaient sans cesse si je connaissais les hommes du pick-up et, quand je leur disais que non, ils notaient cette réponse, mais ils ne semblaient pas me croire et revinrent plusieurs fois sur le sujet. Est-ce que je connaissais ces hommes ? Est-ce que j'avais déjà vu cette voiture ? M'était-il arrivé de voir Laurits avec un de ces hommes, isolément peut-être ? Laurits était-il impliqué dans une quelconque activité criminelle à ma connaissance ? Ils avaient l'air de croire qu'il m'en aurait informée. Et de croire que je leur transmettrais l'information. Ils me reposaient sans cesse les mêmes questions – les hommes dans la voiture, argent, drogue, activités criminelles –, encore et toujours, sans relâche, et je ne savais pas quoi faire, je savais seulement ce que j'avais vu dans des films, sauf que, dans les films, la personne interrogée était généralement coupable. Au bout d'un moment, je me demandai si je n'étais pas censée réclamer un avocat, puis je me rappelai qu'à la télé demander un avocat était toujours interprété comme un signe de culpabilité.

Je demandai où était Laurits, où ils l'avaient emmené, mais ils ne voulaient rien me dire. Ils ne voulurent même pas confirmer qu'il était mort, bien que je le sache déjà. Son souhait avait été exaucé, il était mort seul, dehors, sous un vaste ciel étoilé. J'étais en colère à présent, je le reconnais, quand je repensais à la façon dont il m'avait congédiée, mais je finis par comprendre. Nous n'étions pas si proches que ça, en réalité. Il préférait le monde sous forme abstraite aux gens, je l'avais toujours su. Ce fut sans doute la raison pour laquelle je restai si longtemps avec lui.

Ce fut seulement au bout de deux heures d'interrogatoire qu'ils me questionnèrent sur Axel Crane. Je répondis que je n'avais jamais entendu parler de lui.

À présent, trois jours plus tard, la bande du Sidetracks faisait une veillée pour "un ami absent", comme le formula Slim, sur quoi une fille nommée Julie fit remarquer qu'il était tout aussi absent avant de mourir, ce qui était vrai à certains égards, même s'il était toujours en train de parler, de débattre de quelque chose avec quelqu'un. Une chose insignifiante, en général, cela dit. Rien n'était jamais sérieux. Ça aussi, je l'avais toujours su, mais cette exclamation m'amena à remarquer Julie pour la première fois – elle avait toujours été là, à observer sans rien dire à la lisière de l'action et, maintenant que j'y pensais, son regard ne quittait jamais Laurits. J'aurais dû deviner, bien sûr, qu'elle en pinçait pour lui, mais ce fut seulement quand l'un des autres mentionna en passant que Laurits et elle étaient sortis ensemble deux ans plus tôt que je reconstituai le puzzle.

Nous faisions une veillée – rien de funèbre, précisa Schuyler – parce qu'il n'y aurait pas d'obsèques auxquelles assister. Quand ils estimèrent avoir tout ce qu'il leur fallait, les policiers remirent le corps de Laurits à sa mère, qui arriva du New Jersey en avion le lendemain soir du décès pour venir le chercher. Elle ne se mit en relation avec aucun d'entre nous. Elle ne traita qu'avec les autorités. Je n'arrive pas à m'imaginer qu'aucun de nous ait pu être mentionné lors des rares appels que Laurits lui passait, moi moins que tout autre.

Meilleure couverture de tous les temps ?

Personne ne répondit.

Meilleure chanson de tous les temps ?

Just Like Tom Thumb's Blues.

Ça commençait à m'agacer, cette façon dont, tous, ils imitaient Laurits, lançant des questions futiles, essayant de piloter une conversation interminable, décousue et totalement inutile comme lui le faisait sans arrêt, mais personne ici ne s'ennuyait autant ni ne se méprisait autant en compagnie des autres que Laurits. Ils étaient venus pour faire une veillée, et voilà qu'ils se contentaient maintenant de lui voler son numéro, et même ça ils n'arrivaient pas à le faire correctement. J'attrapai le regard de Ruth et lui fis signe de me resservir un JD. Je me sentais triste, tout à coup. Pas pour Laurits, mais pour Ruth et moi. Pour les conversations que nous avions eues à propos d'Emily Dickinson et Marianne Moore. Pour les amies que nous aurions pu être.

Règles à l'usage des gens bourrés inquiets. Premièrement, toujours faire comme si on savait exactement ce qu'on est en train de faire. Et persister, même s'il est parfaitement évident qu'on est complètement largué. Faire semblant vis-à-vis des autres, mais aussi de soi-même. Si on y croit, ils y croiront aussi. Bien se le répéter. On fait ça depuis des années. Si quelqu'un affirme le contraire, s'indigner.

La soirée se poursuivit. Je ne me rappelais même pas avoir quitté le Sidetracks, ni où j'allai ensuite, ni avec qui. Je me rappelle, plus tard, avoir vu une enseigne dans une vitrine, quelque part, un néon rouge vif derrière des torrents de pluie, et m'être demandé un moment comment il faudrait s'y prendre pour peindre ça. Ensuite, je n'ai plus aucun souvenir.

Nada.

Le noir complet.

Néant.

La chambre de Jennifer

Il est possible qu'à cette époque, mon principal domaine de compétence ait été de me réveiller dans une chambre inconnue, puis de retrouver comment j'étais arrivée là, en remontant le temps, entre trous de mémoire et élisions, jusqu'au dernier souvenir que j'avais, ou qu'il me semblait avoir. D'ordinaire, c'était à peine plus qu'une image, un instantané flou et, certaines fois, même ce peu-là était une illusion surgie de mon imagination. Un visage dans la pénombre, une voix me posant une question idiote, une ruelle baignée de lune vue d'une vitre en mouvement, la sensation de quelqu'un me soutenant, ou me laissant glisser quelque part. Le dernier bar. Le dernier verre. La dernière fois que j'avais connu les gens avec qui j'étais. La troublante proximité de corps inconnus, porteuse d'une possibilité de sexe ou de violence. Une femme en train de rire, qui était peut-être moi. Une femme en train de pleurer. La seule chose qu'il me fallait, c'était chaque fois une petite bribe ou deux qui puissent me conduire, en mon for intérieur, jusqu'au lieu inconnu dans lequel je venais de me réveiller – un canapé dans un sous-sol, une chambre d'enfant qui n'avait pas servi depuis l'heure de gloire de Wayne Gretzky ou Reggie Jackson, un matelas taché à même un parquet abîmé.

Laurits me raconta un jour comment il s'était réveillé dans une chambre d'hôtel, convaincu d'avoir gravement blessé ou tué un homme rencontré la veille au soir, et il avait ri quand je lui demandai ce qui s'était passé.

– Je ne sais pas ce qui s'était passé, dit-il. C'est bien ce que je suis en train de te raconter.

– Mais tu n'as pas cherché à le savoir ?

Nous étions chez nous, dans l'appartement, après une longue soirée au lendemain de laquelle, pour une fois, nous nous étions réveillés tous les deux, encore à moitié bourrés, dans sa chambre vieillotte.

Il se mit à rire.

– Pour quoi faire ? Il y avait du sang sur ma chemise. J'avais des griffures et des bleus sur les bras. – Il secoua la tête. – Ah ça, non. Je ne suis pas curieux à ce point.

– Alors qu'est-ce que tu as fait ?

– À ton avis ? J'ai pris une douche, changé de tenue et je me suis tiré de là vite fait.

– Mais…

– Mais quoi ? – Il s'esclaffa. – Mais si quelqu'un m'avait vu ? S'il y avait eu des témoins ? Il y en avait peut-être eu. Mais je n'allais certes pas attendre de le découvrir.

– Ce que je veux dire, c'est…

– Ce que tu veux dire, c'est pourquoi est-ce que l'histoire s'arrête là ? Pourquoi est-ce que ce n'est pas comme dans les films ? Pourquoi est-ce qu'il n'y a pas de chute ?

– Va te faire.

Il rit de plus belle.

– Vous les Américains, dit-il, vous feriez n'importe quoi pour une bonne intrigue. Ou même pas une bonne, juste un truc avec une fin. Comment ça se fait que vous soyez comme ça, hein ? Comment ça se fait que vous soyez accros aux conclusions évidentes ?

Je m'esclaffai à mon tour mais, d'un autre côté, je n'avais pas envie de rentrer dans son jeu. J'aurais voulu qu'il ne me raconte rien, et il le savait. Il le savait avant de me raconter. C'était *pour ça* qu'il l'avait fait.

– Qu'est-ce que tu racontes, “vous les Américains” ? lançai-je. Ne me ressors pas ces conneries estoniennes. Tu es tout aussi américain que moi.

Ma réplique parut le déconcerter, mais peut-être faisait-il semblant. On garda le silence un moment, en attente. Puis il se leva et commença à renfiler ses vêtements de la veille.

– Et alors, ça se passait où ? demandai-je.
– Dans l'Ohio.
Il passa un pied, puis l'autre dans son jean.
– Où ça, dans l'Ohio ?
– Je ne donne pas plus de détails, dit-il.
– Pourquoi ça ? – Je me mis à rire. – Tu crois que je vais aller te dénoncer ?
– On a vu plus étrange, Kate, dit-il en enfilant son T-shirt. On a vu plus étrange.
– Tu es incroyable, dis-je.
– Merci.
Il s'assit sur le bord du lit et chaussa les tennis ridicules qu'il avait trouvées dans une friperie. Sans chaussettes.
– D'ailleurs, qu'est-ce que tu fais ? demandai-je. Pourquoi est-ce que tu t'habilles ?
Il renifla, sarcastique.
– Il nous faut du carburant, dit-il. Je vais en acheter.
Il se leva d'un bond et se dirigea vers la porte. Il débordait toujours d'énergie les lendemains matins. Je le voyais bien, quittant ce fameux hôtel, se débarrassant des vêtements de la veille en chemin vers l'arrêt de bus ou l'endroit où il alla ensuite, les jetant un par un au fil des rues successives, sans le moindre remords, enivré par l'ironie – il avait peut-être vraiment fait quelque chose, une chose réelle, il avait peut-être tué, et maintenant voilà qu'il était incapable de se rappeler ce qui s'était passé. Ç'aurait été tellement *existentiel* à ses yeux, à l'époque, comme un truc lu chez Camus, ou Zbigniew Cybulski en train de tituber dans un champ à la fin de *Cendres et Diamant*.

Je le rappelai, mais il était trop rapide. Je voulais lui dire qu'il était 6 heures du matin, que c'était dimanche, que tous les magasins du quartier étaient fermés. Choses qu'il savait, de toute façon. Cela dit, je savais, moi, qu'il marcherait jusqu'à ce qu'il trouve un endroit ouvert, je ne sais quelle minuscule boutique toujours ouverte dans une ruelle paumée, quelque part, ou une épicerie russe, pleine de trucs ayant dépassé depuis longtemps la date de péremption, où un type ressemblant à Rod Steiger le tiendrait à l'œil depuis la caisse, une main posée dessus, l'autre sur le revolver réglementaire rapporté de la guerre.

Je m'étais réveillée dans les états les plus variés, de l'extatique au presque morte, et dans toutes sortes d'endroits, mais cette fois-là c'était le pompon. Cette fois-là c'était splendide, une chambre ancienne, haute de plafond, qui semblait sortie d'un vieux film – la chambre de Judy Garland dans *Le Chant du Missouri*, disons –, et je n'eus d'abord aucune idée de l'endroit où je me trouvais, parce que c'était tout simplement *trop* splendide. Trop parfait, trop propre, trop calme. Si parfait, si calme, que ça m'effrayait presque. C'était le genre de grande chambre qu'on ne voit plus nulle part, avec une table au milieu et une psyché d'autrefois, sans doute un objet ancien, à côté. Un mur entier était tapissé de livres. Il y avait même un poêle et une porte menant, je le découvris plus tard, à une salle de bains attenante, petite mais lumineuse, pourvue d'une douche et d'un carrelage en pierre naturelle d'aspect coûteux. Le détail que je trouvai le plus frappant, toutefois, fut ce que je pris pour un masque amérindien, fixé au mur en face du lit, de telle manière que la personne qui y dormait le voie chaque fois qu'elle s'éveillait. Il était bleu pastel et rouge sang, avec de fins reliefs d'or autour des yeux, un visage humain, une bouche pareille à un bec, des yeux immenses, cerclés de pigment blanc cru, comme un oiseau nocturne surgi d'une vision sous mescaline. À la fois magnifique et troublant – et ce fut cet indice, ce masque, qui me fit comprendre que je me trouvais dans la maison de Jean. J'en étais sûre, avant même de me lever et de traverser la pièce pour aller contempler le jardin. Les rideaux de style rustique étaient semés d'un léger motif d'oiseaux et feuillages qu'aurait pu dessiner mon père des années plus tôt. Je glissai un regard furtif au dehors, sans ouvrir les rideaux de peur d'être vue, bien que je ne sache pas trop par qui. Peut-être Christina Vogel était-elle dehors, cachée parmi les arbres, en train d'espionner. Je m'éloignai de la fenêtre, me retournai et me vis dans la psyché. Je portais une chemise blanche propre que je n'avais jamais vue, sur le short bleu layette que je me rappelai avoir enfilé… quand ? Deux jours plus tôt ? Trois ? Je ne savais pas combien de temps j'avais dormi, ni combien de temps, auparavant, avait duré mon ivresse. Je ne me souvenais de rien. Je levai les yeux vers le masque : il me rendit mon regard, féroce, intransigeant, pareil à une réprimande du monde des esprits à l'égard de tous mes manquements. De mon indignité. Le mot m'arriva de nulle part – il n'était pas de ceux que j'aurais utilisés en temps normal –, et pendant un instant j'eus le sentiment d'avoir été transformée en quelqu'un d'autre. Puis j'entendis un son qui aurait pu être celui de quelqu'un montant l'escalier, mais n'était vraisemblablement qu'un des bruits qu'une vieille maison conserve dans son répertoire de soupirs, grincements et frottements, si bien que je retournai me glisser dans le vaste lit blanc et feignis de dormir pendant quelques minutes avant de m'endormir véritablement, sombrant si soudainement dans un néant sans rêves que je crus qu'il s'était écoulé plusieurs heures quand je me réveillai, une quarantaine de minutes plus tard.

Je n'ai jamais su, en fin de compte, comment Jean Culver vint à mon secours ce soir-là. M'avait-elle suivie, ou était-elle tombée sur moi dans la rue au cours d'une de ses marches nocturnes, alors que je délirais, couverte de vomi et de sang, trop ivre et défoncée pour me rappeler qui elle était ? M'avait-elle traînée chez elle pour me laver et bercer mon âme perdue, démente, dans cette chambre magnifique – une pièce, je le découvris plus tard, qui, plus qu'une simple chambre d'amis, était en fait le saint des saints, l'unique pièce de sa maison dans laquelle d'ordinaire elle n'allait jamais, la pièce qu'elle avait réservée des années plus tôt à Jennifer, pour le cas où elle reviendrait un jour et aurait besoin d'un lieu où séjourner – ou d'un endroit où se cacher. Qu'elle m'ait suivie ne m'aurait pas étonnée. Et je ne serais pas étonnée non plus qu'elle s'y entende à suivre les gens, rester cachée à la vue de tous, espionne comme son frère, douée pour la dissimulation, quasi invisible quand elle avait besoin de l'être. Je ne l'ai jamais su car je n'ai jamais posé la question, de même que je n'ai jamais demandé pourquoi elle m'avait amenée dans cette chambre-là, alors qu'il y en avait d'autres dans la maison – plusieurs, en fait – où elle aurait pu m'abandonner le temps que je dorme jusqu'au bout de mon indignité. Je n'ai jamais posé la question car la réponse me faisait peur, une réponse qu'elle n'aurait pas eu à formuler mot à mot puisque je comprendrais, à partir du mensonge qu'elle me raconterait, en quoi consistait la vraie vérité. Je ne voulais pas demander, pas qu'on me mente, pas avoir confirmation du soupçon qui me vint, quand je me réveillai à nouveau, soupçon qui devint un scénario complexe en une poignée de secondes. Dans cette histoire, Jean voulait que je reste avec elle, que je vive pour toujours dans cette chambre, non pas en tant que moi-même mais en remplacement de la nièce qu'elle avait perdue. À ce moment-là, je n'avais pas envie de retourner à ma vie personnelle, et certes pas la force de regagner l'appartement – pas encore, pas encore. La seule idée de retrouver ce lieu, les affaires de Laurits, l'odeur qui s'attardait là-bas et l'épais, l'aveuglant souvenir de sa personne… c'était *ça* qui m'avait jetée dehors dans la nuit noire et froide, noyée d'alcool, pour me perdre à tout jamais ou être sauvée de l'indignité, peu importait. Je le savais – et je savais que, pour l'heure, je n'avais aucun autre endroit où aller. Mais je savais aussi qu'il faudrait trop de dignité, trop d'élégance intérieure pour vivre dans cette chambre, parmi fantômes et échos, telle une réfugiée du monde lumineux, avec la lune sur mon lit quand je veillais la nuit pour lire les livres rangés sur ces rayonnages, un par un, lentement, soigneusement, prononçant les mots à voix haute pour tenter en vain de comprendre qui j'étais devenue, ou quoi.

Jean attendit un long moment avant de venir me voir. Des heures s'écoulèrent avant que je l'entende à nouveau dans l'escalier, des heures au cours desquelles je sombrai dans le sommeil puis en émergeai alternativement, sans vraiment faire la distinction. Elle frappa deux coups, tout doucement ; puis, après avoir attendu un petit instant, elle entra. Ce devait alors être presque le soir et j'étais bien éveillée, couchée sur le dos, les bras le long du corps, sans penser à rien, curieusement réduite au silence, ne percevant que la douceur des draps propres et une odeur suave, sombre, comme celle des fleurs de seringa, mais plus capiteuse. Jean vint jusqu'au pied du lit, où je pouvais la voir. J'essayai de me redresser mais n'y parvins pas.

– Comment allez-vous ? demanda-t-elle.

J'essayai de dire quelque chose, mais n'y parvins pas. J'avais la tête lourde comme du plomb et vide en même temps.

– Eh bien, dit-elle, ça prendra du temps. Inutile de se précipiter. Vous pouvez rester ici aussi longtemps que vous voulez.

Je tentai, et réussis, un hochement de tête, un seul mouvement, presque imperceptible, de la tête, qu'elle interpréterait, je l'espérais, comme il convenait.

Elle sourit d'un air grave.

– Vous auriez pu mourir, là-bas, dit-elle. Vous le savez, n'est-ce pas ?

Je l'ignorais. Je n'avais aucun souvenir de ce qui s'était passé après mon départ du Sidetracks. Finalement, au prix d'un réel effort, je réussis à articuler :

– Je ne me rappelle pas.

Elle me regarda attentivement, puis hocha la tête, une sorte de résignation bienveillante au fond des yeux.

– Ça vaut mieux, dit-elle.

Elle resta là encore un moment, à me regarder, un moment au cours duquel je me dis qu'elle se demandait si je disais la vérité – si je ne me rappelais pas quelque chose que je lui cachais, par honte, ou dégoût de moi-même.

Indignité. Mais si je lui cachais quelque chose, alors je me le cachais à moi aussi – et l'idée me vint alors que je cachais *bel et bien* quelque chose, quelque demi-souvenir que je n'osais pas exposer à la pleine lumière. Il s'était passé quelque chose… et Jean en avait été témoin, quoi que ça ait pu être. Une terrible appréhension s'empara soudain de moi. *Vous auriez pu mourir, là-bas*. Qu'avait-elle vu ? De quelle horreur m'avait-elle sauvée ?

– Que s'est-il passé ? demandai-je. – Ma voix semblait lointaine, tendue. – Qu'avez-vous vu ?

Elle secoua la tête.

– C'est fini, à présent, dit-elle. Et il faut vous reposer. Vous avez faim ?

– Oui, dis-je, à ma propre surprise.

Je n'y avais pas pensé jusqu'alors, mais j'avais maintenant vraiment faim – ce qui était bon signe, je le savais, car en temps normal, après avoir picolé des jours durant, je ne supportais pas même l'idée de nourriture.

– Je vais vous faire de la soupe, dit-elle. Restez là. Reposez-vous.

Pendant les quelques jours qui suivirent, je passai le plus clair de mon temps au lit. Jean m'apportait des soupes, de fines tranches de pain maison, mais pas de gâteaux. Je crois qu'elle était heureuse de devoir s'occuper de quelqu'un. Elle s'y entendait assurément. Elle savait que j'avais surtout envie d'être seule, et je ne pense pas que ça ait pu être dur à supporter pour elle, mais elle savait deviner bien d'autres choses, aussi. Le troisième jour, elle m'apporta un beau savon, blanc comme du lait mais chargé de cette même odeur de seringa que j'avais sentie précédemment, et un immense peignoir qui devait être trop long même pour elle. Il semblait neuf.

– Vous pouvez utiliser la douche qui est là, dit-elle. Ou aller à la salle de bains, la deuxième porte à gauche, dans le couloir. À vous de choisir.

– Merci.

– Je me demandais si vous vouliez de la musique. J'ai un vieux walkman, acheté sur un coup de tête, et des écouteurs à peu près corrects. Je ne m'en suis jamais vraiment servie. Je n'ai pas pu m'habituer à garder ces trucs dans les oreilles. – Elle m'adressa un regard singulier, curieux, presque timide, et je me rendis compte que c'était la première fois qu'elle me regardait vraiment dans les yeux depuis qu'elle m'avait sauvée de ce qui aurait pu me tuer, là-bas. – Vous m'avez dit que vous aimiez écouter de la musique.

Je réussis à sourire.

– Ça serait génial, merci, dis-je. Je suis désolée de vous avoir causé tous ces…

Elle leva la main en secouant la tête pour me signifier de me taire.

– Ne parlons pas de ça, dit-elle. Quoi que nous puissions être, nous ne sommes pas ce genre de personnes.

– D'accord.

Elle hocha la tête.

– Bon, fit-elle. Alors qu'est-ce que vous aimez ?

– Qu'est-ce que je…

– Comme musique, précisa-t-elle.

– Ah.

Je réfléchis un instant. Je n'avais pas de préférence précise. J'écoutais de tout. Scarlatti. Bach. Keith Jarrett. Pere Ubu.

– J'aime la plupart des musiques, dis-je.

Elle sourit.

– C'est un peu vague, dit-elle. Mais je vous apporterai plusieurs choses et vous me direz si certaines sont à votre goût.– Elle disposa le peignoir sur le lit, puis s'attarda, tout en sachant qu'elle s'attardait. – Vous est-il arrivé de jouer d'un instrument ? À l'école, par exemple ?

Ça aurait pu sembler une question étrange, compte tenu des circonstances, mais je compris tout de suite ce qu'elle faisait. Pour la plupart des gens, même s'ils n'ont jamais été très bons, le souvenir d'avoir joué de la musique, enfant, est habituellement agréable. Et même cousue de fil blanc, la ruse fonctionna.

– J'ai eu une clarinette pendant un temps, dis-je. C'était mon père qui me l'avait offerte.

– Une clarinette ?

– Oui. Il lui arrivait d'en jouer et il m'a appris ce dont il se souvenait. J'ai renoncé à un moment donné, je ne me rappelle pas quand. J'envisage de reprendre, d'ailleurs.

– Eh bien, fit-elle, vous pourrez peut-être.

Elle se dirigea vers la porte et s'apprêta à partir.

– Prenez une longue douche, ça vous détendra, dit-elle. Ne vous pressez pas.

Je mis plus longtemps, cette fois, à me sentir bien de nouveau. Comme elle l'avait promis, Jean évita de me presser. À un moment donné, elle me demanda si j'avais besoin de quelque chose à l'appartement, mais je lui dis que je ne me sentais pas capable d'y aller. Elle s'était déjà mise en relation avec Antoine, l'ami de Laurits propriétaire du Blue Barn, un magasin d'antiquités, qui était plus ou moins mon propriétaire, désormais. Sans l'être véritablement, bien sûr, puisque son arrangement avait été conclu avec Laurits. Mais il savait ce qui s'était passé et avait dit à Jean qu'il n'y avait pas de problème, le loyer étant en fait payé pour trois mois, après quoi je pourrais décider de ce que je voulais faire. Je pourrais continuer à occuper l'appartement comme auparavant si je le souhaitais, aux conditions plutôt généreuses qu'il avait conclues avec Laurits. Au nom d'une vieille amitié. Je ne savais pas ce que je voulais faire, mais je savais que je ne pourrais plus jamais vivre dans cet appartement, quand bien même j'en aurais les moyens.

Jean l'avait senti.

– Dites, proposa-t-elle. Si je sortais la voiture et que j'allais chercher vos affaires ? Vous pouvez rester ici jusqu'au moment où vous saurez ce que vous voulez faire ensuite. L'université ne reprend pas avant… quand ?

– La fin du mois, dis-je. Fin septembre.

– Donc. Vous avez deux semaines pour y réfléchir. Vous savez que vous êtes la bienvenue ici. Et j'espère que, maintenant, vous savez que je serais très vexée si nous ne me laissiez pas vous aider de toutes les façons possibles.

Aujourd'hui, quand je me remémore cette époque, je me demande ce qui se serait passé si Jean n'était pas intervenue. Peut-être qu'elle avait raison, que je serais morte. J'aurais presque certainement abandonné mes études pour la deuxième fois. Il n'est donc pas exagéré de dire que je lui dois la vie. Mais ce que je trouve vraiment frappant, rétrospectivement, c'est que tout se soit passé aussi simplement. Je me levai, d'abord quelques heures par jour, puis commençai à aider dans la maison. Jean parla à Antoine qui l'aida à rapporter mes quelques affaires de l'appartement. Quand le nouveau semestre commença, je décidai de reprendre les cours et les gens se montrèrent gentils, à un point parfois pénible, jusqu'au moment où je crus ne plus pouvoir le supporter, mais j'y parvins avec l'aide de Jean, si bien que quand les premières feuilles commencèrent à tomber, je menais une existence presque normale. Mes professeurs et les autres étudiants commençaient à me laisser me débrouiller par moi-même – et je trouvai intéressant de me découvrir une nouvelle trajectoire, une nouvelle confiance en ce que je faisais. Laurits n'était plus là. C'était comme si une lampe avait été allumée et son ombre à lui effacée. Je jetai les grandes lignes d'un court métrage à propos d'une fille dont la famille déménage sans l'en informer. Comme elle n'a plus d'endroit où vivre, elle s'installe dans un bois parce qu'elle aime les oiseaux. En m'inspirant d'un article lu dans une revue, je lui fis orner les arbres de têtes de poupée, morceaux de verre et de vaisselle trouvés en grattant la terre. Dans la dernière scène, elle se transformait en oiseau.

Entre les cours, je faisais des choses dans la maison, ou Jean et moi partions en excursion, comme elle persistait à appeler nos promenades. Je remarquai que ces excursions se faisaient plus souvent en voiture que par le passé, et qu'elle me laissait conduire avec plaisir. Je remarquai aussi qu'elle ne fendait plus autant de bois qu'auparavant. J'en déduisis qu'elle en avait trop d'avance, mais j'avais déjà deviné la vérité. Elle était malade. Une ombre s'attardait sur son visage, le matin, qui révélait qu'elle n'avait pas bien dormi, et son degré d'énergie était généralement moindre. Elle parlait moins et, assez souvent, je la trouvais dans la cuisine en train de contempler par la fenêtre son domaine boisé. Cette perte d'énergie, ce ternissement survinrent si vite – il me semble à présent que tout ça se passa en moins d'un mois – que je fus choquée en comprenant soudain que je pourrais bien la perdre sous peu. J'avais accepté de rester chez elle jusqu'au moment où j'irais mieux ; or je ne voulais plus partir, maintenant, de peur qu'elle ait besoin de moi. Un soir, comme elle s'était couchée tôt, je restai dans la cuisine, à boire de la verveine au miel, et envisageai pour la première fois l'éventualité que, si je m'en allais, elle ne puisse plus se débrouiller seule bien longtemps. Ce fut une pensée si terrible que je ne pus me retenir de fondre en larmes comme une gamine. L'idée de sa mort m'emplissait de désolation. Je n'avais pas expérimenté ce moment avec papa – il avait caché sa maladie jusqu'à la fin et voilà que, tout d'un coup, je lui en voulais, et je pleurais, inconsolable – mais en silence, pour que Jean n'entende pas – dans sa cuisine baignée de la lumière dorée de la lampe.

L'invitation arriva au début du mois de novembre. L'Institut des arts organisait une soirée d'hommage à l'œuvre de Laurits, comprenant la projection de son dernier film, inachevé, et ils voulaient que je sois là. Je ne serais pas censée faire quoi que ce soit – il n'y aurait ni panégyrique ni éloge funèbre. En fait, il n'y aurait pas de discours du tout. Juste l'œuvre de Laurits, de son tout premier film au plus récent. Je montrai la lettre à Jean.

– Qu'en pensez-vous ? demandai-je.

– Je ne sais pas, dit-elle. Vous avez envie d'y aller ?

– Je crois que oui.

– Vous croyez que oui, ou vous croyez qu'il faut ?

– Les deux.

– Si vous avez envie, vraiment, alors allez-y, dit-elle. Mais vous n'avez aucune obligation envers qui que ce soit. Vous n'avez d'obligations, à l'heure qu'il est, qu'envers vous-même.

Elle posa la main sur mon bras. Ses yeux brillaient.

– Vous savez pourquoi je vous ai raconté toutes ces histoires ? demanda-t-elle.

J'acquiesçai.

– C'était une ruse. Vous vous êtes dit que c'était un moyen de m'empêcher de boire, dis-je.

– C'est vrai. Mais il n'y avait pas que ça. – Elle retira sa main et se redressa. – Je vous ai raconté toutes ces histoires et vous avez écouté. Vous n'avez rien mis en doute, alors que vous n'aviez aucun moyen de savoir si je n'étais pas tout bêtement en train de vous embobiner avec un tas de salades tout droit sorties de mon imagination.

Je réfléchis un instant – ou feignis de le faire. Cette question, je me l'étais posée, très tôt, peu après notre première rencontre, mais j'avais toujours su qu'elle ne mentait pas.

– Je savais que c'était vrai, dis-je. Tout. Et votre ruse a marché – ou elle l'aurait fait, si Laurits n'était pas...

Je m'interrompis alors, mais ce n'était pas dû à l'émotion. Je ne savais pas quels étaient mes sentiments pour Laurits, à cette heure. La question était en suspens. J'avais besoin de retrouver des forces, et du calme, pour la démêler.

– Ce n'était pas une ruse, dit-elle. Ou peut-être que si, en partie, mais c'était surtout... je ne sais pas trop... un bonus. Ce qui comptait, en fait, c'était que j'avais besoin de raconter ces choses à quelqu'un. Soixante-dix ans, et tous ces gens... – Elle se tut un instant, cherchant le mot qui convenait. – Il me fallait un dépositaire. J'avais besoin de transmettre tout ça, pendant qu'il était encore temps.

– Et vous l'avez fait.

– Presque.

– Comment ça, presque ?

– En fait, j'ai menti, dit-elle. Juste une fois.

– Oui.

– Donc vous le savez ?

Je ne sus que répondre. J'avais senti qu'il manquait quelque chose dans son récit concernant la disparition de Lee, mais là, tout à coup, je n'avais plus envie qu'elle me raconte toute l'histoire, par égard non seulement pour elle, mais pour moi. Je n'avais pas voulu entendre ce qu'elle avait appelé le moment tragique parce qu'elle avait fait en sorte qu'il paraisse inévitable.

– Vous avez mentionné que vous vous étiez frottée à la Faucheuse, dis-je. C'était au début. Jeremy vous avait appelée, après que vous aviez subi une intervention chirurgicale.

– Vous aviez promis de ne pas prendre de notes, dit-elle.

– J'ai une bonne mémoire.

– Donc vous le saviez, dit-elle. – Elle était sérieuse, mais son visage s'était éclairé et un regain d'énergie émanait d'elle, à présent, bien que ce soit elle qui ait choisi de mentir à propos de cette histoire en particulier, quelle qu'elle soit. – Mais vous n'avez rien dit.

– C'était à vous de décider.

Elle sourit. Puis se leva et passa dans le vestibule. Elle en revint vêtue d'une courte veste écossaise et de gants en cuir que je ne lui avais encore jamais vus.

– Bien, lança-t-elle. Allez à votre soirée. Je vous y conduis.

– Merci, dis-je.

Je savais, désormais, que je ne pourrais plus jamais lui faire de remontrance à propos de sa santé.

– Et quand ce sera fini, vous me trouverez dehors, en train de vous attendre, dit-elle. C'est une belle soirée. Ça fera du bien de sortir un moment.

Je n'entrai qu'à la toute dernière minute dans la salle de cinéma de l'Institut des arts. Ça m'était égal que les gens m'y voient, mais je voulais que personne ne sache où j'étais assise. Il y eut toutefois un contretemps, si bien que le premier film commença avec dix minutes de retard. Tout en attendant, je me remémorai Laurits parlant de ses nombreux voyages, du fait que, pour lui, être quelque part n'avait pas tant d'importance que ça. Disant que ce qui comptait, c'était le vol en soi. Ce qui comptait, ce qui donnait à sa vie saveur et substance, c'était un passé entier de ce qu'il décrivait comme des vols marquants : descendre sur Buenos Aires au petit matin, quand La Plata brille à la clarté du jour ; traverser l'Australie quand le service de réservation a insisté pour lui attribuer un siège près du hublot parce que ça va être une journée magnifique, des heures de grands espaces, le Territoire du Nord s'étirant sur des kilomètres en dessous de lui, apparemment sans fin et toujours changeant. Rallier la Nouvelle-Écosse depuis Newark en plein hiver, la terre étincelant quand l'avion descend à sa rencontre ; survoler la région des tourbières danoises à la lueur d'un demi-jour ; se rendre de Saint-Louis à Detroit par temps d'orage, la gamine terrorisée du siège voisin agrippée à son bras quand l'avion décrocha brusquement, comme s'il allait aussitôt s'écraser. L'allégresse de cette soudaine chute, l'enthousiasme des violentes turbulences. L'impression qu'il avait eue d'arriver chez lui en atterrissant à Tallinn tard un soir d'été, alors que le soleil déclinait, l'arc de l'horizon bordé d'un doux liseré d'or mouillé et de teintes acidulées avant de sombrer dans des mauves et bleus denses, le vert de l'île enserré dans l'obscurité en dessous, puis le littoral cerné d'argent pâle et les lumières de la ville, précises et délicates dans la noirceur d'une nuit soudaine. Et tout en attendant, la tête emplie des descriptions que m'avait faites Laurits de lieux que je n'avais jamais vus, je sentais les gens me regarder de l'autre bout de la salle, les compatissants, les curieux, ceux qui en avaient voulu à Laurits de son succès inattendu. Je ne pus m'empêcher de penser que ça en disait long sur leur univers, que les modestes réussites de Laurits puissent susciter la rancune, mais je ne me sentais ni en colère, ni méfiante, ni nerveuse. Je voulais seulement voir les films une dernière fois – et les oublier ensuite.

Ils en montrèrent quatre en tout. Le premier, avec ses paysages fugitifs et l'escalier en colimaçon, fut suivi d'une très courte pièce dans laquelle Laurits avait filmé diverses ombres en mouvement ou figées ; les ombres noires, immobiles, d'une rangée d'arbres sur une herbe luxuriante dans le soleil de fin d'après-midi ; celles de gens traversant un pont dans une grande ville ; de hautes ombres expressionnistes extraites de films classiques comme *Nosferatu* et *Le Cabinet du docteur Caligari*. Chaque fois que je tentais de décrire un film de Laurits, pour ma gouverne ou à quelqu'un qui ne les avait jamais vus, mon résumé semblait toujours très minimaliste, alors que ce n'était pas du tout le cas. Les films étaient profondément empreints de sentiment, pleins de passions contenues. Le troisième était un cas d'école. Long de quinze minutes, il ne montrait rien d'autre que de la pluie tombant sur un carré de gazon et de mauvaises herbes, entrecoupée de plans présentant les mains d'un enfant

– l'enfant lui-même n'apparaissait pas – faisant des gammes au piano. Ce film s'intitulait *Waldszenen*. Ça semble morne, mais c'était magnifique. Quand, à la fin, l'enfant exécute une succession absolument parfaite de gammes de sol mineur suivie d'une série d'arpèges, cela libère une sorte de joie, la joie de soudain se découvrir capable d'une chose qu'on croyait ne jamais pouvoir accomplir.

Finalement, le dernier film commença à défiler sur l'écran. Pendant les premiers plans, je crus qu'il allait être mauvais. Les images crues que j'avais déjà vues, d'abord du matador provoquant le taureau à l'aide de sa cape, puis de la femme aux lunettes, gisant écartelée sur le lit, la prise plus floue que dans mon souvenir. J'ignorais alors qu'il y avait autre chose. Je n'avais pas vu Laurits travailler plus avant, à l'exception de ce collage rudimentaire, et je pensais que ç'allait être gênant, banal, un hideux vestige révélant finalement l'escroc qu'il avait toujours été. Après tout, n'avait-il pas toujours été un escroc ? De son propre aveu, en fait, un escroc pas même capable d'aller jusqu'à revendiquer le titre d'œuvres d'art pour les films qu'il faisait. Je pensais que celui-là – qu'il avait intitulé *Une poignante consolation*, expression en laquelle je reconnus aussitôt le poème d'Emily Dickinson, "Je mesure tout chagrin que je rencontre*" – allait être un désastre, que les gens riraient ou s'ennuieraient, ou qu'ils se sentiraient insultés et se rendraient compte que c'était le talent principal de Laurits, cette capacité à insulter, à humilier. Puis, au bout d'environ trente secondes, tout changea. L'écran alternait toujours entre le film porno et la corrida, mais il passait maintenant très vite de l'un à l'autre, si bien qu'on aurait cru regarder une sorte de truc subliminal, un message secret insinué dans ces images banales, jusqu'à ce qu'enfin, au bout de trois minutes et quelque, je commence à percevoir autre chose, une autre série d'images mêlée aux deux premières. Je mis pourtant

* Traduction de Claire Malroux.

un long moment avant de comprendre ce que j'étais en train de voir.

C'était l'ancien abattoir. Personne n'y était visible, la caméra se contentait de passer d'un tableau de crocs et chaînes à un autre, d'un sinistre mécanisme bardé de sangles de cuir pendantes à des bassins et rigoles d'évacuation – l'une portant l'indication EAU, l'autre SANG. C'était pragmatique, dépouillé : un mur brut, un sol de pierre couvert de gravats, les tuyaux d'arrosage que j'avais vus pendus à un râtelier, un objet ressemblant à une sorte de pistolet d'abattage, que je voyais pour la première fois. Le tout se dévoilant en silence, mis à part des bruits de pas, hors champ, allant et venant à quelques mètres seulement, un son qui exagérait la vastitude sonore du lieu. Même lorsqu'un oiseau surgit sur l'écran, ce fut sans bruit. La caméra finit par se poser – s'immobiliser complètement, en fait – sur une porte entrouverte par laquelle je distinguais tout juste une avalanche de lourdes chaînes, cernée d'ombres – et alors la voix off commença. Ça me perturba, là encore, tant un commentaire en voix off semblait maladroit, mais il était racheté par son ton incertain, une diction légèrement pâteuse, comme si l'actrice était soûle ou défoncée.

Ce qu'elle était, bien sûr. Car c'était moi qui parlais, moi lors d'une soirée obscurcie par le vin dont je n'avais aucun souvenir, en train de réciter un poème d'Emily, un parmi les centaines que j'avais mémorisés durant ma triste adolescence, fixés dans mon esprit, parfois avant de vraiment comprendre de quoi ils parlaient :

c'est pour moi
Une poignante Consolation
Au passage du Calvaire

Suivait une courte pause. Je ne me souvenais pas de ça, je ne me souvenais certes pas d'avoir un jour été enregistrée. Est-ce que ça s'était passé à l'appartement, ou ailleurs ?

Il n'y avait pas de bruit de fond, juste une voix, dans une pièce, repêchant distinctement les mots du brouillard dans lequel elle se trouvait.

De noter les modes – de la Croix –
Et la façon de les porter –
Fascinée malgré tout jusqu'à penser
Que Certaines – sont comme la Mienne

Sur les derniers mots du poème, tout changea de nouveau – mais seulement un instant, si bien qu'ensuite les spectateurs n'étaient plus vraiment sûrs de ce qu'ils avaient vu : la gorge d'un véritable animal, d'où jaillissait du sang ? Une sorte d'imitation ? Tout ce qui subsistait, une fois l'écran redevenu noir, c'était la sensation d'une chose atroce et viscérale.

J'avais pensé, quand l'écran s'assombrit, que c'était la fin. Ça aurait bien ressemblé à Laurits, de finir ainsi son film. Sur le contraste entre cette voix solitaire alcoolisée récitant de la poésie et le vrai calvaire, le vrai Golgotha de l'abattage ordinaire. Mais l'écran se ranima avec l'apparition d'une rue de quartier qui me sembla familière, une rue bordée d'arbres, de pelouses et de clôtures en bois. D'agréables pavillons avec rideaux aux fenêtres et drapeau au-dessus de la porte d'entrée. La caméra remonta lentement la rue pendant une minute ou deux, puis elle repéra un vol d'oiseaux – des cardinals, comme ceux qui vivaient autrefois dans les bois autour de Stonybrook – et les suivit rapidement, jusqu'au moment où elle se posa sur la silhouette d'une femme, debout sous un arbre. C'était une journée d'été radieuse, dans un quartier accueillant de pelouses vertes, fleurs et oiseaux, mais la femme pleurait, sanglotait de façon incontrôlable en fait, et cette femme c'était moi. Très lentement, presque à contrecœur, la caméra zooma sur son visage – mon visage – comme si elle voulait lui demander pourquoi elle était si malheureuse, comme si la caméra, et non celui qui la manœuvrait – je ne sais pas comment formuler ça au mieux, mais d'une certaine manière le film indiquait clairement que c'était la caméra, et non celui qui filmait, qui s'inquiétait de la souffrance de cette femme. Puis, lorsqu'elle fut tout près, comme dans un gros plan de Pasolini, elle s'arrêta et continua de fixer juste assez longtemps pour que le spectateur se sente indiscret et qu'il ait envie de se détourner. L'image se ferma alors en fondu, non pas au noir, mais en un blanc éblouissant, comme la lumière qu'on voit dans un téléfilm quand quelqu'un meurt sur une civière en route vers les urgences et entre dans l'au-delà. La lumière était silencieuse, immobile – puis, au travers, filtra une voix, pas la mienne, ni alcoolisée ni défoncée, mais douce, à peine plus qu'un murmure, répétant le dernier vers du poème : *Que Certaines – sont comme la Mienne...*

L'écran vira au noir, les lumières s'allumèrent – et avant de voir, je compris que les gens me regardaient, se demandant quel rôle j'avais joué dans la fabrication de ce film, supposant, je le sentais, que j'avais joué cette scène sous l'arbre, de même que j'avais joué en disant le poème, feint l'ivresse, imité la défonce. En m'accoutumant à la lumière, je constatai que beaucoup, parmi les gens les plus près de moi en tout cas, étaient agacés, comme s'ils pensaient s'être fait rouler, qu'on leur avait menti, et estimaient que je prenais part à ce mensonge. Je ne vis d'abord que ça, cette colère – puis une femme de la rangée située juste devant moi, que je ne connaissais pas, posa la main sur mon bras et me dit que c'était magnifique. Elle souriait, mais comme son regard brillait d'un éclat humide, je compris qu'elle avait été touchée et, quand elle me lâcha le bras, une autre femme, quelqu'un que je connaissais sans pour autant me rappeler où je l'avais déjà vue, m'effleura très doucement le poignet avec un petit rictus signifiant qu'elle ne se sentait pas en mesure de parler. Elle ne put que secouer légèrement la tête en me fixant du regard – et je voyais bien qu'elles étaient pleines de bonnes intentions, mais je compris qu'il fallait que je fuie, non pas la colère, mais la compassion et... l'admiration, c'était ça ? Mais admiration pour quoi ?

Pour le film ? Pour le rôle que ces femmes supposaient que j'avais joué dans sa fabrication ?

Je leur adressai un signe de tête, puis me dirigeai vers la travée, les gens se levant et se reculant pour me laisser passer. Quelqu'un appela, quelqu'un qui connaissait mon prénom, mais je ne reconnus pas la voix et ne me retournai pas. Je gagnai la porte puis sortis précipitamment dans l'air froid et clair, inspirant pour laisser ce courant glacé, dans ma gorge, effacer le souvenir de la chaleur de l'été. J'eus alors envie de rester immobile, de rester immobile et d'avaler à pleins poumons de grandes goulées d'air hivernal, mais je quittais à peine le bâtiment que, déjà, je percevais du mouvement derrière moi, du mouvement puis des voix, si bien qu'à nouveau je m'éloignai précipitamment, traversant la flaque de lumière jaunâtre devant le Webster Hall pour rejoindre Jean qui, fidèle à sa parole, attendait dans la voiture à l'endroit précis où elle m'avait déposée.

Jean cachait bien à quel point elle était malade. Peut-être étais-je trop plongée dans mes propres souvenirs pour le remarquer plus tôt, mais maintenant que je reprenais le train-train des études et de la maison, lisant, travaillant sur des projets, prenant les repas ou le thé les samedis après-midi dans la cuisine, je commençais à constater que son état empirait. Je remontai jusqu'au jour où Christina Vogel m'avait attendue, et il ne fallait pas être diplômé en logique pour comprendre que, quel que soit le mal dont elle souffrait, il s'était déclaré à peu près à ce moment-là. Ou plutôt non… il lui était arrivé quelquefois, avant, d'être fatiguée ou d'avoir les yeux cernés de noir. Je n'avais jamais vu de maladie grave de près, mais il était clair à mes yeux que désormais son état était sérieux. Jean donnait courageusement le change mais quand je remarquai qu'elle n'était pas allée fendre de bois depuis plusieurs jours, je commençai à m'inquiéter. Inutile de la questionner là-dessus, je le savais, et je savais aussi que, si elle savait où se trouvait Jennifer – ce dont j'étais convaincue –, elle ne me le dirait pas. Pourtant, ça m'inquiétait de penser qu'elle puisse mourir sans revoir sa nièce. À l'époque, je croyais que Jennifer était toute la famille qu'il lui restait, et qu'elle avait certes, elle aussi, le droit de dire au revoir à la femme qui avait risqué la prison pour elle.

L'idée de la lettre me vint par hasard. Je m'étais réveillée de bonne heure et j'étais au lit, en train de lire. Les moments comme celui-là me faisaient l'effet de cadeaux : le silence de la maison, qui m'environnait, aucune nécessité d'aller où que ce soit, un nouveau livre pris sur les étagères de la chambre de Jennifer, qui n'avait rien à voir avec les études. Il m'était déjà arrivé d'entrevoir que mon problème avec l'alcool et les drogues était lié au temps. À présent, j'en étais sûre. Quand on doit se remettre de quelque chose, avoir le temps, être lent, est la meilleure thérapie. Parce que se défoncer, à l'alcool ou aux drogues, ce n'est guère que s'efforcer d'arrêter le temps. D'être immobile. D'être.

J'avais toutes ces pensées en tête quand je levai les yeux et vis le masque sur le mur, en face du lit – et pour la première fois je fus frappée de constater à quel point il était incongru dans cette chambre. Alors pourquoi était-il là ? Jean n'avait-elle pas dit que Jennifer adorait fabriquer des masques quand elle était jeune ? Et n'avait-elle pas dit avoir acheté une de ses œuvres, lors de ce trajet au cours duquel elle crut être suivie ? Peut-être ce masque était-il vraiment une réalisation de Jennifer adulte. Il se pouvait, bien sûr, qu'elle l'ait fabriqué des années avant d'entrer dans la clandestinité, mais ça semblait peu probable. Ce masque semblait trop neuf, et il me paraissait très sophistiqué pour une toute jeune fille, même aussi brillante que la décrivait sa tante qui l'adorait. À l'heure qu'il est, ma formulation donne à ce processus un air logique, l'air d'une déduction progressive, mais au départ ça ne l'était pas. Une idée me vint tout simplement, alors je tirai une chaise jusqu'à l'endroit où se trouvait le masque et, très soigneusement, le retirai du crochet qui le maintenait au mur. Il s'en dégagea un relent de vernis et poussière quand je l'eus en main, surtout quand je le retournai et scrutai l'intérieur sombre au verso de la face cuite. L'endroit où l'âme, l'esprit ou la psyché se seraient trouvés, s'il s'était agi d'un être vivant. Je remarquai alors l'étiquette – une minuscule étiquette argentée sur laquelle le nom d'une boutique était imprimée en lettres noires – Wishram Arts – ainsi qu'une adresse dans l'Oregon. Je m'autorisai un instant de doute – rien ne prouvait que Wishram Arts ait le moindre rapport avec Jennifer –, mais il ne dura pas. Je *savais*, de même que Jean avait su, en trouvant ce masque, qu'elle avait finalement découvert le moyen de remonter jusqu'à Jennifer – pour mieux voir tout son cheminement mis en pièces quelques minutes plus tard. Au fond de mon cœur, je savais que j'avais vu juste. Je savais aussi que jamais Jean n'aurait approuvé ce que je m'apprêtais à faire ensuite, mais je n'avais pas le choix. Car je savais que je ne pourrais plus vivre en paix avec moi-même si je n'essayais pas.

Je m'arrangeai pour que la lettre reste simple, aussi concise qu'un télégramme – JEAN MALADE, VENEZ JE VOUS EN PRIE, VOUS SAVEZ OÙ –, et l'envoyai cet après-midi-là à John Banister, c/o Wishram Arts. C'était tenter le tout pour le tout, botter au jugé, et je ne savais pas ce qui se passerait. La lettre ferait son chemin jusqu'à Jennifer et soit elle viendrait, soit elle ne viendrait pas. Si elle décidait de ne pas venir, Jean n'aurait pas besoin de savoir. S'il lui fallait de l'aide, sur la fin, je serais là pour m'occuper d'elle. Ça semblait juste, sur le moment, que m'ayant sauvée, elle ait désormais quelqu'un qui lui tienne compagnie, qui l'assiste, dans tout ce qui l'attendait.

Le temps passait lentement et je ne pensais pas à me demander si j'étais heureuse tandis que l'hiver s'installait lentement et qu'ensemble, Jean et moi menions notre vie toute simple dans sa maison. Si quelqu'un m'avait décrit cette vie un an plus tôt, je me la serais imaginée morne et solitaire ; à présent, j'aurais pu dire que j'étais plutôt contente d'être sobre et plus en forme que depuis des années, mais j'étais aussi réellement heureuse. Satisfaite. Jean faisait de son mieux pour dissimuler sa maladie et, la plupart des jours, j'arrivais à ne pas trop y penser. Nous faisions en sorte de maintenir chaleur et provisions dans la maison – jusqu'alors, je n'avais jamais goûté le plaisir d'aller faire des courses, car je n'avais pas l'habitude de m'approvisionner chez les petits commerçants bio et les épiceries spécialisées, pas plus que de rapporter à la maison des cargaisons de légumes de saison achetés au marché des producteurs. Jean étant végétarienne, je le devins à mon tour, par défaut, mais me passer de viande ne me gênait pas quand il y avait tant d'autres choses à savourer. Nous mangions parfois du poisson. J'en vins à cuisiner de plus en plus à mesure que le temps passait, et je glanai de nouvelles recettes dans les vieux cahiers où Jean les avait recopiées à la main. C'était une bonne vie. Je n'avais pas envie qu'elle s'arrête, jamais.

Un jour, au début du mois de décembre, je rentrai un peu plus tôt de la fac. Je marchais en direction de la maison et j'étais à peu près à mi-chemin d'Audubon Road quand les premiers flocons commencèrent à tomber, voltigeant avec hésitation dans l'air gris, comme quelque chose qui souhaiterait prendre vie mais n'y arrive pas tout à fait. Cette sensation de neige imminente dura jusqu'à ce que j'arrive à la maison, et ce fut seulement au moment où je refermais le portillon qu'un unique flocon dodu et poudreux effleura ma main – puis la neige se mit vraiment à tomber, à gros flocons qui assombrissaient l'air tandis que je me dépêchais de gagner la maison. Dans la cuisine, Jean écoutait la radio. Elle me sourit quand j'entrai.

– Vous êtes en avance, dit-elle. Et vous apportez la neige.

– En effet.

Elle prit un couteau au râtelier et commença à émincer des carottes.

– Le premier jour de vraie neige a toujours quelque chose de spécial, dit-elle. L'époque entre la chute des pommes et la première neige est spéciale, il faut en marquer la fin. La dernière pomme de l'automne. La première neige de l'année. Il faut faire des événements de ces choses-là.

– Comment ?

– Vous verrez, dit-elle. Allez faire ce que vous avez à faire, moi je vais préparer du thé. Ensuite, nous mettrons au point un festin pour la célébration de demain.

Le temps que je me débarrasse de mon manteau et mes bottes et que je regagne la cuisine, la première neige de l'année commençait déjà à tenir, d'abord sur les appuis de fenêtres puis en couches successives sur les carreaux, voilant la cuisine qui devint autour de nous un espace clos, coupé du monde, comme une scène de théâtre, les lampes diffusant une lumière un petit peu plus chaude et dorée, comme sur les illustrations d'autrefois de la revue mensuelle *Woman's Home Companion* et les numéros de Noël du *New Yorker* des années 1940, que papa avait dénichés au fil des ans, certains encadrés aux murs de son atelier, les autres dans des tiroirs, soigneusement intercalés de feuilles de papier journal vierge. Jean se déplaçait dans la cuisine, rassemblant les ingrédients de notre recette. Finalement, quand tout fut prêt, elle alla allumer la radio, à côté de la porte de l'arrière-cuisine.

– Il nous faut de la musique, dit-elle.

Elle m'adressa un curieux regard complice, comme si le fait d'écouter de la musique en faisant de la pâtisserie risquait d'être un acte d'auto-complaisance superflu – et ça avait peut-être été le cas, jadis, dans la maison où elle avait grandi en apprenant les gestes qui étaient alors des corvées mais qu'elle avait transformés en accomplissements aussi personnels que parfaits. Le poste de radio s'alluma laborieusement ; il avait l'air ancien, avec sa façade en verre sur laquelle étaient inscrits les noms de stations disparues de longue date, d'où filtrait un éclairage jaune poussiéreux, mais il fonctionnait et, au bout d'un moment, une voix de femme émergea d'une profusion d'instruments à cordes, une voix qui semblait surgir non seulement d'une autre époque, mais aussi d'un autre lieu. Un autre univers.

– Ah, fit-elle. J'adore ce morceau.

Immobile, la tête penchée de côté, elle écoutait.

– Kay Starr, dit-elle. Cette femme avait une voix magnifique.

J'écoutai. La femme en provenance d'un autre univers chantait un air parlant de solitude, de marcher seule après minuit en dévisageant les passants, consciente que ça ne se faisait pas, mais incapable de s'en empêcher parce que peut-être, peut-être seulement, allait-elle trouver là son amant, quelque part dans la foule. Je ne me souviens plus des paroles, aujourd'hui, plus précisément, mais curieusement elles s'accordaient avec l'idée que je me faisais de Jean, ou de celle qu'elle avait été, à l'époque où la chanson était en vogue, si bien qu'on aurait dit que c'était elle qui chantait et que j'eus de la peine pour la femme qu'elle avait été, seule après le départ de Lee – mais je me sentis aussi fière d'elle, et je perçus sa propre fierté.

La musique me semblait vaguement familière, alors que le nom de Kay Starr m'était inconnu, si bien que je me demandais où j'avais pu l'entendre pendant que Jean écoutait, pas vraiment loin de cette cuisine, ou de moi, mais à mi-distance d'un monde auquel elle avait jadis appartenu. Mais était-ce vraiment le cas ? J'ignorais complètement, même à présent, ce que tout ça avait pu signifier pour elle – l'appartenance, l'amour, le bonheur ou même, d'ailleurs, la douce tristesse transcendée des paroles de ce standard populaire.

I mmmmh-mmmh-mmmh in the moonlight
Along the crowded avenue

… non, ce n'était pas ça. Aujourd'hui, même si je sais qu'il s'agissait des formules sentimentales éculées de milliers de chansons du même genre, j'aimerais me remémorer les paroles, ne serait-ce qu'une fois.

Jean était toujours à demi perdue dans ses rêves quand la chanson suivante commença, *Maybe You'll Be There* s'enchaînant directement sur un autre classique des années 1950, la même profusion d'instruments à cordes répondant à la voix – Kay Starr là encore, à en croire le timbre –, et cette fois je connaissais le morceau mais pendant un instant je me demandai où je l'avais entendu. Puis je me rappelai. Il faisait partie de la collection de disques éminemment éclectique de mon père, entre be-bop, cool jazz, musique médiévale et ragas indiens, un vieux succès adoré de l'époque où lui-même ne devait être guère plus qu'un jeune garçon. Mais il n'avait plus le même son, à présent, plus lent, presque majestueux, la voix plus grave et mélancolique. Sans réfléchir, j'allai rejoindre Jean là où elle se tenait, sans vraiment savoir ce que je faisais jusqu'à ce que j'entende ma voix, couverte par la musique mais claire et innocente, je le savais, de ce que mon amie aurait appelé de l'impertinence.

– Mademoiselle Culver, dis-je. Voulez-vous m'accorder cette danse ?

Elle sourit, et je crois qu'elle s'apprêtait à m'éconduire d'un geste quand elle remarqua quelque chose, dans mon expression, le ton de ma voix, ou peut-être simplement dans l'instant, qui la fit changer d'avis. Elle se leva, avec un air discrètement solennel, tout à coup.

– Vous savez danser *ça* ? demanda-t-elle.

J'acquiesçai.

– Mon père m'a appris, dis-je, ce qui n'était qu'à moitié vrai. Il m'avait appris à danser, un peu, mais n'y était jamais vraiment parvenu, et j'avais presque oublié ces curieuses leçons sur les manières raffinées d'une autre époque, à laquelle ni l'un ni l'autre nous n'avions appartenu. Je ne sais pas pourquoi il avait tenu à m'apprendre – peut-être pressentait-il que je risquais d'être gênée par quelque obscure lacune lors du bal de promo du lycée –, mais il avait pris ça au sérieux, pour un temps en tout cas.

Ç'avait commencé juste après le départ de ma mère. Papa mettait un vieux disque d'avant son époque, un morceau des années 1940 ou 1950 qu'il avait dû entendre à la radio chez ses parents, une chanson sur laquelle sa mère avait pu chanter tout en travaillant dans la cuisine. *Blue Moon. Stormy Weather. The Man I Love* – et celle que nous écoutions pour le moment, dans la cuisine de Jean Culver, chanson dont je ne me rappelais pas le titre. Il ne les choisissait pas simplement au hasard, il avait ses morceaux favoris et, même s'ils ne correspondaient pas à ses goûts habituels, l'affection qu'il leur vouait était manifeste. Peut-être parce qu'ils étaient juste assez jazz, peut-être lui rappelaient-ils des souvenirs, ou une histoire d'amour imaginaire qu'enfant, il avait échafaudée à partir d'allusions, d'images et de bribes de conversation. De vieux films. De fantasmes. Quelle importance ? Tout ce qui comptait c'était d'aimer quelqu'un, à un moment donné, en un lieu donné. Il mettait un de ces vieux morceaux puis il me prenait par la main, nous plaçait avec soin dans la posture qui convenait pour commencer et me faisait évoluer autour de la pièce puis dans le vestibule, le visage grave, nous guidant tous les deux au gré des mouvements comme s'ils venaient d'ailleurs, de l'extérieur, en quelque sorte, si bien qu'on aurait dit que nous étions télécommandés. J'essayais de suivre son rythme, de garder la tête haute – il me disait sans cesse, quand on commençait : *Garde la tête haute, fais comme si un fil descendait du plafond et passait dans ton corps, te maintenait bien droite* – mais je ne pouvais pas m'empêcher de regarder par terre. Même si j'y arrivais un moment, je finissais toujours par perdre confiance et regarder mes pieds, tel saint Pierre essayant de marcher sur l'eau, tout se passait bien pendant quelques instants puis, tout à coup, se détraquait, la panique survenait, et nous nous retrouvions tous les deux au point mort. Parfois, il tentait d'éviter la catastrophe avant qu'elle se produise – *Tête haute, tête haute* – mais ça ne faisait que déclencher notre hilarité et nous étions de toute façon obligés de nous interrompre et de recommencer. Je n'ai jamais compris pourquoi il pensait devoir m'apprendre à danser. Peut-être croyait-il que ce serait bien pour nous de faire quelque chose ensemble, pour chasser ma mère de mes pensées. Quelque chose de particulier qui cadre avec le fait que nous étions deux, et non trois, mais en vérité j'aurais préféré qu'il m'emmène à la pêche, ou faire des randonnées dans les bois. J'aurais préféré que nous nous soyons contentés d'écouter Charles Lloyd ou Miles Davis, du reste. Quelque chose que *lui* aimait. Quelque chose qu'il avait envie de partager.

Nous n'avions esquissé que quelques pas quand Jean s'immobilisa, ma main toujours dans la sienne. Elle me décerna un de ses sourires ironiques.

– Ce serait peut-être mieux que vous me laissiez guider, dit-elle.

Je la regardai, déconcertée. J'étais convaincue que c'était elle qui guidait.

Quelque chose, dans mon expression, la fit rire ; aussitôt après, elle releva la tête et se redressa.

– Ne vous inquiétez pas. J'ai une longue habitude.

Je n'en suis pas sûre – il faisait chaud, à présent, dans la cuisine, les vitres étaient embuées –, mais il me semble avoir alors rougi. Toutefois, je ne pouvais nier que la proposition était pleine de bon sens.

– D'accord, dis-je.

On continua – et j'eus beau ne remarquer aucun changement, les choses s'arrangèrent immédiatement.

– Il faut que vous gardiez le dos bien droit, dit Jean. Et la tête haute. Ne regardez pas par terre. C'est ça le truc.

J'acquiesçai.

– Je sais, dis-je.

Elle rit sans bruit.

– Votre *tête* le sait. Mais votre corps se demande encore ce qu'il fait là.

Elle recula la tête pour m'adresser un regard moqueur, mais je voyais que, derrière la façade ironique, elle était contente. La chanson s'acheva et on resta face à face, légèrement distantes l'une de l'autre, à nouveau un peu gênées par l'interruption. Le DJ annonçait quelque chose, mais je n'entendis pas ce qu'il disait. Puis un nouveau morceau commença, que je ne connaissais pas. Ce n'était pas le genre de musique sur laquelle nous pouvions avoir envie de danser et on sentit alors que quelque chose s'était rompu, quoique très doucement. Jean me fixa de son regard gris clair et sourit.

– Merci, mademoiselle Lambert, dit-elle. Et maintenant, allons faire nos beignets.

Pendant l'heure qui suivit, on s'affaira à préparer des beignets aux pommes, et la cuisine s'emplit de chaleur et d'une suave odeur d'huile chaude et de cannelle. La radio fonctionnait en sourdine, à présent, mais de temps à autre Jean levait la tête pour écouter, se remémorant telle ou telle chose survenue avant que je sois née. La confection des beignets aux pommes se révéla, somme toute, une affaire passablement simple, mais il fallait tenir compte de certaines subtilités en matière de quantités et de textures – pour trois cent quarante grammes de pommes, précisa Jean, il fallait un tout petit peu plus d'une demi-cuillère à café de cannelle, mais en aucun cas une cuillère entière ; les pommes devaient être cuites jusqu'à ce que leur chair soit tendre, avant d'être enfermées dans la pâte et mises à frire, mais il n'y avait pas deux avis identiques quant à la signification du mot "tendre". La principale considération, toutefois, restait la taille des triangles de pâte et le temps de friture. Il me sembla pourtant avoir pigé le truc en arrivant à la fin de la première fournée, et Jean devait le croire aussi car elle me laissa alors me débrouiller seule. Tout au soin et à l'attention que je consacrais à l'art de confectionner des beignets aux pommes, je n'avais pas remarqué qu'un voile lui assombrissait le visage, un nuage gris qui, lorsqu'elle tourna vers moi son visage à la lumière des lampes de la cuisine, semblait de la poussière accumulée autour de ses yeux et sa bouche.

– Excusez-moi, Kate, dit-elle. Il faut que j'aille m'allonger un moment.

– Ça va ?

– Ce n'est rien, dit-elle. J'ai juste… Ma foi, je suis un peu en dents de scie ces derniers temps. Je suis une vieille femme, vous savez. – Elle hasarda un sourire rassurant ; sous cet éclairage, elle n'en parut que plus frêle. – Je serai en super forme demain matin. Nous passerons une bonne journée.

– Et les beignets ?

– Oh, vous pouvez finir, si vous voulez. – Elle scruta mon visage comme si elle y cherchait (or j'eus l'impression qu'elle trouvait) quelque chose de neuf, quelque expression impalpable qui n'y était pas jusqu'alors. Elle me tapota le bras. – Vous savez comment faire. D'ailleurs, chaque beignet devrait avoir son propre caractère. Individuel.

Elle me tapota le bras de nouveau, comme pour vérifier que j'étais bien réelle, ou peut-être simplement là, puis elle se dirigea lentement vers la porte. Elle dissimulait quelque chose, c'était clair. Quelque chose s'était emparé d'elle tout à coup, et voilà qu'elle faisait tout son possible pour m'empêcher de m'inquiéter. Sur le seuil, elle se retourna, sourit à nouveau. Elle dissimulait quelque chose, mais ce n'était pas un acte de courage : ce qu'elle dissimulait n'avait pas d'importance à ses yeux, et elle ne voulait pas que ça en ait trop pour moi.

– Je vous verrai demain, dit-elle. Notre premier jour de vraie neige.

J'acquiesçai.

– Dormez bien, dis-je.

Elle hocha la tête à son tour, puis, en se retournant pour s'éloigner, elle ajouta autre chose, mais je ne saisis pas clairement et ce fut seulement au bout de quelques instants, une fois la porte refermée, que je compris. "Nous fêterons ça." Voilà ce qu'elle avait dit. "Nous fêterons ça." Pendant plusieurs minutes, je restai figée sur place, comme si quelque chose m'avait prise au dépourvu, une chose stupéfiante, puis je me remis au travail dans la cuisine, pelai une nouvelle tournée de pommes que je fis cuire à feu doux dans la casserole, comme si j'avais fait ça toute ma vie.

Je m'apprêtais à éteindre toutes les lampes et à monter me coucher quand je m'aperçus qu'il y avait quelqu'un dehors, dans la cour. J'allai entrouvrir la porte de quelques centimètres, sans plus, et jetai un coup d'œil. Il ne neigeait plus, tout était parfaitement calme, pareil à une carte de Noël. J'avais d'abord pensé que l'intrus devait être

Christina, et j'eus une vision inquiétante d'elle plantée là dans la neige, dans sa robe de première communion. Puis je vis une haute silhouette noire dans la zone de clarté entre la maison et les bois – un homme d'une cinquantaine d'années, en long manteau d'hiver et borsalino noir, regardant la fenêtre éclairée, à l'étage, où Jean avait dû s'assoupir avec la lumière allumée. Ça lui arrivait parfois. Elle m'avait expliqué qu'elle lisait toujours pendant au moins une heure avant de s'endormir, mais qu'à présent elle n'arrivait pas au-delà de trois ou quatre paragraphes avant de sombrer dans le sommeil. Mais elle ne dormait pas longtemps. Ça, je le savais. Je l'entendais se déplacer au petit matin, descendre sans bruit à la cuisine pour préparer une tisane de valériane, ou aller et venir dans sa chambre, à faire allez savoir quoi.

J'ouvris plus largement la porte et l'homme s'avança.

– Je peux faire quelque chose pour vous ? demandai-je.

Je voyais bien que cet homme ne présentait aucun danger pour moi ni pour Jean – au premier abord, j'avais cru voir quelque vieil agent opiniâtre du FBI surgi du passé, cherchant toujours à remonter jusqu'à Jennifer en s'en prenant à Jean –, mais cet homme-là n'était visiblement pas un agent gouvernemental. Il était bien vêtu, semblait soigné de sa personne, mais il émanait une lumière de son visage, une clarté de son regard, qui laissaient entrevoir une tout autre personne.

Il eut un sourire narquois en entendant cette entrée en matière formelle.

– Je l'espère, dit-il. Je m'appelle Simon Culver. Je viens voir ma tante.

– Je vous demande pardon ?

Il s'approcha un peu plus et ôta son chapeau. Il était très beau, avec des yeux d'un bleu profond, un nez aquilin, et il flottait comme un amusement permanent sur ses lèvres. Une fine cicatrice barrait un de ses sourcils.

– Je m'appelle Simon Culver…

– C'est impossible, dis-je. Elle m'a dit…

– Elle vous a dit que j'étais mort, dit-il. Eh bien, ce n'est pas à elle qu'il faut en vouloir. C'est moi qui lui ai demandé de dire à tout le monde que j'étais mort.

– Elle n'a pas dit que vous étiez mort, repris-je. Pas en ces termes. Elle a dit que… vous aviez complètement disparu.

Il hocha la tête.

– Et c'est bien ce que j'avais fait. – Il remit son chapeau. – Il fait froid, dehors, et on dirait bien qu'il va se remettre à neiger. Ça vous ennuie si j'entre ?

Je m'effaçai dans l'embrasure de la porte.

– Entrez, dis-je, puis j'ajoutai, sans réfléchir, les mots que Jean aurait prononcés si elle avait été là : Bienvenue à la maison. Je vais préparer du thé.

Le lendemain matin, je dormis tard. Quand enfin je descendis, juste avant 9 heures, Jean et Simon étaient en train de prendre le petit-déjeuner dans la cuisine, comme si de rien n'était, comme si c'était une situation tout à fait ordinaire. La pièce embaumait le café et les toasts beurrés, la neige soulignait les fenêtres d'une lueur bleutée. Jean se leva lentement – je me demandai si Simon remarquait à quel point elle était devenue frêle –, mais je la fis rasseoir et me servis du café toute seule.

– Alors, vous avez trouvé notre nouveau fantôme, dis-je.

Elle fit mine de grimacer.

– Je suis désolée, dit-elle. Il m'avait fait promettre.

– Excuses acceptées, dis-je. Quelqu'un veut encore des toasts ?

– Oui, s'il vous plaît, dit Simon.

Il avait l'air fatigué. Je l'avais installé dans la chambre d'amis, sur l'arrière de la maison, pour ne pas déranger Jean, mais il n'avait visiblement pas beaucoup dormi. Peut-être les chouettes l'en avaient-elles empêché.

– Vous avez réussi à dormir ?

Il secoua la tête.

– Pas trop, dit-il. Je n'ai pas l'habitude des lits moelleux. Et les chouettes rayées m'ont empêché de dormir.

Je me mis à rire.

– Quoi ? fit-il. J'ai dit quelque chose de drôle ?

Il regarda Jean et, pour la première fois, je discernai un air de famille.

Jean secoua la tête.

– Avec le temps tu t'habitueras à Kate, dit-elle.

Ce qui semble étrange, aujourd'hui, quand je repense aux semaines qui suivirent, ce fut la rapidité avec laquelle je m'habituai à Simon. Je suppose que c'était bien naturel, étant donné que Jean s'affaiblissait et devait s'aliter de plus en plus souvent, mais il semble que nous nous soyons très vite accoutumés à la compagnie l'un de l'autre et, ce faisant, il commença à combler certaines lacunes des récits de Jean. Et c'est en soi ce qu'il y a de surprenant, car Simon n'était pas un conteur comme Jean. Bien au contraire. Il parlait, bien sûr, de choses qu'il avait vues, de même qu'il parlait de livres, de peinture et de chevaux, mais il ne racontait pas. Même quand il en vint à parler du Viêtnam, ce ne fut pas vraiment un récit. À vrai dire, ça tenait plutôt du compte rendu. Un rapport sur les choses observées. Je pense que Simon Culver avait entendu colporter trop de blabla et d'approximations sur des choses qu'il avait vues de ses yeux pour en raconter à son tour. Trop de films et de mauvais livres sur l'enfer et la camaraderie de guerre, trop de récits mirifiques de la vie "sur la route", trop de fins tragiques-mais-cathartiques toujours basées, semblait-il, sur une histoire vraie, même s'il n'était jamais précisé qui avait bien pu vivre l'histoire vraie en question. Et pourtant, en même temps, nous parlions à peu près tous les jours. Il était venu voir Jean mais, comme elle était malade, nous étions obligés de passer beaucoup de temps ensemble, or c'était étonnamment facile. Je pense que je tombai un peu amoureuse de lui au cours de ces quelques semaines, bien qu'il ait eu l'âge d'être mon père. Mais ce n'était pas pour ça que je me sentais si bien en sa compagnie. Ça venait d'autre chose, une chose liée à ce qu'il pouvait bien faire quand il n'était pas avec moi ou au chevet de Jean. Ce qu'il faisait de bon matin, tout seul dans les bois. Les pensées qu'il avait, ou peut-être l'absence de pensées. La sérénité qu'il en retirait. Je le vis là-bas, une fois, dans le demi-jour, qui parlait à Christina Vogel – et je ne sus pas trop ce que je regardais, mais la jeune fille semblait si différente, si changée ! Si…

naturelle. Je n'avais aucune raison de penser qu'il l'avait déjà croisée, mais elle se comportait avec lui comme elle aurait pu le faire avec un compagnon de confiance. Ou une autre créature à demi animale, comme elle. Un cheval, par exemple. Ou un cerf. Mais là encore, peut-être était-elle aussi, comme moi, tombée un peu amoureuse de lui.

Cela étant, en dépit de la curiosité qu'il m'inspirait, en dépit du fait que j'aurais aimé connaître ses pensées, jamais je ne demandai à Simon de me raconter quoi que ce soit. Je ne sais même pas pourquoi on en vint à évoquer son passé, un après-midi gris où Jean dormait à l'étage, perdue dans un rêve sur cette vie, ou une prémonition de la suivante. Peut-être parce que je lui faisais part de ce que Jean m'avait raconté, d'une partie tout au moins, et peut-être parce qu'il se sentait un peu mal à l'aise d'avoir fait son apparition comme un fantôme le premier soir.

– Je ne voulais pas te faire peur, dit-il.

– Tu ne m'as pas fait peur, dis-je. J'ai simplement pensé que tu étais un imposteur.

Il se mit à rire.

– J'ai demandé à Jean de dire aux gens que j'étais mort, parce que je voulais disparaître. Il *fallait* que je disparaisse. J'étais un déserteur recherché par l'armée. J'avais de bonnes raisons de ne plus être en vie.

– Mais il y a bien eu une amnistie pour les soldats du Viêtnam ?

– Eh bien, Jimmy Carter a amnistié les réfractaires, dit-il, mais ça n'incluait pas les déserteurs. L'État voit toujours d'un mauvais œil les soldats qui profitent d'une permission pour filer.

– Mais ça remonte à bien longtemps, dis-je.

– Pas tant que ça, dit-il. Et j'avais une raison supplémentaire de ne pas avoir envie d'y retourner. Mais je ne suis pas sûr que tu tiennes à entendre *cette histoire-là*.

– J'ai entendu toutes les autres.

– Jean t'a parlé du massacre dont mon père a été témoin en France ?

– Oui… attends ! Comment ça *témoin* ?

Il réfléchit un instant.

– Elle t'a raconté la version officielle, dit-il. Celle dans laquelle les résistants qu'il accompagnait et lui sont arrivés après coup, c'est ça ?

– Oui.

– Eh bien, *ça* c'est la version officielle, dit-il. Celle que l'armée a finalement acceptée dans le compte rendu qu'il a remis après l'avoir réécrit trois fois. Ce qu'ils ne voulaient pas savoir, c'était que lui et cinq membres de la Résistance française avaient observé le massacre, ou du moins sa phase finale, en direct.

– En direct ?

– Il l'a vu perpétrer, dit Simon. Il a vu les gens se faire tuer. Ils ont tous vu, mais que pouvaient-ils faire ? Ils étaient en infériorité numérique, au moins huit fois moins nombreux que l'ennemi. Sans doute plus. Il ne se l'est pourtant jamais pardonné. Je pense qu'il y serait allé tout seul si les autres ne l'en avaient pas empêché. Mais l'armée n'a pas voulu entendre parler de ça. Ç'aurait été mauvais pour le moral et les Français auraient été fous de rage s'ils avaient découvert qu'une histoire circulait sur cinq combattants français de la Résistance qui auraient laissé des civils français se faire massacrer.

– Comment sais-tu ça ?

– C'est lui qui me l'a raconté. Il voulait m'empêcher d'aller au Viêtnam alors il s'est dit que… Il a fait tout ce qu'il pouvait pour me dissuader de partir et je lui en ai vraiment voulu. J'aurais plutôt dû le remercier.

Il sortit un paquet de cigarettes.

– Tout va bien, dit-il. Je n'ai pas l'intention de fumer. Par moments, j'ai simplement besoin d'en avoir une entre les doigts.

– Tu peux la fumer si tu veux, dis-je. On n'a qu'à aller dehors.

– C'est bon, dit-il. Officiellement, j'ai arrêté. Fini l'addiction. À l'heure qu'il est, c'est juste psychologique.

– Tu n'es pas obligé de me raconter si tu n'y tiens pas, dis-je.

Il hocha la tête.

– Je sais.

Il tira une bouffée imaginaire sur sa cigarette, puis commença son récit.

– Je me dis parfois que, dans un recoin sombre de leurs pensées, les hauts responsables ont dû se réjouir de My Lai. Pas du massacre lui-même, mais de la façon dont ça s'est soldé. Je sais que d'autres incidents ont été relatés par la suite, mais à l'époque c'était presque parfait, l'exemple type de l'accès de folie d'un groupe mené par un chef faible, le cas classique de l'événement malheureux mais totalement exceptionnel susceptible de survenir lors d'une guerre. L'exception, tu vois, qui confirme la règle. C'est un jugement sévère, j'imagine, mais My Lai a eu une conséquence positive et ç'a été l'invention du cas exceptionnel, enchaînement aberrant d'événements, lieutenant pourri et poignée de brebis galeuses. Ce n'était pas censé arriver, et d'ordinaire ça n'arrivait pas. Sauf que ça arrivait quand même. C'est arrivé beaucoup plus souvent qu'on veut bien l'admettre, parce qu'on était en guerre.

« *Mordlust.* Tu sais ce que c'est que le *Mordlust* ? C'est un terme spécifique, un terme technique. On pourrait parler de soif du sang, mais c'est trop banal – il faut parfois aller chercher un mot dans une autre langue pour lui donner tout le poids nécessaire.

« My Lai n'était pas une exception. On en sait plus aujourd'hui, mais on ne sait toujours pas la moitié de ce qui a pu se passer, et on n'en saura jamais davantage. Même dans le cas contraire, même si chaque incident était répertorié, décrit par le menu, si les noms et les actes étaient intégralement recensés – même si on avait toutes ces informations-là, ça ne changerait rien. Tous ces événements seraient explicables. Il y aurait des circonstances atténuantes. Accès de folie, en situation de pression extrême – et je sais ce que cette pression a d'extrême. Je connais cette terreur – mais bon, c'est compliqué la terreur. Ce n'est pas une simple peur. C'est communicatif. J'ai vu des amis mourir dans les situations les plus dégradantes, les plus douloureuses. Pire, je les ai entendus mourir, et je ne pouvais rien faire pour leur venir en aide. Ça déclenche la colère, ça emplit de rage, et quand on associe rage et terreur extrêmes, on obtient la recette idéale de *Mordlust*. Dans la furie de l'instant, il peut arriver n'importe quoi. Dans certaines circonstances insoutenables, tout peut paraître sinon excusable, du moins compréhensible. On peut même comprendre que cette tendance au *Mordlust* qu'on possède tous à un degré ou un autre soit tous les jours encouragée et renforcée par l'entraînement de base. Tous les jours. Tous ces refrains collectifs sur le sexe et le meurtre, qui disent que tuer est un plaisir, que notre arme n'est pas simplement notre meilleur compagne mais aussi… Enfin bon, tu sais ce qu'il en est. C'est compréhensible aussi, d'une certaine façon, parce que quand on se retrouve lâché dans une zone de guerre, il vaut mieux être prêt à tuer, sans quoi on meurt. J'ai été formé à penser – à *savoir* – que si j'hésitais un seul instant, si j'hésitais une fraction de seconde, alors je risquais, ou, pire, mes camarades risquaient de mourir en hurlant. Et tiens, une chose que ni les bulletins d'informations ni les documentaires ne disent. Ce qu'ils ne veulent pas entendre, c'est que, si on prend n'importe laquelle des fameuses brebis galeuses qui, dans des circonstances exceptionnelles, ont commis des actes si lâches et effroyables au Viêtnam, ou dans tout autre conflit armé, si on prenait au hasard n'importe lequel de ces types et qu'on grattait un peu, quatre-vingt-dix-neuf fois sur cent on trouverait derrière un soldat qui ferait n'importe quoi pour ne pas abandonner un compagnon sur place. Alors… tu vois le problème. Ce ne sont pas les brebis galeuses, les responsables. Elles ne sont que les instruments. C'est le système. C'est la guerre elle-même.

« C'est ce qui a fini par se faire jour en moi. C'est pour ça que je suis parti. Je n'avais pas été appelé. Je m'étais enrôlé. J'y *croyais*... et j'ai déserté *parce que* j'y croyais. J'ai tourné les talons, conscient de ce que j'étais en train de faire, sachant quelle honte j'allais infliger à mon père, non pas à cause du massacre auquel j'avais assisté, et pris part, non pas parce que j'avais combattu dans une guerre injuste – je ne connaissais pas grand-chose à la politique à ce moment-là, et je n'y prenais pas grand intérêt. Non, j'ai tourné les talons parce que notre camp ne se battait pas honorablement. C'était une guerre injuste, j'en suis désormais convaincu, mais ce qui comptait à mes yeux, c'était qu'elle était déshonorante. De notre côté. Ce qui comptait à mes yeux, la raison pour laquelle j'ai tourné les talons, vaincu, c'était que j'éprouvais plus de respect pour l'ennemi que pour nous. J'aimais mes compagnons de combat, j'aurais fait n'importe quoi pour leur épargner les horreurs qu'ils affrontaient – et pas simplement les horreurs, mais aussi l'ennui, la honte. Mais même si j'avais pu continuer à supporter l'horreur, je ne pouvais pas endurer la honte. J'avais honte. Nous avions l'armée la mieux équipée, la plus puissante au monde, et nous menions cette guerre comme on tiendrait un registre de comptabilité. Décompte des corps. Statistiques. Cette guerre, comme à peu près toutes celles que nous avons menées depuis, était dirigée par des comptables. Des scribes. Des directeurs de projet en treillis. »

Il s'interrompit soudain et me regarda droit dans les yeux. Je me rendis compte que, pendant un moment, il avait oublié à qui il parlait. Il secoua la tête.

– Excuse-moi, dit-il. Je ne voulais pas t'infliger une conférence.

– Non, dis-je. Ne t'excuse pas. Je ne sais vraiment pas grand-chose sur tous ces événements. – Je souris. – Quand j'ai fait la connaissance de Jean, elle a été choquée que j'en sache si peu.

Il secoua la tête de plus belle.

– Non, dit-il. Pas choquée, pas vraiment. C'est sa façon d'exprimer les choses. Il y a un petit côté maîtresse d'école chez tante Jean.

Je m'esclaffai.

– Je le reconnais.

– Elle sait comment fonctionne le système, dit-il. Ma sœur l'a bien instruite. Il y a de la maîtresse d'école à la pelle chez Jennifer.

Il se rembrunit alors, en se rappelant pourquoi il était là. Pourquoi il y était, et pas sa sœur – et je me remémorai soudain une chose que m'avait dite Jean : la façon dont, un jour, elle m'avait raconté que, même s'ils n'avaient guère passé de temps ensemble, pendant l'enfance, même s'ils avaient très peu de choses en commun, Simon soutenait toujours sa sœur, la défendait contre toute critique, comme si elle était une sorte de sainte – mais ce n'était pas parce qu'il la tenait en haute estime. Au contraire, en fait. À en croire Jean, Simon était impressionné par l'intelligence de Jennifer, et pourtant, dans le même temps, il ne considérait pas cette intelligence comme un atout. Pour lui, c'était un fardeau qu'elle devait porter. Un fardeau – et une restriction. Ça empêchait de vivre pleinement la vie, comme les lourds appareillages orthopédiques que devaient porter les enfants à l'époque où les gens attrapaient encore la polio.

– Il faut bien comprendre qu'elle n'y peut rien, dit-il. Elle est tombée amoureuse de l'idée d'invisibilité… ou plutôt, elle est tombée amoureuse de la personne qu'elle est devenue, cette personnalité qu'elle s'est inventée pour pouvoir vivre seule tout ce temps. Ce n'est pas simplement la crainte d'être capturée qui l'empêche d'aller où que ce soit, même si je me dis parfois qu'elle croit qu'une de ses actions passées l'enverra en prison pour le restant de ses jours si le FBI arrive jamais à la retrouver. Ce qui est fou, paranoïa pure et simple. Et ce n'est peut-être qu'un prétexte pour rester où elle est. Telle qu'elle est. Je n'en sais rien. Quand je lui pose la question, elle dit qu'il est inenvisageable de refaire surface. Que si elle devait en arriver là, ça reviendrait à accepter que quelque chose est terminé, or, en ce qui la concerne, ce n'est pas terminé. C'est juste moins visible, pour le moment, mais ce n'est pas fini. Elle cite le Che : Le silence, c'est continuer à disputer par d'autres moyens... Elle cite Abbie Hoffman, quand il disait que le moment viendrait où nous aurions tous de nouveaux noms et de nouveaux visages, je ne me souviens plus... Je n'ai jamais pris part à tout ça. Je ne me suis jamais joint à eux. Ce n'était pas que je sois foncièrement en désaccord, simplement je n'aimais pas... je n'étais pas d'accord avec leurs méthodes. Et de toute façon... je ne pouvais pas.

– Tu ne pouvais pas quoi ?

– Me joindre à eux, dit-il.

Cette idée semblait le troubler, comme si elle lui venait pour la première fois.

– Je ne pouvais pas me joindre à eux.

– Qu'est-il arrivé à Jennifer ? demandai-je. Une fois qu'elle a quitté le mouvement.

– Elle ne l'a pas quitté. Elle a été abandonnée. C'est comme ça qu'elle a commencé sa nouvelle vie. Ultime cadeau de la clandestinité des années 1960. – Il lâcha un rire. – Elle traînait dans je ne sais quelle ville du Middle West, un jour, en attendant un appel qui lui dise ce qu'elle était censée faire ensuite. Il faut bien se rappeler qu'à l'époque, les gens n'avaient rien en dehors du groupe. Argent, ressources, faux papiers... tout ce qu'il leur fallait pour rester dans la clandestinité leur venait du mouvement, d'une façon ou d'une autre. Alors quand elle s'est retrouvée seule, au bout de trois semaines d'attente – elle séjournait dans un motel, se rendait à pied jusqu'à une cabine téléphonique à côté d'une station-service tous les jours à 3 heures de l'après-midi et attendait un appel qui n'est jamais venu –, elle n'avait nulle part où aller, pratiquement pas d'argent, pas d'amis, pas d'identité à laquelle se fier. Rentrer chez elle lui faisait peur. Je pense que Jean lui a envoyé de l'argent par télégramme à peu près à ce moment-là, mais même ça, ça semblait trop risqué. Alors elle s'est trouvé un boulot. Et petit à petit elle est devenue quelqu'un d'autre, mais bien sûr, ça ne s'est pas arrêté là. Au contraire, ça ne faisait que commencer. Elle est restée cette personne-là depuis. Quelqu'un possédant un passé différent de celui que tout le monde lui prête. Un passé qu'elle a inventé. Un passé qui fait d'elle ce qu'elle est aujourd'hui. Un passé qu'elle ne peut pas risquer de perdre. Alors je peux te dire que, quand ta lettre est arrivée, elle était drôlement en rogne...

– Je suis désolée, dis-je (et je l'étais). J'ai juste pensé que...

– Oh, ne t'inquiète pas. Elle comprend. Mais même quand on comprend, ça n'empêche pas d'être en rogne. – Il eut un sourire triste. – Elle avait envie de venir. Du moins, une partie d'elle en avait envie. Mais elle n'a pas pu. Et elle savait que Jean comprendrait.

– Comment a-t-elle pu le savoir ?

– Parce qu'un jour Jean est partie à sa recherche, dit-il. Jennifer ne l'a découvert que plus tard, et elle a compris ce qui s'était passé, que Jean avait fait demi-tour et était repartie.

– Alors comment se fait-il que tu sois venu à sa place ? demandai-je.

Il secoua la tête.

– Ç'a été un hasard, en fait. Je me trouvais là-bas... ou pas loin, en tout cas. – Il me regarda attentivement. Je devais lui paraître bien jeune. Bien peu préparée à affronter le monde qu'il connaissait. – Là où je vis, le taux de mortalité est inhabituellement élevé. On perd des gens, d'une façon ou d'une autre. Je venais de perdre quelqu'un et Jennifer m'a hébergé quand je n'avais nulle part où aller. Elle savait que ce n'était que provisoire, et elle savait que je ne ferais rien d'imprudent. De toute façon, elle me fait confiance, parce que je suis invisible, moi aussi, à ma manière. C'est facile de se perdre, en Amérique, et ça me convient très bien.

Un bruit nous parvint, un murmure étouffé venant de l'étage. Il s'interrompit pour écouter, puis, le silence se réinstallant, il poursuivit son récit.

– Jennifer est dans la clandestinité depuis si longtemps qu'elle fera tout, perdra tout, donnera tout pour ne pas se faire capturer. Non que la prison lui fasse si peur que ça – quoique si, sans doute, mais ce qu'elle ne peut vraiment pas supporter, c'est l'idée qu'*ils* seraient finalement en mesure de marquer un point.

– Qui ça, ils ?

Il eut un sourire narquois.

– Le FBI, les flics, le système. Ils ont échoué lamentablement à capturer qui que ce soit pendant des années. C'est une fierté pour Jennifer. Ils ont triché, menti et quand même échoué.

Il se tut alors, figé tout à coup. Cela le faisait paraître plus jeune. Il aurait pu être dehors dans les bois, quelque part, assis devant un feu de camp, seul, durant les premières semaines où il errait d'un endroit à un autre, s'éloignant de la guerre, de son père et de tous ceux auprès de qui il ne pourrait jamais retourner.

– Et toi ?

– Quoi, moi ?

– Tu ne les as pas rejoints, dis-je. Mais tu es pourtant parti. Tu as refusé de t'accommoder de…

– Je n'avais pas le choix, dit-il. Tout ce que j'avais toujours voulu faire, c'était servir mon pays, comme papa, puis rentrer au pays et me trouver un boulot normal. Quelque chose en rapport avec les chevaux, par exemple. Mais on ne peut pas aller à la guerre et en revenir ensuite, du moins pas comme ça.

Il réfléchit un long moment, le regard tourné vers le jardin, dehors, puis il secoua la tête.

– Je ne veux pas prononcer le nom de cet endroit, dit-il. Je ne sais pas pourquoi. Une sorte de crainte superstitieuse que j'ai. En tout cas, même les noms ont été esquintés dans le rapport officiel. Le rapport qui recensait le nombre d'ennemis morts. Le décompte des corps. Nous, on n'a pas enregistré de pertes ce jour-là, sans doute parce que les gens qu'on attaquait était tous des civils non armés. Mais ce n'est pas la question non plus. Deux jours plus tôt, un jeune gars originaire de Fairfax avait été tué par un engin explosif. Ça m'avait beaucoup choqué. Ça avait beaucoup choqué tout le monde. Alors quand on est entrés dans ce village et qu'on nous a dit que des mises en garde avaient été parachutées la veille, on a décidé qu'on pouvait supposer sans risque que tous ceux qui ne faisaient pas partie des combattants devaient déjà en être partis. Quand on nous dit qu'un village a été averti, on comprend clairement ce qu'il reste à faire. On tue tous ceux qui s'y trouvent encore. Sinon, c'est eux qui nous tueront.

« Ce jeune de Virginie. On avait discuté un moment, deux jours avant qu'il meure. On aurait dit une scène d'un vieux film, il m'avait même montré une photo, sauf que ce n'était pas l'habituel portrait de sa chérie. C'était sa sœur, une fille qui aurait pu être jolie si elle n'avait pas eu un bec-de-lièvre. Il m'avait expliqué qu'elle faisait partie des raisons pour lesquelles il s'était enrôlé. Il voulait qu'elle soit fière de lui, tu comprends ? C'est du pur cliché. Des trucs archi-rebattus. Mais bon, un engin explosif réduit un jeune en bouillie et ça c'est un truc qu'on peut voir cent fois, jamais on n'arrivera à s'y habituer. On ne peut pas non plus montrer ça sur un écran de cinéma. C'est trop incroyable.

« Donc, en entrant dans le village, on était remontés à bloc. Ça aurait pourtant dû faire tilt, un peu plus tôt, quand on a constaté que nos coups de feu ne soulevaient pas de riposte. Mais non. Les gens, dans ce village, c'étaient des femmes, des enfants, quelques vieux. Des bébés. On a abattu des bébés. Un gars utilisait un vieil homme comme cible de tir. Il l'a visé à la tête, à environ trois mètres de distance, et il a raté. Les autres se fichaient de lui. Il s'est rapproché de cinq pas et a tiré de nouveau. Et il a raté. Je me rappelle que ça m'a énervé, à ce moment-là. C'était comme un rêve. Je ne crois pas qu'un seul d'entre nous comprenait ce qui était en train de se passer. Tout le monde rigolait, maintenant, alors le tireur d'élite à la manque s'est avancé jusqu'au vieil homme, qui était figé, terrorisé, complètement désorienté, et lui a tiré une balle dans la tête, à bout portant. Je me suis détourné. J'entendais, plus loin, quelqu'un qui hurlait. C'était une voix de femme, alors j'ai compris que c'était une des leurs. Elle criait le même mot, sans relâche, encore et encore : un prénom, sans doute, celui d'un enfant, ou de son mari, de son père. Je ne sais pas. Ça sonnait comme un prénom. C'était un mot qui ne faisait pas partie du maigre vocabulaire vietnamien que j'avais réussi à glaner en route, mais ce qui m'a frappé, c'était que quelqu'un de chez nous aurait fait la même chose. Aurait crié le prénom d'un proche aimé, exactement comme elle le faisait. Ç'aurait pu être un jeune appelant sa mère ou sa petite amie, ç'aurait pu être un homme d'âge mûr appelant sa femme ou son enfant, mais en fin de compte c'était pareil. Je ne savais plus ce que je faisais à cette heure. Je me contentais de faire ce qu'on m'avait entraîné à faire. Je suis allé jusqu'à l'endroit d'où provenait la voix et j'ai trouvé la femme. Elle pouvait avoir trente, trente-cinq ans. Elle était très menue, son visage était couvert de boue, et j'ai vu qu'elle souffrait terriblement. Quand elle m'a vu, elle a baissé la voix mais sans pour autant cesser de parler, elle continuait à répéter le même mot. Je ne savais pas quoi faire. Je voyais bien qu'elle allait mourir, mais de toute façon tout le monde, dans ce village, allait mourir. La seule incertitude, c'était comment. Quelque part sur ma droite, j'ai entendu d'autres cris : ils avaient trouvé une jeune fille et visiblement... – Il m'adressa un regard bref, désespéré. – Je ne sais pas pourquoi ça me paraît toujours pire, dit-il. Les viols, je veux dire. Je détestais ça. – Il réfléchit un instant. – Il y a eu d'autres coups de feu. Les cris ont cessé, puis quelqu'un d'autre a hurlé quelque part sur ma gauche. J'ai regardé la femme une dernière fois et elle a compris ce que j'allais faire, mais elle n'a pas eu peur. Elle a juste répété le mot, et je lui ai tiré dessus, deux fois. La première balle aurait suffi, pourtant. En m'éloignant, j'ai tenté de me dire que ç'avait été un acte de pitié, mais cette pensée n'a duré qu'un instant. Ensuite, je me suis senti comme engourdi. On a tué quarante-six personnes ce jour-là. Pour des raisons statistiques, tous ces morts ont été considérés comme des combattants ennemis.

« Après la femme, j'ai erré dans le village, hébété. Ou, plutôt qu'hébété, dans un état d'ouverture totale, au point mort, intact, comme absent. Les gens étaient en train de préparer un repas, à l'arrivée de mon unité, et ils tiraient parti de vraiment pas grand-chose, ce qu'ils avaient sous la main : fruits, riz, feuilles, tubercules. C'était sans doute un village pauvre. La préparation était modeste, il devait falloir du talent et du soin pour la rendre appétissante. Pas seulement pour caler les estomacs, mais pour en faire un vrai repas. Quelque chose à quoi on prenne plaisir, autour de quoi on se rassemble et… mais c'était peut-être ça, le plaisir, pour eux. Se rassembler. Tirer ensemble le meilleur parti de ce qu'ils avaient. Familles. Amis. J'ai eu honte, alors, en pensant à quel point je connaissais mal ces gens. Je parlais quelques mots de leur langue, du charabia en fait, mais je ne savais rien d'autre, si ce n'est comment les tuer. C'était à ça que je pensais tout en déambulant dans ce lieu de dévastation, au fait que leur nourriture était modeste, que je ne connaissais même pas les noms de ces ingrédients de base. Le mot qui signifiait riz, par exemple. Quelqu'un avait abattu trois cochons qui s'étaient aventurés hors de leur enclos ; çà et là, des panières d'aliments et de produits avaient été renversées et piétinées dans la boue. Pourquoi faisait-on ça ? On souillait toujours la nourriture. On abattait le bétail. Je ne savais pas pourquoi, et je n'étais même pas sûr que ce soit vrai, mais apparemment on faisait tout le temps ça, là-bas. Je voyais de bonnes choses déversées par terre et piétinées. De la vaisselle fracassée. Il me semblait que ça arrivait souvent et, tout en marchant dans ce village, j'ai eu l'impression de comprendre ce que ça voulait dire. Pourquoi ça arrivait. Ce n'était pas prémédité, ça arrivait, c'est tout, mais c'était une façon d'effacer l'épisode, d'imaginer que cet endroit n'avait jamais vraiment existé et qu'il n'y aurait aucun motif de honte plus tard. On ne demandait pas pourquoi ce village-là, pourquoi ces gens-là, parce que en fait ils n'existaient pas vraiment. Si leur univers pouvait être gommé aussi tranquillement, comment pouvaient-ils avoir eu substance et réalité, comme nous ?

« Il n'y a eu aucune conséquence après coup. S'il y en avait eu, je n'aurais pas été moins coupable que les autres. Mais je savais que je ne pouvais pas y retourner. J'étais épuisé. Je ne souffrais pas d'un quelconque syndrome, trouble post-traumatique ou je ne sais quel nom on donne à ça de nos jours. J'étais juste épuisé. Lessivé. Claqué. C'est peut-être en soi un syndrome, quand on en arrive au point où l'épuisement est si absolu qu'on a l'impression de basculer dans un autre état, d'être purgé, disons, de tout ce qui s'était accumulé pendant des années et des années, et que les dernières traces de peur, de fierté ou de désir, toutes les émotions ordinaires sont balayées, sans rien laisser d'autre qu'une carcasse vide, un attrape-rêves au travers duquel souffle le vent sur un chemin perdu de Khánh Hòa, ou une petite route du Kansas, quel que soit l'endroit où on se trouve quand le changement survient. Et peut-être que l'endroit où on se trouve détermine ce qui se passe. Si on est Saul en route pour Damas, peut-être qu'on voit Dieu, si on est ailleurs peut-être qu'on se découvre un talent caché qu'on n'avait jamais cru posséder. Ailleurs encore, peut-être qu'on se découvre un vice caché. Ce que moi, j'ai découvert, ce n'était pas grand-chose – certes pas Dieu, pas non plus de talent ou de vice cachés, juste une sorte d'espace vide que j'ai senti s'ouvrir autour de moi, à l'intérieur duquel je ne pouvais qu'entrer puis m'éloigner. Ce n'était pas de la guerre que je m'éloignais, mais de tout ce en quoi j'avais un jour eu confiance. Le monde de mon père. Un monde de labeur, honneur et foi. Un monde voué à mon pays, qu'il ait raison ou tort. Tous ces vieux clichés, qui n'en étaient pas à l'époque. Pas à mes yeux, en tout cas. J'avais toujours cru. Jusqu'à ce que j'aille au Viêtnam, je croyais que mon père avait raison, que mon pays avait raison, et même s'ils faisaient l'un et l'autre des choses contestables, je les aimais et j'étais convaincu qu'ils agissaient dans le contexte d'un tableau plus vaste que je ne percevais pas.

« Je suis donc parti. Ce n'était pas facile de déserter au Viêtnam, mais j'y suis arrivé. Je me suis procuré un faux certificat de convalescence, et j'ai disparu. J'ai mis trois mois à rentrer aux États-Unis, mais jamais je n'ai douté un instant d'avoir fait le bon choix. La seule question que je me posais, c'était : pourquoi revenir ? Je ne voulais pas rentrer chez moi en Virginie. C'était la seule chose dont j'étais sûr. De toute façon, je n'aurais pas pu y retourner. Ç'aurait été la taule, directement.

« Non... ce qu'il fallait que je fasse, c'était ce qui m'était nécessaire. Je devais rester en mouvement. *En mouvement.* Il fallait que je me réveille chaque dimanche matin dans une ville inconnue et qu'en regardant par la fenêtre, je voie des rues couvertes de neige et des gens que je ne connaissais pas se rendre à l'église. Il me fallait le mystère d'une voiture noire arrêtée à un passage à niveau en rase campagne. Je ne cherchais pas à fuir, je ne cherchais pas à m'évader. Ou, en tout cas, je ne voyais pas les choses comme ça. On aurait plutôt dit que j'essayais de me soustraire à un état donné dans le but d'arriver dans un lieu différent. L'ennui, c'était que je ne trouvais pas ce lieu. En fait, je ne trouvais que la route. Des départs, encore des départs, une vague lueur là-bas à l'ouest et soudain tout est différent. Transformé. Ce qui ne veut pas dire que la route soit romanesque. Ce n'est pas du Jack Kerouac. Ce n'est pas du Woody Guthrie. C'est dormir dans des gares la nuit parce qu'on a raté le dernier train et que le prochain est à 6 h 10 du matin. C'est le mec bourré au fond du bus qui pue le tabac et la bière. Le jeune qui part au boulot, avec son passe-montagne et une vieille veste de chasse que son père ne met plus. C'est la foule de gens qui rentrent chez eux après l'office religieux, toutes les femmes terriblement obèses qui s'imaginent que quelqu'un va les guérir de leur appétit. C'est le gars à la main atrophiée qui se perd dans la contemplation d'une soirée grise d'automne, non qu'il y ait quoi que ce soit à voir, mais parce qu'il ne supporte pas de regarder les autres passagers, de se voir lui-même, pas encore guéri, dans leurs regards. Parce que, s'il voit ça, il perdra sa foi en Jésus, et sa foi c'est tout ce qu'il a. Et, en fin de trajet, c'est la jolie fille du café de l'arrêt de bus, avec sa façon de remplir la tasse, sa façon de m'adresser exactement le même sourire qu'à un gamin de neuf ans, à moi qui n'ai ni vingt ans ni trente-cinq. Parce que je ne présente aucun danger. Je n'ai jamais envisagé d'être vieux au point de ne présenter aucun danger. Ce n'était pas mon intention.

« L'autre aspect de la route, c'est qu'elle ne mène nulle part. Il m'a fallu un moment pour comprendre clairement ça, mais dès le départ, aussi loin que j'aille, l'endroit que j'aimais vraiment se trouvait toujours ailleurs. Ailleurs, avec le parfum de la maison familière qui s'éloigne entre les pins et l'ultime étendue de prairie qui s'étire sur des kilomètres en un ruban d'eau et d'étoiles ruisselant de rosée. Une grosse lune au-dessus d'un parking désert. Des étoiles gelées au-dessus des toits et des résidus de prairie. Une congère de poudreuse masquant la route et quelques chevaux debout à l'écart, seuls, dans une obscurité qui pourrait durer toute l'éternité. Ailleurs. On le trouve parfois, cet ailleurs, puis il nous échappe. On peut même le trouver ici, dans les quartiers résidentiels. L'absence de quelque chose, un silence à la lisière de la cour où quelque chose attend qu'on rentre à l'intérieur. On est en sécurité à l'intérieur, mais dehors, dans la nuit, on est dans leur territoire et il n'existe ni carte ni guide qui puisse nous aider. Quand on entrevoit l'ailleurs, même brièvement, personne ne pourrait nous tenir rigueur de penser que le bonheur et le temps sont une seule et même chose. »

Quand il survint, le déclin de Jean fut très rapide. Je suppose que je devrais être heureuse qu'elle n'ait pas souffert aussi longtemps qu'elle aurait pu le faire – le médecin nous avait expliqué que certains cas duraient des mois, d'autres quelques semaines, nous devions donc nous estimer heureux de cette chance. Mais le temps manquait pour réfléchir à ça. J'avais un devoir important à boucler, et Jean le savait, je n'avais donc aucune chance de pouvoir demander un délai supplémentaire. J'aurais pu dire que ma grand-mère était mourante. Mais je n'en fis rien. Je continuai d'aller en cours et d'aider en rentrant à la maison. Simon se chargeait du reste. Il faisait le ménage, cuisinait, s'assurait que Jean avait tout ce qu'il lui fallait. L'après-midi, il lui faisait la lecture. De la poésie, principalement. Simon avait peut-être été un vagabond toute sa vie, mais il se révéla un excellent infirmier. Il obligeait Jean à rester au lit, alors même qu'elle cherchait constamment à se lever, engageait avec elle de longues conversations parfois décousues à propos de tout et rien, s'assurait qu'elle prenait bien les médicaments que le médecin avait prescrits. Chaque fois que possible, je restais à la maison et prenais mon tour de garde dans la chambre de la malade, ce qui permettait à Simon de sortir et de tout planter là pour se mettre en quête d'ailleurs. Une dernière histoire restait à raconter, et j'attendais que Jean l'évoque, mais elle ne disait pas grand-chose, se contentait d'écouter, immobile, pendant que je lui faisais la lecture, ou lui parlais de mon travail. Elle finit pourtant par prendre la parole et je compris, à son ton, qu'elle voulait me raconter une toute dernière histoire. L'histoire de ce qu'il était réellement advenu de Lee.

Elle parlait lentement, en marquant une brève pause tous les trois ou quatre mots, si bien qu'on aurait dit qu'elle découvrait le sens de son histoire à mesure qu'elle la racontait, le découvrait lentement et avec soin, sans hâte particulière, mais avec un réel souci de présenter correctement les choses. Ou peut-être, me dis-je, était-ce plutôt la peur de se tromper d'une manière inattendue.

– Je me rappelle, dit-elle, quand j'étais petite, avoir connu ce moment, comme tous les enfants, vous savez, où on se rend compte que tout le monde meurt…

Elle sourit et je remarquai alors à quel point ses dents avaient changé de couleur – viré non pas au jaune, mais à un gris fumé presque ivoire, comme du vieux vélin, ou ces bouts d'os de baleine ou de défenses gravés de navires et de visages de femmes qu'il y a dans certains musées –, et elle vit que j'avais remarqué, mais ça ne l'affecta pas. Rien ne l'affectait. C'était une vieille femme qui avait bien vécu en dépit des souffrances qu'elle avait subies, et elle était... heureuse, je crois. Heureuse ou, si elle ne l'était pas à proprement parler, sereine. En paix. Indépendante.

– Tout le monde meurt, dit-elle, et cette pensée parut la satisfaire aussi, comme s'il s'agissait d'une bénédiction ou d'un cadeau qu'on lui avait promis, ou qu'elle s'était promis, voilà bien longtemps. – Mère, père, frère... amante, amant. Nous en passons tous par là. Ça n'a rien d'extraordinaire... mais ce qui l'était pour moi, à cet âge-là, ce fut que je n'éprouvais pas... de chagrin, je n'éprouvais pas... l'inévitable... chagrin enfantin... pour ma mère ou mon père, ni même pour... – Comme sa voix s'éteignait, Jean regarda par la fenêtre. – Non, dit-elle en tournant soudain la tête vers moi comme si elle avait entendu la question qui se formait dans mon esprit. L'unique personne que je pleurai, la seule, fut Lee. Parce qu'elle était... toujours... si pleine de vie. Vous comprenez ? Ça me semblait encore pire qu'elle ait dû mourir. Pour les autres, pour ma mère et, d'une manière différente, pour mon père, ça ne m'avait pas paru une telle... perte, mais *elle*...

« Quand je regarde en arrière, aujourd'hui, tout m'apparaît clairement. On aurait dit un de ces problèmes qu'on nous soumet à l'école. On connaît la réponse, elle est là, dans notre tête, mais on est incapable de la donner, parce que tous ceux qui détiennent l'autorité depuis toujours affirment que ça ne peut pas être la bonne réponse. Alors on réfléchit encore, et le temps continue de s'écouler, et avant qu'on ait pu s'en rendre compte, l'épreuve est terminée. Et on n'a rien écrit. Et la réponse était la bonne. »

– Et c'était ?

– Le bonheur, dit-elle. Il faut le prendre quand on peut, quel qu'il soit. Ça n'a pas été facile, ensuite, de se réconcilier avec le fait que la seule chose qui nous séparait, en réalité, c'était que nous n'avions pas la même conception du bonheur. Ça n'a pas été facile et j'avais le sentiment qu'elle était encore là. Que sa présence persistait dans ce monde alors que je savais…

– Que s'était-il passé ? demandai-je.

– Elle… Je… – Elle m'adressa un regard déconcerté. – Un accident, dit-elle. De voiture.

– Un accident ?

– Oui. Ce fut un accident.

– Qui était dans la voiture ? demandai-je. Qui conduisait ?

– C'était moi. Nous tentions de nous enfuir. Je l'avais retrouvée, vous comprenez, et cet homme… John Cameron. Il lui fit du mal. Il la blessa gravement. Et nous tentions de nous enfuir quand…

Elle commençait à s'agiter, et je me rendis alors compte que j'avais laissé les choses aller trop loin. Je posai la main sur son bras.

– Tout va bien, dis-je. Il n'y a pas de problème. Reposez-vous, maintenant.

Elle essayait de se redresser, tout son corps bataillait pour soulever son poids. Puis, en quelques secondes, elle retomba en arrière et resta absolument immobile. Je crus, pendant quelques instants, qu'elle allait mourir. Puis un sourire imperceptible voleta sur ses traits. Elle me regardait, mais sans me voir, fixait quelque chose très loin dans le passé, mais je n'avais aucun moyen de savoir de quoi il s'agissait.

Le lendemain matin, de bonne heure, j'entrai dans sa chambre et n'y trouvai personne. J'appelai Simon, on enfila manteaux et bottes et on se précipita dehors, dans le froid. Il faisait encore nuit, un soupçon de gris commençait à peine à poindre au-delà des arbres. Par chance, il avait neigé pendant la nuit, ce qui nous permit de trouver la piste de Jean et de la suivre dans Audubon Road jusqu'au moment où on la rattrapa, emmitouflée dans son vieux manteau et plusieurs écharpes, semblait-il. Elle avait marché et venait seulement de s'arrêter, mais que ce soit sous le coup de la fatigue ou parce qu'une nouvelle idée l'avait figée à mi-course, c'était impossible de le savoir. Elle était très pâle, son teint semblait cireux, mais c'était la cire d'une bougie encore allumée, qui diffusait une faible lueur presque rosée, tout juste visible, quelque part en dedans.

– Ça aurait pu se passer autrement, dit-elle quand on arriva de part et d'autre.

Simon s'avança et lui prit le bras. S'il ne l'avait pas fait, je crois qu'elle serait tombée dans la neige, or ce qui importait le plus à ce moment-là, c'était qu'elle ne tombe pas. Je lui pris l'autre bras, aussi doucement que je le pus. Elle vacilla un peu, mais garda son équilibre. Elle regarda Simon droit dans les yeux.

– Ça aurait pu se passer autrement, répéta-t-elle. Tu sais ça, n'est-ce pas ?

Simon acquiesça.

– Oui, je le sais, dit-il.

Jean tourna légèrement la tête vers moi. Elle avait les larmes aux yeux. Ça pouvait être dû au froid, tout simplement. Ça l'était sans doute. Pourtant, il me sembla qu'elle était arrivée au terme du voyage qu'elle avait entrepris une heure plus tôt, quand elle avait quitté la maison pour partir marcher dans la neige. Il était impossible de dire où elle se sentait arrivée, mais j'étais convaincue que, dans sa tête, nous nous trouvions à l'angle des rues Ashland et Vine. Peut-être lut-elle cette pensée sur mon visage, car elle sourit alors, d'un sourire à peine esquissé, brave et encourageant – destiné non pas à elle-même, mais à moi. Pour que je sache qu'elle comprenait. Puis elle s'appuya un peu plus sur Simon qui se campa sur ses pieds pour accueillir ce poids, comme un père accueille celui d'une enfant fatiguée de marcher, qui le prend non pas sur lui, mais *en* lui. Les yeux de Jean se fermèrent, mais pas simplement de fatigue, et certainement pas parce qu'elle cédait à quelque chose – surtout pas à la mort –, mais parce qu'elle avait vu ce qu'elle avait besoin de voir, et que le reste de son histoire devait se passer dans le calme et l'obscurité, quelque part au fond de ses pensées.

– Allez, on va te ramener à la maison, dit Simon.

Ce n'était pourtant pas vraiment à Jean qu'il s'adressait, mais à moi. C'était une invitation à l'aider à ramener Jean chez elle, mais c'était aussi une façon de prendre en compte ma présence, avec eux, de m'inclure parmi les leurs, en tant que membre honoraire de leur famille. Je pris le bras de Jean – si mince et fragile sous le mien – et, ensemble, on lui fit rebrousser chemin sur Audubon Road, mais elle n'était plus vraiment là. Elle s'était éclipsée, ou retirée, en ce lieu de sa mémoire où tous les gens qu'elle avait perdus dans sa vie étaient encore visibles, telles des ombres sur un mur, traces légères de ce qui n'était plus guère que des fantômes, à présent, seulement identifiables pour qui savait déjà ce qu'il voyait.

Il fallut un certain temps pour rallier la maison. Dès qu'on l'eut mise au lit, j'appelai le médecin. Il vint aussitôt, mais il n'y avait rien de plus à faire. Ce soir-là, à 8 heures précises, elle murmura quelque chose que je ne compris pas, alors que j'étais assise à un mètre d'elle à peine, en train de la veiller. Un instant plus tard, elle exhala un long soupir grave, comme si elle venait d'entendre une chose qu'elle n'avait encore jamais entendue, une chose avec laquelle elle était parfaitement d'accord.

Le matin de l'enterrement, je sortis pour jeter un coup d'œil dehors. Il me semblait avoir entendu quelque chose, très tôt, et j'avais pensé à Christina, je me demandais si elle était à l'abri du froid. Je crois que j'avais des visions d'elle errant dans les bois enneigés, vêtue de sa robe de première communion, mais je ne la vis pas, et il n'y avait pas d'empreintes humaines dans la neige, hormis les miennes. Je me demandai si Christina savait que Jean était morte. Elle avait toujours eu l'air d'avoir une sorte d'entente avec la vieille femme, comme s'il existait entre elles une parenté tacite.

Je faisais demi-tour pour rentrer quand une fourgonnette de livraison verte se rangea devant le portillon. Un homme en descendit.

– Vous êtes Kate Lambert ?

– Oui.

L'homme sourit.

– Une livraison pour vous, dit-il.

Il se pencha à l'intérieur de la fourgonnette du côté passager et en sortit un colis.

– Attention, dit-il. C'est fragile. Et c'est plus lourd qu'il n'y paraît.

L'enterrement fut aussi proche que possible de ce que Jean aurait souhaité. Simple, discret, une poignée d'amis, rien de religieux. Annette vint, accompagnée de quelques membres du personnel et de deux ou trois clients du Territoire sacré. Quelques autres personnes étaient là, mais je ne savais pas de qui il s'agissait. Simon avait décidé de faire aussi simple que possible. Pas d'éloge funèbre. Je lus un poème – d'Emily Dickinson, bien sûr – et Simon, quelques lignes du *Beau pays* de Ted Berrigan :

mon pays c'est un beau pays
ses routes mènent à beaucoup de beaux endroits où
il s'est vu beaucoup de gens bien ; un pays accueillant,
dont le chant s'élève
du gosier d'un colibri et qui s'arrête
où va le soleil en traversant le bleu des cieux.
*C'est là que je vis avec toi**.

Ensuite, comme les gens ne savaient pas trop à qui serrer la main ou présenter leurs condoléances, et comme on

* Faute d'une traduction française publiée à ce jour, la version est celle de la traductrice.

n'avait rien prévu en matière de réception, ils se dispersèrent par petits groupes de deux ou trois, nous laissant rentrer seuls à pied, Simon et moi. Annette vint me trouver et m'embrassa sur la joue. Elle pleurait.

– Vous étiez une bonne amie pour Jean, dit-elle. Votre compagnie la rendait très joyeuse.

Je hochai la tête.

– Elle vous aimait, dis-je.

Annette rougit légèrement.

– Je suis heureuse qu'on se soit connues, dit-elle, sur quoi elle se détourna et s'éloigna, si bien que je ne sus pas si elle parlait de Jean ou de moi.

Puis on se retrouva seuls, Simon et moi. Il me prit le bras et on regagna lentement la grille du cimetière, où la voiture attendait.

– Jennifer ne sortira jamais de son refuge, dit-il. Ce n'est pas sa faute. Elle craint simplement ce que le monde risquerait de lui faire.

– Je sais.

– Quant à moi, je ne suis pas taillé pour Audubon Road, dit-il. J'ai besoin d'être…

– Ailleurs, dis-je.

Il se mit à rire, et ajouta :

– Où que ça puisse être.

– C'est peut-être ici, dis-je.

– Je n'en sais rien. Mais ce que je voulais dire, c'est que je ne veux pas de la maison, pas plus que Jennifer, évidemment. Toi, tu es heureuse ici, je crois, alors je ne vois pas pourquoi…

Une soudaine bouffée de panique m'envahit. Je ne voulais pas que Simon s'en aille, pas encore. J'avais besoin de parler encore avec lui. Besoin de lui demander quelque chose, mais je ne savais pas, pas encore, de quoi il s'agissait.

– Il est peut-être temps d'oublier les ailleurs, dis-je. Peut-être temps de penser à chez toi.

– J'y ai pensé, dit-il. Ça fait trente ans que j'y pense. C'est juste que je ne suis pas prêt pour ça.

Il s'interrompit et me regarda droit dans les yeux. Je fus frappée, à nouveau, de remarquer à quel point il était beau.

– Mais je sais que c'est ici, dit-il. Alors quand je serai prêt... eh bien, qui sait ? D'ici là, pourquoi est-ce que tu ne t'occuperais pas de ce bon vieil endroit ? Pour le moment, au moins ?

On resta immobiles un long moment, puis on finit de regagner la voiture des pompes funèbres en silence. Notre chauffeur, un jeune homme trapu au crâne rasé, était en train de lire, mais il posa son livre en nous voyant approcher. Il recommençait à neiger. Simon m'ouvrit la portière et j'entrai dans la voiture. Sur le siège passager, retourné à plat, se trouvait un exemplaire de poche tout neuf des *Poèmes choisis* d'Emily Dickinson.

Un beau pays

Aujourd'hui, il a neigé de nouveau. C'est tombé dru et fort, au début, puis ça a ralenti, de gros pétales bleus flottant doucement jusqu'à terre parmi les peupliers de Virginie. Ici, on a le sentiment que la neige ne concerne que nous, que même si elle tombe d'un bout à l'autre d'Audubon Road, même si elle tombe en plein centre-ville, sur les églises, sur les bars, sur les vitrines illuminées du Territoire sacré, c'est différent ici, plus riche, plus généreux, ça fait partie d'un pays plus ancien. Je vis dans la maison de Jean depuis maintenant un mois, et pendant tout ce temps-là il a neigé, par intermittence, et ça paraissait un cadeau, ou une confirmation – ce n'est peut-être qu'une sorte de superstition qui me fait penser ça, mais je me dis tous les jours qu'il m'est impossible de savoir combien de temps encore je vais rester ici. Simon pourrait revenir n'importe quand et réclamer à juste titre la maison comme étant la sienne, ou la vendre, non parce qu'il en aurait envie, mais par nécessité. D'un autre côté, c'est peut-être simplement que j'aime me rappeler que mon séjour ici n'est pas définitif, que c'est plus une grâce qui m'est faite qu'une affaire de logique ou de loi. C'est peut-être simplement que, les jours comme aujourd'hui, j'aime me demander combien de temps encore je pourrai savourer cet étrange arrangement. Aussi longtemps qu'il durera, je ne veux pas considérer un seul instant comme un dû. Je me rappelle ce qu'a dit Emily Dickinson, que la simple sensation de vivre est une joie en soi – et je m'attarde, tous les jours, sur l'instant où je me réveille aux premières lueurs dans mon corps neuf, calme, où je descends au rez-de-chaussée pour préparer le premier café de la journée. Pour l'heure, pendant qu'il passe, je me poste à la fenêtre et contemple la cour. Bien que la couche de neige soit épaisse aujourd'hui, je sais qu'elle ne durera pas longtemps : l'amélanchier que Jean a planté contre le mur, sur le côté de la maison, sera bientôt en fleur, premier signe de la véritable arrivée du printemps, des bourgeons vont s'ouvrir dans les arbres de ses bois cachés – elle savait depuis toujours que Christina y vivait, par intermittence, mais avait fait mine de ne pas s'en apercevoir, pour ne pas la faire fuir. On aurait dit que la jeune fille était un animal de plus parmi ceux qui passaient là, comme le cerf ou les divers oiseaux. Je me tiens à la fenêtre, vêtue du pyjama que Jean m'a donné, étonnée, encore, du cadeau qu'est un corps neuf, un nouveau prototype de ma propre personne que Jean avait décelé d'emblée, nettoyé, mince, parfaitement irrigué, mon reflet dans la vitre appartenant tout autant au jardin que l'amélanchier et les peupliers, tout aussi natif de ce coin de terre que le cerf et les cardinals.

Le lendemain du jour où Simon est parti, j'ai rentré un peu plus des pommes que Jean et moi avions stockées pour préparer une nouvelle fournée de beignets. C'était un matin clair, blanc, la neige était sillonnée d'empreintes, l'ombre des arbres nette et sombre contre le mur de l'appentis. Je m'arrêtai un instant, pour inspirer l'air froid et m'éclaircir les idées. À présent, bien que la neige soit constellée de traces d'oiseaux et de cerfs à la lisière des bois et dans toute la cour, je ressentais un vide, un silence tout autour de moi, depuis l'endroit où je me tenais jusqu'au bout du chemin, et au loin, aux autres maisons rangées le long d'Audubon Road, et je compris que j'étais absolument seule. C'était une sensation agréable, la sensation d'être privilégiée, d'une certaine manière, la sensation, tout au fond, d'avoir acquis un nouveau talent, je ne sais quelle nouvelle forme d'art. C'était ce que Jean aurait dit. N'importe quoi pouvait être un art, en soi, tout dépendait de la façon dont c'était pratiqué – et j'étais en train d'acquérir le mien rien qu'en étant là. En quoi cet art consistait, je n'aurais su le dire, mais il ne s'agissait pas seulement de remarquer chaque empreinte dans la neige et d'en reconnaître le dessin, ou de percevoir qu'il n'y avait personne alentour sans avoir besoin de regarder. Si j'avais pu le décrire, j'aurais dit que c'était l'art de comprendre ce que j'étais dans le paysage. Quelle place j'avais dans le champ phénoménal qui m'entourait, s'il est possible de formuler ainsi la chose. Non pas qui, mais *ce que* j'étais : un corps, un système d'inspiration et expiration, une créature capable de produire les sons et les mouvements qu'elle a besoin de faire, et rien de plus. En sortant, la première fois, j'avais imaginé Christina Vogel debout dans l'étendue blanche sous les arbres, son pâle visage strié d'ombres. En fait, je souhaitais presque qu'elle soit là, mais je compris aussitôt qu'elle était partie pour de bon, désormais. Je me dis alors que ça n'avait pas d'importance, que son seul lien avec cette maison, ou avec ce bout de territoire, avait été Jean Culver. Pourtant, elle me manquait un peu, au nom de Jean, et j'espérais qu'elle se trouvait dans un bel endroit.

Ça faisait un drôle d'effet, au début, de pouvoir me servir de tout dans la maison de Jean Culver. D'être en mesure d'aller n'importe où et de contempler les choses qu'elle avait accumulées au cours de toute une vie, tous les bocaux, boîtes et sachets qu'elle avait rangés dans le garde-manger, les flacons de feuilles qui pouvaient aussi bien être des herbes aromatiques que des tisanes maison, produits vieux de dizaines d'années qu'elle n'avait jamais pu se résoudre à jeter, résidus de poudre bleue ou résine poisseuse, verdâtre, au fond d'un ancien bocal de café, unique conserve d'huile figée et araignées en poussière sur une étagère, dans la cave. Qui savait à quoi pouvaient servir tous ces produits ? Leur usage était oublié depuis longtemps, de même que celui des vieux outils que je trouvai en vrac dans un tiroir de la cuisine, outils destinés à percer des trous dans Dieu sait quoi, pour travailler le cuir, ou le verre soufflé… je l'ignorais complètement, mais tout ce que je trouvais, j'avais envie d'en connaître l'utilité, de m'en servir. J'avais envie d'habiter cette maison aussi pleinement que je le pourrais, car je ne savais pas combien de temps j'y resterais, et il était important que mon passage ici ne soit pas oisif.

Mon principal projet, toutefois, était la clarinette. L'arrivée du colis le matin de l'enterrement de Jean m'avait déconcertée, mais j'aurais dû savoir qu'il venait d'elle. Étant donné, d'une part, que personne d'autre ne savait que j'habitais chez elle. Je n'ouvris ce colis qu'après, une fois que nous étions rentrés à la maison et que Simon faisait du café dans la cuisine – et ce fut alors que je pleurai, vraiment, pour la première fois, debout dans le vestibule où j'avais laissé le cadeau de Jean dans ma hâte de me préparer pour la cérémonie. Je ne m'effondrai pas. Je restai juste parfaitement immobile, les larmes ruisselant sur mes joues, à contempler une clarinette Buffet Crampon R13 en *si* bémol, en grenadille d'Afrique, un instrument dont je n'osais même pas rêver à l'époque où je jouais avec mon père, dix ans plus tôt.

Simon entendit peut-être quelque chose – un froissement de papier, ou un bruit involontaire que j'avais fait en ouvrant le colis –, toujours est-il qu'il vint dans le vestibule et me regarda.

– Comment ça va ? demanda-t-il.

Je hochai la tête.

– Bien, dis-je. C'est juste… que Jean m'a envoyé un cadeau, mais il n'est arrivé ici que ce matin.

Alors, je lâchai prise. Soudain, tout le poids du chagrin me submergea. Chagrin pour Jean. Chagrin pour Lee, dont je ne connaîtrais jamais l'histoire en entier. Chagrin pour Laurits. Chagrin pour papa, qui n'avait pas voulu me dire qu'il était en train de mourir, pour que je puisse profiter de mon premier semestre à l'université. Tout se déversait à présent, ce que j'avais si soigneusement réprimé, avec l'alcool, la drogue, l'aveuglement. Tous les jeux idiots auxquels j'avais joués avec Laurits, qui devait déjà avoir des ennuis avec Axel Crane longtemps avant la soirée au

Henrys. Il avait besoin d'argent, avait-il dit. Je n'avais même pas perçu ce qui se tramait.

Simon passa un bras autour de mes épaules.

– C'est bon, dit-il. Laisse venir.

J'acquiesçai, mais je sanglotais, maintenant.

– C'est un bel instrument, dit-il.

– Trop bien pour moi, dis-je. Un instrument de professionnel…

– Chhut. – Il m'attira contre lui, si bien qu'on était debout côte à côte, en train de regarder la clarinette. – Elle avait une bonne raison de le choisir. Elle voulait t'offrir quelque chose, un cadeau qui soit aussi une responsabilité, quelque chose dont tu doives t'occuper. – Il m'embrassa la tempe, comme papa le faisait autrefois, puis me lâcha, doucement. – Il y a du café à la cuisine, dit-il. Et j'ai trouvé quelques biscuits. Plus tard, je préparerai un dîner pour toi. Quelque chose de *spécial*. Jean ne t'a jamais dit que je cuisine très bien ?

Il ne plaisantait pas. J'avais cru que c'était une boutade, mais en fait, Simon cuisinait *vraiment* très bien, et comme ça allait être notre dernière soirée ensemble, il en fit un événement. Pas d'alcool, bien sûr. Jean avait dû le prévenir. Pas de viande non plus.

– Donc… tu es végétarien, toi aussi ? demandai-je tandis qu'il apportait de grands bols fumants de haricots en sauce et une salade d'hiver lumineuse.

Il m'adressa un grand sourire.

– Je mange de la viande sauvage, dit-il. Et du poisson. Mais pas de poulet en plastique dans des barquettes en plastique…

Je me rappelai ce que Jean avait dit à propos de la nébuleuse de l'agriculture industrielle.

– Ah, c'était donc toi.

Il me tendit une assiette de pain cuit par ses soins. La croûte était d'un beau brun foncé, et il était encore chaud et moelleux au sortir du four.

– Moi qui quoi ? demanda-t-il.

Je me mis à rire.

– Ce n'est rien, dis-je. Juste un truc qu'elle a dit…

Il me revint alors que Jean Culver était morte, et un moment se passa sans que je puisse rien dire.

Simon garda le silence. Il me regarda lutter pour réprimer mon chagrin, puis commença à manger, piquant du bout de la fourchette des morceaux de courge butternut qu'il mastiquait pensivement. J'avais déjà senti qu'il était de ces gens qui peuvent garder le silence pendant des heures, se contenter de manger, lire ou regarder par la fenêtre. Comme Jean, il vivait à un rythme différent des autres gens, mais il était plus silencieux intérieurement qu'elle l'avait été, et la différence, je le perçus tout de suite, en le regardant manger et attendre que mes propres émotions s'apaisent… la différence c'était qu'il n'avait pas d'histoires. Je ne sais pas comment je compris ça, mais j'en étais certaine. Rien de ce qui avait pu se passer ne s'était jamais transformé pour lui en histoire. Les instants restaient des instants. Les jours restaient des jours. Rien ne les liait entre eux. Tout n'était qu'essence. Je m'étais demandé, plus souvent que je voulais bien le reconnaître, ce que pouvait être la vie ainsi vécue.

Il me regarda.

– Dis-moi, reprit-il, est-ce que Jean t'a parlé de l'accident ?

Sa question, surgie de but en blanc, me prit au dépourvu et je ne sus que répondre.

– Eh bien, fis-je, je pense qu'elle a essayé.

– Donc elle ne t'a pas raconté.

Je secouai la tête.

– Non… pas tout.

Il acquiesça.

– Elle voulait le faire, dit-il. Mais je crois qu'elle n'a pas pu revivre tout ça. Elle a attendu trop longtemps.

– Elle m'a dit qu'il y avait eu un accident.

– En effet, dit Simon. Mais attends. Elle m'a donné quelque chose. Je pense qu'elle voulait que tu le gardes.

– Il se leva. – Excuse-moi une minute. Je reviens tout de suite. Reprends des haricots.

J'étais perplexe. Je m'étais doutée qu'il connaissait les histoires. Que Jean avait dû lui parler de notre rencontre et de ce qu'elle avait entrepris depuis, en échangeant des histoires contre des jours de sobriété, comme une Schéhérazade des temps modernes. Peut-être lui avait-elle expliqué ce qu'elle ne m'avait pas dit explicitement : qu'en effet, elle m'avait raconté ces histoires afin de me fournir le prétexte dont j'avais besoin pour arrêter de boire, mais aussi parce que j'étais, pour elle, un réceptacle. Une confidente. Un auditoire susceptible de l'aider à comprendre tout ce qui s'était passé dans sa vie, et ce qui était arrivé aux gens qu'elle avait aimés. Qu'elle m'ait choisie, moi, était la seule chose que je ne comprenais toujours pas, bien sûr. Peut-être tout simplement parce qu'elle n'avait pas eu le choix. Parce que j'étais tout ce qu'elle avait pu trouver.

Simon revint, avec ce qui semblait être une coupure de journal. C'était un vieux document, passablement jauni : un bref article accompagné d'une photo fanée – pour ce que j'en discernais. Il me le tendit.

– Lis ça, dit-il.

Ce n'était pas un grand article, juste une information de journal local, un de ces comptes rendus rapides qui suggèrent plus qu'ils ne racontent, à la fin desquels le lecteur se demande ce qui s'est vraiment passé. En regard du récit minimaliste – un homme d'affaires de la région et sa femme ayant trouvé la mort dans un accident de voiture inexpliqué, et une autre femme gravement blessée – figuraient deux photos. L'une d'un homme – John Cameron, supposai-je – qui dardait des profondeurs du portrait un regard empreint d'une suffisance absolue. En dessous, sous-titrée d'une légende indiquant simplement GRIÈVEMENT BLESSÉE, un portrait en buste de Jean jeune femme, les cheveux plus longs que je ne les lui connaissais, le regard vif et perspicace.

– Lee l'appela en pleine nuit, dit Simon. Elle avait besoin d'aide. Apparemment, son mari n'était pas l'homme certes pas irréprochable mais correct qu'il avait semblé être quand elle l'avait épousé. Jean se rendit aussitôt sur place, bien sûr, et il semble que Lee était en plutôt mauvaise posture quand elle arriva. Cameron l'avait battue, aussi froidement que méthodiquement – le journal n'en fit pas mention, bien sûr, parce que Cameron avait des amis haut placés. En plus de ça, le corps de Lee fut tellement abîmé dans l'accident que personne n'aurait pu prouver... Quoi qu'il en soit, quand Lee appela, Cameron était censé être en route pour une réunion d'affaires à Saint-Louis, mais il fit demi-tour à mi-chemin. Personne ne sait pourquoi. Peut-être soupçonna-t-il quelque chose – peut-être avait-il simplement oublié son attaché-case –, toujours est-il que, quand il arriva chez eux, Lee et Jean étaient en train d'en partir en voiture. Jean voulait l'emmener à l'hôpital, mais Lee la supplia de ne pas faire ça. – Il tendit la main et je lui rendis la coupure de journal. – Cameron devint fou en comprenant ce qui se passait. Il essaya de les intercepter, puis, voyant qu'elles allaient lui échapper, il lança tout simplement sa voiture contre celle de Jean et les deux véhicules quittèrent la route. Cameron et Lee moururent sur le coup. Jean passa des mois à l'hôpital. Ses blessures étaient si graves qu'on dut lui réapprendre à marcher. Elle ne raconta pas à la police ce qui s'était réellement passé. Dit qu'elle ne se rappelait pas grand-chose des événements de ce jour-là, seulement d'un accident terrible, insensé... Ce qui était vrai, d'une certaine façon. Mais tiens. Voilà ce que je voulais te montrer. – Il me tendit l'article. – Regarde la photo. À qui ressemble-t-elle, là-dessus ?

J'examinai le portrait. La bouche de Jean avait un pli dur – visiblement, elle n'appréciait pas de poser –, mais son regard était vif. Quelque chose, dans la façon dont elle regardait l'objectif et la personne qui prenait cette photo, donnait un *sentiment* de familiarité plus qu'il ne rappelait quelqu'un. Je rendis l'article à Simon.

– Je ne sais pas, dis-je. À qui ressemble-t-elle ?

Il secoua la tête.

– Tu ne vois pas ?

– Non.

Il lâcha un rire.

– Ce n'est sans doute pas étonnant, dit-il. Les gens ne se voient pas eux-mêmes…

Il brandit le feuillet de façon à ce que je puisse bien regarder.

– C'est à toi qu'elle ressemble, dit-il. Ou disons que tu ressembles à celle qu'elle était à l'époque. C'est pour ça… – Il s'interrompit. – On devrait manger, dit-il, comme s'il décidait qu'il en avait déjà trop dit. – Les haricots vont refroidir.

– Ils sont déjà froids, dis-je. C'est pour ça… que quoi ?

Il me regarda.

– C'est ce qu'elle a vu en toi, quand vous vous êtes rencontrées. Elle ne le savait pas elle-même, pas au début. C'est seulement ensuite qu'elle s'en est rendu compte.

– De quoi ?

– Que tu étais celle qui pouvait la sauver, dit-il.

– C'est aberrant, dis-je. C'est elle qui m'a sauvée, au contraire.

Il secoua la tête.

– Vous vous êtes peut-être sauvées l'une l'autre. Elle t'a donné un lieu où te sentir chez toi. Et toi, tu lui as donné une deuxième chance.

– Une deuxième chance de quoi ? demandai-je.

J'aurais voulu que Jean soit là pour lui dire qu'il se trompait, qu'il avait échafaudé une supposition qui ne tenait pas.

– Je n'en sais rien, dit-il. D'être pardonnée ? De se racheter ? Peu importe le mot qu'on utilise, non ?

– Je ne comprends pas, dis-je. De quoi fallait-il qu'elle se rachète ?

Il ne répondit pas. Se contenta de regarder la photo de sa tante, ce cliché qui se fanait sur un papier journal qui se fanait lui-même depuis presque cinquante ans. Au bout d'un moment, il leva les yeux et me regarda.

– Jean tenta de sauver Lee et, bien qu'elle n'y ait été pour rien, ne réussit qu'à la faire tuer. Elle ne se le pardonna jamais.

Il me dévisagea attentivement. Il regardait une chose que je ne voyais toujours pas, retrouvait en moi les traits de Jean, bien que la ressemblance n'y soit pas réellement. Mais peut-être Jean l'avait-elle *bel et bien* trouvée aussi, consciemment ou pas. Peut-être était-ce pour ça qu'elle m'avait sauvée. C'était sa deuxième chance de salut.

– Ce n'est sans doute pas logique, pas au sens où on l'entend habituellement, dit-il. Se racheter, ça ne l'est sans doute jamais. Ça défie la logique ordinaire. Mais on a tous la nécessité de se racheter. C'est le talent principal qu'ont les gens comme nous. D'ailleurs, peu importe le nom qu'on donne à ça. – Il sourit. – Assieds-toi. Je vais faire réchauffer des haricots et on pourra s'y remettre.

Le lendemain matin, il était parti. Pas de message, pas d'adieux qui s'éternisent. La soirée de la veille avait été notre au revoir. Ce qui m'allait parfaitement. Tout n'a pas besoin d'être dit. Et certaines choses gagnent à rester tacites.

Depuis son départ, je m'entraîne à la clarinette tous les jours, et bien que je ne progresse que moyennement – je n'avais pas joué depuis longtemps, j'ai oublié tout ce que j'avais appris –, jamais je ne renoncerai. Je commence à 2 heures pile de l'après-midi, et je m'entraîne pendant une heure. Pas plus, pas moins. Comme la maison, ce cadeau-là mérite qu'on lui fasse honneur. N'importe qui aurait pu pousser à pied jusqu'au bout d'Audubon Road, dans la chaleur d'une fin de matinée d'été, avec les oiseaux qui s'égosillaient sur les pelouses entre les maisons, presque personne dans le quartier, les rues silencieuses, pas de circulation, pas de tondeuses à gazon ou d'enfants en train de jouer, pas de radio qui miaule par une fenêtre de cuisine. N'importe qui aurait pu se laisser prendre dans la toile d'histoires et de souvenirs de Jean en ce dernier été avant le nouveau millénaire. Il se trouva simplement que ce fut moi. N'importe qui aurait pu s'aventurer jusque-là, jusqu'à une maison qui ne figure même pas sur le plan et, dans ce cas, je me demande combien de temps la personne en question aurait mis à se rendre compte, d'une façon ou d'une autre, que l'histoire n'est pas le summum de ce qui compte en l'occurrence. Que ce n'est pas un récit unique, ni même multiple, qui fait la réalité. Que ce qui compte c'est l'étoffe du temps et du lieu, tous les événements survenus un jour menant tous autant qu'ils sont à une rencontre qui ne dut rien au hasard, la chaleur du matin, les chants d'oiseaux et une conversation entre deux femmes qui avaient besoin, chacune à sa manière, de dire tout haut les histoires qu'elles conservaient *in petto* depuis bien longtemps – des histoires ordinaires, certes, d'amour perdu et de chagrin, et par-dessus tout de choses ni dites ni faites, mais des histoires qui ne font pas moins partie de l'étoffe pour autant.

Plus tard, une fois les beignets terminés, je sortis et marchai jusqu'au bout d'Audubon Road. Je portais le vieux manteau de Jean et une écharpe que j'avais trouvée dans le vestibule. Je ne l'avais jamais vue auparavant, mais elle sentait encore l'odeur de Jean, un mélange de résine de bois, de savon et de quelque herbe aromatique ou épice – de la cannelle, peut-être – qui me fit immédiatement penser à elle. Le soleil brillait et il faisait plus chaud que ces dernières semaines, je marchai lentement et contemplai la blancheur, sachant qu'elle ne durerait plus très longtemps. Puis, après avoir marché un moment, un quart d'heure peut-être, je remarquai que tout s'était arrêté. Les bois, la rue, les maisons étaient totalement immobiles, mais ce n'était pas une simple immobilité, on aurait dit que le temps s'était arrêté, comme il s'arrête sur le plateau d'un tournage, quand la caméra est éteinte. Il n'y avait pas d'oiseaux, pas d'êtres humains, même le vent avait disparu – et pourtant une sensation flottait, d'éternité plus que de temps suspendu, la prescience d'une chose évoquant une Pentecôte telle que je me les représentais, écolière, l'impression qu'à tout moment une flamme bleue froide pouvait surgir des airs en frémissant et m'emplir d'un savoir jamais quêté. Je m'arrêtai et me retournai. Je ne sais pas ce que je m'attendais à voir, mais il n'y avait rien, rien d'autre que mes propres empreintes, une succession des traces bleues que j'avais laissées, remontant le chemin que j'avais parcouru. Je ne sais pas en quoi ça pouvait me paraître magique, mais ce fut ce qui se passa. C'était *moi* qui avais laissé ces traces. *Moi* qui étais présente ici, en ce jour d'hiver. Idée puérile, peut-être, mais je compris, alors, que j'avais oublié cette présence au monde pendant trop longtemps et que la seule chose qui m'avait guérie, c'était le fait qu'une vieille femme solitaire, sans autre raison qui me vienne à l'esprit qu'une grâce innée, décida un jour de me faire un cadeau. Et ça me parut soudain une idée magnifique que je lui doive la vie.

Je m'éveillai et restai immobile, aux aguets. J'avais entendu un son dans mon sommeil, un son assez proche d'une musique pour me réveiller, mais maintenant que j'étais consciente, je ne savais plus ce que je cherchais à entendre. Tout ce que je perçus d'abord, ce fut le bruit de la glace en train de fondre qui gouttait de l'avant-toit, puis je me rendis compte que c'était précisément ce que j'écoutais dans mon rêve. C'était ça. Rien de plus. Le bruit du dégel. Une sorte de musique. Une fin, et un commencement. Ici, et ailleurs.

Remerciement

J'aimerais exprimer ma profonde gratitude au Centre Eccles d'Études américaines de la British Library, où j'ai bénéficié d'une résidence d'écrivain en 2013. La générosité du Centre, tant en matière de soutien financier que d'aide et conseils bienveillants de la part du personnel, a beaucoup contribué au développement progressif de ce roman. Un remerciement particulier au professeur Philip Davies pour son immense gentillesse, sa patience et ses encouragements durant ce qui fut, par moments, une période difficile.

J'aimerais aussi remercier l'Office allemand d'échanges universitaires (DAAD) pour son incommensurable générosité et son soutien pendant et après mon séjour de recherche à Berlin. Ce livre n'aurait pas pu voir le jour sans ce soutien.

Au début de la rédaction du présent ouvrage, j'ai écrit à plusieurs personnes pour leur demander conseil sur des points historiques. Au nombre de ces personnes, David Gilbert, militant radical américain, auteur et prisonnier, dont la gentillesse, la patience et l'exemple m'ont conduit à m'interroger sérieusement sur le véritable sujet de ce roman. Mes remerciements sincères à lui, ainsi que ma profonde admiration.

Un immense remerciement à Carne et Karmen Ross, qui continuent de mener quotidiennement la vraie lutte, ainsi qu'à Patrick Deer et à ses étudiants de la New York

University qui, tous, m'ont fait l'honneur exceptionnel de m'accorder une écoute active quand ce livre n'était encore qu'une idée.

Enfin, un mot sur Yonas Sax, l'homme qui livra le secret de la bombe A aux Soviétiques. Ce personnage est très librement inspiré de Theodore (Ted) Hall, qui fut pour moi un ami bienveillant pendant des années. Son extrême intégrité, sa gentillesse et son intelligence rigoureuse me manquent beaucoup.

BIBLIOTHÈQUE ÉCOSSAISE
dirigée par Keith Dixon

Chris Brookmyre
Sombre avec moi
Les Ombres de la toile
L'Ange déchu

John Burnside
La Maison muette
Une vie nulle part
Les Empreintes du diable
Un mensonge sur mon père
Scintillation
L'Été des noyés
Le Bruit du dégel

Dominic Cooper
Le Cœur de l'hiver
Vers l'aube
Nuage de cendre

Meaghan Delahunt
Le Livre rouge

Chris Dolan
La Colonie
Une femme infréquentable

Jenni Fagan
La Sauvage
Les Buveurs de lumière

Lewis Grassic Gibbon
Sunset Song
La Vallée des nuages

Alasdair Gray

Lanark

Le Faiseur d'histoire

Jackie Kay

Poussière rouge

James Kelman

Le Poinçonneur Hines

Le Mécontentement

Faut être prudent au pays de la liberté

Si tard, il était si tard

Mo a dit

La Route de Lafayette

Mick Kitson

Manuel de survie à l'usage des jeunes filles

Analphabète

Liam McIlvanney

Les Couleurs de la ville

Là où vont les morts

Le Quaker

James Meek

Un acte d'amour

Nous commençons notre descente

Le Cœur par effraction

James Robertson

Le Fanatique

Le Nègre de Dundee

Le Chercheur de vérité

Suhayl Saadi

Psychoraag

Alexander Trocchi

Young Adam

Louise Welsh

Le Tour maudit

De vieux os

La Fille dans l'escalier

Cet ouvrage a été composé par
FACOMPO
à Lisieux (Calvados)

Achevé d'imprimer en février 2021
sur les presses de Normandie Roto Impression s.a.s.
61250 Lonrai

N° d'édition : 24212001 – N° d'impression : 2100285
Dépôt légal : mars 2021

Imprimé en France